저 너머 있을 마지막 잔치를 위하여

저 너머 있을 마지막 잔치를 위하여

초판 1쇄 인쇄 2012년 07월 04일
초판 1쇄 발행 2012년 07월 11일

지은이 | 정구준
펴낸이 | 손형국
펴낸곳 | (주)에세이퍼블리싱
출판등록 | 2004. 12. 1(제2011-77호)
주소 | 153-786 서울시 금천구 가산동 371-28 우림라이온스밸리 C동 101호
홈페이지 | www.book.co.kr
전화번호 | (02)2026-5777
팩스 | (02)2026-5747

ISBN 978-89-6023-927-2 03810

저 너머 있을

마지막

잔치

를 위하여

정구준 지음

ESSAY

들어가면서

세월의 자락에 서서

하늘과 땅 그리고 사람, 이렇게 셋이 모여 있는 광활한 우주의 자연 속에서는 그가 누구든지 평화롭고 행복한 생활을 영위할 수 있는 권리가 있다. 하지만 그 권리를 찾기 위해서는 그에 합당한 대가를 지불해야 할 책임과 의무 또한 있는 것이다.

그러나 자신이 지켜야 할 도리가 무엇인가를 알면서도 무엇이 되었든 무한의 풍족함을 누리기 위하여 자연의 섭리와 이치를 거스르며 살아가는 아둔함으로 위선의 풍요로움 속에서 번뇌와 고통을 동반하는 아픔을 겪는다.

그렇게 살아가면서 얽혀 있는 매듭을 찾지도 못하고 설령 찾았다 하더라도 풀지 못하는 매듭으로 인하여 서서히 썩어간다,

그런 모습을 애써 외면하면서 정의와 진실을 거부하며 아물지 못하는 상처를 부여잡고 살아가는 것이 사람이다. 십 년이면 강산이 변한다고 했는데 그 강산은 새로운 모습으로 봄, 여름, 가을, 겨울이 부지런히 오가기를 반복하며 세월은 그렇게 흘러가고 있다.

사람에게도 계절이 있다면 세상의 계절과 달라 십 년을 일 년으로 하여 봄도 있고, 여름도 있고, 가을도 있고, 겨울이 오고 가기를 반복하며 사람을 보내기도 하고 다시 새로운 사람을 맞이하기도 했을 것이다. 물론 사람마다 다른 계절을 가지고 있겠지만 과연 어떠한 모습으로 바뀌어가며 새로운 계절을 맞이했을까?

길 위에서 길을 걸으며 묻고 또 물을 것이다.

지금 나는 사계절 중 쓸쓸하고 외롭고 희망도 절망도 없다는 겨울의 한복판을 여섯 번째 지나고 있다. 지금까지 무의식의 삶 속에서 허덕였으니 이 겨울엔 의식의 삶으로 빠져나와 봄을 맞이할 준비를 할 수만 있다면 멋진 마지막 잔치를 치를 수 있을 것이다. 하기에 이 겨울은 다른 어느 해 겨울보다 중요한 계절이다. 이 겨울을 잘만 보낼 수 있다면 멋진 봄을 맞아할 수 있을 것이다.

사람의 운이야 저절로 오지 않지만 계절의 봄은 때에 맞춰 저절로 온다. 하지만 그 봄이 어떤 작물이든 다 잘 자라는 것은 아니다. 겨울을 잘못 보내 얼어 죽은 것도 있을 테고 힘이 약해져 싹을 틔우지 못하는 것도 있을 것이다. 준비가 있어야 기회를 맞이할 수 있다. 봄은 평등하게 만물에 다가오지만 우리 사람의 조건은 각기 다르기 때문이다

겨울을 나지 않은 볍씨는 싹이 돋지 않거나 돋는 힘이 약하다. 모든 만물이 다 그렇다. 그저 봄이 되었으니 꽃이 저절로 피는 것은 아니다. 겨울의 수기를 통해서 성장을 시작하는 것이다.

삶이 너무 아파 세월이라는 약을 먹노라니

마음이 편해졌습니다.

어제의 고통이 오늘은 희망이 되었으니

아마도 내일은 기쁨이 올지도 모릅니다.

그러면서 모레는 또 다시

세월이라는 약을 얻기 위하여

육신을 힘들게 하겠지요.

하지만

그 길이 꼭 가야 할 길이라면

한 겨울 설중매 찾아가듯 그렇게 가겠습니다.

희로애락 함께 나눌 동무들 손잡고

포장마차 술 한잔하러 가듯

그렇게 가겠습니다.

옳고 그름을 제대로 보지 못하고 언제나 오만과 독선에 의한 자신만의 세상을 보며 살아온 어리석음에 몸서리친다. 그리고 그에 대한 인과응보의 결과를 미리 예측하지 못하였으니 긴 겨울이라는 터널을 지나 힘겹게 찾아온 봄은 항상 허약하고 나약함에 지쳐 있다. 지나온 길들을 되돌아보며 새로이 시작되는 길에서는 튼튼한 싹을 틔워 마지막 봄날에 마지막 잔치를 벌여볼 것이다.

명심보감에 남에게 은혜를 베풀었으면 잊으라 했고 입은 은혜는 잊지 말라고 했다. 나는 베푼 것이 없으니 잊을 것이 없고 한없이 받은 은혜만 잊지 않으면 되니 이것이야말로 나만의 복일 것이다.

능력이 부족한 사람이 쓴 글인지라 난필이겠으나 나의 지적 능력이 이것뿐이니 그 또한 감사할 뿐이다. 돌고 돌아 어렵사리 걸어온 긴 여정 손 잡아주신 모든 분들께 깊숙이 묻어둔 말, 한없이 못나고 부족한 사람과 동행하여 주서서 고맙고, 고맙다고 말할 수 있어서 감사합니다. 그리고 사랑합니다.

차 례

제 **1** 장

———

길을 걸으며 길을 묻고

그냥 평범하게 지루한 장마였다고 하기에는 많은 날들을 수마가 할퀴고 지나가며 지랄을 떤 여름이 지나가고 있습니다. 이제 겨우 하루 이틀 정도 하늘 구경을 했나 싶은데 오늘 또 아침부터 날씨가 꿀꿀합니다.

창밖을 보니 서쪽에서 바람에 떠밀려 나타난 새까만 구름이 또다시 슬금슬금 눈치를 보며 비 보따리를 풀어내고 있습니다. 하지만 그 뒤로 따라오는 회색빛 구름을 보니 조금은 안심이 됩니다. 아무리 번개가 치고 천둥이 쳐대도 저 구름은 전후 사정을 보아가며 모였다 흩어지기를 반복하며 오잖아요.

잠자야 할 시간에 왜 일어나서 투덜거리느냐고 하셨습니까?

글쎄 말입니다.

새벽에 울어대는 수탉의 목을 베고 잤나 봅니다. 겨우 두어 시간 남짓 잤는데, 그것도 이리저리 뒤척이며 선풍기 바람이 도망갈세라 품고 자서 그런지 머리는 띵하고 팔다리는 몽둥이로 찜질을 한듯 용서 없이 쑤셔대니 기분이 너무 깔깔합니다.

하지만 어쩌겠습니까? 술을 마시지 않고 퇴근한 날은 어김없이 두어 시간만 자면 눈은 자동으로 작동하여 떠집니다. 아마도 주당이 주신을 모시지 않아 벌을 받는 것인지도 모릅니다. 그렇다고 매일 퍼마실 수는 없잖아요. 여자들이 먹는 일에 자기 돈의 절반을 쓰고 다시 살을 빼는 일에 절반을 쓰며 사는 사람이 있듯이 지금까지 나는 두 가지 일을 하기 위하여 사는 사람으로 보는 사람도 많았거든요.

사람에게 가끔은 상대적 진실이라는 것이 있어서 서로가 터놓고 이야기하지 않으면 끝내 밝혀지지 않는 일이 있기 마련이지요. 요컨대 이쪽 마음을 숨기고 있으면서 저쪽 마음을 알아보려고 할 수는 없는 것이지요. 더군다나 제 마음의 정체까지 모르고 있다면 정녕 상대방의 마음을 꿰뚫어볼 수 없지 않겠습니까?

나에게 두 가지 일이 무엇인지 알려드릴까요? 별거 아닙니다.

첫째는 술을 마시는 일이고 두 번째는 술을 깨는 일이었습니다. 어찌 보면 이 두 가지를 위하여 이런저런 수단과 방법을 동원하며 먼 길을 걸어왔거든요. 그러면서 남들이 싫어하는 고난의 길, 고통의 길을 필연적인 나의 운명이려니 생각하며 정신없이 살아왔어요.

웃기는 소리 하지 말라고 하셨습니까? 그러지 마시고 진지하게 내 말 좀 들어 보세요. 술을 마시고 깨는 일을 반복하면서도 나는 나름대로의 규칙이 있었거든요. 한두 가지만 얘기해볼게요.

참, 어저께 중복이었는데 여름 보양식으로 무엇을 드셨나요? 나는 그냥 자장면을 만들어 점심을 때웠어요. 언제부터인가 멍멍이도 싫고 꼬꼬도 구미가 당기지 않아 초복이든 중복이든 말복이든 나에게는 의미가 없는 날이 되고 말았어요. 땀을 많이 흘리시며 일하시는 분들은 영양가 있는 음식을 자주 드셔야 건강을 유지할 거예요.

솔직히 요. 며칠 비가 오면서도 습도가 높아 끈적거리는 것이 날씨가 무더웠잖아요. 내 몸속의 70%나 되는 수분을 몽땅 고갈시키려는 듯 땀을 쏟아내게 만들었어요. 어느 정도는 형평성 있게 장단을 맞추어야 더위를 이겨낼 힘이 생길 텐데 말입니다.

그런데, 그런데 말입니다.

고수가 명창의 소리에 장단을 맞추는지, 북이 먼저 명창을 이끄는 것인지 아세요? 양자의 호흡이 어떻게 합치고 떨어지는지 보통 귀로는 분간이 안 되거든요. 그리고 북을 아무리 잘 쳐주려고 해도 초등학생 앞에서는 대학원생의 북소리를 내면 알 수가 없잖아요.

그래서 그런지 나도 나를 위한 것이 무엇인지 그 자체를 모르고 지나칠 때가 많은 바보로 살았거든요. 나도 내가 왜 그렇게 살았는지 한심한 생각이 들 때가 많습니다.

아, 이제 하던 이야기를 계속할게요.

나는 술을 마실 때 특별히 술의 종류나 술 마시는 장소를 가리지는 않아요. 그러나 시끄럽고 광기 있는 곳보다는 조용한 곳에서 술 마시기를 좋아합니다. 이를테면 실내 포장마차 같은 곳도 좋겠지만 그야말로 옛날식 야외 포장마차 같은 곳 말입니다. 오늘처럼 비가 오는 날이면 더욱 좋겠지요. 무릎을 맞대고 서로의 옆구리를 지켜주면서 이야기꽃을 피우는 겁니다.

좁고 나지막한 포장마차 처마에서 떨어지는 빗방울을 등허리로 받으면서 마시는 술맛은 정말 일품입니다. 고급 술집을 고집하는 사람들이 볼 때는 애처롭고 딱하게 보일수도 있겠지만 보통 사람들은 운치가 있어 좋다고들 하거든요.

그림 한번 그려 볼까요?

단골집 포장마차를 갔어요. 친한 동무들과 같이요. 술은 막걸리로 주문을 했습니다. 찌그러진 양은 주전자라 할지라도 서울 막걸리 두 병은 들어갑니다. 커다란 대폿잔에 술이 점점 채워질수록 주전자를 높이 쳐들며 따라 놓은 술잔에 엄지손가락을 담가 봅니다. 그러고는 잔을 들어 꿀쩍꿀쩍 시원하게 원 샷을 하고는 입술에 남은 술을 혀로 두어 번 핥아 입맛을 다셔봅니다. 대합이랑 닭똥집이랑 뼈 있는 닭발을 안주로 시켰습니다. 취기가 오를수록 목소리도 커지고 얘깃거리는 쉴 틈 없이 쏟아져 나옵니다. 깊어가는 밤은 그렇게 행복을 가져다주거든요.

고급 레스토랑에서 큼직한 그라스에 와인을 삼분의 일 정도 따르고 글라스를 좌우로 살랑살랑 흔들면서 개새끼가 똥 냄새를 맡으며 킁킁거리듯이 냄새를 맡고 조금씩 맛만 보듯이 술을 마시는 사람들을 보면 나는 그냥 외면해버리고 맙니다.

값비싼 양주 집에서 몇 년산, 얼마짜리네 하면서 그 비싼 술을 값싼 물로 얼린 얼음을 잔뜩 넣은 잔에 부어 마시면서 거드름을 피우면 술맛이 제대로 나겠습니까?

이런 생각 안 해보셨습니까?

룸살롱에서 비싼 양주 마시나, 인테리어가 눈에 부신 레스토랑에서 와인을 마시거나, 나 같은 사람이 포장마차에서 막걸리를 마시나, 마시고 취하고 기분 좋은 것은 마찬가지 아닌가요? 마시고 취하는 것에 귀천이 있는 것은 아니니까요.

친한 이웃과 흉금을 터놓고 시간가는 줄 모르고 이야기하다 반 잔쯤 남은 막걸리가 가라앉은 것을 손가락으로 휘휘 저어 마셔 보세요. 그런 후에 막걸리 저은 손가락을 안주 삼아 빨아먹을 때의 그 맛 또한 기가 막히지요. 그렇다 하더라도 다른 사람에게 '내가 막걸리를 좋아하니 너도 막걸리를 마셔라'고 할 수는 없잖아요.

사람의 일이라는 것이 그렇잖아요?

자기에게 주어진 일은 최선을 다하여 책임을 완수하되, 일 자체를 가려서 자기가 좋아하는 일만 골라서 할 수는 없으니까요. 텁텁한 막걸리의 맛처럼 인생의 삶도 맛을 보아야 맛을 알게 되겠지요. 시간이 가는 줄도 모르고 마셔대는 술은 처음에는 사람이 술을 즐기면서 먹거든요.

그런 다음에는 술이 술 먹는다는 말을 들어 보셨지요? 맛있고 좋아서 마신 술이 어느 순간 속을 뒤집어놓고, 틀어쥐고 감당할 수가 없게 됩니다. 무엇이든지 욕심을 부리면 물론 몸도 망가지지만 마음까지 황폐하게 되는데도 사람들은 '많이, 더 많이'를 외치며 살아가는 오류를 범하고 있어요. 나부터 말입니다.

뒤틀리는 속은 해장국으로 달래야 합니다. 나에게 무슨 해장국으로 속 풀이를 하느냐고 물으셨지요. 나는 해장국을 잘 먹지 않아요. 그 대신 나만의 속을 달래는 방법이 있거든요. 들어 보시고 또 웃기는 소리를 한다고 하거나 그걸 말이라고 하느냐고 하지 마세요. 그 순간 벙어리가 될 거니까요.

보통 사람들이 아침에 비빔밥을 먹는 일은 아마 없을 거예요. 그런데 나는 술 마신 날 저녁에는 밥을 비벼서 먹거든요. 국물은 필요가 없고요. 호박나물과 고사리나물에 열무김치를 곁들이고 고추장을 적당이 넣어 쓱쓱 비벼 먹으면 그야말로 나만의 최고의 속풀이 음식이 되거든요. 웬만하면 참기름이나 계란 프라이는 넣지 않아요. 그런 것을 넣으면 먹고 난 다음 깔끔한 맛을 못 느끼겠더라고요.

그런 다음에는 늘어지게 한잠 때립니다. 그런 날은 오늘처럼 두어 시간 자고 깨는 일 없이 출근 시간도 놓친 채 잠에서 헤어나지

를 못하지요. 이해가 안 된다는 말은, 웃긴다는 말은 하시지 말라고
했지요?

아, 나의 출근 시간이 오후 다섯 시거든요. 그러니까 다른 사람과
아침저녁이 반대가 되잖아요. 십이 년째 밤과 낮을 바꾸어 살아온
사람이거든요. 그렇기 때문에 남들은 맛볼 수 없는 뒤풀이 잠이나
두벌잠을 맛있게 잘 때가 종종 있습니다. 바로 오늘 같이 궂은 날,
오후 두세 시쯤 꿈나라로의 여행을 가게 된답니다.

세상 어디에도 보장된 행복은 없겠지만 행복을 찾아가기 위하여
누구나 별의별 일을 다 겪게 되는 것이고 나도 그중의 한 사람이거
든요. 그러나 술 마시는 일이 꼭 행복하다고는 할 수 없어요.

혹시 이런 경험 해보셨습니까?

늘 보던 사물이 갑자기 다르게 보이는 그런 경험 말입니다. 정신
이 말짱할 때도 생길 수 있는 이런 일들이 술에 취했을 때는 어떤
모습으로 다가올지 상상을 한번 해보세요. 실제의 모습이 아닌 정
반대의 모습으로 보일 수도 있거든요. 자기도 모르는 사이에 매사
에 가상적 접근을 한다든지 독선적인 생각으로 부자연스러운 분위
기로 몰아갈 수가 있거든요.

내 의도와는 상관없는, 원하지 않는 일이 일어날 수도 있다는 말
입니다. 때로는 잠깐, 아주 잠깐 잘못 보았겠지, 라고 할 수도 있겠
으나 그 잠깐이라는 것이 완전히 다른 결과를 초래하여 원치 않는
실수를 유발할 수도 있지 않겠어요?

또 한 가지, 상식 밖의 언행이 상대방을 불쾌하게 하는 것은 물론
지속되어 온 인간관계에 악영향을 미칠 수 있다는 것을 항상 염두

에 두어야 합니다.

하기에 나는 술을 접할 때는 평상심을 잃지 않도록 스스로에게 최면을 걸어야 된다고 늘 생각하며 나만의 주신을 모시고 있습니다.

이거 참, 내가 괜한 말들로 시간을 허비한 것 같은데 이왕 잠을 망쳤으니 산책이나 다녀와야겠네요. 같이 가실래요?

창밖의 하늘을 보니 여전이 먹구름과 회색빛 구름이 동서로 진을 치고 있는데 그래도 다행히 비는 그쳤군요. 하지만 언제 느닷없이 소나기가 퍼부을지 예상할 수가 없으니 우산을 큰 놈으로 하나 챙겨가야겠습니다. 먹구름이 이웃 동네로 마실을 가고는 있으나 뒤따라오는 구름 속에 얼마만큼의 비를 숨기고 있을지 모르거든요.

지금 가려는 길은 한 시간 이상을 걸어도 오가는 사람이 없고 지나가는 차량들만 꽁무니에 매연을 매달고 도망가는 한적한 지방도로예요. 이곳으로 이사를 한 후부터 자주 걷는 길이기도 합니다. 광명 KTX 역 쪽으로 갈 겁니다.

자, 따라오세요. 내 걸음이 상당히 빠르지만 오늘은 여유를 부리며 걸을 테니 걱정하지 마세요.

비가 온 뒤라 그런지 날씨가 칙칙한 것 같습니다. 그래도 바람에 실려 오는 풀 냄새가 싱그럽게 느껴지지 않습니까? 이 맛에 길을 걷는지도 모릅니다. 사랑과 그리움이 듬뿍 담긴 사람의 정을 그리워하는 사람에게는 이런 싱그러운 냄새가 더욱 가슴속에 파고 들 겁니다. 그래서 나는 이런 기회를 만들어주는 자연에 감사하고 행복을 느끼며 지루한 줄 모르고 길을 걷습니다.

길을 걸으며 길에게 나는 누구입니까, 하고 묻기도 하고 어떤 길로 어떻게 가야 후회 없는 길을 가게 될까요, 하고 묻기도 합니다. 그렇게 묻고 또 물으며 이 길을 걷고 있지만 어쩌면 나는 나 자신을 용서하기 위한 핑계거리를 찾고 있다고 생각할 때도 있습니다. 목표가 있어도 항상 진행형으로, 그리고 미완으로 끝나버리는 나의 지나온 길들을 용서하기 위한 핑계 말입니다.

무엇을 그렇게 잘못하며 살았느냐고 하셨지요?

낯 뜨거운 얘기지만 좋지 못한 성격에 독선과 아집으로 성을 쌓고 살았거든요. 더불어 사는 것에 익숙해지려 노력하지 않았어요. 상대방의 이야기를 대꾸나 반박 없이 조용히 들어줄 때도 있지만 나는 나 자신의 의견을 분명하게 하고 명쾌하게 밝히고 가지고 있는 의견도 쉽사리 바꾸려하지 않는 버릇이 있거든요.

그렇기에 나의 영역을 과하게 침범하거나 속물적인 사람이라고 판단되면 마음 깊은 곳에서부터 가차 없이 상대와의 끈을 자른 뒤 멀리하는 버릇도 있어요.

그 완고한 영역의 선들을 어떻게 해서라도 지키려고 하는 편견이 내 삶의 발목을 잡고 늘어졌거든요. 나의 변칙적인 언행에 많은 주위 사람들이 상처를 입거나 좌절하며 나를 원망의 숲으로 밀어 넣었을 겁니다.

너무 자책하지 말라고 하셨지요?

그래요, 한편으로는 너그러움의 장점이 있기는 해요. 일단 좋다고 생각되는 사람에게는 그와의 인간관계를 위하여 최선을 다했다고 생각하고 있거든요. 약속을 어기거나 작은 실수를 저지르거나 어떤 지나친 것을 요구하든지 관대하고 무심한 듯 호의를 보여주는 때도 가끔은 있었으니까요.

걸으며 동행하는 이 길이 이렇게 말하는 것 같습니다.

'너 자신을 보지 않고, 진실을 보지 않고, 둘러싸여 있는 형식만을 보는 것은 또 다른 핑계가 될 터인즉 사골 국물 우려내듯 반성하라'고요. 잘못된 것을 뉘우치려 하나 이젠 용기도 시간도 부족할 수 있겠지만 나를 위한 반성과 용서이니 끈기와 인내심을 발동해서라도 해 볼 겁니다. 묻은 것은 털고 가는 것이 남아있는 길 가는 발걸음이라도 가볍지 않겠습니까?

힘들지 않으세요? 쉬었다 가면 남은 길이 더욱 힘들 수 있으니 웬만하면 참고 견디며 가던 길을 계속 갑시다. 속옷이 몸에 찰싹 붙어 조금은 찝찝하고 불편할 거예요. 그러나 시작하면 끝이 있기 마련이니 주변 풍경을 즐기면서 걸어보세요. 매일 걸으며 보아도 볼 때마다 새로운 것이 보이고 느껴지거든요.

나는 언제부터인가 길을 걸을 때면 운동이라기보다는 여행길이라고 생각하며 걷거든요. 때로는 권태감이나 지루하다는 생각이들 때도 있지만 길은 똑같은 길인데 보여주는 주위의 여건과 환경은 항상 변하면서 즐거움을 주고 있어요.

우리의 삶도 마찬가지 아닙니까? 창의성이 없고 변화를 모르는 사람은 어떤 모임이나 집단의 구성원이 될 수가 없고 도태되잖아요.

그러나 시대적 변화에 잘 적응하고 능동적인 사람은 살아가는 그 시대에, 그 집단이 요구하는 사람일 것입니다. 집을 나서면 고생이라는 옛 말이 있잖아요. 여행길은 힘들고 고생길이라는 것을 알면서도 그 길을 찾아 떠나는 것은 그곳에서 새로운 것을 보고 색다른 경험을 해볼 수 있기 때문이지요.

우리 주변의 자연들은 끊임없이 변화하고 살아서 움직이고 있잖아요. 풀과 나뭇잎들이 흔들리는 것 좀 보세요. 가는 바람에는 파르르, 잔바람에는 살랑살랑, 거센 바람에는 휘청거리며 눕거나 펄럭거리거나 몸부림치잖아요.

그처럼 숲 속도 살아 있는 모든 잡것들의 쉼터가 되어 온갖 화음으로 세상을 깨우고 생동하고 있거든요. 그러니 오늘 이 순간만이라도 일상의 자잘한 일들을 별것 아닌 것으로 치부를 하고 홀가분한 마음으로 자연과 함께 행복을 만끽해 보세요.

그러면서도 긴장하고 조심은 하셔야 됩니다. 누구나 갈망하는 평화니 행복이니 이런 것을 원한다면 어쩌면 많은 대가를 지불해야될지도 모르거든요. 현실은 세상의 어떤 것도 우리가 생각하는 것처럼 호락호락하지는 않으니 말입니다

저기 좀 보세요. 광명 KTX 역사가 웅장하게 다가오지요?

그리고 이 소리, 정감이 가지 않습니까? 매미들이 단체로 울어대고 있네요. 매미들은 입으로 소리를 내는 것이 아니고 날개를 비벼서 소리를 낸다는 말을 들은 적이 있는데 지금 들리는 소리로 볼 때 참매미 같지 않습니까?

천적들로부터의 사선을 넘나드는 위험이 가득 찬 공간속에서 이루어내는 미물들의 삶의 환희가 우리 가슴으로 전달되고 있는 느낌이 드시지요? 정말 대단하지 않습니까?

길가를 좀 보세요. 도로 주변 정비를 한 모습 보이시지요? 사람들이 만들어놓은 화단에 예쁜 꽃들로 가득 차 있지만, 자연 그대로

지천에 널려 있는 각종 야생화들 좀 보세요. 인적이 드문 곳에 봐 줄 사람도 없는데 저렇게 아름다운 꽃을 피우기 위해 인고의 긴 겨울을 견뎌냈을 겁니다.

예로부터 도가에서는 제자가 먼 길을 떠나거나 기약 없는 여행길로 작별을 할 때는 제자로 하여금 꽃을 꺾어 오라고 했다네요. 스승은 제자가 꺾어오는 꽃을 보고 길흉화복을 점쳐주는 풍습이 있었고 이것을 화점이라고 했다는군요.

왜 그런 말을 하느냐고 물었습니까?

갑자기 나도 모르게 그 생각이 나네요. 지금 나에게 앞날을 암시해 줄 스승은 비록 없지만 내 앞에 펼쳐지고 있는 모든 것들이 보기에도 좋고 기쁨을 주기에 지금 이 순간만큼은 외롭지 않다는 생각이 들었어요. 내 눈에 보이는 모든 것들이 살아 움직이는 스승이기 때문입니다.

저것들은 얼핏 보면 제멋대로 자라고 피고 열매를 맺고 하는 것처럼 보이지만 꼭 있어야 할 곳에 자리를 지키고 있거든요. 저런 모습을 보노라면 이 세상 만물 중에 자리를 잡지 못하고 제멋대로인 것은 오직 사람뿐이라는 생각이 들어요. 나 같은 사람 말입니다.

너무 자책하지 말라고 하셨습니까?

위로를 해주니 고맙군요. 사람만이 높은 곳을 찾고, 한번 자리를 잡으면 그곳을 떠나려 하지 않으니 그래서 인간을 속물이라고 하는 것인지도 모릅니다. 그러면서도 온갖 잡생각에서 헤어나지를 못하거든요.

불가에서 말하는 백팔번뇌라는 말이 떠오르는군요. 산다는 것이 왜 이리도 복잡한지 모르겠습니다. 사람에게는 깨닫기만 하면 곧 없어지는 번뇌인 여든여덟 가지의 견혹과 깨달아도 쉽사리 없어지지 않는 열 가지 번뇌인 수혹, 그리고 여기에 인간이 가지고 있는 본능인 탐심과 화를 내는 진심, 어리석음의 치심 등 근본 번뇌인 열 가지를 모두 합쳐 백팔번뇌라고 한다네요.

어느 책에서 본 것을 말씀드리는 것뿐이니 유식한 사람이라는 생각은 하지 마세요.

재물욕, 권력욕, 명예욕 그리고 쾌락과 같은 이 모든 것이 바람직하지 않다는 것을 알면서도 그러한 유혹들을 쉽게 끊지 못하는 사람에게 백팔 참배의 수행 방법을 알려준들 무슨 소용이 있겠어요. 스승이 있어 자신의 부족함을 채울 수도 있겠으나 스스로 깨우쳐야 할 일도 많다는 것을 우리 스스로가 인지를 못하고 있는 것 또한 현실이거든요.

주위를 천천히 다시 한 번 둘러보세요.

한낮 따가운 햇볕을 피해 나뭇가지에 걸터앉아 울어대는 매미 소리가 멀어져가고 귀뚜라미 소리가 다가오면서 풍요로운 가을을 데리고 오겠지요. 우거진 숲들은 색색의 예쁜 옷들로 치장을 하구요. 한때는 사람들에게 관심을 끌지 못했던 것들도 아름다움을 느낄 수 있는 모습으로 다가와 감동을 주게 되지요.

만고의 고초와 시련 속에서 베풀어주는 자연의 갖가지 모습들을 인간들이 기억하는 시간은 너무 짧아요. 무조건적인 사랑을 베푸는 저것들은 아마 그런 인간들을 원망하는 것조차 사치라고 생각할 겁니다.

좋은 기억들을 잊는다는 것은 슬픈 일이고 새로운 경험조차 거부하는 일도 서글픈 일입니다. 남에게 은혜를 베풀어주는 일은 어렵다 하더라도 자연이나 인간세계로부터 받은 은덕은 절대 잊어서는 안 돼요.

내가 불교 얘기를 가끔 한다고 해서 불교 신자로 착각은 하지 마세요.

그런데 참 이상합니다. 불교 신자는 아닌데 절에 가면 왠지 나도 모르게 마음이 편해지고 애정 같은 것을 느낄 때가 있거든요. 부처님 앞에 향도 피우고, 촛불을 켜놓고 절을 하고 싶다는 욕구가 강하게 느껴질 때가 있었거든요.

무신론자 아니냐고 물었어요?

어떤 답을 해야 정답일지 모르겠네요. 구세군이라고 아시죠? 어릴 때는 그 교회를 다녔고 성장하면서 장로교도 다녀보았고 불혹의 나이를 넘기면서는 천주교 영세를 받고 시드니오라는 본명도 받았지만 얼마 다니지 못하고 지금은 냉담 중이거든요. 지나온 길을 보면 유신론자임에는 틀림이 없는 것 같지요? 이 정도만 해 둡시다.

불교에서는 남에게 은덕을 베푸는 일을 보시라고 한다지요. 사람이라면 누구나 자신이 남에게 베푼 선행을 기억하고 자랑하지요. 때문에 은덕을 베풀었다고 생각하고 있는 한 사람은 그 베푼 사람에 대해 무엇인가를 기대하게 되고 또한 섭섭한 마음을 가지게 될 때가 있거든요.

그런데 저 자연속의 만물들을 보세요. 햇볕은 인간에게 베푼다는 생각 없이 내리쬐고 곡식을 익게 하고 과일을, 열매를 맺게 하지 않습니까? 비 또한 인간에게 베푼다는 생각 없이 대지를 적시고 강을 이루고 바다를 완성하잖아요.

그러니까 이 세상 만물 중에 오직 인간만이 남을 위해 베풀었다고 생색을 내고 있어요. 남에게 은혜를 베풀었다는 생각조차 없이 하는 베풂, 이를 불교에서는 무상보시라고 한대요. 문자 그대로 머무름이 없는 보시라는 뜻이랍니다. 그 말을 음미하다 보니 지금 이 순간 눈에 보이고 귀에 들리는 모든 것들에게 그저 고맙다는 생각이 드는군요.

삼십 분 정도 걸은 것 같은데 조금만 더 걷다가 돌아가도록 하지요 이렇게 걷다 보면 별의별 생각을 다 하게 되거든요. 그런 생각들이 잘 정리되어 시원함을 느낄 때도 있지만 풀리지 않는 미궁 속으로 빠져 들어가 답답할 때도 있어요.

하지만 그 해답들은 언제나 길 위에서 찾았거든요. 그렇기에 주로 혼자 걷는 길이지만 외롭지 않고 힘든지 모르게 항상 가벼운 마음으로 길을 걸어왔어요. 길을 걸으며 길잡이를 해주는 나의 영원한 스승에게 길을 물을 수 있다는 것이 얼마나 다행인지 모릅니다.

저기 터널이 보이시지요? 저 입구가 반환점입니다. 이제 거의 다 왔어요. 이 터널 이름이 서독 터널입니다.

진하고 상큼하고 독특한 풀 냄새가 나는 것 같지요? 이 냄새는 풀 냄새가 아니고 측백나무 잎 냄새예요. 저쪽에 길게 늘어서 있는 거 보이시지요. 눈에 익지 않나요? 시골 학교에 가면 저 측백나무로 울타리를 한 학교가 많잖아요.

아, 그런 학교를 다니셨다고요? 지금은 학생 수가 적어 폐교가 된,

내가 다니던 초등학교도 측백나무 울타리였어요.

자, 이제 온 길을 되돌아갑시다. 콧잔등에 송골송골 올라오던 땀 방울을 터널을 빠져나온 바람이 데려갔나 봅니다. 땀이 달아나 버렸어요. 시간은 넉넉하니 서두를 것 없이 즐기며 걸어갑시다.

어, 저기 호랑나비 보세요. 지가 우리를 데려가는 듯 당차게 날갯 짓을 하며 앞서 가네요. 저놈은 가족도 친구도 없나 봅니다. 외톨 이 같아 보이지요.

왕따를 당한 것 같다고요? 아, 그럴지도 모르겠네요. 그렇게 비관 적인 생각을 하게 되니 저놈이 참 안돼 보입니다. 혹시 집단에 머무 는 것을 두려워하는 것은 아닐까요? 자기 스스로 동료나 이웃에 대 한 기피증 같은 것 말입니다.

사람도 대인 기피증이 있는 사람이 있잖아요. 상대에게 왕따를 당하는 것하고 스스로가 혼자이기를 고집하는 것하고는 정반대이 거든요. 왕따를 당하는 것만큼이나 대인기피증도 사람을 피폐하게 만들거든요.

그렇기 때문에 어느 한 집단의 구성원이 되어 나눔의 미덕을 실 천하며 더불어 살아가야 한다는 삶의 원칙을 서로가 공감하고 공 유할 때 상생의 집단이 되고 삶의 질이 향상되는 것 아니겠어요? 나를 인정하기 전에 남부터 인정을 해주는 아름다운 모습은 삶의 질을 높이는 원동력이 될 겁니다. 외톨이가 없는 세상 말입니다.

산 다는 거 뭐 별거 있습니까? 비전을 제시하고 공감대를 형성하 며 용기를 북돋아주고 서로 포용하며 그렇게 사는 거 아닐까요? 그 러면서 미래를 위하여 희망 한두 개쯤은 가지고 가는 겁니다. 그것이 삶의 동력과 추진력을 얻고 성취감을 느낄 수 있는 한 방법이 될 수도 있다고 생각합니다.

그러면서 변화와 모험을 지향하고 이웃과의 공감대를 가지는 것도 좋겠지만 소망은 거창하기보다는 쉽게 시작할 수 있는 작은 변화가 좋겠지요. 왜냐하면 우리의 행동에는 관성이라는 것이 있잖아요. 그것이 작용하기 때문에 습관으로 되어버린 행동의 방향을 바꾸거나 멈추게 하는 것은 결코 쉬운 일이 아니거든요. 잘못하면 혼란에 빠질 수도 있습니다. 그러기에 작은 변화부터 안전하게 시작하는 것이 순서이지 않을까 하는 것입니다.

어, 저기 좀 보세요. 아까 그 호랑나비가 꽃밭에서 춤을 추고 있네요. 호랑나비의 전용 무대인 듯 작고 예쁜 노란색을 띤 꽃들이 보기에 너무 좋지 않습니까?

아름답고 귀티 나는 저 꽃 이름을 물으셨지요?

아, 며칠 전 저 꽃밭을 조성하시는 분들에게 꽃 이름을 물어 보았었는데 아무리 기억을 더듬어도 도무지 떠올릴 수가 없네요. 온몸에 소름만 솟아올라요. 이것 좀 보세요.

왜 그러느냐구요? 걱정되십니까? 생각 좀 해보세요. 불과 이삼일 전에 들은 꽃 이름을 기억해내지 못하니 혹여 치매가 시작되지는 않았는지 하는 생각에 가슴이 콩닥거리니 그 소리에 질린 소름이 도망쳐 나왔습니다.

기억이라는 놈은 왜 한순간에 걷잡을 수 없이 몰아닥쳤다가 사라져 버리는 걸까요. 너무 빨리 돌리는 영화의 화면처럼 수많은 것이 스쳐 지나가다가도 한순간에 끊어지기 일쑤거든요. 그러면서 가까운 시절의 기억은 살아나지 않는데 매우 오래전의 일들이 의식 속으로 돌아올 때가 있거든요.

그런 경험 해보신 적 있으시지요?

일상생활을 하면서 누구든 기억을 만들어 넣기도 하고 기억을 끌어낼 때도 있잖아요. 인간에게는 세 가지 기억이 있다더군요. 잠깐 스쳐가는 감각 기억과 정보를 기억하려는 작업 기억, 그리고 뇌 속에 저장되는 장기 기억이 있대요. 어쨌든 나의 바람은 나쁜 기억은 영원이 나타나지 말고 좋았던 기억들만 솔솔 살아났으면 좋겠습니다.

만난다는 것은 이별을 위하여 존재하는 것인데 사람이 한평생을 살아가면서 만남의 기쁨이 채 가시기도 전에 이별의 아픔과 상처를 안았던 고통의 기억들은 시도 때도 없이 나타나곤 하지요. 잊어버려도 좋을 기억들 말입니다.

끊임없이 흘러가고 사라지는 것에
미련을 두지는 않지만
바라보고 생각하며 걱정해줄 수 없는 긴 세월
평생이 걸려도 잊어야 할 것은 잊어야 하고
단 일 초라도 떠오르는 것은
품에 안아주어야 하는 것인가.
외롭지 않은지 힘들지 않은지
고통 속에서 원망의 끈을 잡고는 있지 않은지
무엇을 하려고 정신없이 살아온 세월
그 무엇이 무엇인지 아직도 모르는

시간의 흐름 속에

잊혀지도록 아무것도 할 수 없는

이별의 노래는 언제 끝이 나려나

그런데 요놈의 기억은 왜 구덩이에 쳐 넣어야 할 나쁜 기억들만 솔솔 살아나는지 알 수가 없습니다. 좋았던 기억들은 고스톱 치러 마실 가서 돌아오지를 않거든요 그렇게 기억이란 놈은 사람을 기쁘게, 슬프게, 궁금하게 하면서 사람의 마음속에 도사리고 있습니다.

좋지 않은 기억들은 헤아릴 수 없을 정도로 너무나 많아요. 공공의 질서를 외면한 일, 독선적인 인과관계, 충실하지 못했던 가정생활, 동기간의 반목된 교류, 그리고 가까운 동무들 마음에 상처를 준 일들 등등. 이러한 기억들은 묻어두고 그저 진솔한 마음으로 깊이 반성하는 것으로써 마무리가 되었으면 좋겠습니다.

그러면서 삶이라는 길을 같이 동행하며 보살펴주고 보듬어 준 주위의 자연환경과 사회 공동체 그리고 고통과 시련, 기쁨과 환희, 행복과 사랑을 공유하며 함께 걸어온 길손들에 대한 고마움만큼은 영원히 기억을 해야 되겠지요.

잡초처럼 살아온 인생이라면 잡초처럼 끈질기게 살아가는 겁니다. 기쁨만으로도 채우기 부족한 것이 삶이라는 것을 길을 걸으며 길에게 묻고 배우고 있습니다.

하지만 길이라고 다 똑같은 길은 아닙니다. 산을 오르는 오르막길도 있고, 오솔길도 있고, 내리막길도 있지요. 평지 길도 비포장 길이 있는가 하면 아스팔트 길이 있어요.

평지 길을 성큼성큼 걸어 왔다 해서 산을 오르는 오르막길에서도 그렇게 성급하게 빨리 걸으려고 한다면 어떻게 되겠어요. 아무리 체력이 좋은 사람이라 할지라도 목적지에 도달도 하기 전에 쓰러지지 않겠어요? 오르막길에서는 욕심을 부리지 말고 마음을 비워야 합니다.

어떻게 걸어야 하느냐고요?

그저 가는 둥 마는 둥 야금야금 걸어 올라가는 겁니다. 산은 그렇게 올라가야 체력도 지키고 관절의 안전도 지킬 수 있지 않겠어요? 일 년 내내 열심히 농사지은 고구마를 농부들은 겨울을 나기 위하여 통가리에 보관을 해두고 먹잖아요.

그 보관한 곳을 기가 막히게 알아차린 쥐새끼가 들락거리면서 주인에게 들키지도 않고 고구마를 야금야금 먹어 치우듯이 말입니다. 끝이 어딘지 알 수도 없는 길을 걸으며 목적지에 도달할 수 있는 힘의 안배라는 것이 우리네 인생살이하고 같은 이치가 아니겠어요?

벌써 집 가까이 왔습니다. 힘들지 않으셨습니까?

이제 시원하게 샤워를 하고 뒤풀이 잠으로 피로를 풀어야 하겠습니다. 내일 또 같이 걷자고요? 그럴게요. 내일은 무슨 이야기를 들려줄지 궁금하시지요? 잠깐 귀 좀 빌려주세요.

내일은 나의 군대 시절 있었던 이야기를 들려줄게요.

기대하세요.

제 2 장

고독한 고통 120km에 길을 물어

1. 장미꽃 그려진 여자용 삼각팬티

솔직히 나는 얼마 남지 않은 마지막 잔치를 준비할 시간이 촉박한 사람이다. 그렇기 때문에 오래전에 있었던 34개월 동안의 군 생활에 대한 기억을 되살리고 싶은 생각이 전혀 없다. 혹여 꿈속에서라도 그 옛날 그 모습이 되살아나지는 않을지 전전긍긍하며 살아가고 있다.

하지만 그것은 허공을 맴도는 바람일 뿐 35년이나 흘러간 세월이 무색할 만큼 지금까지도 시도 때도 없이 찾아와 씨불거린다. 특히 기가 허한 날이면 초승달이 뜨는 밤이든, 대보름달이 뜨는 밤이든, 아니면 하얀 눈이 내리는 밤이든, 처마 밑 똑똑 노크하며 봄을 재촉하는 봄비가 내리는 밤이든, 가리지 않고 나타나는 저 군대 귀신으로 인한 몸부림의 식은땀은 언제나 나의 하얀 러닝셔츠를 누렇게 염색을 해 놓았다.

오죽하면 홍천 쪽을 바라보고는 오줌도 싸지 않겠다고 얼마나 다짐 또 다짐을 하면서 34개월의 육체적 정신적 고통에 대한 분노의 끈을 부여잡고 있었겠는가?

심장이 아프다 하여 심장을 도려낼 수 없고 머리가 아프다 하여 머리를 자를 사람은 없다. 그러한 어리석음이 자신을 죽음으로 몰아간다는 것쯤은 삼척동자도 안다. 그리고 분노의 끈에 원망을 매달아 본들 내 자신의 마음만이 피폐해질 것이라는 것을 알면서도 그때의 그 기억을 지울 수가 없었다.

군대를 갔다 온 남자라면 육군의 교육사단이 상상하기조차 힘든 강도 높은 교육 훈련을, 전역 명령서를 손에 받아 쥐는 순간까지 받는다는 것을 모르는 사람이 없을 것이다.

특히 내가 복무한 부대는 걷고 뛰고 하는 훈련은 질적으로나 양적으로 따라올 부대가 없을 정도로 강력했다. 하루 일과가 끝난 후의 구보 집합 호루라기 소리는 혈기 강한 병사의 기를 질리게 만들기에 충분했다.

독한 시어머니가 갓 시집온 며느리에게 하루 종일 힘든 농사일을 마치고, 바빠서 참고 있던 용변을 보려고 뒷간을 가려는데 다시 또 들에 나가 쟁기 끌라는 소리보다 더욱 기가 막히는 일이었다.

일과 끝 나팔소리와 함께 어김없이 치러야 하루를 마감하는 10km 구보. 그것도 처음 내가 자대에 배치되었을 때는 아랫도리는 팬티, 윗도리는 러닝셔츠 차림으로 뛰었는데 팬티는 앞부분 중간에 5cm쯤 소변을 볼 수 있도록 갈라져 있었다.

어느 부대 앞이든 어김없이 진을 치고 있듯이 우리 부대 앞에도 위병소에서 100여m 떨어진 곳부터 술집들이 있었다. 길 양쪽으로 정체되는 길 자동차 꼬리 물고 서 있듯이 술집들이 옹기종기 옆구리를 맞대고 허물어질 듯한 집들로 군락을 이루고 있었다.

장미 집, 부산 집, 장모 집, 황진이, 명월 집 등등 제멋대로 이름붙인 간판들과 화려하게 꾸민 출입구는 쓰러질 듯한 건물과는 너무나 대조적이었다. 어느 소도시의 역 뒷골목이나 재래시장 끝머리에서 볼 수 있는 모습이다.

지금은 거의 사라져버린, 이름 하여 방석집인데 어느 집이든 지나가는 행인들 바짓가랑이를 잡아끄는 아가씨 한두 명씩은 데리고 있는 일명 색시집이라고 하는 곳이다.

구보를 할 때면 어김없이 술집마다 미닫이 출입구 문이 열리면서 밤 장사를 위하여 한복으로 곱게 차려입은 아가씨들이 검은 눈동자를 뱅글뱅글 돌리면서 구경을 나온다. 조선시대 죄인들 귀향 가는 길마중이나 하는 양 앞다투어 까치발도 마다치 않고 뚫어져라 바라보고들 있었다.

그런데 하필이면 그때 기다렸다는 듯이 팬티 구멍 난 그 사이로 미로에서 헤매던 거시기가 삐죽이 고개를 내밀곤 했다. 그 모습을 보면서 배꼽 잡고 까르르 웃는 여자들의 웃음소리가 한여름 숲 속 나뭇가지에 매달려 울어대는 매미 떼들을 옮겨놓은 것 같았다.

그네들도 세월을 거슬러 올라가면 한때는 대도시의 크고 잘나가는 큰 술집에서 많은 술꾼들의 사랑을 흠뻑 먹으며 화려한 생활을 한 적도 있을 것이다. 그러면서 시골에서 찌든 가난에 보릿고개 힘들게 넘길 가족들을 생각하고 동생들 공부시킬 생각으로 희망을 품었을 것이다.

그 가련한 희망이 힘든 술집 잡부 생활에 에너지가 되었을지도 모른다. 시간이 지나가고 세월이 흐르면서 돈 떨어지고 신발 떨어지고 몸마저 망가져 갔을 것이다. 그런 후에 이름 모를 산골짜기 주막집 신세가 될 줄 꿈이나 꾸었겠는가? 아마도 저들은 태어날 때부터 삼신할머니로부터 역마살의 운명을 부여받았는지도 모른다.

사람의 운명이라는 것이 예측할 수 없이 왔다 갔다를 반복하며 삶의 행불행을 쥐락펴락한다. 그 운명이라는 놈이 튼튼한 동아줄을 감추어두고 대신에 썩은 동아줄을 내려주었다 해도 그네들은 불만을 품거나 원망 같은 것은 사치라고 생각하며 나는 운이 나빴던 거야, 라고 스스로를 위로하며 살아가고 있는지도 모른다.

운이라……

운이라는 말은 곧 그로 하여금 기회란 말을 생각하게 된다. 그러나 가파르고 팍팍한 세상살이에 정신없이 쫓기다 보면 그 말을 음미해 볼 겨를이 없다는 것은 어찌할 도리가 없는 것이다.

일생을 통해서 사람에게 찾아오는 기회는 한두 번밖에는 안 된다는데 정신 바짝 차리고 있다가 기회의 기미만 보였다 하면 무조건 움켜쥐어야 한다. 껴안고 뒹굴든 수단과 방법을 가리지 말고 잡아야지 만일 어물어물 머리는 놓치고 꼬리를 잡으려면 그때는 이미 기회란 놈이 지나간 다음이다.

그리고 그 기회가 다시 오지 않는다는 것을 나는 육십을 넘긴 나이에 그나마 조금 알 듯한데 그네들은 운이 나빴던 거야, 라며 스스로를 위로했을 것이다. 그러면서 술을 마시고 술잔을 털어내고 새로운 술잔을 받는 기분으로 언제 끝이 날 줄도 모를 하루하루를 늘어나는 잔주름을 가슴에 묻으며 그렇게 살아갈지도 모른다.

그렇게 엄동설한에 발가벗고 날뛰는 미친놈처럼 팬티만 입고 뛰던 10km 구보는 몇 달 가지 않아 단독 군장 구보로 바뀌더니 해를 채 넘기기도 전에 완전 군장 구보로 바뀌었고 다음 해 봄에는 24km 산악 행군을 완전 군장 복장으로 3시간 만에 주파해야 하는 훈련이 인간의 한계를 시험이나 해보자는 듯 젊은 군인들의 체력에 도전장을 내밀었다.

험한 산악 길 24km를 뛰다 보면 길도 없는 곳을 오르내릴 때가 있는데 세 시간 만에 돌파한다는 것은 직접 달려보지 않고는 그 고통이 얼마나 심한지 상상조차도 할 수가 없다.

항상 부상의 위험도 도사리고 있다. 누구나 등산을 하면서 조심하고 염려하는 것이 오르막길보다는 내리막길이 다리나 허리 쪽에 부상을 입을 수 있다는 것쯤은 알고 있다. 한 시간에 산악 길 8km를 달린다는 것은 실로 남파 간첩들이 임무를 수행할 수 있는 그 정도 수준은 되지 않을까.

뛰다 보면 무아지경이 된다. 오르막이 있으면 내리막이 있고 고통의 순간은 곧 기쁨의 맛을 느끼게 된다. 우연히 불행이 왔다면 행운도 똑같은 모습으로 온다는 말이 생각날 때면 그나마 조금은 힘이 생겼다.

그때의 나는 선택을 할 수도 없고, 마찬가지로 거부할 수도 없었다. 모든 것이 불확실하며 어떤 것도 보장을 받을 수 없는 군인의 신분이었다. 기대하지도 않은 행운이라는 것이 찾아왔다면 그것은 감나무 밑에 누워 입 벌리고 있을 때 잘 익은 홍시가 입속으로 떨어지거나 도랑 치고 가재 잡고 마당 쓸고 돈 줍는 이상으로, 로또에 당첨된 기분이었을 것이다.

10km 구보와 24km 산악 구보가 체력 단련을 위한 훈련이었다면 24시간 안에 120km를 걷고, 2박 3일에 220km를 걷는 행군은 지구력과 인내력을 키우는 훈련이었을 것이다. 우리 부대는 상륙 부대였는데 유사시 부대에서 해안으로 이동, 상륙정에 승선하여 공격 목표 지점인 해안으로 접근하고 교두보를 확보하여 최종 목적지를

공격 탈환하는 임무를 띠고 있었다.

이 훈련을 함에 있어 220km 행군은 하루 70km 이상을 걸어야 하는데 일반인들에게는 힘이 들고 고통스러울 수도 있지만 적어도 우리 부대원들에게 만큼은 다른 훈련에 비해서 그리 힘든 훈련은 아니었다. 하지만 하루 70km 이상을 3일을 연속해서 걷고 지친 몸으로 배를 타고 거센 파도를 헤치며 작전 지역에 침투한다는 것은 강인한 체력과 투지가 없으면 불가능하다.

군사상 처음으로 실시한 220km 행군을 할 수 있었던 기회는 단 한 번밖에 없었으나 나는 지금도 그때의 경험과, 새로운 것을 보고 느낀 것에 대한 추억을 가슴속 그릇에 담아두고 있다.

이토록 군 복무 34개월 동안 여러 가지 유형의 수많은 훈련들을 받았지만 역시 가장 힘든, 그야말로 인간의 한계를 느끼게 하는 것이 바로 24시간 안에 120km를 걷는 훈련이었다. 세 번이나 걸어보았다.

첫 번째는 시간 초과와 대다수의 낙오병들로 인하여 실패했고, 두 번째는 첫 번째 실패한 경험을 토대로 체력 안배는 물론 행군 준비를 완벽하게 하여 성공할 수 있었다.

그런데 나는 왜 120km 행군을 했던 기억만 떠올리면 달리는 말 꼬리에 바짝 붙어 따라다니는 쇠파리처럼 '오체투지'라는 단어가 떠오르는지 모르겠다.

'오체투지'라……

가끔 TV에서 다큐멘터리로 방영되는 것을 본 적이 있는데 불교에서 부처님께 드리는 예배를 오체투지라고 한다. 인도에서부터 시작한 이 예배 법은 두 무릎, 두 팔꿈치, 이마 등 인간의 오체를 모두 땅에 붙여 절하는 최경례법이다.

'오체투지'라고도 불리는 이 예배는 전신을 사용하는 예불이었으므로 몹시 힘든 수도 방법 중의 하나였는데 내가 했던 120km 행군을 오체투지와 견주어도 틀린 말이 아니라는 생각이 들었기 때문이다.

뜻이 있는 곳에 길이 있고 무엇이든지 할 수 있다는 용기와 투지는 자신을 사랑하는 힘으로부터 나오고 누구든 내 삶을 훼손할 수 없다고 자부하기 때문에 하늘을 찌를 듯한 용기가 허물어질 수 있다는 공포에 사로잡혀 본 적도 없었다.

그러나 120km 행군 훈련이라는 말 앞에서는 혀가 굳는 것 같고 꼼짝할 수 없을 정도로 몸서리가 쳐진다. 120km를 걷는 24시간 동안 몇 차례의 등활지옥을 치러야 하기 때문이다.

등활지옥이라…….

이 역시 불교에서 말하는 것인데 죄인들이 옥졸들에게 쇠몽둥이에 맞고 칼에 찢기고 온갖 고문에 못 이겨 기절을 하면 얼굴에 물을 퍼부어 깨어나도록 만들고 정신을 차릴 만하면 다시 때리고 찢고 하는, 고통을 되풀이한다는 등활지옥! 120km 행군이 얼마나 고통스럽고 끔찍했으면 이런 표현을 아낌없이 삼키겠는가?

그나마 다행스러운 것은 고통스럽고 힘든 훈련이지만 무사히 마치고 나면 바람 불고 벼락 치고 깜깜하던 끔찍한 밤도 동이 트면 기적처럼 밝아오는 그런 순간들을, 마중 가는 듯한 행복한 기쁨과 극복했다는 희열감에 온몸이 한겨울 화롯불에 벌꿀 녹아내리듯 한

없이 뜨거운 환희의 눈물이 나른한 몸을 적시고 또 감싸 안아 위로를 해주기 때문이다. 극복하려는 노력조차 하지 않고 극복하지 못한다고 생각하는 것은 생명력을 잃은 것이나 마찬가지다.

24시간 동안 잠을 자지 않고 점심, 저녁 식사 시간 두 시간 빼면 시간당 10분간 휴식하며 5km 이상을 걸어야 하는 120km 행군을 불행하게도 전역을 얼마 남겨두지 않은 시점에 하게 되었으니 운이 나빠도 엄청 나쁜 일이었다.

이 정도의 나쁜 운이라면 사회에서 미신 믿기를 하느님 모시는 듯한 사람들이라면 한걸음에 흰 깃발 나불거리는 보살집의 허름한 집 쪽문을 박차고 들어갔을 것이다.

그러고 보니 나도 IMF를 겪을 때 신림동에 있는 어느 허름한 점집을 찾은 적이 있었다. 수년 전에 유명을 달리한, 고향 친구는 아니지만 서울이라는 객지에서 만난 친구가 있었다.

고향 사람이든 타지 사람이든 서로 공감대를 이루고 죽이 맞으면 얼마든지 친구가 될 수 있는 것이다. 내가 너무 힘들어 하고 어렵게 사는 처지가 안타까웠는지 가지 않겠다고 버티는 사람을 두 내외가 밑지는 셈치고 점을 한번 보러 가자는 것이었다. 그 부부는 여러 곳의 점 보는 집들을 자주 찾아다녔고 그런 곳을 다녀오는 날이면 꽤나 위안을 받는 듯 보였다.

지금까지 한 번도 경험해 보지도 못했을뿐더러 호기심도 발동을 하고, 어쨌든 못 이기는 척하고는 두 부부 꽁무니에 매달려갔다. 그때 나는 지푸라기라도 잡아야 될 형편이었다.

신림동 주택은행, 지금은 국민은행으로 바뀐 곳, 건너편 다리 위건널목을 건너 신림 6동 시장 길로 50m쯤 가다가 생선 파는 좌판을 끼고 왼쪽 길로 접어들었다. 리어카 한 대 간신히 지나갈 수 있을 듯한 좁은 길 양쪽으로 솔 나무 밭 아래 송이버섯 머리 내미는 듯 허름하고 작은 집들이 서로 옆구리를 맞대고 총총히 박혀 있었다.

집집마다 낮은 지붕 위에는 높게 세운 대나무 끝에 하얀 천으로 된 깃발이 걸려있고 엄지손가락만 한 굵기의 대나무가 쓰러질 듯한 집을 받쳐주고 있는 듯 보였다. 다른 사람들의 길흉을 점쳐준다는 사람들이 자기들은 왜 이런 환경에 있는지 도무지 이해가 되지를 않았다.

때가 묻어 꼬질꼬질하고 반은 찢어진 상태로, 그래도 바람 부는 대로 펄럭이는 하얀 깃발들을 보며 멍하니 공황상태에 빠진 나를 친구가 저만치서 불렀다. 뭘 보고 그렇게 정신을 놓고 있느냐며 내 소맷자락을 잡고는 파란 페인트를 칠한 나무로 짜서 만든 조그마한 문을 열고 들어갔다.

뜨락에 올라서서 신발을 벗고 창호지를 바른 미닫이문을 열고 방으로 들어가니 향 피우는 냄새가 진동을 하고 있었다.

방 안에는 점을 보러 온 듯한 아주머니 대여섯 분이 앉아 있었다. 앞쪽으로는 조그마한 불상과 그 앞에 불공드릴 때 쓴 듯한 음식상이 차려져 있고, 그 음식상을 등지고 사십대 중반으로 보이는 풍채 좋은 여자가 앉아 있었다. 우리가 들어가자 일어서서 반갑게 맞아주는 것을 보니 그 여자가 여러 가지 행색으로 보아 이 집 주인 같았다.

친구 부부와는 오래 전부터 잘 아는 사이처럼 보였다 서로 안부를 묻는 인사들이 끝나자 그 여자는 우리 일행에게 자리를 권했다.

잠시 침묵이 흐르고 친구 부인이 쉽사리 밖으로 내놓지 못하고 입 안에서 이리저리 굴리던 말을 주인 여자에게 아양 떠는 표정을 지으며 꺼내놓았다. 친구 부인은 체구는 작고 그리 예쁜 얼굴은 아니지만 매사에 맺고 끊는 점이 분명하고 무슨 일이든 명쾌하게 결론을 내는 성격을 가진 여인이었다.

"보살님, 제가 모시고 온 이분은 저의 남편과 둘도 없는 친구인데 지금 형편이 상당히 어려워요. 그러니 앞으로 무엇을 어떻게 하면 되겠는지 한번 봐 주세요." 하고는 초조한 마음을 두 손에 감싸고는 비비는데 그 보살은 입가에 싸늘한 웃음을 보라는 듯 흘리면서 말을 꺼냈다. 거드름까지 피우는 모습에 기가 질렸다.

"이 남자분은 보고 싶지 않으니 차나 한 잔 들고 가시지요."

점잔을 빼며 거절하는 그 모습이 나의 머리 뚜껑을 건드리고 있었다.

친구 부부의 당황하는 기색이 역력했다. 아니, 손님 하나라도 더 끌어들이기 위하여 수단과 방법을 가리지 않는 마당에 거절을, 그것도 제 발로 찾아온 손님을 문전박대하다니 어처구니없어 하는 사이에 향이 깊은 커피 잔이 앞에 덩그러니 놓여 있었다.

친구 부인이 다시 이번에는 사정하는 표정을 지으며 말을 꺼냈다.

"보살님, 그러지 마시고 어렵사리 발걸음을 했으니 헛걸음이 되지 않도록 한 말씀만 해주세요."

그렇게 간곡히 부탁을 하는데도 그 보살이라는 여자의 머리는 도리질만 하고 있었다. 그러면서 봐 주지 않는 이유를 설명해 주었다.

"이분은 내가 잘될 수 있는 방법을 알려주어도 내가 시키는 대로 따를 분이 아니기 때문에 나는 아무 말도 할 필요가 없다는 거예요."

"이제 제가 왜 거절을 하는지 아시겠어요?"

그 말에 나의 뒤통수에서는 번갯불이 쳐대고 있었다. 아니, 어쩌면 저렇게 내 마음을 족집게로 집어내듯이 정확하게 집어내는지 정말 점을 잘 보는 사람으로 보였다. 사실이지 나는 내일 당장 만사형통하는 일이 생긴다 할지라도 보살이 하라는 대로 따를 생각은 애당초 없었기 때문이다.

나는 친구 부부에게 내 마음을 들킨 것 같아 어린아이 집에 가자고 보채듯이 그만 가자고 재촉을 했다. 하지만 끈기라면 자신 있다는 듯 친구 부인은 이번에는 애처롭고 아쉬운 표정을 지으며 한 번 더 부탁을 하고 있었다.

"그래도 한 말씀만……." 하며 말꼬리를 내리는데 그때, 꿀 먹은 벙어리 입 떨어지듯 그 보살의 입이 열렸다.

"놀더라도 항상 물가에 가서 노세요. 물을 보면서 물아, 너도 깨끗하지만 나도 너만큼 깨끗하단다, 라고 하면서 물과 대화를 하세요. 더 이상은 할 말이 없네요. 그럼 안녕히들 가세요."

한마디 내던지고는 그 보살이 먼저 자리를 털고 일어섰다. 친구 부인이 고맙습니다, 라는 인사를 토해내기 전에 나는 급하게 화장실 찾는 사람 표정으로 되물었다.

"마시는 술을 물로 보아도 되겠습니까?"

"그렇습니다."

그 보살의 말은 당찬 듯하면서도 자신한다는 말투였다.

지금 생각해보면, 어쩌면 나의 생활이 노력보다는 물귀신의 도움이 많았을지 모른다.

　정식으로 점괘를 보지 않은 탓인지 그 보살은 복채를 요구하지는 않았다. 그렇다고 그냥 갈 수만은 없었다.

　어려운 처지인 나에게는 거금이라고 할 수 있는 삼만 원을 찻상 위에 올려놓으며 선생님이 학생에게 훈계하듯이 조심스럽게 그 보살에게 한마디 했다.

　"물건을 팔려고 좌판을 폈으면 물건을 사러 온 사람이 누구든, 가리지 말고 팔아야지 아줌마는 장사꾼의 상도를 아직 모르시는 것 같군요. 오늘은 그냥 가지만 만약 내가 다시 오거든 그때는 아줌마가 가지고 있는 최고의 상품을 나에게 꼭 팔아야 됩니다."

　그렇게 말을 뿌려대고 나니 속이 시원했다. 점 본다는 것 자체를 거부하고 인정하지 않는 내가 그때만큼은 진실로 뿌린 말이었다.

　운이 나빠 제대를 불과 며칠 앞두고 치러야 할 훈련.

　악마가 태동할 듯한 마의 120km.

　나는 내 의지대로 할 수 있는 일은 아무것도 없고 명령에 무조건 복종해야 하는 일개 병사일 뿐이다.

　충견지상.

　그렇다. 주인에게는 끝없이 충직하나 주인 이외의 그 누구도 모르는 사나운 개, 국가의 명령에 충성을 다하는 충견지상으로서 그저 주어진 임무에 최선을 다하는 것뿐이다.

　살다 보면 천둥도 울고 번개도 치고 다 그런 것이 아닌가? 거역할 수 없는 힘, 그것이 내 삶을 후려치고 갔다고, 싫어도 받아야 하는 숙제 같은 것이었다고 생각을 하니 마음이 편해졌다.

받은 밥상이었다.

한번 빗나가기 시작하면 아무리 쉬운 일도 결코 쉽게 이루어지지 않는 법이다. 그렇기 때문에 모든 준비를 빠짐없이 철저히 해야 한다. 하나님이 인간의 눈을 만들 때 흰자위와 검은자위를 동시에 만들어놓고 검은자위로만 세상을 보게 만든 것은 아마도 어둠을 통해서 세상을 보라는 섭리인지도 모른다. 모든 것을 제대로 보고 제대로 된 길을 찾아가라는 것일 게다. 하나라도 빠트리고 준비함에 소홀함이 있다면 이번 행군 역시 성공할 수가 없다.

실패란 언제 어느 곳에서든지 우리 주위에 도사리고 있다. 실패를 실패로 인식하는 순간 아무것도 얻을 수가 없다. 실패라고 생각하는 순간 실패한 것이고 졌다고 생각하는 순간 지는 것이다.

마음가짐을 단단히 하자고 다짐을 했다. 할 수 있다는 자신감이 있는 한 못할 것이 없고 성공할 수 있다고 생각하는 한 아직 실패한 것은 아니다. 모든 일의 시작은 마음가짐에 있다.

꿈을 아무리 많이 꾸어도 그것을 현실로 옮기지 못하면 아무런 소용이 없는 헛된 꿈인 것이다. 이루지 못할 꿈을 꾸고는 감당을 못해서 힘들어 할 때도 있다. 하지만 주어진 여건을 긍정적인 자신만의 리더십으로 헤쳐 나가야 한다.

누구든지 사람의 삶 속에서 고통과 쾌락은 언제나 상존해 있고 또 엇갈리기 마련이다. 자신에게 주어진 일에 불안감을 느끼게 되면 주어진 일을 잘할 수가 없다.

독기를 품고 나 자신에게 확신을 가지며 목적의식을 다져간다면 무엇이든 해낼 것이다. 강한 열정과 강한 행동은 목적 달성의 지름 길이기 때문이다. 현실을 외면하지 말고 있는 그대로 받아들여야 한다. 모든 정열을 총동원하여 맞서보는 것이다.

깊은 상처가 아물면 자주 그 상처를 만져보면서 정말 아프지 않 네, 하고 신기해하는 어린아이처럼, 언젠가는 군 생활에서 얻은 상 처들을 만져보면서 이곳의 상처가 예전에 나를 아프게 했겠구나, 라고 생각할 수 있는 먼 옛날을 위안으로 삼기로 했다. 40년이 지나 가고 있는 이 순간, 지독했던 그때의 기억을 지금 나는 더듬어가고 있는 것이다.

처음 120km 행군을 했을 때는 철저한 준비를 하지 못한 잘못도 있었지만 경험이 없었기 때문에 무엇을 어떻게 해야 되는지 몰라서 실패를 했고, 두 번째는 실패한 경험을 철저히 분석하여 행군 시 필 요한 모든 것들의 준비를 꼼꼼히 했다. 아울러 체력의 안배를 적절 히 하여 성공할 수 있었다.

이번 행군은 성공 여부를 떠나 어떻게 해서라도 지난번보다는 고 통을 줄일 수 있는 방법을 찾는 것이 급선무였다.

우선 제일 먼저 여자용 팬티를 구입해야 한다. 그 당시에 장미꽃 이 그려진 여자 팬티가 유행이었다. 꽉 끼는 팬티를 입어 살과 살이 부딪치는 것을 방지하고 옷과 살이 따로 노는 것도 방지하는 것이 다. 그래서 여자용 삼각팬티가 꼭 필요한 것이다.

그리고 압박 붕대, 탈지면, 진통제, 소주, 카스텔라 빵, 피부 치료 제인 연고, 그리고 마지막으로 양말 20여 켤레를 뒤집어 마른 비누칠을 해서 배낭에 넣으면 준비는 대체로 양호하게 된 셈이다.

고독한 고통의 길, 120km 행군이 시작되면 장미꽃이 예쁘게 그려진 여자용 삼각팬티가 나를 지켜주는 길잡이가 되어줄 것이다.

2. 기억을 살려낸 실마리

예정일이 왔다.

평상시와 다름없이 오전 6시에 기상을 했다. 배낭을 꾸리는 손길들은 매우 빠르게들 움직였으나 고통의 두려움에 모두들 긴장하고 있는 표정들이었다. 그러나 달리는 말 등에서 뛰어내릴 수 없고, 내리는 비를 막을 수 없는 것이다. 두려움을 해소시키지 않고는 아무것도 할 수가 없다.

두려움도 용기도 모두 내 마음에서 나오는 것이니, 두려움을 극복하려면 무조건 나 자신을 믿고 용기를 내야 한다. 나는 할 수 있다고 무조건 믿고 또 믿는 것이다.

오로지 최대한 고통을 줄이면서 정해진 시간 내에 완주만 하면 되는 것이다. 안 된다는 생각은 아예 머릿속에서 지워버리기로 했다. 비를 피한다고 물속에 뛰어들고 연기를 피한다고 불속에 뛰어들 수는 없다.

시행착오는 언제나 있기 마련이기 때문에 어떠한 일을 시작하기도 전에 두려움에 떨면서 매사에 집착할 필요는 없는 것이다.

세상일이라는 것이 나 혼자만의 힘으로 이루어지는 것은 아무것도 없다. 더불어 사는 사람들이 있어 모든 삶이 존재하기에 팀원들의 팀워크 또한 매우 중요하다.

어느 사이 부대 앞 동쪽 산등성이가 붉은 물감을 뿌려놓은 듯이 달아오르고 있었다. 지나가는 구름 속으로 들락거리면서 떠오를 태양을 기다리는 듯했다. 날씨는 무척이나 좋았다. 웬만하면 검은 비구름 말고 회색빛 옅은 구름이 잘 꾸며진 연회장에 양탄자를 깔아놓은 것처럼 하늘을 덮었으면 좋겠다는 생각을 했다.

검은 구름은 비를 몰고 올 수 있기 때문에 안 되고 한낮에 햇볕이 너무 따가우면 많은 체력이 소비되니 햇볕을 살짝 가릴 수 있는 그런 구름을 갈망했던 것이다.

연병장 여기저기 밥통과, 국과 반찬을 담을 양동이를 든 식사 당번들이, 일부는 아침을 배식받기 위하여 취사장으로, 일부는 배식받은 음식들을 들고 분주히 움직이는 것을 보니 아침을 먹어야 될 시간이 된 것 같았다.

식사 당번이라야 별도로 정해진 것도 없고 농촌에서 바쁠 때 돌아가면서 품앗이를 하듯 하는 것도 아니다. 언제부터인지는 모르나 그 팀에서 가장 후임병들이 하는 것이 관례처럼 되어 있고, 시간이 흘러 전역하는 선임병이 있으면 충원이 되면서 또 다시 후임병이 들어오게 되고, 비로소 식사 당번을 면하게 되는 것이다.

아침 반찬은 보지 않아도 어느 정도는 알 수가 있다. 오늘 아침부터 내일 아침까지는 성찬이라는 것을. 아마도 밥은 하얀 쌀밥을, 양은 충분히 줄 것이고 국은 육 고기로 끓였을 것이고 김치에 생선조림 정도가 나올 것이다. 특식으로 손바닥만 하게 자른 포장된 김이 나올 수도 있다.

고된 훈련을 하는 야외에서 때로는 평소보다 못 먹을 수도 있고, 굶는 것도 훈련이라 하여 아예 못 먹을 때도 있다. 하지만 오늘처럼 장거리 행군을 한다거나 특별한 날에는 꼭 특식이라는 것이 나오기 때문이다.

주어진 양의 재료들을 가지고 최대한 병사들을 잘 먹일 수 있게 하는 것은 최고 지휘관의 오랜 경험과 리더십에서 얼마나 현명한 지휘관인가를 가늠할 수가 있다.

동물의 세계든 인간의 세계든 집단을 이루는 곳에는 리더가 있다. 리더에게는 막강한 권한이 주어지지만 그만큼 책임도 무겁다.

그런 생각을 하게 된 동기는 일등병 시절 훈련 중에 있었던 일에 대하여 보고 느낀 점이 너무나 많았던 경험이 있어서였다.

작대기 하나에서 작대기 두 개로 진급을 하던 어느 해 여름, 바람 한 점 없는 푹푹 찌는 날씨에 습도까지 높아 바람까지도 땀을 흘리며 지나갈 정도의 날씨가 계속되고 있었다. 나무그늘 밑에 있어도 온몸이 조청을 발라놓은 듯 끈적거리는 7월 중순, 일주일간의 대대급 여름철 정기 훈련 중이었다.

그 일주일 중 2박 3일은 밥을 먹지 않고 굶으면서 500m 고지를 공격하여 정상까지 올라갔다가 내려오기를 하루에 한 번씩 반복해서 세 번을 실시했다.

부대에서 밥을 주지는 않지만 살아남기 위하여 본인 스스로 방법을 찾아야 한다. 굶어본 사람들은 안다. 수단과 방법을 가리지 않고 생존을 위하여 무슨 일이든 할 수 있다는 것을.

다소 무리한 일이 발생한다 하더라도 부대에서 통제하기가 힘든 상황도 있다. 젊은 놈들을 삼 일씩이나 굶겨놓고 산 날맹이를 올라갔다 오라는데 한마디로 눈깔 뒤집히는 일인 것이다.

첫째 날은 그런대로 수통에 가득 채운 물로나마 배를 채워 갓난아이 젖 달라고 징징거리는 듯 닦달하는 속을 달랬다. 그러나 둘째 날부터는 나 자신을 내가 통제할 수 없는 극한 상황으로 치닫고 있었다.

꿀벌은 몸 안에 꿀만 가지고 있는 것이 아니라 꼬리에 침과 독을 가지고 있다. 만약 사람의 마음속에 지옥과 극락이 함께 자리 잡고 있다면, 그 순간 내 마음속에는 지옥의 기름 가마가 펄펄 끓고 있을 것이다. 또 만약 사람의 마음속에 선과 악이 함께 깃들어 있다면 그때 내 마음속에는 악의 도가니가 시뻘겋게 달아오르고 있었을 것이다. 한 마디로 눈에 뵈는 게 없다는 표현이 적절할 것이다.

나뿐만 아니고 500여 명의 대대 병력 모두가 똑같은 생각들을 했을 것이다. 쥐새끼도 도망칠 구멍을 만들어주고 쫓으라는 말이 있다. 그러나 그때 현실은 달아날 구멍을 만들어 주기는커녕, 나 있는 구멍도 막고, 전신에 올가미를 씌워 조여 오는 듯한 상황이 계속되고 있었다. 상식을 잃어버린 듯한 일들이 하나둘씩 일어나고 있었다.

새벽 3시.

다시 또 '공격, 앞으로!' 명령이 하달되고 우리는 500m 고지를 향하여 칠흑 같은 어둠을 가르며 산을 오르기 시작했다. 5부 능선쯤

올랐다.

숨은 가빠오고 위 속은 마취제를 맞은 듯 아무런 느낌이 없는데 목이 너무나 말랐다. 아니 타는 것 같았다. 아무리 훈련이라지만 작전 중에는 최악의 상황이라 하더라도 불빛을 내거나 나무 같은 것을 태울 수가 없다.

어두워 앞이 잘 보이지는 않으나 골짜기로 내려가면 물이 있을지도 모른다는 생각이 들었다. 어둠을 비집고 골짜기로 내려갔다.

구름에 가렸던 초승달이 눈썹 모양을 하며 얼굴을 살짝 내밀자 골짜기 한 곳에 잠깐, 아주 잠깐 반짝거리는 것이 물 같았다.

성경에 보면 예수님이 떡 일곱 개와 생선 두 마리로 많은 군중을 먹이고도 일곱 광주리가 남았다고 했는데 그중 한 광주리가 내 앞에 떨어져 있는 것 같았다.

절망하고 또 절망하다가 이윽고 체념을 하게 되면 어느 순간부터는 모든 것이 새롭게 보일 수도 있고 또 다른 세계가 있어 경험하지 못한 새로운 희망을 줄 수도 있다는 생각이 뇌리를 스쳐 지나갔다.

지금 힘든 이 순간이 내일이면 끝이 날 테고 내 앞에 애타게 찾고 있던 물이 있으니 온몸이 허공에 붕 뜨는 느낌이었다. "구하라, 그러면 주실 것이다."라는 성경의 진리를 스스로 깨달은 듯 부끄러운 위선이 나를 농락하고 있었다.

오매불망 그리웠던 물속에 거의 얼굴을 처박고는 벌릴 수 있는 한 입을 최대한 크게 벌려 '벌컥벌컥 꾸르륵, 벌컥벌컥 꾸르륵'을 몇 차례 반복을 한 후에야 물에서 얼굴이 빠져 나왔다.

물에 젖어 시원함을 느끼게 해준 얼굴의 물기를 양손으로 쓸어

내고 검정 물감 드리운 허공을 향하여 물을 마셔 밖으로 밀려나온 배 속의 공기를, 꽃밭에 조루로 물을 뿌려대듯 그렇게 뿌려댔다.

뿌리지 못해 한 맺힌 사람처럼 그렇게 반복해서 몇 차례 뿌려대고는 이슬 맞은 나뭇잎들의 싱그러운 냄새들을 디저트로 마음껏 마셨다.

흩어지는 풀잎 향기 자욱한 밤
포근한 설렘에
오가는 발길들 허공을 가르고
봄바람 친구 삼아
꽃봉오리 터트리는 저 길손
님 기다리네
하늘 밑 땅 위의 모든 잡것들
어둠속에 휘감기어
님 찾는 발길 마중물 되어 있는 밤
실바람에 실려 온 님의 향기
콩닥대는 가슴속 비집어 드네.

잠깐이지만, 아주 잠깐이지만 이 순간 나는 영화나 드라마의 주인공이 되고 있었다. 그들은 초반에는 어려움을 겪는다. 시청자들이 편하게 볼 수 있는 것은 해피엔딩으로 끝난다는 것을 짐작하며 보기 때문이다. 이처럼 마지막에 성취감을 느끼고 행복감을 느낄 수만 있다면 지금 괴롭고 고통스러운 것은 오히려 나를 한 단계 더 성숙하게 해줄 수도 있을 것이다. 그리고 그 과정을 극복해야 한다는 것은 자신과의 싸움일 것이다.

내뿜었던 공기를 다시 모아 나의 몸속으로 가두는데 비린 냄새가 같이 따라 들어오고 있었다. 이상한 일이었다. 물에서 비린 맛이 나다니 별꼴이었다.

어둡고 고요한 밤이다. 아직은 캄캄하고 산신령이라도 나올 듯한 적막만이 흐르고 있다. 그러고 보니 물 흐르는 소리를 듣지 못했다. 땅을 박차고 세상 구경 나온 나무뿌리와 그들과 어울려 땅에 박힌 돌들 사이를 숨바꼭질하듯 이리저리 비틀거리며 졸졸거려야 될 소리가 나지를 않았다.

목이 마르면 당연히 물을 마셔야 한다. 그러나 정상적인 사람이 웅덩이의 썩은 물을 마시거나 더러운 그릇으로 물을 떠서 마시지는 않는다. 틀림없이 고여 있는 물이라는 생각이 들었다.

그럼 이 물의 정체는 무엇일까? 확인을 해보려는데 팀원들이 빨리 오라고 재촉을 하여 소맷자락으로 다시 한 번 입을 닦고는 늘어지는 다리를 이끌고 정상으로 향했다.

밤이면 산 정상에 오르고 낮이면 하산을 하는데 환한 대낮에 보니 5,000여 평쯤 되어 보이는 화전 밭의 찰옥수수 밭이 있었다. 키를 잔뜩 키워놓고는 중간 허리에 옥수수 두 개를 엇갈리게 껴안고 있었다.

그곳이 고산지대라 그런지 옥수수 알갱이를 손가락으로 누르면 '픽' 하고는 하얀 물이 터져 나와 영글려면 시간이 더 필요하다는 것을 알 수 있었다.

순식간에 일이 터졌다.

일부 병력만 지나갔을 뿐인데 그 넓은 옥수수 밭이 사라져 버렸다. 설익은 옥수수뿐만 아니고 옥수수 대공까지 온데간데없어졌다. 옥수수 대공을 씹으면 단맛이 난다는 것을 알고 있기에 평소에는 소 여물로도 먹이지 않는 것을 사람의 입이 박살을 내버린 것이다.

시차를 두고 뒤따라온 병력들은 이삭이라도 줍는 심정으로 옥수수 밭을 뒤졌으나 허탕이었다. 나는 동작이 느린 탓인지 아니면 자존심 때문이었는지는 모르겠으나 입맛조차 다셔보지 못했다.

한참 후에 들은 이야기지만 옥수수 밭 주인은 대성통곡을 했고 부대에서 그에 합당한 보상을 해주어 잘 마무리되었다는 소식을 들을 수가 있었다.

마지막 삼 일째 되는 날에는 산나물은 말할 것도 없고 갈대를 제외하고, 부드러운 풀과 잎사귀는 모두 굶주린 병사들의 제물이 되었다.

이제 하산만 하면 밥을 먹을 수 있다고 생각을 하니 헛기침에 애꿎은 침만 목줄을 타고 계속 흘러내렸다. 그런데 갑자기 새벽에 골짜기에 내려가 물을 먹었던 생각이 떠올랐다.

"그래, 마지막으로 한 번만 더 물로 배를 채워보자."

나는 지남철에 이끌려가듯 계곡으로 내려갔다. 그 자리에 그대로 물이 있었다. 나의 눈빛이 물에 꽂히는 순간 내 몸은 맹수를 만난 듯 꼼짝도 할 수 없을 정도로 굳어져 버렸다.

물속에, 새벽에 내가 마신 저 물속에 일찌감치 생을 마감한 올챙이들이 이 작은 물웅덩이에 까맣게 깔려있었다. 새벽바람에 흩어지던 비린내의 비밀이 풀리는 순간이었다.

저것들은 왜 저기서 '뒷다리가 쑥, 앞다리가 쑥'도 못해보고 죽어 있을까? 미물이지만 불쌍한 생각이 들었다. 아마도 저들의 부모는 매우 게을렀을 것이다. 자신들에게 다가올 위험과 현실을 망각하고 나태의 늪에서 자기 자식들 귀엽다고 자장가만 불러주었을지도 모른다. 오로지 뒷다리가 쑥, 앞다리가 쑥, 나올 날만 꿈꾸면서…….

꿈을 꾸는 자의 삶에는 풍성함이 있다. 그러나 어려운 시련을 극복하고도 고통의 늪에서 흐느낄 때가 있고, 때로는 꿈을 이룬 사람들이 교만해질 수가 있다. 모든 일은 계획해서 시작되고 노력으로 성취하며 오만으로 망친다고 했다.

성공한 후에 타락하고 번영한 후에 몰락한다. 저 개구리들이 혹시 세상에서 성공하고 인생에서 실패한 사람들의 후예가 아닐지 모른다는 어처구니없는 생각을 해보았다. 어쨌든 인간은 각각의 상황에서 선택을 하게 되고 선택은 그만큼 무거운 행위이며 힘든 일이다.

그러나 동물들은 본능에 따라 행동한다. 어떤 상황에서 어떤 행동을 할 것인지 거의 정해져 있다. 자장가를 부르는 개구리나, 자장가에 취해 깨어나지 못한 올챙이나 계곡물이 줄어들면서 물길이 끊어지고 물웅덩이만 덩그렇게 남아 오갈 곳이 없어진다는 사실을 몰랐을 것이다. 올챙이들을 잠재운 뒤에야 깜짝 놀란 개구리는 자기 새끼들을 남겨둔 채, 끊어진 물줄기를 찾아 뜀박질을 했을 것이다.

다시 흐르는 물에 몸을 담그며 통곡할 때, 저 올챙이들은 무엇 때문에 자신들이 죽어야 하는지도 모르는 채 '뒷다리가 쑥, 앞다리가 쑥'도 못해보고 이름 모를 골짜기에서 짧은 생을 마감한 것일 게다.

이러한 잘못들을 우리도 저지르면서 살아가고 있다 그저 모르고 지나갈 뿐이다.

비린 냄새, 그 비린 맛의 정체를 확인하는 순간 빨리 그곳을 벗어나고 싶다는 생각뿐이었다. 그리고 머릿속에서 빨리 지워버려야 했다. 그렇지 못하면 이제 하산해서 삼 일 만에 마주해야 할 밥맛을 보지 못할 수도 있기 때문이다. 쩝쩝 다시는 입맛이 쓰다는 것도 느끼지 못하고 무거운 마음을 그 골짜기에 남겨둔 채 서둘러 하산을 하였다.

수많은 새로운 경험을 맛보았던 훈련은 그렇게 끝이 났다. 우리 모두는 땀과 먼지로 뒤범벅된 거지꼴이 되어 집결지에 모였다. 그리고는 밥을 배식받기 위하여 임시로 설치한 취사장 앞에 줄을 섰다. 코를 자극하는 음식 냄새에 취해 쓰러질 것만 같았다.

허기가 고조에 달해서 그런지 피곤한 몸은 늘어지고 졸리는 눈동자는 서서히 풀려가고 있었지만 삼 일 만에 먹게 되는 밥 생각에 마음은 풍선처럼 하늘을 날고 있었다. 최대한 꾹꾹 눌러 담아 삼 일간 먹지 못한 한풀이를 멋지게 해볼 양으로 들떠있었다.

취사병들은 우리가 원하는 마큼의 밥과 국을, 그리고 반찬을 인심 좋은 밥집 뚱보 주방 아줌마가 듬뿍 퍼주듯이 그렇게 꽉꽉 눌러 주었다. 그러면서 더 먹을 수 있으면 다시 오라며 자기 것 인심 쓰듯 지껄였다.

그도 그럴 것이 세 끼 먹을 예산으로 한 끼 식사에 쏟아 부었으니 식사의 양과 질이 얼마나 좋았겠는가. 며칠 훈련받느라 고생한 병사들을 잘 먹이겠다고 작정한 음식이니 짬밥치고는 최고의 성찬이었을 것이다.

그러나 어찌 이런 일이…….

우리 모두는 허겁지겁 밥을 먹기 시작했지만 다섯 숟가락을 채 넘기지 못하고 밥 먹는 것을 포기했다. 심한 사람은 토하기까지 했다.

왜 그래야만 했나?

우리는 우리 인체에 대하여 너무 모르고 있었다. 알았다 하더라도 며칠 굶은 것만 생각을 하고 며칠 비어 있던 속을 어떻게 다스려야 할지를 고민해보지 않은 큰 실수를 한 것이었다. 이것이 바로 지휘관의 많은 경험과 오랜 경륜이 얼마나 소중한 것인가를 말해주고 있는 것이다. 생사를 넘나드는 전쟁터에서는 말할 것도 없다.

성능 좋은 병기를 가지고 있는 만큼이나 먹는 음식의 양과 질 그리고 상황에 따라 음식을 조리하는 방법도 다르게 해야 할 것이다. 며칠 굶겼으면 많은 음식을 배불리 먹이려는 것보다는 죽 같은 음식을 조금씩 주고 점차 양을 늘려가면서 어느 정도 적응이 된 뒤에 남겨 두었던 예산으로 좋은 음식과 막걸리 한 잔씩이라도 주어 회식을 시켰더라면 아마도 그 지휘관은 40여 년이 지나가는 지금까지도 내 가슴에 명장으로 자리매김을 하고 있었을 것이다.

행군에 필요한 모든 준비는 잘 되었고 이제 마지막으로 해야 할 일은 아침밥을 든든히 먹어 두어야 한다.

예상한 대로 하얀 쌀밥에 국은 쇠고기 국이었는데 다른 때보다 고기가 듬뿍 들어있었다. 반찬은 어묵조림에 평소에 배추김치 한

가지 나오던 것이 깍두기 김치가 나오고 손바닥만 하게 자른 김 10장씩 들어 있는 봉지를 하나씩 주었다. 1식 3찬이 오늘 만큼은 1식 5찬이 되었다.

아침 식사를 거의 마쳐 갈 즈음 머리 뒤통수가 가렵다는 느낌이 들었다. 무엇 때문일까. 신상에 무언가 잘못되고 있다는 신호를 보내주고 있는 것 같았다. 아무래도 무엇인가를 빠트린 것 같았다.

최대한 고통을 줄일 수 있는 행군을 하기 위하여 준비를 철저히 했는데 왠지 허전하다. 주방에서 음식 조리 후 가스 불을 안 끄고 나온 것처럼 불안했다. 양치질 한 후 가글을 안 한 것처럼 찝찝하고 음식을 먹은 후 이 사이에 고추 가루 낀 것처럼 마음이 개운치를 못했다.

무엇일까? 이제 출발 시간이 20여 분밖에 남지를 않았는데 왜 이렇게 생각이 나지를 않는 걸까. 뭔가를 잊어버리고 빠트린 것만은 틀림이 없었다.

나는 언제나 그랬다. 나를 믿을 수가 없었다. 하나에 정신이 팔리면 다른 하나는 까마득하게 잊어버리고 마는 정신적 불균형에 대해 절망할 때도 있었다. 기억은 영원히 사라지는 것이 아니고 단지 헝클어져 있을 뿐인데 말이다. 실마리만 풀어주면 되찾을 수 있는 기억들이 얼마나 많은가. 실마리라, 실마리…….

아, 바로 그거다. 실과 바늘! 아주 중요한 역할을 할 실과 바늘을 빠트렸다니 얼마나 어려운 행군이 될 뻔했는가. 지금이라도 생각이 떠올랐으니 그래, 보너스라 생각하기로 했다.

기억이라는 것이 저장되는 순간부터 혼자의 힘으로 살기 위한 몸부림을 치는 것이다. 때로는 처음과 나중이 전혀 다른 형상으로 뒤바뀌는 경우도 종종 있기 때문에 기억과 현실을 맞추려는 더없는 노력으로 마음의 상처를 입기도 한다.

가끔씩은 지금보고 있는 것보다 예전에 보았던 기억을 더 신뢰하고 그것에 더 많은 의미를 두고자 하는 고집을 피울 때가 종종 있다. 기억력이 나를 희망으로 이끌기도 하고 절망의 벼랑으로 떨어트리기도 한다.

이제 출발점 집합이다.

아침의 찬란한 햇빛이 연병장에 내려앉고 있었다.

귀청을 두들겨대는 호루라기 소리에 실과 바늘을 챙겨 상의 윗주머니에 넣고 연병장으로 향했다. 배낭을 완전히 꾸린 상태였으므로 주머니 이외에는 딱히 넣을 곳이 없었다.

대대 전 병력이 연병장으로 집합하였다.

좌우로 정렬 후 보고자의 인원 보고가 시작되었다.

"충성! 총원 530명, 휴가 11명, 환자 2명, 외각 초소 근무자 20명, 현재 497명, 훈련 집합 끝!"

"전 부대 쉬어!"

굵직하고도 무게가 실린 목소리로 시작된 대대장의 일장 훈시가 시작되었다.

그 모습이 초등학교 시절 낮고 조그마한 교단 위에 올라선, 눈에는 검은 테 안경을 쓰고 머리가 훌렁 벗겨진, 땅딸막한 키에 정년이 가까워진 교장 선생님이 불쑥 나온 배 때문에 흘러내리는 바지춤을 연신 끌어올리면서 헛기침을 양념으로, 조물조물한 학생들을 교단 앞에 세워놓고 착한 어린이가 되어야 한다고 타이르는 듯한 모습을 연상케 했다.

항상 듣던 이야기가 또 재생되고 있었다. 체력은 곧 국력이고 국가와 여러분의 가족을 위하여 끊임없는 훈련으로 체력을 키워야 되고…… 그런 것들이 아우러져 애국자가 되는 것이며 군 생활에서의 모든 경험들이 사회에 나가면 좋은 밑거름이 될 것이며 등등.

그리고 마지막으로 꼭 제 시간에 전원 복귀해서 이번 훈련이 유종의 미를 거둘 수 있도록 하라는 말은 상관으로서 부하에게 내리는 명령이었고, 만약 이번 행군이 실패한다면 어떠한 기압이 내려질지 각오하라는 일종의 협박이기도 했다.

대대장의 일장 훈시가 끝나자 이번에는 주번 사령이 나섰다. 행군 중 지켜야 될 규율과 주의 사항, 그리고 안전사고 예방에 대한 여러 가지를 너그러운 시어머니가 들에 나가시며 며느리에게 이것저것 당부하듯이 말을 이어 갔다.

"새아가, 햇볕에 얼굴 타지 않도록 수건으로 가리고, 장독은 햇볕 잘 들게 뚜껑을 열어놓고, 돼지죽 주고 남은 것은 상하지 않도록 다시 한 번 끓여 놓아라. 그리고 어저께 깨어 나온 병아리 모이는 부엌 찬장 오른쪽 문을 열면 종재기에 참깨가 조금 있으니 모이로 주어라. 새참은 텃밭에서 오이 두어 개 따다가 채를 썰어 시원한 물국수에 고명으로 넣어 맛있게 먹을 수 있도록 준비하고 들에 나올 때는 문단속 잘 하고 좁디좁은 농로에 경운기들이 자주 오가니 사고 나지 않도록 특히 주의해야 한다."

뭐 그런 투였다.

그렇게 당부를 하고 교육을 시켰으면서도 못 미더워 하는 표정을 지으며 '전 부대 출발!'이라는 소리를 지를 때 그의 목에는 파란 줄들이 날을 세우고 있었다.

병사들의 군홧발 소리가 허공을 가르자 어디선가 날아온 조막만한 참새 떼가 갈 길을 잃은 듯 창공을 휘젓고 있었다.

3. 60만분의 1 의 인연과 사랑

오전 8시.

밤새워 동쪽 산등성이를 힘겹게 넘어온 아침 해가 어느 듯 중천으로 방향을 잡고 서서히 떠오르고 있었다. 이제 내일 아침 저 해를 다시 볼 때쯤이면 우리는 이 연병장에 승리자로 서 있게 될지, 아니면 패잔병의 몰골로 서 있게 될지 판가름이 날 것이다.

행군 대열이 서서히 위병소를 빠져나가고 있었다.

위병소를 벗어나 화양강 옆구리를 차지하고 구불구불 돌아가는 인제 방향 44번 국도로 행군 대열이 길게 늘어져 군홧발 소리를 친구 삼아 걸어갔다. 좀처럼 긴장이 풀리지 않는 듯 불안하고 마음이 평온하지를 못했다. 다만 감정의 기복은 조금씩 줄어들고 이 언덕이 끝나면 평지가 나올 것이라는 믿음이 조금씩 자라나고 있었다.

하나가 나쁘면 다른 하나가 좋을 것이고 하나를 버리면 다른 하나를 얻을 것이며 이 상황이 지금 당장 나에게 어떤 것을 채워주지는 못한다 하더라도 그 흔한 인내심 정도는 키워 주리라 생각하고 또한 그것이 현실이라는 사실을 부정할 수는 없다. 밤새 내린 이슬이 서서히 달아오르는 햇빛에 부서지며 이별을 고하고 있었다.

고통이 동반되는 힘든 훈련을 할 때는 체력도 중요하지만 전우애 또한 어느 것 못지않게 중요하다. 대대 병력 전체가 아우러질 수는 없겠지만 최소 단위인 팀은 한 몸이 되어야 한다.

우리 소대는 25명으로 편제가 되어 있고 그중에 7명으로 우리 팀이 구성되어 있다.

그렇다.

사람이 어렵고 힘들고 외로울 때 누군가 곁에 있다는 것은 행운이다. 비록 군대라는 집단을 통하여 내 의지와는 관계없이 만난 운명들이지만 대한민국 60만 군인 중에서 이렇게 만날 확률이 60만분의 1이라고 생각해 본다면 우리들의 만남은 우연이 아닌 필연이었을지도 모른다.

체력을 담보로 하는 이런 훈련은 너와 내가 없다. 우리는 한 몸이어야 하고 또 그렇게 되어야 한다. 사람과 사람이 만나 서로에게 익숙해진다는 것, 그리고 서로 지나간 삶을 이해하고 그것에 맞추어 이제 친구가 되고 동료로서 생사고락을 같이 한다는 것은 참으로 힘든 일이다. 그러나 그것을 극복해야 한다.

논어에 나오는 구절 중에 "사람이 이익대로 한다면 원망이 많다. 이익이란 결국 나 자신을 위한 것이니 필히 상대에게 손해를 주는 결과가 된다. 그래서 이익을 좇게 되면 원망을 부르기 쉬우니 결국 의를 따라야 한다. 군자가 밝히는 것은 의로운 일이요, 소인이 밝히는 것은 이익인 것이다."라고 했다.

또 부처는 〈법구경〉에서 다음과 같이 말했다.

"사랑하는 사람을 가지지 말라. 미운 사람도 가지지 말라. 사랑하는 사람은 못 만나서 괴롭고 미운 사람은 만나서 괴롭다. 그러므로 일부러 만들지 말라. 사랑이란 마음의 근본이 된다. 사랑도 미움도 없는 사랑은 구속과 걱정이 없다."라고 했다는데 나의 작은 소견으로는 무척이나 이해하기가 어려운 말들이지만 받는 사랑보다는 주는 사랑, 받기보다는 베푸는 사랑을 마음이 메말라 있는 사람들에게 가르치려 하지 않았나 하는 생각을 해보았다.

무조건 주는 사랑. 그런 사랑은 상상할 수 없는 강한 힘이 있을 것이다. 끌어당기는, 딸려가지 않고는 평생을 후회하며 괴로워해야 하는 그런 사랑, 한없이 아름다운 사랑, 하면 할수록 그리운 사랑을 하라는 가르침이었을 것이다.

나는 오늘 출근길에 조금 걸어볼 생각으로 몇 정류장 전에서 내렸다. 출근하기 전, 집에서 웬만하면 한 시간 정도 걷는데 오늘은 게으름을 피우느라 산책을 못했다.

지금 살고 있는 광명시로 이사하기 전, 서울 관악구 인헌동 이곳에 살 때 항상 걸었던 낙성대 공원 길로 접어들었다. 은행나무 가로수 잎들이 옷 갈아입을 준비를 하고 구린 냄새 풍겨댈 열매들은 누렇게 익어가고 있었다.

낙성대 공원은 서울대학교 후문 가는 길목에 있고 주변에 교수회관과 관사 등 부대시설이 상당히 많으며 외국에서 유학 온 학생들의 기숙사, 그리고 지난해에는 영어 마을까지 생겼다.

인도에 오가는 사람들은 현지인보다 외국 사람들이 더 많았다.

공원에는 유모차에 아이들을 태우고 산책 나온 젊은 엄마들이 보였고, 연세 드신 어르신들이 가벼운 운동을 하거나, 아니면 막걸리 내기 바둑이나 장기를 두면서 우정을 나누고 계셨다.

어떤 길이든지 혼자 길을 걷더라도 외롭기보다는 마음이 평안해지고 온갖 근심 걱정에서 벗어나는, 그야말로 무아지경이라 해도 좋을 만큼 안정감을 느낀다. 어쨌든 걷기를 좋아하는데 그것이 군생활의 영향을 받은 것인지도 모른다. 복잡한 곳을 벗어난 탓인지 그나마 공기가 상큼하다는 것을 느낄 수가 있었다.

어떻게 보면 나는 하늘과 땅과 자연과 주위의 모든 분들로부터 참으로 많은 것을 받고 살아왔다. 내가 한 것은 거의 없다. 때로는 늘 따가운 시선과 오해와 눈치를 볼 때도 있었고 억울하다고 느낄 때도 있었지만 이제 나는 산자락에 서 있다, 라고 생각하며 낙성대 공원을 지나치고 있었다.

그런데 대형 승용차 체어맨 한 대가 인도로 올라와 사오십 미터쯤 가다가 다시 도로로 내려가고 있었다. 좋은 차를 가지고 다니는 사람들이 교통질서는 빵점이라고 생각하는 순간, 운전자의 얼굴이 어디서 많이 본 듯한 사람이었다. 키는 상당히 큰 편이고 짧은 머리는 올백을 했으며 안경을 쓴 눈은 눈 꼬리가 찢어져 독한 인상을 주는 사람.

아! 이십 년 전 그 사람이었다.

나는 대전에서 사업 실패 후 서울로 올라 온 지 삼사 년쯤 지났
을 때 신림동 성당 부근에 사십여 평짜리 지하를 얻어 회사 유니폼
의류 제조 공장을 하고 있었다. 3층 건물이었는데 지은 지 오래되
어 건물이 상당히 낡았고 특히 전기 시설이 엉망이었다.

지금은 누전이 되면 차단기가 같이 붙어 있기 때문에 위험을 사
전에 예방할 수 있으나 그때는 두꺼비집이라는 곳에 퓨즈라는 것
을 두 개 끼워놓는데 누전이나 합선이 되면 그 퓨즈가 끊어져 전기
를 차단시켰다. 지금의 차단기처럼 안전하지를 못했다.

건물 주인은 칠십 가까이 되어 보이는 노부부였는데 수차례 두꺼
비집이 허술하고 위험하니 안전 검사를 한번 받아보시라고 조언을
했으나 소귀에 경 읽기였다.

그러던 것이 결국은 사단이 나고 말았다. 그 건물에 들어간 지
이 년째 되던 11월 30일 겨울, 유니폼 주문량이 폭주하여 눈코 뜰
새가 없었다. 그때나 지금이나 근로자들은 연장 작업이나 야간작
업을 꺼려한다. 그날은 정규시간에 정해진 생산 목표는 달성을 했는
데 뒤처리를 하지 못해 몇 안 되는 직원들은 퇴근을 시키고 혼자서
다음 날 출고시킬 유니폼 마무리 작업을 하고 있었다.

밤 11시가 조금 넘었는데 갑자기 정전이 되었다. 곧 전기가 들어
오겠지, 하고 약 5분 정도 기다렸는데 정전 상태는 계속 이어지고
있었다. 다급한 마음에 주변의 건물들도 정전인지 확인 차 밖으로
나가기 위하여 문을 여는 순간 바람에 연기가 떠밀려 정신을 잃을

정도로 밀려들어오고 계단 한쪽에 쌓아놓은 원단에 불이 붙어 활활 타오르기 시작하고 있었다. 그 건물 지하는 비상계단이 없었고 창문이라야 사람 하나도 빠져나갈 수 없을 정도로 작았다. 진퇴양난이었다.

항상 불안한 상태였지만 어쩔 수 없이 견뎌온 그 불안이 엄청난 현실로 다가온 것이다. 전생의 악업이나 공덕이 이승의 운명을 규정하는 것이라면 나는 전생의 악업으로 벌을 받고 있는 것일까? 하는 일마다 되는 것은 없고 결국은 벼랑에 떨어진 것이다.

이제 겨우 땅 위에 올라서려는데 불이란 놈이 모든 것을 날려버릴 절제절명의 위기, 목숨까지도 담보로 해야 할 만큼의 위급한 상황이었다. 미로에 빠졌으면 처음 길을 잃었던 자리에서 차근차근 출구를 찾아보는 것이 옳을 터, 시작과 끝을, 삶의 처음과 마지막을, 평소에 성실하게 찾는 것처럼 더듬더듬 더듬어 나가면 미로를 벗어날 수 있을까?

사치스런 생각을 할 여유가 없었다.

벗어나야 한다.

이 불을 뛰어 넘어 어떻게 해서라도 밖으로 탈출해야 했다. 모든 일에는 타이밍이 있다. 무엇이든 결론을 내리려면 진행 순서보다 더 중요한 것이 타이밍이다. 사소한 일상을 이야기하면서 웃다가도 결정적인 타이밍은 어느 한순간에 찾아온다. 그 타이밍에 온 힘을 집중하여야 한다. 그 타이밍은 길지 않다.

그 타이밍을 어떻게 잡아야 하는가? 명확한 답이 없기에 무척이나 어려운 일이다. 어느 정도 직감과 경험이 결부되어야 알 수 있는 경우가 많다.

그때 나는 중요하고 신속한 결정을 해야 했다.

이 지하에서 연기에 질식하여…… 그 다음은 생각하기도 싫었다.

순간적 나의 결론은 심한 화상을 입는다 하더라도, 가다 못가고 주저앉아 죽을 수 있는 최악의 상황이 온다 하더라도, 저 불을 밟고 밖으로 탈출을 해야 한다는 생각뿐이었다. 살고자 하면 죽고 죽고자 하는 자 산다, 라는 말을 상기시키며…….

알에서 깨어난 새가 어느 정도 자라 공중으로 비상하듯 있는 힘을 다하여 계단을 뛰어 올랐다. 불타던 원단 한 뭉치가 발목을 잡았다. 피할 방법이 없었다. 양손으로 불붙은 원단을 들어 밖으로 내던지며 뒤따라 나도 밖으로 탈출하는 데 성공했다.

정신이 없었다. 소방서에 신고를 해야 하는데 전화번호가 생각나지 않았다. 지나가는 행인들에게 물어보았다. 그들도 생각나지 않는다고 발만 동동 구르고 있었다. 119라는 숫자가 나도 그들도 갑자기 닥친 불난리에 당황하여 기억이라는 놈이 이웃집으로 마실을 간 것 같았다.

꼬이는 사람은 항상 아무리 좋은 일이 있어도 꼬이는 것 같다. 내가 꼬이면 내 주위에 있는 사람들도 힘들고 내 주위 사람들이 꼬이면 내가 힘이 든다. 그러다가 실타래 풀리듯 풀릴 때도 있는데, 그때 그 순간 최악의 상황이었지만 더 이상은 꼬이지 않고 실타래같이 풀려달라고 두 손을 비벼댔다.

그런 위급한 상황에서 살아나왔다는 안도감에 추운 날씨에 맨발로 뛰쳐나왔지만 추운 것을 느낄 수가 없었다. 그저 태양을 향하여 날아가다가 날개가 녹아 그대로 바다에 빠져 죽어버리는 그리스 신화의 비극적 주인공 이카로스보다는 운이 좋은 것이라고 스스로를 위로하며 삼층 주택에 사는 사람들을 깨워 옥상으로 대피시켰다.

앵앵거리며 소방차 대여섯 대가 달려와 물을 퍼붓기 시작했다. 건너편 도로를 지나가던 경찰 순찰차가 소방서에 신고를 했다는 말을 한참이나 지난 후에야 들을 수가 있었다.

나는 형사기동대에 의하여 경찰서로 연행되어 조사를 받았다. 담당 형사는 조서를 꾸미면서 방화 쪽으로 사건을 몰고 가려고 했다. 어렵다 보니 소규모 사업장에서 사장들이 화재보험에 가입한 후 스스로 불을 지른다는 말을 친절하게 해주면서…….

나는 속된 말로 성질이 지랄이라 그런 말쯤은 술 마실 때 안줏감으로도 생각하지 않았다. 나는 단호하고도 대나무가 불에 타면서 '파박' 소리를 내며 터지는 듯한 소리를 지르며 '이것은 누전이다'고 핏대를 세웠다. 불 진화 후 소방서에서 원인을 조사해 보면 알겠지만 두꺼비집에서의 누전이 틀림없다고 재차 힘주어 주장을 했다.

나는 평소에 아주 고약한 성격을 가지고 있다. 그 지랄 같은 성격이 육십을 넘기는 나이가 되도록 나의 발목을 잡았는지 모르지만……. 끊고 맺는 것이 둘째가라면 서운하고 강한 사람에게는 그가 누구이든 잘못하고 있다고 생각되면 사정없이 들이대고 약한 사람에게는 한없이 작아지는 성격의 소유자로 휘지 않고 강해서 부러지지를 않는다. 나의 삶 자체가 그러한 독선적 성격으로 인하여 항상 험난하고 힘든 길을 걸어왔다.

그 특유의 성격이 경찰서 안에서 발동을 하고 있었다.

"야, 개자식아, 지금 내 공장이 불에 타고 있고 나는 거지가 될 판인데 불을 다 끄는 것도 보지 못했는데 무엇이 그렇게 급해서 연행부터 했냐? 니가 그러고도 민중의 지팡이야? 이 씹 자식아."

나는 그 순간 목마른 야수가 되어 있었다. 형사를 윽박지르며 온몸이 부르르 떨렸다.

그러나 그 형사는 분노의 폭발로 부르르 떠는 나의 모습을 겁을 먹고 떠는 것으로 착각을 했는지 "왜 그렇게 떠십니까?"라며 골연한 대를 꺼내 물었다. 욕을 먹은 불쾌감과 상한 자존심을 연기에 실어 날려 보낼 각오라도 한듯 불을 붙인 담배를 연신 빨아댔다.

나는 이때다 싶어 기관총 발사하듯 연달아 욕설을 퍼부었다.

"개자식아, 너 같으면 이런 상황에서 몸이 가만히 있겠니? 니가 지금 지껄이는 언행에 분노해서 떨고 이 추운 날씨에 허수아비 소낙비 맞은 듯, 소방차가 쏟아내는 물에 맞아 흠뻑 젖은 몸이 한기에 요동을 치는데 당신 같은 형사 나부랭이가 무서워서 떠는 줄 아니?"

너무 화가 치밀어 낑낑거리며 지나가는 강아지 차 버리듯 매몰차게 지껄여 버렸다.

그때서야 그 형사는 내 모습이 불쌍해 보였는지 캐비닛 속에 있는 파커를 꺼내어 입으라고 주면서 명함을 내밀었다.

"이번 사건 마무리되면 한번 만나 소주나 한잔합시다. 조서 받느라 수고했습니다. 귀가해도 좋습니다."

그는 부드러운 말투로 담배 한 개비를 권했다.

그 후에 나는 그 형사가 관악경찰서에 근무하는 동안 친한 친구가 되어 시간이 허락하는 대로 자주 만나 포장마차에서 술잔을 기울었다.

결국 화재의 원인은 누전으로, 그리고 재산 피해는 이천여만 원이라는 소방서 조사 결과를 며칠이 지난 후에 들을 수가 있었다.

경찰서를 나와 파김치가 된 몸을 이끌고 신림 사거리 해장국 집으로 들어갔다. 마음의 정리를 할 시간이 필요했다. 우선 소주를 두 병 시키면서 바가지 하나를 부탁했다.

바가지에 소주 한 병을 붓고는 화상 입은 손을 담갔다. 밖으로 탈출하면서 불붙은 원단 집어던질 때 입은 화상이었는데 아쉬운 대로 응급조치를 하기 위해서였다. 언젠가 술에 담그면 화기가 빠진다는 말을 들은 적이 있는 것 같아 믿지는 셈치고 한번 해본 것이다.

누가 봐도 상거지 꼴이 되어 있었다. 아무런 생각 없이 허공만 뚫어져라 바라보면서 남아 있는 소주 한 병을 천천히, 아주 천천히 마시기 시작했다. 밤새 무슨 일이 벌어졌는지도 모르고 가장을 기다리고 있을 식솔들의 얼굴이 술잔에 나타났다가는 사라지고를 반복하고 있었다.

자기 팔자의 길흉을 아는 사람이 어디 있겠는가. 우주론적 철학이기도 한 주역을 탐구하였다면 혹 길흉을 미리 알고 그것에 대한 대처를 했을지도 모른다. 그러나 그런 능력이 없다고 한탄만은 할 수 없는 노릇이다.

그때 나의 처지는 너무나 처절했고 비참했다. 현실을 미워하고 증오도 해보았지만 내가 선택할 수 있는 방법은 아무것도 없고 그저 무기력한 사람일 뿐이었다. 평범한 보통 사람보다도 강하지 못하고, 현명하지도, 지혜롭지도 못하면서 아프면 힘들어 하고 스스로의 방어 능력도 부족했다.

넘어지면 다시 일어나고 또 넘어지는 실패의 되풀이 속에서도 열심히 고개를 넘었는데 정상의 면적이 너무 좁았었나 보다, 라고 스스로 위안을 해 보았다. 아무나 디딜 수 없는 곳이지만 혼신의 힘을 다했으나 결국을 또 그렇게 내리막길을 만나게 되었다.

나의 험한 몰골을 세상 사람들에게 보여주려는 듯, 부끄러운 삶의 패배자를 마중이나 하려는 듯, 어둠이 걷히면서 동쪽 하늘이 서서히 붉게 물이 들기 시작했다.

참으로 긴 밤이었다.

거지꼴이 된 육신을 이끌고, 겁먹은 똥개 뒷다리 사이로 힘없는 꼬랑지 내려 감추듯 축 처져 있는 어깨를 일으켰다.

날이 채 새기 전에 집에 도착을 했다. 이른 아침 아이들이 깰세라 조용히 방으로 들어섰다. 그리고는 밤새 많은 일들을 겪은 힘든 몸을 방 한쪽 구석으로 쓸어 넣었다. 참새 쫓으려 서 있던 허수아비가 참새가 지나가며 일으킨 별 볼일 없는 바람에 넘어지듯 그렇게 쓰러졌다.

영리한 토끼는 숨을 굴을 세 개나 가지고 있기 때문에 죽음을 면할 수 있었다는 '교토삼굴'을 생각하면서 토끼보다도 미련한 나 자신을 한없이 원망하며 눈물만 삼켰다.

번개 천둥 무지개 앞세워

내 마음 두드리며 요란도 떨었는데

변치 않던 그 마음 간 곳이 없네

물 한 모금 병아리 하늘 보며 갈 길 묻고

담 너머 고샅길 머리 박은 오리새끼

물갈퀴 휘저으며 몸부림치네

상처뿐인 저 날개 아물 날 언제고

처마 끝 쉬어간 바람 머무르고 닿는 곳

어디쯤일까

기다림에 지친마음 정안수 차리니

언제 오고 가려는 것

짐작이나 하려나

　오후에 집에서 나와 이발을 하고, 사우나를 하고, 그리고 옷가게에 들러 신사복 정장도 한 벌 샀다. 그때 내가 가장 먼저 해야 할 일은 식솔들에게 현재의 상황을 자세히 설명하는 것이었다.

　그러면서 힘을 모으고 희망의 끈을 놓지 말자고, 다시 일어서 보자고 가장으로서 강한 의지를 보여주어야만 했다. 가족들의 불안한 마음을 보듬어 주는 임이 가장 시급한 일이었다. 몸부터 단정히 하고 그날 저녁은 가족들과 외식을 하기 위하여 외출에서 일찍 귀가를 하였다.

　그런데…… 그런데 나에게 희망의 기적이 일어났다.

　동네분들이, 한 골목에 사는 분들이 찾아오셨다.

　"정 형, 공장에 불났다는 소식 듣고 일단 우리끼리 모여서 화재

복구를 하기 위한 방법을 상의해 보았는데 내일 아침부터 각 분야별로 분담을 하여 며칠이 걸리든지 빠른 시일 안에 공장이 가동될 수 있을 때까지 각자의 일을 접고라도 도와주기로 했어요. 그러니 아무 걱정 말고 우리가 위로주 한잔 살 테니 한잔하러 갑시다. 한잔하면서 세부적으로 상의 한번 해 봅시다."

아! 세상에 이렇게 고마운 일이……. 꿈을 꾸고 있는 것 같았다. 이분들에게 이 엄청난 도움을 받을 자격이 나에게 있는가. 나는 저분들에게 뭐 하나 해드린 것이 없는데, 부끄럽게도 나는 그분들의 도움을 거절할 수가 없었다.

불이 난 후 공장 근처도 가보지 않았지만 어차피 나는 공장 재가동을 포기한 상태였다. 불자동차 여러 대가 물을 퍼부었으니 아마도 지하인 공장 안은 물로 가득 차 있을 것이다. 완제품과 반제품의 옷들과 각종 기계들이 그 물속에 잠겨 있기 때문에 사실 나는 복구해야겠다는 생각조차 하지 못하고 있었다.

동네분들의 헌신적인 도움으로 복구는 빠르게 진행되었다. 양수기로 물부터 퍼내고 완제품 옷들은 세탁을 하여 각 가정 옥상에다 말리고 기계를 꺼내어 수리하고, 기름칠하고 밤낮을 가리지 않았다. 그렇게 여러분들의 도움으로 일주일 정도 시간이 흐르자 공장은 어느 정도 제 모습을 찾기 시작하였다.

20여 년이 지난 지금까지도 나는 그분들의 은혜를 단 일 초도 잊은 적이 없으며, 잊어서도 안 되고 그곳에 사시는 분들과는 지금까지도 우정을 나누고 있다.

이것이야말로 상호 신뢰와 믿음을 바탕으로 한 진정한 사랑의 힘인 것이다. 공동체 속에서의 더불어 살아가는 강력한 힘, 고통을 동반하는 120km를 행군하는 시점의 팀원들은 바로 그러한 상호간 사랑의 힘이 절실한 것이다.

그렇게 이웃들의 도움으로 복구가 마무리 되어갈 때쯤 사십대로 보이는 키가 크고 건장한 남자가 찾아왔다.

당신이 누구며 무슨 일로 나를 찾아왔느냐고 물었다.

그러자 그는 자기소개를 하는데 이 건물 주인의 하나밖에 없는 외동딸의 남편이자 하나밖에 없는 사위라며 특히 '하나'라는 말에 힘을 주었다. 그는 조용한 곳으로 가서 얘기 좀 하자며 어느 허름한 다방으로 나를 데리고 갔다.

테이블을 사이에 두고 커피 한 잔씩을 챙겨 들었다. 잠시, 아주 잠깐 나와 그의 눈에서 나오는 불꽃이 교차를 하였다. 두어 모금의 커피를 마신 후 그의 두툼한 입술이 움직이기 시작했다. 그가 말하고자 하는 요지는 이러했다.

공장 화재로 인하여 건물 입구가 검게 그을리고 타버린 전기 시설 등 건물 복구 비용으로 500만 원을 배상하라는 것이었다. 어불성설이었다. 왜 불이 났는지 원인 따위는 따져볼 필요도 없다는 투였다. 머리는 잘라내고 꼬리만 가지고 흔들어 보자는 속셈이었다. 씨름판에서 안다리 걸어 넘어뜨리듯 그렇게 쉽게 넘어갈 것으로 생각하고 있는 것 같았다.

샅바 싸움이 시작되고 있는 것이었다.

아무리 도둑놈처럼 무지막지하게 생긴 놈이라도 승복을 척 걸치고 나서면 그 험상궂은 도둑놈의 얼굴이 보살처럼 얌전해 보인다.

아무리 상판대기가 꽹과리같이 뻔뻔스러운 놈이라도 척 하니 사모관대의 관복을 걸치고 나서면 염라국의 판관처럼 자못 공정하고 정직한 사람의 얼굴로 보이는 것이다.

상냥하게 웃고 있는 선량한 얼굴에서 번쩍거리는 안경을 벗기고 보면 어떤 사람은 사악한 뱀눈이나 살기 찬 눈이 노려보고 있어 깜짝 놀랄 때가 있는데, 내 앞에 앉아 있는 이 사람이 바로 그런 얼굴을 하고 있었다.

피할 수도 없고, 피해서도 안 되는, 이 자리 이 순간을 슬기롭게 대처하지 못하면 어려움에 봉착할 수도 있었다. 말도 안 되는 소리를 더 이상 늘어놓지 못하도록 대못질을 할 필요가 있었다. 기 싸움에서 진다면 그 다음이라는 것은 없다.

진실을 마주하는 것만큼이나 힘든 일도 없지만 진실을 마주보지 않고 해결될 수 있는 것은 하나도 없다. 진실을 원하고 있기 때문에, 얼마만큼 원하고 있느냐에 따라서 현실이 빠르게 진행될 수도 있는 것이다, 라고 생각을 했다.

불을 끄는 데는 깨끗한 물이 필요한 것은 아니다. 더러운 물이든 썩은 물이든 불만 끄면 된다. 그러나 검댕이를 검댕이로 지울 수는 없다. 잘못 대응을 하면 빚 주고 뺨을 맞는 격이 될 것이며 닭털 뽑던 손가락이나 빨게 될 것이다.

현실을 정확히 인식하는 데는 언제나 고통이 따른다. 하지만 그 현실을 정확히 바라보면 바라볼수록 해결의 실마리를 찾을 수 있는 것이다. 말 위에 올라타려면 말 꼬리에 얻어맞는 봉변쯤이야 참아내야 한다. 기다리고 머뭇거릴 필요가 없는 것이다.

그의 말이 끝나기 무섭게 나는 징그러운 웃음을 입가에 흘리면서, 조금은 힘들지만 엎어치기로 대응을 했다.

　"전기 시설이 노후되어 매우 위험하니 기술자를 불러 손을 보라고 당신 장인에게 누차 이야기하였으나 묵살한 사람이 누구인데 불이 난 것을 왜 세입자에게 전가를 시킵니까? 나는 소방서 추산 2천만 원의 피해를 입었는데 각각 서로의 피해를 책임지는 것만 해도 당신들에게는 손해 가는 일이 아닐 테니 그렇게 가닥을 잡아봅시다."

　내가 말하는 것을 듣던 그는 나락 잘 익은 논에서 메뚜기 뛰듯 팔짝뛰면서 그런 제안은 절대 받아들일 수가 없고 그렇게 하려면 아예 오지도 않았다고 성깔을 부리기 시작했다. 그렇다고 나 또한 밀릴 수가 없었다. 더 이상 치고 들어올 수 없도록 방어를 해야 했다. 나는 한 술 더 떴다.

　"그러면 나는 이천만 원 피해를 보았고 당신들은 건물 수리하는데 오백만 원이 든다 하니 둘이 똑같이 손해를 보도록 합시다."

　"어떻게 말이오."

　"총 피해 금액 이천오백만 원을 둘로 나누어 천이백오십만 원씩 책임지기로 합시다!"

　그는 다시 한 번 펄쩍 뛰었다. 그러면서 찢어진 뱀눈을 껌벅거리며 이번에는 완력으로 대응을 해왔다. 정 그런 식으로 나오고 자기 말을 듣지 않으면 자기 애들을 불러 손을 봐 주겠다고, 한강 다리 하나 둘 늘어가듯, 수위를 높여가며 엄포를 놓았다.

　나도 질세라 맞대응을 하였다.

　"그러면 나도 대전 유성에 전화를 해서 저녁 8시까지 동생들을 한 차 불러올릴 테니 같은 숫자로 적당한 장소를 물색하여 사나이답게 한판 붙어봅시다." 하고 으름장을 놓았다.

나로서는 맞불을 놓지 않고서는 연기에 질식할 수 있는 절체절명의 순간이었다. 대전에서 사업할 때 몇 차례의 술자리로 얼굴을 익혀둔 사람들이 있었는데 실로 오래간만에 그들의 얼굴을 떠올리게 되었다.

그렇게 지루하게 밀고 밀리는 협상 같지 않은 협상은 서너 시간만에 결판이 났다. 결국 각자 자기 피해를 책임지는 쪽으로 합의를 보았다.

그로부터 며칠 후 나는 그 사람을 사우나에서 보았는데 등과 팔에 문신을 잔뜩 그려 넣은 덩치 서너 명이 그의 목욕을 돕고 있었다. 그가 신림 사거리 깡패 두목이라는 것을 알게 되었는데 오늘 우연히 그를 20여 년 만에 보게 된 것이다.

원수는 외나무다리에서 만난다고 했던가?

만약 내가 지금 저 사람을 불러서 그때 일을 같이 회상해 본다면 저 사람은 무슨 말을 할까, 라고 생각하니 쓴웃음만이 입가에 흘러내렸다.

낙성대 공원을 지나 좌측으로 돌아 서울특별시 과학관과 호암 교수 회관 사이 길로 접어들었다. 제법 시원한 바람을 앞세우고 낙성대 터널을 빠져나갔다.

은천 아파트에 다다르니 유치원에 다닐 만한 아이 서너 명이 그네를 타며 놀고 있었다. 그 옆에는 유모차에 실려 온 아이가 손을 위아래로 흔들며 옹알거리는 것을 보니 아마도 그네 타고 있는 아이

중에 자기 형이나 누나가 있어 신나게 타라고 응원하는 것 같았다.

건너편 인도에서는 허리 굽은 백발의 노인네와 젊은 애기 엄마가 실랑이를 하는 모습이 보였다. 예사롭지가 않아 계속 바라보며 천천히 걸었다. 시집간 딸과 친정아버지인 것 같았다.

시집간 딸이 친정집을 다녀가는 모양인데 통상 보통 사람들은 친정엄마가 배웅을 하는데 그 집은 무슨 사연이 있는지는 모르지만 아버지가 배웅을 나온 것 같았다.

노인이 주머니에서 만 원짜리 한 장을 꺼내어 딸에게 내밀고 있었다.

거리가 있어 말소리는 들리지 않았지만 짐작하기에 "애야, 이거 가지고 가서 차비해라." 라고 하는 것 같았다.

딸은 손사래를 치고 있었다. 들리지는 않았지만 "아버지, 저 돈 있어요. 용돈도 넉넉히 드리지 못하고 가는데 아버지 용돈 하세요." 라고 하는 것 같았다.

몇 차례나 그렇게 반복을 하더니 갑자기 딸이 버스 정류장을 향하여 뛰기 시작하였다. 아마 그 돈을 받지 않을 요량인 것 같았다. 그 뒤를 놓칠세라 노인이 따라 뛰고 있었다.

십여 미터쯤 뛰던 딸이 뒤를 돌아보고는 같이 따라 뛰는 자기 아버지를 보자 시골 마을 어귀에 장승 서 있듯이 우뚝 서버리는 것이 아닌가. 아마도 연세 많으신 아버지가 넘어져 다치시기라도 할 것 같아 걱정이 되었던 것 같았다.

딸에게로 다가온 아버지는 다시 지폐를 딸에게 내밀었고 딸은 그때서야 마다않고 두 손으로 그 돈을 받아 쥐었다. 거리가 멀어서 들리지는 않지만 "아버지, 잘 쓸게요. 그때까지 건강하시고 저 이제 그만 갈게요. 아버지도 조심해서 들어가세요."라고 하는 것 같았다.

부녀지간의 모습이기는 하나 이것이 진정한 사랑이요, 상대방에 대한 아낌없는 배려인 것이다. 수박 겉핥기식이 아닌 가슴으로 만들어 내는 그런 사랑, 그 사랑이 너무 깊어 깊이를 알 수 없는 그런 사랑, 신뢰와 믿음이 만들어내는 그런 사랑. 나는 두 부녀를 보면서 사람에게는 누구나 저런 모습이 잠재되어 있고 그것이 바로 살아가는 이유일 것이라고 생각했다.

군대 생활이라고 다를 게 없다. 가슴으로 끓여내는 그러한 사랑 없이는 그 공동체는 생명력을 잃은 것이나 마찬가지일 것이다. 군대라는 조직은 혼자 할 수 있는 일은 거의 없고 최소한의 단위인 분대 이상의 인원이 일치단결이 되어야 하기 때문이다. 그러므로 120km 행군을 시작하는 시점부터 끝나는 시간까지는 평소보다 서로 더 팀원들을 위해 주고 챙겨주어야 하는 이유가 거기에 있는 것이다.

이 길을 걸으면서 사랑의 힘이 얼마나 위대하고 강한 것인가를 느끼게 될 것이고 이러한 경험을 통하여 한결 성숙한 인간으로 재탄생하게 되는 계기가 될 것이다. 무슨 일이든 일단 시작하고 벌어진 일들은 그럭저럭 제 길을 내며 굴러가는 것이다.

숲 속에 숨어 나뭇잎들이 받아 놓은 이슬방울이 무지갯빛을 내며 반기는 듯하더니 조금씩 달아오르는 햇살에 산산이 부서져 허공에 뿌려지고 있었다. 아마도 오늘 밤에는 저 이슬이 다시 나타나 타는 듯한 나의 입술을 촉촉이 적셔줄 것이다.

아침 햇살에 속살이 드러나는 늦잠 속의 숲을 깨우기라도 하려는 듯 불어대는 호루라기 소리는 십 분간의 휴식을 알려주고 있었다.

4. 라면땅 한 가마니

오전 9시.

5km 정도 걷고 첫 번째 맞이하는 휴식 시간이었다. 첫 번째 행군 때 같았으면 삼삼오오 모여 앉아 담배연기를 내뿜으며 노닥거릴 시간이었다. 그러나 지금은 너나 할 것 없이 몸 관리에 여념이 없었다. 주위에 발을 닦을 물은 보이지 않았지만 군화를 벗고 배낭에서 비누칠을 한 양말 한 켤레를 꺼내어 갈아 신었다.

그런 후 자기 자리 옆에 가로수나 전봇대가 있는 사람들은 그것들을 이용하여 다리를 올려 누웠고 그런 것이 없는 자리에 있는 사람들은 배낭 위에 철모를 올려놓고 그 위에 다리를 올려놓아 누워서 휴식을 취했다. 다리 쪽으로 몰려 있는 피를 순환시키기 위해서다. 과학적으로 근거가 있는 것인지는 모르지만 행군이 끝날 때까지는 휴식 시간에 이와 같은 모습이 반복될 것이다.

"휴식 끝! 출발!"

병사들의 복창 소리가 꼬리를 물었다. 아직은 체력이 여유를 부릴 수 있는 터라 그 출발 신호 소리가 싫지는 않았다.

꼬리에 꼬리를 문 긴 행렬이 살짝살짝 먼지를 흘리며 다시 대열을 갖추어 길을 걷기 시작했다. 내 뒤에 갓 입대한 장 이병이 졸졸 따라오고 있었다. 막 알에서 깨어 나온 병아리가 아차 하는 순간 잃어버릴지도 모를 어미닭 꽁무니를 물고 따라다니듯이 그렇게 나에게 바짝 붙어 따라오고 있었다.

"학문아, 힘들지 않아?"

"아직까지는 힘든지 모르겠습니다."

"그래? 벌써부터 힘이 든다면 말이 안 되지. 이제 시작인데……."

"몸은 힘든지 모르겠는데 배가 고픕니다."

"야, 이놈아! 밥 먹고 돌아서면 배가 고플 졸병 시절을 나도 겪었다마는 벌써 배가 고프면 어쩌니? 점심시간이 아직도 세 시간이나 남았는데 그 배는 배꼽시계도 없니?"

"걱정하지 마십시오. 참아보겠습니다."

"아니다. 내 배낭 열어 보거라. 카스텔라 빵이 있을 테니 한 봉지 꺼내 먹어라."

장 학문.

그의 고향은 경북 영양이었다. 입대가 늦어서 그렇지 나이는 나하고 동갑내기였다. 그리고 그는 결혼을 하여 세 살배기 딸이 있는 한 가정의 가장이었다. 사회에서도 그렇지만 군 생활을 하면서 언행이 신통치를 못한 사람에게 고문관이라고 부른다.

학문이가 처음 우리 팀으로 배치되어 왔을 때, 얼굴에는 아무런 느낌이 없어 보였고 표정도 없었으며, 아무튼 신통치 못한 것이 영락없는 고문관이었다. 그리고 그의 얼굴에는 가끔씩 걱정거리를 붙이고 다니는 사람처럼 어두워 보였다. 그것만으로 본다면 틀림없는 관리대상이었다.

아무튼 그러던 어느 날.

저녁 식사 후 내무반에서 휴식을 취하고 있는데 그가 보이지를 않았다. 어디론가 사라져 버렸다. 내무반이 발칵 뒤집혔다. 전 소대원이 밖으로 뛰어나가 흩어져서 그가 있을 만한 곳을 찾기 시작하였다. 현실에 적응을 하지 못하고 고문관 노릇을 하더니 어쩌면 탈영을 했을지도 모른다는 생각이 들었다.

이삼십 분을 뛰어다녔다. 그러나 보이지를 않았다.

어느덧 서쪽 하늘에 펼쳐놓았던 황금물결이 걷히면서 먹구름 같은 어둠이 산등성이 하나씩을 서서히 집어삼키기 시작하고 있었다.

"어떻게 된 거지? 취사장 뒤편으로 한 번만 더 찾아보자."

나는 취사장 뒤쪽으로 발을 빠르게 움직였다. 언젠가 취사장 뒤편에 있는 잔디밭에서 그가 혼자 앉아 편지를 쓰고 있는 모습을 본 적이 있었기 때문이다. 초속 사십 미터의 대형 태풍이 지나가듯 나는 순식간에 그곳으로 뛰어갔다.

어깨가 흔들릴 정도로, 포갠 팔에 얼굴을 묻고 하염없이 흐느끼고 있는 사람. 예상대로 학문이가 무슨 사연이 그리도 많고 서러운지 흐르는 눈물을 소맷자락에 적시며 보는 사람의 애간장을 녹이고 있었다. 그러나 나는 순간적으로 화가 치밀어 올랐다.

"야! 장학문! 이 개새끼야, 너 여기서 뭐 하는 거야?"

나는 예상치도 못한 욕지거리를 쏟아 버렸다. 깜짝 놀란 그가 나를 쳐다보는데 영락없는 호랑이 앞에 앉은 토끼 새끼였다.

아차! 아무리 군대라지만 욕부터 할 게 아니고 이 상황에서는 저 사람의 사정 이야기부터 들어보는 것이 순서라는 생각이 들었다. 탈영하지 않은 것만 해도 얼마나 다행인가. 무엇 때문에 자기 학대를 넘어 자기를 파괴하는 것 같은 고통의 상처와, 슬픔과 괴로움이 그를 그토록 힘들게 하고 있는지 선임병으로서 들어볼 필요가 있는 것이다. 사는 것이 속상하고 등이 무거운 느낌일 때 대화를 나눌 수 있는 좋은 친구가 있다면 좁은 일상사를 벗어나 좀 더 다른 눈으로 세상을 볼 수 있기 때문이다.

사람들은 육체의 병에는 너그럽지만 정신의 병은 이유 없이 혐오한다. 정신은 비바람에 뒤집혀지는 종이우산처럼 그렇게 정반대의 방향으로 뒤집히며 잠재된 무의식을 드러내놓을 때도 있고, 상식 밖의 일들로 주위 사람들을 놀라게 한다거나 힘들게도 한다. 그렇다고 장학문이 정신병자라는 것은 아니고 그 정도로 정신을 놓을 때가 많다는 것이다.

나는 그에게 별로 깨끗하지도 않은 손수건을 건네주며 눈물부터 추스르도록 하였다.

"정 병장님, 죄송합니다."

그는 자기 때문에 놀란 가슴 쓸어내리느라 힘께나 들었으리라는 것을 확신이라도 하는 듯 흐르는 눈물은 아랑곳없이 미안한 어투로 입을 떼었다. 그의 얼굴에서는 콧물 한 주먹이 떨어져 잔디를 덮쳤다.

"잘못한 것을 알면 됐다. 어디를 간다고 얘기를 했으면 이 난리를 피할 수는 있었을 텐데 너 찾느라고 혼쭐이 났다."

"정말 죄송합니다."

그는 뒤섞인 눈물과 콧물을 연신 닦아내면서도 도랑물 흐르듯 흘러내리는 눈물을 막지 못했다.

"자, 이제 그만 울고 무엇이 너를 그렇게 힘들게 하고 있는지 이야기 좀 들어보자. 오늘 너와 내가 나누는 이야기는 절대 비밀에 붙이마. 그러니 터놓고 얘기를 해보자."

"말씀드려도 되겠습니까?"

"나에게 이야기하고 나면 너의 마음이 훨씬 편해질 거야."

어떤 사정에 얽매인 사람들이 진정으로 원하는 것은 자기 말을 들어주고 자기를 존중해주며 이해해주기를 바란다. 그리고 자신의 이야기에 귀 기울여줄 사람을 원하고 있는 것이다.

그는 마음속에 묻어둔 보따리를 풀기 위하여 서러움과 고통과 시련과 아픔을, 사정없이 꽉 물고 있던 입을 서서히 떼어놓기 시작했다.

어둠이 데리고 온 개똥벌레 한 무리가 조용히 나누는 둘만의 대화 속으로 파고들고, 조금씩 아주 조금씩 내리기 시작하는 이슬은 말라오는 입술을 촉촉이 적셔주며 밤은 그렇게 익어가고 있었다.

"정 병장님, 용띠시지요? 저도 용띠입니다. 죄송한 말이지만 입대가 늦어서 그렇지 정 병장님하고 동갑이네요. 저는 삼 년 전에 결혼을 했습니다. 군 입대 영장 나온 것을 두 번이나 연기를 했어요. 저의 부모님께서는 자식을 못 보시다가 사십을 훨씬 넘기신 연세에 저를 낳으셨다네요."

그렇게 그의 이야기 꾸러미가 하나둘 풀려나오기 시작했다. 그는 전형적인 시골 빈농에서 2대 독자 외아들로 태어났다.

소작농으로 살림살이는 팍팍하고 찌들어지게 가난했지만 그의 부모는 늦게나마 낳은 아들을 보며 행복한 고생을 하였고, 그 역시 유년기와 소년기를 그 어느 부잣집 아들 못지않은 사랑을 받으며 성장을 했으나 가난은 그를 그 당시 의무교육인 초등학교를 끝으로 더 이상 학교 교문 앞을 가보지 못하도록 만들었다.

초등학교 졸업 후 자기 집에 마땅히 농사지을 땅도 없었고 앞일이 막막하던 차에 마침 한동네에 목수 일을 하시는 분이 있어 그 사람을 따라다니며 목수 일을 배웠다는 것이다.

워낙 성실한지라 오륙 년이 지난 후에는 중간 목수쯤 되었고 열심히 일하고 저축하여 살림살이가 어느 정도 좋아지자 그의 부모님들은 서둘러 결혼을 시켰다고 한다.

결혼하고 2년 정도 지나 딸아이를 낳았는데 아이 보는 재미도 느끼기 전에 세 번째 영장이 나와 하늘색이 노랗게 변했단다. 더 이상 미룰 수 없어 세 번째 영장을 들고 입대를 했는데 돈 버는 가장이 없어지자 연로하신 부모님들이 일터로 나갈 수는 없고 대신 애기 엄마가 아이를 들쳐 업고 날품팔이로 연명을 하고 있다는 것이었다.

아! 하고 나는 들릴 듯 말 듯한 신음소리를 삼켰다.

이런 효자에, 애처가에, 자상한 아비가 되기 위하여 고민하는 건강한 정신을 가지고 있는 사람을 정신 어쩌고 하면서 고문관 취급을 했으니, 그에게 그러한 편견을 가지고 있던 우리야말로 정신이상자가 아니고 무엇이겠는가?

누구나 편견에서 자유로울 수는 없다. 성격이란 스무 살이 되기 전에 형성된 고정관념과 편견의 덩어리라는 말이 있다. 누구나 자신의 경험과 지식에서 비롯된 편견을 가지고 있고 누구나 예외일 수 없다. 본인이 편견을 가지고 있다는 것을 모르는 채 상대를 몰아 부치는 우를 범하고 마는 것이다.

장학문, 그는 신체적으로나 정신적으로 아무런 결함이 없는 사람이었다. 다만 가족을 고향에 남겨두고 온 가장이, 자리를 비움으로 인하여 경제적 고통을 받을 식솔들을 걱정한다는 것은 인간으로서 당연한 일인 것이다. 가족 간의 정이라는 것은 서로 의지하고, 염려하고, 배려하고, 챙기고, 아끼고 보듬어 주는 것이다.

때로는 상처도 받지만 결국에는 마음을 열고 다가가는 것이다. 사노라면 가장 상처를 많이 주는 사람이 가족일지도 모른다. 그러나 그 상처를 빨리 아물 수 있도록 어루만져주는 사람 역시 가족인 것이다.

장학문, 그는 노부부의 아들로서 한 여자의 남편으로서, 그리고 한 아이의 아버지로서 가족에 대한 그리움과 미안함의 울타리 안에서 인간의 정에, 가족의 정에 힘들어하고 있는 것이었다.

저 사람이 무슨 이유로 항상 근심의 그림자가 그의 곁을 맴돌고 있는지를 알아보려는 배려가 필요했고, 우리들 자신이 그에게 어떻게 대하고 있는지를 먼저 반성했어야 했다. 가끔 우리들은 어떤 한 가지 일에 집착하거나 다른 사람들이 이해하지 못할 상상력을 가지고 있는 사람들을 정신이 이상하다고 오해할 때가 있다.

가족에 대한 그리움의 대가를 장학문, 그는 혹독하게 치른 셈이었다.

"정 병장님, 걱정을 끼쳐드려서 죄송합니다."

그는 동료들에게 미안함 때문인지 또다시 훌쩍이며 눈물 콧물을 동시에 쏟아내고 있었다. 나는 아무런 말도 할 수가 없어 그의 어깨만을 포근히 감싸주었다.

더욱 짙어진 어둠은 모든 것을 집어 삼켰다. 주위를 맴돌고 있던 개똥벌레들이 물 만난 듯 허공을 가르는 사이로 소리 없이 내리는 이슬이 미어지는 마음에 타들어가는 입술을 촉촉이 적셔주고 있었다.

그런 일이 있고 난 한 달 후쯤, 그가 입가에 기쁨의 웃음을 흘리면서 나에게로 왔다.

"정 병장님, 저 1박 2일 외박증 끊어 왔습니다."

"그래? 뭔 일로 외박증을 끊어 왔냐?"

나는 그의 딸 미나와 그의 부인이 면회를 왔으리라고 짐작을 했지만 그에게 기쁨을 최대한 고조시켜주기 위하여 시치미를 뚝 떼며 모르는 척하고 물었다.

"미나요, 제 딸 미나하고 집식구가 면회를 왔다네요."

"그래? 야! 정말 부럽다. 축하한다, 학문아. 부대 일은 잠시 마실 보내고 면회하는 동안만이라도 아빠, 그리고 남편 노릇 충실히 하고 와라."

"명심하겠습니다. 충성! 다녀오겠습니다."

경상도에서 여기 강원도까지 어려운 형편에 적지 않을 여비 장만하느라 힘들었을 학문이의 부인. 한 번도 본적은 없지만 남편을 만나기 위하여 어린 딸을 들쳐 업고 먼 길을 달려왔을 미나 엄마라는 여인네를 생각하니 가슴이 아려왔다. 팀원들을 불렀다.

"총알같이 집합! 주머니에 돈 있는 사람 있는 대로 다 내놔 봐라."

나는 팀원들을 반 강제적으로 다그쳤다. 순식간에 18,500원이 모아졌다. 그 당시 병장 월급이 4,500원이었으니까 군인 신분으로 적은 돈은 아니었다. 제법 뛰기를 잘하는 강사일 이병에게 돈을 쥐어주었다.

"너 최대한 잽싸게 뛰어가서 학문이에게 전해주고 오너라."

그렇게 해서라도 학문이에게 전우애가 있다는 것을 알려주고 싶었다.

바짝 말라붙어 있는 가뭄의 밭에 한 방울씩 떨어지는 단비처럼, 반쯤 열어놓은 창문으로 시원한 바람이 한차례 휘젓고는 사라졌다.

누구에게나 너그럽고 누구에게나 세심하며 누구에게나 다정스러운 세상에는 이런 사람도 있을 것이다. 단 한 사람을 사랑하는 대신 태어날 때부터 많은 사람을 골고루 사랑하도록 운명 지어진 자들 말이다.

나는 장학문이로부터 많은 것을 보고 느꼈다. 그에 대한 미안함에, 조금이라도 그에게 보탬이 될 수 있는 일은 오랜만에 만나보는 그의 딸 미나에게 달콤한 사탕 한 봉지라도 안겨줄 수 있도록 배려하는 일 외에는 아무것도 할 수 있는 일이 없었다.

어쩌면 나 스스로 부끄러움을 감추려는 위선의 발동일 수도 있다. 부끄러움이라는 것은 나이를 먹어감에 따라 자신이 책임져야 할 도덕적 감정인데도 말이다.

행복한 사람은 비슷비슷하게 행복해지고 불행한 사람은 가지가지로 불행해진다는데 오늘밤만이라도 학문이네 세 식구 모두 기쁨의 노래를 부르며 행복한 시간을 보내기를 간절히 바랐다.

그리고 자기 인생과 선택에 대한 무거운 책임감을 가지려고 더욱 노력하겠다는 다짐을 확인하는 시간을 가진다면 그는 최소한의 희망만이라도 안고 부대에 복귀를 할 것이다.

많은 사람들이 꿈을 꾼다. 꿈을 꾸고 싶어 한다. 그러나 꿈을 꾸는 사람은 적다. 몽상가는 많지만 꿈을 꾸는 사람은 적다. 왜냐하면 꿈을 꾸고 성취하는 데는 대가를 지불해야 하기 때문이다.

모든 동물은 태어나면서부터 생존의 법칙을 배워 나가기 위하여 위험을 감수하면서까지 살아가기 위한 훈련을 한다. 대가를 지불하는 노력이다. 꿈을 현실에서 이루려는 대가 말이다. 그러면서 무리 속에서 성장하며 살아가는 것이다. 그렇게 학문이네 가족에게 희망의 꿈이 크게 날갯짓하며 찾아가리라 기대를 해보았다.

취침나팔 소리가 은은하게 들려왔다. 까르르 웃는 미나의 웃음소리가 나의 귓전에 맴돌고 있었다.

다음 날, 어둠 속을 희미하게 비집고 들어오는 달빛 따라 외박을 끝낸 장학문이가 내무반으로 들어서고 있었다. 쌀가마니 하나를 등에 지고서…….

쌀가마니를 내려놓으며 싱글벙글 웃는 모습이 다른 사람처럼 보였다.

"충성! 잘 다녀왔습니다."

"그래, 즐겁게 시간 보내고 왔냐?"

"네! 좋은 시간 보내고 왔습니다."

"딸아이하고 너의 식구는 잘 내려 보냈어?"

"네, 홍천 시외버스 터미널까지 배웅하고 버스 타고 떠나는 것을 보고 왔습니다."

"응, 그래, 잘 했다. 그런데 저 가마니는 뭐야?"

"라면땅입니다."

그때 한 봉지에 100원 하는 과자가 있었는데 라면처럼 생겨서 그런 이름을 붙였는지는 알 수가 없었지만 그 라면땅은 회식 때나 술 마실 때 안주로 즐겨먹던 과자였다.

한 가마니라니 어처구니가 없었다.

"너 미쳤어? 무슨 라면땅 과자를 한 박스도 아니고 한 가마니를……."

"다섯 박스를 샀는데 들고 올 수가 없더라고요. 할 수 없이 가게 주인아저씨에게 가마니를 빌려서 넣어왔습니다."

"아니, 그런데 무슨 과자를 이렇게 많이 사왔냐?"

"고참님들이 술 마실 때 드시는 라면땅이 너무 먹고 싶어 언제든 기회만 되면 실컷 먹어 보아야겠다고 벼르고 있었습니다."

그랬다. 그는 고참들이 둘러앉아 술 마시며 안주로 먹는 라면땅이 너무도 먹고 싶었으나 감히 쫄따구가 그런 자리에 낄 수가 없어 마른 침만 한없이 삼켰던 것이다.

그렇게도 라면땅이 먹고 싶었다던 학문이가 120km 행군을 하던 그때는 내 뒤꽁무니에 매달려 배낭에서 꺼낸 카스텔라 빵을 맛있게 먹으며, 엄마 치맛자락 잡고 동무들에게 자랑하며 따라가는 코흘리개 아이처럼 졸졸 따라오고 있었다.

밤이슬에 젖어있던 아스팔트 가의 인도에 있는 흙들이 이제는 제법 내리쬐는 햇볕에 말라 군홧발에 채여 흙먼지를 일으키고 있었다. 그 흙먼지는 사방으로 흩어지는 듯하더니 우거진 숲 속으로 밀려들어가고 나뭇잎들은 뒤집어써야 할 먼지를 피하려는 듯, 장구 앞에 한복 입고 춤을 추는 여인네 치맛자락 흐느적거리듯 가느다란 가지들을 흔들어대고 있었다. 호루라기 소리가 요란을 떨었다.

10분간 휴식이다.

5. 또 다른 이름 무생

오전 10시.

11km 정도 걸어온 것 같다.

다행히 길옆에 깨끗이 흐르는 실개천이 있었다. 먹어도 좋을 만큼 깨끗한 물에 발을 담그려니 그 물은 나의 얼굴부터 담아내고 있었다. 물에 넣은 발이 너무도 시원했다.

조용하던 시골길에 웬 사람들이 이렇게 많아? 하면서 송사리 떼들이 구경을 나왔는지 지랄을 떨듯 헤집고 제멋대로 유영을 해대고 있었다. 물에 담근 발의 시원함을 질투라도 하듯 발과 장단지에 간지러움을 태우며 부지런히 오가기를 반복했다.

실개천 건너편으로 보일 듯 말 듯 나있는 길은 산으로 올라가는 길인 듯한데 인적이 끊어진 지 오래인 듯 잡초에 묻혀있었다. 길 양옆으로는 시퍼런 바닷물이 출렁거리듯 크고 작은 나뭇가지들이 형형색색 자기들만의 자태를 뽐내느라 여념이 없었다.

발길 닿지 않는 산야에 펼쳐지는 모습들이 얼마나 아름다운 것인가를 보지 않고는 알 수 있는 방법은 없다. 제멋대로인 것처럼 보이지만 제 자리를 지키며 누가 보든 말든 자신들의 모습들을 계절에 따라 변화시키고 있다.

겉치레라는 말은 인간들에게나 필요한 말일 것이다. 본래의 모습 그대로를 보여주며 새로운 내일을 준비하는 끈질긴 생명력은 체면치레의 올가미에 걸려 살아가는 인간들을 비웃는 듯했다.

십 분간의 휴식 시간을 이처럼 한가로이 보낼 수 있는 기회도 이번이 마지막이며 다음 휴식 시간부터는 몸 관리에 최선을 다 하여야 한다.

"뒤로 전달! 휴식 끝!"

쏟아지는 목청소리에 놀란 듯 건너편 숲 속에서 노닐던 청설모 한 쌍이 몸을 바짝 낮추었다.

순간 강사일이 돌멩이 하나를 주워들었다.

"강 이병, 너 지금 뭐 하는 거야?"

"저기 청설모가……."

"동작 그만! 손에 들은 것 원위치!"

아쉬운 듯 그는 돌멩이를 땅에 내려놓았다. 그러면서 두툼한 입술을 실룩거렸다.

강사일. 그는 군 입대 오 개월 차인데 기가 막힐 정도의 돌팔매 명사수였다.

지난봄에 이런 일이 있었다. 산자락에는 아직 차가운 바람이 몰려다니는 그해 초봄, 우리는 빗자루를 만들기 위하여 싸리나무를 구하러 산에 오른 적이 있었다.

이른 봄이기는 했지만 아기 낳은 엄마 젖이 서서히 붙어 오르듯 부풀어 오르기 시작한 꽃눈들을 나무들마다 주렁주렁 달고 있었다. 곧 터질 것 같은 꽃눈들은 세상에 태어날 때를 기다리고 있는 듯 보였다.

그 숲 사이에 이제 하루 이틀이면 터져버릴 벚꽃나무 사이를 놀이터 삼아 오르내리는 다람쥐들이 모였다가 흩어지기를 반복하며 노닐고 있었다.

그 모습을 바라보던 강사일이 흘려버리는 듯한 말로 "내 손이 운다. 좋게 봐줄 때 사라져라." 하며 짙게 보이는 눈동자를 뱅글뱅글 돌리면서 땅에서 무언가를 찾고 있었다.

"야, 강사일, 너 지금 뭐라 했어?"

"살려면 빨리 도망가라고 했습니다."

"야, 인마, 니가 무슨 재주로 저 다람쥐를 잡을 수 있어?"

"돌팔매질로 잡을 수 있는데 한번 보실랍니까?"

그러자 강원도가 고향인 석병일이가 비꼬는 말투로 한마디 지껄였다.

"어찌어찌하다가 우연이 운이 좋아 맞으면 모를까, 망태기를 놓아 다람쥐를 잡았다는 소리를 들은 적은 있어도 돌팔매로 다람쥐를 잡았다는 사람은 보지도 듣지도 못했다."

석병일의 비아냥거리는 소리를 듣자 강사일이는 그 비웃음을 깔아 뭉개버리려는 듯, 어깨를 한 번 으쓱거리면서, 자신을 믿어주지 않는 눈빛들을 원망하며 말이 필요 없다는 듯 작은 돌멩이 하나를 주워들었다. 그러고는 휙 하고 벚나무 가지 사이로 돌멩이를 날렸는데 그 거리가 실로 30m 족히 되어 보이는 거리였다.

순식간에 땅으로 떨어지는 두 개의 물체가 나의 눈을 의심케 했다. 하나는 지금 그가 던진 돌이었고, 다른 하나는 검은 물체로 보였는데 벚나무에서 솔방울 떨어질 일은 없고 일단 떨어진 곳으로 가서 확인을 해보아야 했다. 우리는 민주화를 위하여 데모하는 투사인양 화살이 시위를 튕겨나가듯 벚나무 밑으로 뛰어갔다.

그곳에는 솔방울처럼 보였던 다람쥐 한 마리가 피를 흘리며 죽어 있었다. 그때 우리는 그가 돌팔매질에는 일가견이 있다는 것을 알게 되었다. 조막만한 다람쥐를 작은 돌로 맞혔다는 것이 신기했다.

돌팔매의 달인! 강사일.

충남 홍성이 고향인 그는 몸은 보통 체격이었으나 다부지게 단련된 근육질 몸에 검게 탄 듯한 구릿빛 얼굴, 눈빛은 그리 초롱초롱하지는 못했으나 돌팔매질을 할 때만큼은 정확한 눈을 가지고 있었다.

그런 그가 두 번째 휴식이 끝나는 순간, 어린아이들이 놀이터에서 신나게 놀듯이 나뭇가지 사이를 한가로이 오가며 먹이를 찾고 있는 청설모의 저승사자가 되려 하고 있는 것이었다. 요즘 같으면 살려 잡는다 해도 지탄받을 일인데 다람쥐나 청설모는 작은 동물이기 때문에 돌팔매에 맞는 순간 죽을 수밖에 없다.

재주나 힘은 필요할 때 부리고 써야 하는 것이다. 생명체를 함부로 대하는 그 자체가 바로 힘의 폭력이기 때문에 힘을 매개로 해서 다른 생명에게 폭력을 행사하는 것은 그것이 어떤 명분이든 죄악이 되는 것이다.

생명을 죽이지 말라 함은 함부로 힘을 쓰지 말라는 것일 게다. 자연환경 운동가나 동물 애호가들이 보면 요샛말로 뚜껑 열릴 일이다.

하늘이 준 생명은 저마다 업을 가지고 있을 것이며 제 스스로 존재하고 있는 이치가 있을 것이므로 함부로 생명을 끊어서야 되겠는가? 호랑이가 짐승을 잡아먹는 것도 제 이치이고 악한 사람이 착한 사람을 못살게 구는 것도 다 저희끼리 이치가 있는 법, 함부로 나서 생명을 해치게 해서는 안 된다. 양육강식에도 이치가 있는 것이기 때문이다.

경상도 천성산에 도롱뇽이 서식하고 있는데 고속철도가 지나갈 수 있는 터널을 뚫으면 도롱뇽 서식지가 사라진다 하여 2003년부터 2005년까지 2년 동안 비구승 지율이라는 스님이 네 차례에 걸쳐 241일간 단식 농성을 하는 모습을 텔레비전 뉴스 화면이나 다큐멘터리를 통하여 전 국민이 수차례 보았다.

그러나 고속철도가 개통된 지금 도롱뇽들은 변함없이 잘 살고 있다는 것도 우리는 보도를 통하여 듣고 보고 있다. 도롱뇽들이 살 수 없다 하여 공사를 중단시키고 백억이 훨씬 넘는 국민의 혈세를 동물 자연 보호라는 명분을 앞세워 결국은 많은 돈을 낭비한 사건이었다. 많은 돈과 시간은 낭비하였으나 그 사건은 앞으로 인간이 자연을 어떻게 지켜나가야 되는 것인가를 보여준 좋은 선례가 될 것이다.

나는 그 과정을 보면서 이런저런 생각을 해보았다.

자연과 함께 공생 공존해야 된다는 것에는 공감을 한다. 그리고 자연이 인간에게 아낌없이 베풀어주는 혜택은 어림잡을 수가 없다. 때문에 과거에 인간들의 무지에 의하여 훼손된 자연환경을 복원시켜야 할 책임이 있으며 그 한계는 무한이어야 한다.

그러면서 현재는 과거의 과오를 거울삼아 그것을 지키고 미래의 후손들에게 아름다운 강산을 물려주어야 할 책임과 의무를 다하여야 한다. 하지만 개발 역시도 멈출 수 없다.

지율 스님이 도롱뇽을 살리고자 한 것은 큰 틀에서 본다면 후세를 위하여 자연을 지키자는 것이었으나 사회적 갈등을 불러일으키고 대안 없는 반대와 독선이 엄청난 경제적 손실과 공사 지연이라는 결과를 초래하였으며 일부 언론과 그것에 대한 제대로 된 연구 없이 부추긴, 전문가라고 자처하는 사람들은 이런 사태에 대한 책임을 통감하고 이 사건을 교훈으로 삼아야 할 것이다.

성서에 나오는 다윗과 골리앗의 이야기가 떠올랐다.

돌팔매의 달인 다윗과 강사일, 이 둘은 분명이 차이가 있다. 2m가 넘는 거구의 블리셋 장수 골리앗이 이스라엘로 쳐들어 왔을 때 사울 왕은 골리앗을 쓰러뜨리는 자에게 자기 왕국의 반과 딸을 준다고 했다. 체격이 좋고 용감하다고 자신하는 병사들이 있었지만 골리앗 앞에서는 모두가 속수무책이었다.

그런데 아버지의 심부름으로 형들을 찾아왔던 양치기 소년인 다윗은 돌 다섯 개와 가죽 끈으로 돌팔매질을 하여 정확하게 골리앗의 이마에 명중시켜 쓰러뜨렸다.

이것은 흔히 힘이 세고 과격한 사람을 상대로, 약해보이지만 지혜로운 사람의 대결을 묘사할 때 쓰는 말인데, 분명한 것은 다윗의 돌팔매질에는 명분이 있었으나 강사일의 돌팔매질은 본인의 특기를 앞세워 아무런 이유 없이 한 생명을 거두어가는 것뿐이다.

전문가라는 것은 어떠한 일에 숙련된 사람을 일컫는 것이 아니다. 전문가는 항상 정열적으로 그 분야의 문제의식을 고민하는 사람이어야 한다. 정열이라는 것은 소중한 것이다. 한 가지 일에 전념하는 모습은 아름답다. 단 한 가지 목적에 대하여 아무런 계산도 타산도 없이 일에 빠진다는 것은 멋진 일이다.

그러나 우리는 종종 그 귀중한 에너지를 어디에 쏟아야 할지 모를 때가 있다. 정열이 공전하는 것이다. 목적이 분명할 때 그 정열을 어디에 쏟아야 할지를 알 수 있다는 것을 우리는 잊고 살아갈 때가 많다는 것이다.

좀 더 나은 방법은 없는지 스스로에게 질문을 던지고 답을 찾는 사람이어야 한다. 남의 말은 무조건 틀리고 자기의 연구 결과가 정답이라고 들이대는 자아에 빠진 독선적 학자들은 반성을 해야 한다. 그런 환경이 조성될 때 제2의 천성산 사건 같은 일이 반복되지 않을 것이기 때문이다. 아집의 울타리에 갇혀 있는 사람들은 대자연의 신비스러움을 제대로 볼 수 없다는 이치를 알아야 한다.

자기들이 위험한 상황이 아니라는 것을 알았는지 청설모 두 마리는 떠날 줄 모르고 우리 곁을 맴돌았다. 우리는 걷고 그들은 끊임없이 경계를 하면서도 나뭇가지들을 타다가 뛰어 넘기도 하면서, 오던 길을 되돌아가는 듯하다가는 다시 오기를 반복하며 우리를 배웅하고 있었다.

그러는 사이 등줄기에서 흘러내리는 땀이 허리춤에 다다를 쯤에 바람 한 무더기가 지나가며 흐르는 땀을 데리고 달아나고 있었다. 정말 시원했다.

이처럼 순결하고 깨끗하고 아름다운 자연들이 우리들의 마음을 즐겁게 하고 기쁨을 주고 있다는 것을 우리 스스로가 깨닫기 힘든 것인지, 아예 알려고 하지 않는 것인지, 아무튼 주위의 모든 사물들은 그냥 있어야 할 자리에 있는 것이라고 생각하며 살고 있다. 그러기에 고마움을 느낄 수가 없는 것이다.

언젠가 어느 책에선가 안다는 것과 깨닫는다는 것과의 차이를 설명한 것을 읽은 적이 있다. 안다는 것과 깨달음의 차이는 그것이 아픔을 동반했느냐 안 했느냐의 차이이다.

"만일 당신이 어떤 사실을 아는 데 있어 아픔을 느낀다면 그건 당신이 깨달은 것이다."라고……

생물이 아니면서 움직이는 것들, 그것들이 우리들을 깨달음의 길로 인도를 할 때가 있다. 다만 자신이 느끼지 못했기 때문에 모르고 지나쳤을 뿐이다.

실개천에 흐르는 맑은 물, 하늘의 구름, 땀을 식혀주는 시원한 바람, 타오르는 불꽃 등등 그들이 우리 인간들을 사랑하고 있다는 것은 우리도 그들을 사랑해야 한다는 것을 깨닫게 해주고 있는 것이다.

자연의 부드러운 힘과 아름다움!

사람들은 간편함과 편안함 때문에 조화의 아름다움에 순간적으로 좋아하고 기뻐하지만 궁극적으로는 생화를 더 좋아한다. 매일 물을 주어야 하고 가꾸는 불편함을 마다하고 왜 조화보다 생화를 좋아할까?

생화에는 향기가 있기 때문이다. 죽어있는 것보다 살아있는 것이, 향기가 없는 것보다 향기가 있는 것이, 거짓으로 꾸미는 것보다 진실함이 배어 있는 것이 더욱 감동을 주기 때문이다. 그러기에 자연은 인간의 스승이라 할 수 있다. 자연이야말로 향기가 충만한 생화인 것이다.

"사일아, 저 청설모가 계속 너만 보고 따라 오고 있는 것 같다."

"소는 도살장에 끌려 들어갈 때 닭똥 같은 눈물을 흘린다는데 재네들은 겁 없이 따라오는 것을 보니 물가에 내놓은 애들 같습니다."

"그래, 네 말이 맞다. 천진난만한 애들 같다. 야! 청설모 있는 전방 10m 지점 좀 봐라. 노란색의 야생화가 너무 예쁘게 피어 있다. 그치?"

갑자기 커진 내 목소리에 놀란 팀원들의 눈동자들이 한곳으로 쏠리고 있었다. 누구의 손길도 받지 못한 저 척박한 땅에서 하늘 높이 솟아 있는 아름드리나무 숲과 수많은 넝쿨 숲 속을 헤치고 얼굴을 내밀며 아름다운 모습으로 다가오는 저 화신은 발길 드문 이름 모를 골짜기에서 무엇을 기다리고 있었을까.

아마도 언제 올지도 모를 꽃과 향기 찾아 헤매는 벌과 나비의 등대 노릇을 하고 있을지도 모른다. 그리고 어느 날 갑자기 가까이 다가와 예쁘게 바라보아 줄 길손을 기다리고 있었을 것이다.

지난봄 어느 날, 나는 다른 날과 변함없이 집 주변에 있는 광명 KTX 역 방향으로 산책을 나갔다. 통상적으로 한 번 걸으면 한 시간 이상 걷게 되는데 어느 방향 어느 길이든 나는 혼자 걷는 길을 너무 좋아한다. 길을 걸으며 길을 묻고 또 가고……

길을 걸으며 침묵 속에서 나 자신을 들여다보고 새로운 나를 발견하기 위하여 많은 생각에 잠기기도 한다. 복잡한 생각들을 정리도 하지만 내 자신의 삶에 대한 자책을 마음껏 할 수 있기 때문이기도 하다.

그렇게 할 수 있도록 길을 걷는 주위의 이름 모를 잡초 한 뿌리라도 나의 스승이 되어주고 살아가는 길잡이가 되어준다. 하기에 나는 주변의 자연과 함께 숨 쉬며 동행을 하는 것이다. 오늘도 저들은 나의 부족함을 채워주고 미처 깨우치지 못한 것을 가르쳐 줄 것이다.

무엇 하나 제대로 이룬 것 없었던 나날의 60년 모든 것이 엉망이었고 되돌릴 수 없는 수많은 일들이 시도 때도 없이 나의 목을 죄어오고 있다.

나는 세상에서 둘째가라면 서러운 불효자다.

"어머님 날 낳으시고 아버님 날 기르시니 두 분이 아니면 이 몸이 있었을까? 하늘 같은 은덕을 어찌 갚사오리까?"라는 부모에 대한 이런 종류들의 수많은 글들을 보며 살아왔다.

나를 이 세상에 존재케 하여 나로 하여금 한 생애를 일구어 나가도록 키워주신 분들에게 철이 든 후에도 사죄의 말은커녕 그분들이 힘들어할 때 더 많은 삐딱선을 타는 언행을 저지르며 그분들의 괴로움에 불을 질렀다.

말 한마디 행동 하나하나에 불효가 하늘을 찌르고 지금까지도 깨우치지 못하고 불효의 늪에서 허둥대는 과오를 생각하면 혀라도 꽉 깨물고 싶은 심정이다. 아니면 어느 구석진 골방에 틀어박혀 머리를 짓찧으며 목을 놓아 울든지……. 한바탕 그러고 나면 속죄가 될까?

그리 두텁지도 않은 벽을 허물기가 이리도 어려운지, 어디서부터 길을 찾아야 되는 것인지 아직도 길을 걸으며 묻고 있다.

형제, 친척들에게는 신의와 믿음을 바탕으로 하는 우애의 기회를 스스로 저버렸으며 한 여자의 남편으로서, 그리고 동반자로서 한길을 가면서도 따뜻한 사랑한다는 말 한마디를 아꼈다. 정감이 가는 손길은커녕 썩은 동아줄만 움켜쥐어 주면서도 무엇이 잘못되었는지 깨닫지를 못했다.

매서운 바람이 불고 추운 겨울이 되어서야 소를 끌고 남의 밭을 헤매고 있다는 것을 알았다. 역행하는 가화만사성이었다.

그리고 자식을 키우는 아버지로 그들이 힘들어 할 때 마음껏 비벼댈 수 있는 손바닥만 한 언덕조차도 만들어주지 못하고, 가족에게 따뜻한 정 한번 준 적 없는 비정한 사람으로 내 가정조차 제대로 지키지 못하고 돌보지를 못했다.

혈육으로 이루어진 가족에게는 사랑이라는 것이 절대적으로 필요하다. 뼛속 깊이 스며들고 나기를 반복하며 끈을 이어주는 그런 사랑 말이다.

안팎이 다른 모습으로 지내는 것은 드물지 않은 경우겠으나 안에서는 인색한 가장이었으며 밖에서는 인심 좋고 사람 좋다는 소리를 들으며 두 얼굴을 가지고 살아온 바보, 멍청이…….

애비로서 자식들을 제대로 돌보지 못한 회한의 눈물 고리를 쉽사리 끊어내지는 못할 것 같다.

언제였는지도 모를 먼 옛날부터
가슴에 얽혀 있는 원망과 분노가 삭지 못하고
조여 오는 아픔이
너의 가슴을 회한의 눈물로 적시는구나
석성과 토성이 앞다투어 눈을 가리고
불쏘시개 되지 못한 세월의 아픔을
하늘이 뚫리고 땅이 꺼졌으되
묻어두고 감출 곳 없으니

원망도 후회도 말아라

불꽃 튀는 분노는 부메랑 되어

네 가는 길 훼방꾼 되리니

주어진 운명 비껴가려 애쓰지 말아라

슬퍼하지도 눈물을 보이지도 말아라

되돌아본들 후련치 않으니

붉게 물들어오는 동쪽 하늘을 보며

새벽을 깨워라

　잘못 살아온 발길을 뒤돌아보며 나는 내 이름 앞에 또 하나의 이름을 붙였다. 무생이라고. 무생이라……. 그렇다, 이승에 오지 말고 전생에 그냥 있었어도 좋았을 사람, 세상을 살아갈 이유가 없는 사람, 없어도 누구 하나 서러워하지 않을 사람.

　그 무생이라는 사람이 이제부터라도 제대로 된 길을 가려고 몸부림쳐대고 있다. 길을 걸으며 바른길의 방향을 묻고 견딜 수 없는 고통과 뼈를 깎아내는 듯한 반성으로 허물을 벗으려 하고 있다.

　그러면서 나에게 수많은 상처와 고통을 받은 모든 이들에게 속죄할 수 있는 마음을 마음껏 표출할 수 있는 혼자만의 길을 찾아가야 한다. 감추어진 허물이 사라지는 날까지 계속 길을 걸을 것이다. 나만의 길을…….

　매미는 새끼벌레가 허물을 벗으며 세상에 신고를 한다. 허물의 틈이 벌어지며 등이 보이기 시작하고 한참 만에 머리가 나온 다음에는 몸을 뒤로 젖히고 힘들게 다리를 뻗는다.

환골탈태란 이처럼 어렵고 자기 나름대로의 순서가 있는 법이다. 그렇듯이 살아온 날보다 얼마 남지 않은 살아갈 날들에 대하여 나만의 길을 걸으며 참다운 삶의 방향을 묻고 또 물어 볼 것이다.

가끔씩 차들이 엔진 소리를 높여가며 지나가고 있었다. 늦은 봄의 길목은 풍요로움의 시작이고 열매를 맺기 위한 꽃들의 향연이 산과 들 여기저기에 펼쳐지고 그 모습들은 여러 사람이 보기에 참으로 좋아보였다.

삼십여 분쯤 걷다 보니 길옆으로 이름 모를 노란 꽃들이 군락을 이루어 장관이었고 산이 시작되는 경사진 쪽으로는 꽃잎은 눈부시게 하얗고 꽃술은 노란색을 띤 야생화 군락지가 여기저기 제멋대로 자리를 잡고 있었다. 그것들을 보며 걷노라면 아름다움을 보는 기쁨도 있지만 사람의 마음을 온유하게 만들며 한없이 평안함을 안겨 준다.

나는 어느 한순간만 느껴야 되는 정취를 집에서도 느꼈으면 얼마나 좋을까 하는 어이없는 충동을 느꼈다. 그것도 아주 강하게.

돌아오는 길에 그 야생화 군락지를 다시 만났다. 그러고는 잠시 아주 잠시 생각했다.

"그래, 지금까지도 때에 따라서는 나 편한 대로 도덕적이지 못한 행동을 할 때가 많았고, 꽃들은 꺾지 말고 보는 것으로 만족하라 했지만 보는 사람도 없으니 눈 질끈 감고 노란색 꽃, 하얀색 꽃 섞어서 조금만 꺾어가자."

살금살금 담 넘어 다른 집 들어가 도둑질 하듯 잽싸게 꽃 한줌을 꺾었다.

쿵쾅거리는 가슴을 달래며 집으로 돌아오자마자 꽃들을 두 개의 화병에 나누어 하나는 식탁위에, 하나는 TV 옆에 놓으니 보기에 정말 좋았다. 꺾어오지 않았다면 크게 후회했을 것이라고 생각했다.

그러나 삼사 일이 지나도 꽃잎은 시들지 않았으나, 꽃잎에 붙어 있던 꽃가루들이 떨어져 온 집 안이 엉망이 된 것을 눈치채는 데는 많은 시간이 걸렸다.

혼자서 소유할 수 없고 소유해서도 안 되는 자연 속의 모든 것들은, 처음부터 있던 그곳에, 자기네들끼리 무리지어 있는 그곳에 두고 보아야 아름답다는 평범한 진리를 다시 한 번 깨우치는 계기가 되었다.

자연은 거침없이 주는 사랑만을 하면서도 인간들이 해야 될 일과 하지 말아야 할 일들을 자상하게 그리고 세심하게 가르쳐 주는 인간의 진정한 스승인 것이다.

경치가 여느 곳보다 좋은 곳을 가리켜 우리는 '경'이라 부른다. 예를 들어 충북 단양에 가면 그 고장에 특히 경치가 좋은 곳이 도담삼봉, 석문, 구담봉, 옥순봉, 사인암, 하선암, 중선암, 상선암이 있는데 이들을 아울러 단양 팔경이라 부른다.

자연은 조건 없이 인간들이 살아가는 데 필요한 모든 것을 아낌없이 주고 있다. 부처는 '금강경'에서 "과거의 마음을 얻을 수 없고, 현재의 마음도 얻을 수 없고, 미래의 마음도 얻을 수 없다."고 했는데 어쩌면 인간에 대한 자연의 섭섭한 마음을 대변하는 것인지도 모른다.

자연과 인간관계를 또 다른 시각에서 판단하는 사람들도 있다. 기억이 확실치는 않지만 오래전 언젠가 '꽃보다 사람이 아름답다'는 어구를 본 적이 있다. 그래서일까?

이조시대 초 지금의 개성인 송도에는 자기 스스로 송도삼절이라고 한 사람이 있다. 그때 송도에는 망한 고려의 왕씨 성을 가진 왕족, 또는 고려조의 높은 관직에 있던 사람들이 상단으로 변신하여 이웃나라들과의 교역으로 인하여 상당한 경제력을 지니고 있었다.

따라서 각지의 내놓으라 하는 출중한 외모를 지닌 기생들이 많이 모여 들었으나, 그 고장 송도 출신인 명월이라는 기생을 따라갈 사람이 없었다. 당대의 여걸이었다.

청산리 벽계수야 쉬어 감을 자랑마라
일도 창해하면 다시 오기 어려우니
명월이 만공산 할 제 쉬어감이 어떠하리.

명월이라는 이름으로 기생이 된 지 5년 만에 벽계수 이충남을 만나 이 유명한 시를 남긴 사람. 기이한 운영으로 양반 댁에서 태어나 기생이 된 명기 황진이.

양반집 딸로 태어나 기생이 되어 온갖 끼를 발산한 황진이. 그는 훌륭한 스님으로 알려진 지족선사와 벽계수는 물론이고 송도에 있으면서도 한양의 고관대작들을 쥐락펴락하는 지략가였다.

그러나 그런 그도 당시 성리학의 대가인 화담 서경덕만큼은 결코 자기 마음대로 하지를 못하였다. 황진이는 요염한 자태로 화담을 수 없이 유혹을 하였다.

줄기차게 유혹하는 황진이에게 화담 서경덕은 손끝 하나 대지 않았으면서도 기로써 너를 이미 취했다 했으니 실로 당대의 학자다운 처신이었다.

황진이는 주연을 자주 베풀며 풍류를 즐겼던 송도의 천마산 기슭에 있는 박연폭포를 첫째로, 둘째는 화담 서경덕, 그리고 셋째는 본인 황진이를 스스로 일컬어 송도삼절이라 했다는 것인데 그것에 대한 옳고 그름의 판단은 각자 알아서 할 일이다. 삼절이란 세 가지 재주에 뛰어난 사람을 뜻하기 때문이다.

산천은 옛 모습 그대로인데
성곽과 문루는 무너져 모래가 되었고
흐르는 물 떠도는 구름만이
지는 노을 속에 붉게 타는구나
가는 길 멈추고 서성이며
아득한 옛날의 자취를 더듬으니
박연과 함께 송도의 삼절이라
화담의 푸른 물 위에 명월이 밝게 웃네

요즘 황진이라는 대중가요가 인기를 끌고 있다.

'내일이면 간다. 너를 두고 간다. 황진이 너를 두고 이제 떠나면 언제 또 올까. 사랑아, 사랑아, 내 사랑아⋯⋯.'

송도삼절과 조선 최고의 명기인 황진이의 삶을 나름대로 상상을 해보는데 갑자기 또 한 사람의 모습이 내 머릿속에 그려지고 있었다. 술에 취하여 물속에 비친 달을 건지려다가 물에 빠져 죽었다는 이벽이라는 사람. 술에 취했기 때문이라기보다는 자연에 심취하여 죽었다는 표현이 맞을 것이다.

이토록 자연과 인간의 상관관계는 떼려야 뗄 수 없는, 공생 공존해야 하는 필생의 관계인 것이다.

'지혜는 지혜로운 자의 것이고 아름다움은 사랑하는 자의 것. 그러므로 지혜와 아름다움, 그 둘은 서로의 것이다'라고 베토벤이 자기 친구에게 시를 써서 보낸 것처럼, 넉넉하고 풍요로운 자연은 사람을 품고, 사람은 그 자연의 품속에서 한없는 사랑을 받으며 그렇게 그 둘은 새로운 모습으로 새로운 날들을 맞이하며 영원한 역사를 만들어가고 있는 것이다.

6. 추억을 삼키며 세월은 흐르고

행군 행렬은 산허리를 돌고 돌아 전형적인 시골 마을 어귀로 휘적휘적 들어섰다. 마을 입구에 들어서니 큰 가방을 한쪽 어깨에 둘러맨 우체부 아저씨가 힘겹게 자전거 페달을 밟으며 지나가고 있었다.

그 뒤를 반대편 골목에서 발바리 개 한 마리가 갑자기 나타나 목에 핏대를 세우고는 멍멍대며 자전거 뒤를 쫓고 있었다. 꼬리를 바짝 세우고 달려는 가고 있었으나 겁을 먹은 탓인지 적당한 거리를 유지하고 있었다.

개가 뛰어나온 골목에서 지게에 바소고리를 얹어 지고 나오는 할아버지 한 분이 긴 지게 작대기를 흔들어대며 '아가야' 하고는 저만큼 멀어져가고 있는 발바리를 애타게 부르며 우리 곁을 지나갔다. 아마도 그 발바리의 이름이 '아가야'인 것 같았다.

마을을 벗어나자 다시 또 산길로 들어서기 시작했다. 크고 작은 나무들은 잎 파리가 피기 시작하고 있는데 연하고 예쁜 잎들이 저 딱딱한 나뭇가지를 어떻게 뚫고 나왔을까 신기하기도 했다. 아마 저것들도 수많은 시행착오를 겪으면서 고통과 시련을 통해서 피어났을 것이다.

길 양쪽으로 울창하고 시원한 숲이 있는 곳에서 세 번째 휴식 시간을 맞이하였다.

오전 11시.

16km 정도 걸어왔다.

그늘진 곳을 별도로 찾을 필요는 없었다. 울창한 숲은 단 한 줄기의 햇빛이 들어오는 것도 허락치를 않았다. 간간이 불어오는 바람이 송골송골 돋아난 땀방울들을 훔쳐가고 있었다.

삼부 능선쯤 되어 보이는 산길인지라 발을 씻을 물을 찾는다는 것은 무리이고 배낭을 내려놓기 무섭게 양말을 벗고 발부터 꼼꼼히 확인을 했다. 발에 혹시 물집이 생기지는 않았는지 확인을 해보는 것이다. 수많은 행군을 했지만 나의 발은 비교적 믿을 만하다.

50km 정도 걸어야 엄지발가락 안쪽으로 한두 개 정도의 물집이 생길 뿐이니 그것은 군 생활에 있어 최고의 장점인 것이다.

팀원들을 살펴보았다. 배 병장이 나의 눈에 박혔다.

"야, 배 병장 너 발 괜찮아?"

"예, 물집이 조금 생겼습니다."

내가 그에게로 가야지 그를 내 앞으로 오라고 할 수는 없었다. 그는 나하고 같은 병장이었으나 육 개월의 차이가 나기 때문에 항상 나의 조수였다.

2년이 넘도록 그와 같이 훈련을 받았는데 그때마다 그에게 고통을 주는 것이 있었다. 행군 시 그의 발목을 잡고 늘어지는 것이 바로 평발이었다. 평발은 여기저기 물집이 생기는 것이 아니고 어느 한순간 발바닥 전체가 붕 뜨기 때문에 그 고통이라는 것은 말로 표현할 수가 없다. 참을성의 한계를 느끼게 한다.

가까이 다가가 그의 발바닥을 살펴보니 아직은 견딜 만할 정도로 오른쪽 발뒤꿈치부터 물집이 퍼져 나가기 시작하고 있었다.

나는 상의 윗주머니에서 행군 준비할 때 생각이 나지 않아 빠트릴 뻔했던 실과 바늘을 꺼내어 바늘귀에 실을 꿰었다. 10cm 정도의 길이로 자른 후 물집이 생긴 부위에 바늘을 통과시켰다. 이제 실을 타고 잡힌 물이 밖으로 모조리 탈출할 때까지 기다리기만 하면 된다.

"벌써부터 이러면 어쩌냐?"

"참아봐야지요. 어디 한두 번 있는 일입니까?"

"그렇기는 하다만 너도 너지만 보는 사람도 괴로운 것은 마찬가지야, 그렇지 않겠어?"

"훈련 때마다 신경 쓰시게 해서 죄송합니다."

"그게 뭐 죄송하다고 해서 될 일이냐?"

강원도 인제가 고향인 그는 중간 키에 조금 통통한 체구인데 입이 어찌나 무거운지 그가 말하는 것을 보려면 뜨거운 여름날 섭씨 1,000도가 넘는 불구덩이에 쇠를 녹이는 것만큼이나 어려웠다. 그러니 자기에게 아무리 어려운 일이 생겨도 도움을 청하는 일이 없이 시간이 걸려도 혼자서 해결하려는 쌍 고집에 쇠심줄이었다.

어떤 이들은 그런 사람을 보고 근면하고 성실하다고 할지 모르겠으나, 그것은 공동체 생활 속에서 더불어 살아가는 방법 자체를 모르는 척 외면하는 어리석은 생각인 것이다.

다시 말해서 혼자서 일을 해결하려고 하는 사람은 어려움에 처한 사람을 도울 생각도 방법도 모르며 살아간다는 데 심각한 문제가 있는 것이다. 나쁘게 말하면 독불장군인 셈이다.

인간이 사는 사회는 태고 때부터 집단생활을 하며 더불어 살아가는 생활 방식으로 인류의 맥이 이어져 왔다. 세상을 살아가는 이유를 아는 사람은 도움을 받기도 하고 도움을 주기도 하면서 존재감을 느끼고, 정지되어 있지 않고 끊임없이 생동하고 있다는 것을 몸소 체험하는 것이다.

본인 스스로 알아서 모든 일처리를 한다는 것은 그동안의 축적된 경험과 창의력 그리고 풍부한 상상력, 도전적 사고를 바탕으로 모든 일을 충분히 훌륭하게 해낼 수 있는 것을 말한다.

하지만 그러한 탁월한 능력의 소유자가 혹여 지나친 과시욕에 빠질 수도 있다. 모든 말과 행동, 그리고 수많은 일 처리에 있어서 자기 잣대로만 판단하기 때문에 다른 사람의 조언에 대하여는 소귀에 경 읽기가 되어버릴 수도 있는 것이다. 관찰력과 통찰력이 흐려질 때는 생각지도 않은 정반대의 결과를 초래할 수도 있다는 점에 유의를 해야 한다.

그렇다고 저 배 병장이 무슨 일을 낼 사람이라는 것은 아니고 그의 꼼꼼하고 세심한 성격이 혹여 그가 살아가는 데 어려움을 줄 수도 있다는 막연한 걱정을 해보는 것이다.

어느 누구든 모두에게 인정받을 수는 없다. 아무리 완벽한 사람들이라도 서로 의견이 맞지 않을 수가 있고, 그렇다고 의견 차이가 곧 인품이나 인격의 차이가 있는 것은 더더욱 아니다. 중요한 것은 오히려 그 차이를 인정하자는 것이다. 나만 옳고 잘났다는 것이 아니고 상대도 나만큼 중요하다고 인정하는 마음.

'당신은 상대를 얼마나 인정하고 있다고 생각하십니까?'

배 병장의 발바닥에 들어있던 물들이 실을 따라 거의 빠져나올 즈음 그 모습을 구경 나온 산비둘기 몇 마리가 숲속을 배회하고 있었다. 땅 위에는 개 팔자가 있는데 이 시원한 숲 속에는 새들이 상팔자가 되어 있었다.

숲을 내려다보는 하늘이 엷어지며 먼 산 빛이 변해가고, 그렇게 계절은 가고 오면서 새로 오는 봄에도 저 잎들이 있는 자리에 새로 돋아날 연한 이파리가 세상에서 가장 눈부시고 신선함을 우리에게 가져다 줄 것이다. 바라는 것 없이 무조건……

이토록 수많은 나뭇잎들도 똑같은 것은 하나도 없고 이 세상에

단 하나밖에 없는 것처럼 다른 것들도 마찬가지다. 그것을 제대로 이해한다면 자기가 만든 틀에 세상을 끼워 맞추지 말아야 할 것이다. 자기의 틀을 버리고 나면 눈에 띄는 것은 모두가 이 세상에 하나뿐인 소중한 것이다. 이 세상의 모든 것들이 아름답다는 것은 이것과 저것이 다르기 때문일 것이다.

허기가 몰려오는 것을 보니 점심시간이 다 되어가는 것 같았다. 체력은 서서히 소진되어가고 있었다.

뒤를 돌아 배 병장을 바라보니 얼굴이 상당히 일그러져 있었고 팀원들조차 뜨거운 햇볕을 받아 축 늘어진 열무 잎이 되어가고 있었다.

"배 병장, 어때. 괜찮아?"

"예, 힘은 들지만 아직은 괜찮습니다."

"그래, 어쨌든 네 부모님이 주신 몸이니 누구를 원망하겠으며 원망한들 해결 방법이 있는 것도 아니다."

나는 그와 수차례 평발로 인한 고통을 함께하며 훈련을 받아왔기 때문에 그 고통이 얼마나 큰 것인가를 짐작을 하고는 있었으나 참을 수 있는 한계가 어디까지인가는 알 수가 없었다.

육체의 고통을 겪으면서도 사는 건 그런 거라고, 어차피 고통스러운 것이라고, 당연히 그 고통을 느껴야 성숙해지는 것처럼 생각하는 이율배반적 사고로, 그는 고통이 동반되는 상황을 본인 스스로 인내해야 된다고 그렇게 생각하고 있다는 것이 안타까울 뿐이었다. 아프면 아프다 말하고 힘들면 힘이 든다고 속 시원히 말하면 조금은 그래도 수월한 삶이 될 수도 있을 텐데 말이다.

살다보면 언젠가는 다른 사람과의 형평성에 어긋난다고 불평을 할 수도 있겠으나 어차피 주어진 단점이니 어떻게 해서라도 불편하고 고통스러운 상황을 조금이라도 덜 수 있는 최선의 방법을 찾아야 할 것이다. 고독하겠으나 자신만의 길을 스스로 찾아가는 것이다.

　이 넓은 세상에 있는 가지가지 사물과, 가지가지 인간들이 살아가는 인생사 중에서 오로지 자기 것만으로 가질 수 있는 것들. 그것들은 삶을 온전히 자기 것으로 만들게 하는 구도의 길이 될 수도 있기 때문이다.

　자기 자신에 대한 무거운 책임만 가지고 노력한다면 최소한의 희망만이라도 볼 수가 있다. 아이들이 어디를 뛰어가고 있는지 보지도 않고 뛰어가는 그러한 과오만 범하지 않는다면 말이다.

　대부분의 사람들은 좋은 여건 속에서 살아가고 있으면서도 만족하지를 못한다. 자신이 처한 현실에서 벗어나려고 부단히도 노력들을 한다. 어떤 사람은 노력하고 분발해서 위로 올라가려 할 것이고 또 어떤 이는 혹독한 경쟁에서 낙오되어 낮은 곳으로 내려가는 사람도 있을 것이며 그리고 또 어떤 이는 느리게 살면서 적게 벌고 적게 쓰는 것으로 표현할 수 있는 현실 속에서 한발 물러나 벗어나려하는 사람도 있다.

　조금이라도 위로 올라가면 행복감을 느낄 수 있고 낮은 곳으로 가면 낙오자가 되어 사회에서 탈락하는 길이 되고 낙오자의 길인 나락은 아무리 떨어져도 끝이 없다. 지옥에는 바닥이 없다고 생각한다. 그것과 마찬가지다.

　최악의 상황이란 존재하지 않는다. 아무리 좋지 않은 상황이라도 그보다 더 나쁜 상황은 얼마든지 있다. 현실에서 벗어나 위로 올라서려면 현실을 있는 그대로 받아들이고 그 현실을 넘어서야 한다.

다른 사람과의 형평성에서 적은 부분이라 하더라도 불리한 조건의 몸 구조를 가지고 어려움을 겪고 느끼면서 살아가야 되는 배 병장으로서는 낳아주신 부모님을 원망하고 가끔은 미워할 수도 있을 것이다. 그러나 밉고 싫은 것이 잠시라 하더라도 곧 본인이 괴로워진다는 것을 스스로 느낄 것이다. 그렇기 때문에 미워하려면 본인이 너무 괴롭지 않게 조금만 미워했으면 좋겠다는 생각을 해 보았다. 왜냐하면 미워한 만큼 괴로워져 본인 스스로가 힘들어지고 괴로워지기 때문이다.

그러한 노력과 함께 무조건 자기를 사랑하여야 한다. 좋으나 싫으나 '나'로서 세상을 살아가기 때문이다. 내가 나 자신을 인정해주고 있는 그대로 받아들이지 않으면 이 세상 어느 누가 나를 받아줄 것인가? 나부터 나에게 잘해주고 내가 바꿀 수 있는 것은 노력을 통하여 바꾸어 주고 좀 더 나은 나를 만드는 노력이 필요할 것이며 따라서 배 병장도 삶이 익을수록 이웃과 소통하며 살아가는 방법을 찾아가야 할 것이다. 그 길만이 현실을 극복할 수 있는 유일한 길이 아닌가 하는 생각을 해보았다.

전방 1km 지점.

물이 제법 흐르는 지천 옆에 임시로 설치한 취사장이 눈에 들어왔다. 아마도 내린천 하류인 것 같았는데, 그렇다면 물이 상당히 깨끗한 일급수일 것이라는 생각을 하니 갑자기 목이 타들어갔다.

임시 취사장에는 대형 무쇠 솥 다섯 개를 걸어놓고 취사병들이 분주히 움직이고 있었다. 흡사 그 모습이 어느 탄광 야적장에서 인부들이 탄 더미를 정리하고 있는 듯한 그런 모습이었다.

임시 취사장 주변에는 식재료들을 실고 온 군용트럭 서너 대가 자리를 잡고 군데군데 드럼통들이 놓여 있었다. 뚜껑이 열린 솥에서 김이 모락모락 피어오르는 것을 보니 아마도 식사 준비가 거의 끝나가는 것 같았다.

낮 12시.

23km 정도를 걸어왔다.

취사장에 도착을 하자 누가 뭐랄 것도 없이 배낭을 벗어젖히고는 물가로 달려갔다. 아프리카의 드넓은 광야에서 들소 떼들이 초원을 찾아 이동할 때 악어에게 잡혀 먹힐 위험을 무릅쓰고 우르르 앞다투어 강을 건너듯이 그렇게 우리는 물가로 몰려갔다.

물가에는 보기 좋으라고 사람들이 일부러 깔아놓은 것처럼 비슷비슷한 크기의 주먹 반만 한 자갈들이 깔려 있고 자갈밭 사이사이에 깨끗하게 씻긴 모래들이 반짝거리고 있었다. 그 모래들은 바람에 쏠려 물결치는 듯 누워 우리를 반겼다.

어렸을 때 여름철 냇가에 나가 누가 보든지 말든지 팬티를 훌렁 벗어던지고 물속으로 뛰어들 듯 우리는 양말부터 벗어 던지고 깨끗한 물에 미안함을 외면하고는 두 눈을 지그시 감고 청정수에 발을 담갔다. 모두가 내 세상 같았다. 정말 시원했다.

발만 물에 넣었을 뿐인데 내장까지 시원한 느낌이 들었다. 시원함에 정신까지 빠트려버렸다. 무엇인가에 빠져있다는 것은 좋아하고 집중한다는 것이고 미쳐 있다는 것은 그것 외에 어떤 생각도 하지 않는다는 것이다. 자신이 좋아하는 대상에 모든 정열을 쏟는다는 것인데 그렇다면 나는 이 내린천 청정수에 미쳐버릴 수도 있다는 생각이 들었다.

'그래! 이 순간 미쳐버리자.'

이렇게 마음속으로 소리치며 지그시 감았던 눈을 살며시 떴다. 저 멀리 산머리 위에 한가한 구름 한 점이 노닥거리고, 구름에 떠밀려온 후덥지근한 바람이 골짜기를 타고 내려오더니 이내 물가로 몰려와 잔잔한 물결을 만들어놓고 시원한 바람으로 탈바꿈하여 나의 몸을 한 바퀴 휭 하니 돌고는 가버렸다.

그러자 그 잔잔한 물결들은 나에게로 다가왔다. 그러고는 잠바에 넣은 오리털이 옷감을 뚫고 나와 있듯 정강이에 나있는 잔털들에게 간지럼을 태웠다. 몸은 지쳐 있었지만 이 순간만큼은 그 무엇도 부러울 게 없었다. 화장실 갔다 오는 기분이었다. 술을 많이 마시고 자다가 목이 타는 듯한 느낌에 잠에서 깨어 자리끼를 마시는 느낌이었다.

오랜만에 느껴보는 상쾌한 기분이 달아날까봐 가슴에 꼭 껴안고 배낭이 있는 곳으로 돌아왔다. 허기진 배 속에서는 배 채울 생각은 안 하고 딴청만 피운다고 종알대고 있었지만 우선순위는 발 관리였다 내 발은 그때까지도 끄떡없었다. 다만 햇볕에 달아오른 자갈을 밟아서인지 아니면 물집이 잡히려고 하는 것인지 발바닥 군데군데 대추알만 한 붉은 반점이 몇 군데 생겨나고 있었다.

팀원들 모두는 발 상태 점검에 여념이 없었고 점검이 끝난 사람들은 밥 배식을 받으러 뛰어갈 만도 한데 발의 상태가 좋지 않은 전우들의 치료를 도와주면서 위로를 해주며 서로서로에게 용기와 힘을 북돋아주고 있었다.

한번 살고 한번 죽음에 사귄 우정을 알고, 한번 가난하고 한번 부자 됨에 사귐의 실패를 알며, 한번 귀하고 한번 천하게 됨에 사람의 정이 나타난다고 했다. 그렇기 때문에 우정이란 신뢰에 의하여 성립되는 것이다. 마주 볼 때와 보지 않을 때의 언행이 다르면 우정은 깨지는 것이다.

그래서 옛 시인들은 사람의 정을 가리켜서 순간이 만들어 내는 꽃이요, 세월을 무르익게 만드는 열매라고 읊었다는 것이다. 벗이 없는 곳이 가장 낯선 곳이고 가장 외로운 존재는 벗이 없는 사람일 것이다. 이렇게 병사들은 고통 속에서 자기도 모르는 사이에 살아가는 법을 배우고 있는 것이다.

비누칠을 한 새 양말로 갈아 신은 후, 배낭에서 반합을 꺼내어 취사장으로 갔다. 다른 때 같으면 최하위 후임병 서너 명이 배식을 받아오겠지만 언제나 그랬듯이 고된 훈련 시에는 선임 후임 가리지 않고 모든 일을 각자 알아서 해결하는 것이 관례처럼 되어 있고 또 그렇게 해야만 좋은 결과를 얻을 수 있는 것이다.

반합에는 밥과 국을, 뚜껑에는 부식을 배식받았다. 우리는 미리 잡아놓은 자리로 돌아와 팀원들 모두 죽 둘러앉아 점심을 먹기 시작했다. 역시 하얀 쌀밥에 국은 닭으로 끓인 육개장이었으며 부식으로는 김치와 생선 조림이 나왔다.

이 점심을 제대로 먹어 두어야 한다. 저녁부터는 상황이 달라지기 때문이다. 체력이 많이 소진된 상태에서 식사를 할 때 밥을 씹으면 영락없이 모래알을 씹는 것 같아 밥을 먹기가 힘들기 때문이다. 마음껏 먹고도 남을 만큼의 배식을 받아왔다.

"밥은 충분히 실컷 먹을 양이니 체하지 않게 천천히 먹도록 하고 과식하면 행군 시 힘이 들기 때문에 평소에 먹던 양만큼만 먹도록 하는 것이 좋을 거야."

유치원생 아들을 앞에 앉혀놓고 밥을 떠먹이며 살아가는 방법을 가르치는 자상한 엄마처럼 나는 밥을 입속으로 연신 넣으면서도 말하지 않아도 다 알고 있을 잔소리를 술 취한 사람이 한 말을 또 하고 또 하듯이 지껄여댔다.

같은 장소, 한 상에 모여앉아 같이 음식을 먹어도 전혀 불편하지 않는 사이가 되려면 얼마큼이나 같이 음식을 먹어야 할까? 별로 잘 알지도 못하고 친하지도 않은 사람과 식사나 음식을 같이 먹는다는 것은 몹시 불편하다. 씹어야 하고 삼켜야 하기 때문이다.

옷깃만 스쳐도 인연이라지만 스무 살을 갓 넘겨 군대라는 생소한 집단에서 생면부지의 생소한 사람들끼리 모여 삼십 개월 이상 살을 붙이고 한 그릇에 숟가락을 담아 이렇게 즐거운 식사를 한다는 것은 아주 특별한 인연이 아니고서야 있을 수 없는 일인 것이다.

점심 식사를 끝내고 뒤처리를 하기 위하여 다시 물가를 찾았다. 뒤처리라야 반합 하나에 숟가락 하나 씻는 일이다. 지금은 모르겠으나 그때는 젓가락을 쓰지 않았다.

처음 도착해서 발을 닦을 때 시원하게 해주었던 물들은 간 곳이 없고 또 다른 물들이 돌 사이를 헤집으며 잔잔하게 흐르고 있었다.

갑자기 물수제비가 뜨고 싶어졌다. 물수제비는 혼자 뜨면 재미가 없다. 그래도 만만한 것이 동기이지 않겠는가. 영환이를 불렀다.

"영환아, 이리 좀 와 봐."

밥숟가락을 놓자마자 피우는 담배재가 떨어질 새도 없이 연신 연기를 내뿜으며 한가로이 앉아 있는 그에게 무슨 급한 일이라도 생긴 양 빨리 오라고 재촉을 하였다.

"야, 왜 그래? 무슨 일 있어? 숨 넘어 가겠다."

큰 덩치에 구렁이 담 넘어가듯이 그렇게 노인네 발걸음으로 오는 모습에 숨은 내가 넘어갈 정도였다. 그는 그렇게 능청을 떨면서 필터만 남은 담배를 버리지도 않은 채 다가왔다.

"우리 내기 한번 하자."

"힘들어 죽겠는데 뜬금없이 무슨 소리야?"

"우리 추억거리 한번 만들어보자."

"무슨 추억을?"

추억이 무엇인지도 몰랐습니다

추억이 만들어지는지도 몰랐습니다

추억을 먹으며 살아가는지도 몰랐습니다

되돌아 생각하니 그것이 추억이었습니다

더듬어 만져보지 않아도 그것이 추억이었습니다

희로애락 모두가 추억이었습니다

추억을 아는 사람은 내일을 기다립니다

추억을 만드는 사람은 아름다움도 만듭니다

추억을 먹고 사는 사람은 또 다른 추억도 먹지요

뛰어놀던 추억 속의 산야는 변한 것이 없습니다

뛰어놀던 추억 속의 동무는 많이도 변했습니다

뛰어놀던 추억 속의 아이는 마지막 잔치를 준비합니다

그렇게 또 추억이 만들어지고 있습니다

그렇게 또 추억은 내 가슴을 적시고 있습니다.

그렇게 또 추억은 영원한 진행형입니다

"내린천은 그래도 우리나라에서 알아주는 일급수인데 우리 이 물 위에다 물수제비 한번 뜨자."

"떠서 뭐 할 건데? 끓여 먹을래?"

"그래, 지금은 시간이 없어 못 끓여먹고 부대에 복귀하면 지는 사람이 막걸리 사기로 하자. 오카이?"

"그래, 오카이다."

"몸도 피곤하고 시간도 없으니 단판으로 하자."

나는 손바닥 반만 하고 최대한 납작한 돌을 골라 오른손에 쥐었다.

"네가 먼저 던져라."

그는 나에게 먼저 수제비를 뜨라는데 순간 퍼뜩 하고 돌아가는 머리는 뒤에 던져야 승산이 있다고 알려주었다.

"그러지 말고 누가 먼저 던질 것인지 '가위바위보'로 정하자."

"그래, 알았어."

그렇게 시작된 물수제비뜨기는 내가 뒤에 던졌으나 그는 일곱 개, 나는 겨우 세 개로 참패였다. 부대에 복귀해서 막걸리를 사야 될 숙제만 생긴 꼴이 되었다.

시계를 보니 20여 분의 시간이 남아 있었다. 각자 그늘을 찾아들어 큰 나무 밑에 자리한 사람들은 나무 밑동에 다리를 맡기고 나머지 사람들은 배낭과 철모를 포개놓고 그 위에 다리를 올려 휴식을 취하고 있었다. 우리도 빈자리를 찾아 누웠다.

누워서 올려다보는 하늘이 그날따라 낮게 내려와 있는 것 같았다. 언제 모였는지 취사장 음식 냄새를 맡고 찾아온 수십 마리의 제비들이 비행을 하고 있었다. 날갯짓을 열심히 하며 멀어졌다가는 곧 가까이 오고, 그렇게 하기를 반복하고 있는데 똥개 한 마리가 슬슬 눈치를 보면서 코를 땅에 대고 킁킁거리며 짬밥이 담긴 드럼통 옆을 어슬렁거리고 있었다.

저녁 취사할 장소로 떠나기 위하여 취사도구들을 챙겨 트럭에 싣고 있는 취사병들의 손놀림이 빨라지고, 어슬렁거리던 똥개는 취사병이 던져준 생선 조림 한 토막을 물고는 도둑놈 도둑질하다 들켜 도망가듯이 길지도 않은 꼬리를 뱅뱅 돌리며 논두렁길을 따라 누군가 뒤따라올세라 긴 혀를 늘어뜨리며 도망을 쳤다.

배식하던 자리에는 어느새 낙엽 떨어지듯 내려앉은 제비들이 일부는 모이를 주워 먹고 또 다른 일부는 알에서 새끼들이 깨어났는지 부리에 먹이를 물고는 급히 농가 쪽으로 방향을 잡고는 날아가고 있었다. 이렇게 한가하고 여유로운 모습을 언제 또 볼 수 있을까?

산다는 것이 안개 낀 밤보다 더 지독한지도 모른다. 아주 가까운 앞과 아주 가까운 뒤만 볼 수 있는 안개 낀 밤. 산다는 것이 한 치의 앞도 보여주지 않고 알 수가 없기 때문이다. 후회의 끝자락에 주렁주렁 매달려 지낼 때도 있었고, 스스로 깨우치는 일들을 재촉하여 순간순간의 과정들에 충실하면서 새로운 출발을 시도하기도 한다. 헤어짐과 만남, 싫증과 넌더리, 긍정과 부정, 미움과 노여움, 그리고 무엇인가 몰려오는 그리움 등등. 그런 모든 것들이 긴 장마철 한 무리씩 다가오던 끝없는 구름의 행렬처럼 소리 없이 왔다 가기도 한다.

꽃봉오리가 움트고 꽃잎이 나오고 활짝 피어나 자태를 뽐내다가 끝에서부터 시들어 움츠러들고 드디어 차례로 말라 떨어지다가 가지 끝에 간신히 붙은 꽃잎 하나 흐느적거리다 떨어지는 것처럼, 다람쥐 쳇바퀴 도는 것 같은 인간들의 일상보다는 저 뚱개나 제비들이 누리는 자연 속의 생활이 얼마나 풍요로운가. 세속에 살아가는 인간들의 삶이라는 게 하찮은 동물보다 못하다는 생각을 하며 괜한 머리만 긁적이고 말았다.

어느덧 잡것들의 그림자가 한쪽으로 기울고 있었다. 하늘의 중앙에 자리 잡고 있던 해가 서쪽으로 움직이기 시작한 것이다.

7. 화를 부르는 세 가지 욕망

다시 출발이다.

지금부터는 인내심이 요구되는 구간이 시작된다. 개인적으로는 체력의 안배와 안전사고에 유의하여야 하고 팀원들 모두는 한결같이 일심동체가 되어 낙오자가 생기지 않도록 상호 협력하여야 한다. 그러면서 서로를 위로하고 이해하여야 한다. 내 몸이 힘들다 하여 주위에 소홀하다 보면 모든 것이 수포로 돌아가기 때문이다.

모든 동물들의 집단들은 그 구성원 하나하나가 모두 중요하다. 우리 사람들은 일부분만 보고 판단하려는 편견 속에서 살아가는 경우가 많다. 눈만 뜨면 널려 있는 주위의 자연환경은 물론이고 눈으로 볼 수 있는 모든 사물들을, 겉으로 드러나는 표현만 보고는 그것이 가지고 있는 영역을 판단하는 오해와 오류를 자신도 모르는 사이에 범하고 있을 때가 종종 있다.

다시 말하면 그것의 내면에 무엇이 있고, 무엇을 말하려고 하고, 무엇을 보고자 함인지를 놓치지 말고 정확히 보려는 노력이 필요하다는 것이다. 그릇된 판단은 우리들의 생활을 정반대의 방향으로 돌려놓을 수 있기 때문이다.

며칠 전 우연히 밤 12시가 넘은 시간에 〈TV 미술관〉이라는 모 방송국의 프로그램을 보게 되었다. 그런 프로그램이 있는지도 몰랐고, 사실 나는 미술에 대해서는 초등학교 다닐 때부터 제일 싫어했던 과목이었다.

싫어했던 이유는 간단하다. 그림 그릴 재료와 장비만 좋으면 멋진 그림을 그릴 수 있다고 생각했기 때문에 크레파스는 16색짜리는 죽어도 안 쓰고 꼭 32색짜리가 되어야 한다고 고집을 피웠고, 낱장 도화지보다는 스케치북을 원했지만 정작 그림을 그릴 때면 그 흔한 나뭇잎 하나 제대로 그리지를 못했기 때문이다.

무슨 일이든 싫어할 때는 이유가 있는 것인데 하고는 싶어도 자기가 남만큼 못한다거나, 자기 의도대로 되지 않을 때 하지 않는 것이 아니고 회피하는 것이다. 그것이 내가 어렸을 적의 미술이었다.

일이 년 전, 모 케이블 방송국에서 내 기억으로는 국적이 미국 사람이었는데 이 화가가 가끔은 붓도 사용을 했지만 이상한 그림 도구들을 가지고 나와서 풍경화를 주로 그리는 그림 교실 프로그램을 일주일에 한 시간씩 방영하는 것을 나는 그 시간에 맞추어 빠트리지 않고 시청을 한 적이 있다. 아마도 그림을 그리지 못하고 좋은 그림을 볼 줄 모르는 이해력 부족에 대한 대리만족을 했던 것 같다. 그렇다, 대리만족.

다시 며칠 전 그날 밤, 자정을 넘긴 시간에 그림 하나를 소개하고 있는 중이었는데 채널을 돌린 시점이 그 프로그램이 시작된 지 한참이나 지난 듯했다.

그 그림을 그린 유명한 화가의 이름과 국적, 작품명에 대한 설명이 끝난 뒤라 그 그림을 그린 화가가 누구이며, 하여튼 이런 거 저런 거 알 수는 없었으나, 화면에 보여주는 그림을 보는 순간 내 마음이 너무 혼란스럽다는 것을 그 순간은 알 수가 없을 정도였다. 엽기적인 그림이라고 생각을 했다.

어느 예쁘고 젊은 여성이 아이를 낳은 지 얼마 안 되는 듯한 애기 엄마가 한없이 부풀어 올라 바가지만 한 젖가슴을 나이를 많이 먹은 할아버지 같은 남자에게 물리고 있는 그림이었는데 어느 누가 보아도 역겨운 그림이 아닐 수 없었다.

그림이 겉으로 표현한 것으로 볼 때는, 있을 수도 없고, 있어서도 안 되는, 못 되도 아주 못된 그림이었다. 우리나라 같으면 감옥 갈 일이다. 몇 년 전, 어떤 교수가 쓴 책이 외설이라 하여 감옥에 가는 모습이 언론에 보도되고 찬반양론으로 시끌벅적한 적이 있었다.

이 그림 또한 19세 이하는 볼 수 없을 정도의 작품으로, 수줍음을 타는 사람 같으면 눈길 줄 곳을 찾느라 검은 눈동자를 바쁘게 돌렸을 것이다. 그러나 그 그림을 그린 작가의 의도는 전혀 다른 곳에 있었다.

억울한 누명을 쓰고 옥살이를 하는 늙은 아버지를 면회한 딸이 며칠 밥을 주지 않고 굶겼는지 곧 죽을 것 같은 아버지를 살리기 위하여 자신의 젖을 아버지에게 물려주는 모습의 그림을 그렸던 것이다.

이렇듯 겉으로 표현되는 것과 내면으로 표현되는 것이 보는 사람의 마음에 따라 정반대의 모습으로 나타나기 때문에 모든 사물을 보는 데 있어 신중해야 할 필요가 있다는 것이다.

늦은 봄 날씨라고는 하나 한낮의 햇살은 꽤나 따가웠다. 조그마한 학교 하나가 눈에 들어왔다. 초등학교 분교인 듯한데 병아리 같은 대책 없는 조무래기 어린 꼬마들이 서로 마주보고 종알거리며 교문을 나서고 있었다.

가슴팍에는 손수건을 삼등분하여 접어 핀으로 달고는 있으면서도 긴 열차가 터널 안을 들락거리듯이 코에서는 끈끈한 콧물이 연신 오르락내리락하는데, 아이들을 마중 나온 엄마들이 자기 아이에게 엄마 왔다고 흔들어대는 손끝으로 따가운 햇살이 모아지고 있었다.

티 하나 없는 천진난만한 저 모습이 차츰 나이가 들어가면서도 그냥 그대로 머물러 있을 수만 있다면 얼마나 좋을까. 많은 사람들을 만나고 사랑하면서 그러나 모든 사람들이 그러했듯이 저 아이들도 커나가면서 풍족한 물질적 소유의 욕구와 더불어 명예와 지위와 권력의 욕망에서 결코 자유롭지 못한 삶을 살게 될 것이다.

인간에게는 세 가지 욕망이 있지 않은가. 그 하나는 명예욕이요, 다른 하나는 지위, 즉 권력에 따른 욕망이며, 나머지 하나는 재물욕인데 이 세 가지 욕망을 인간이라면 누구나 가지고 있는 삼욕인 것이다. 한 가지 더 보탠다면 오래 살았으면 하는 수명에 대한 욕심일 것이다. 누구에게나 있을 욕심. 이 네 가지 욕망에 깊이 빠져들게 되면 무엇이든 두려워하게 되고 자연의 이치로부터 도망치려고 하는 둔인이 될 수 있다.

사람이라면 누구나 오래 살고 싶어 하고, 그러면서 명예와 지위를 누리고 재물을 많이 모으려고 발버둥을 친다. 그러나 필요한 만큼만 지니고 목숨이나 영예, 지위, 재물에 초연할 수 있을 때 자연스럽게 자신의 뜻있는 삶을 누릴 수 있을 것이다.

인간의 욕망은 끝이 없다. 재물을 많이 가지면 명예뿐만 아니라

권세를 누려야 한다. 권력을 가진 사람은 명예뿐만 아니라 재물을 가지려 한다. 말할 것도 없이 이것은 하늘의 뜻에 어긋나는 것이다.

지위와 명예는 끝없는 경쟁심을 일으키고 재물은 끝없는 욕망을 불러일으킨다. 이 끝없는 경쟁심과 끝없는 욕심은 결국 인간을 병들게 하고 사회를 혼란스럽게 만든다. 따라서 무지와 무욕 그리고 무위의 삼무야말로 인간이 바랄 수 있는 최고의 덕목임에는 틀림이 없으나 그것을 행동으로 옮기기에는 너무나 많은 유혹들이 항상 우리 곁에 도사리고 있다는 것이 문제다. 물론 우리 같은 서민들에게는 불필요한 이야기다.

본래 있지도 않고 없지도 않으며 오는 것도 아니고 가는 것도 아닌 것을 괴로워하는 것은 어쩌면 소유의 욕망 때문일지도 모른다. 가질 수도 없고 버릴 수도 없는 욕망. 그것은 괴로움과 고통을 불러일으킨다. 속이 비면 이리저리 기울고 가득 채우면 엎질러지고 적당히 채워야만 중심을 잘 잡고 설 수 있다는 것은 어떻게 욕망을 다스려야 하는가 하는 교훈을 주고 있는 것이다.

적당히 채워야 한다. 지나치게 채우고자 하면 곧 넘어지고 말 것이다. 또한 칼날은 쓸 수 있는 만큼만 날카로우면 되지 너무 예리하면 날이 쉽게 망가진다.

재물을 지나치게 가진 자는 남에게 시기를 사게 되며 부귀해져서 교만해지면 결국 모두를 탕진할 수가 있다. 모든 불행은 스스로 만족함을 모르는 데서 비롯되기 때문이다. 역시 우리 같은 서민들에게는 사치스러운 이야기다. 오히려 내일 죽더라도 그런 생활을 누려보고 싶다는 생각을 할 수도 있다.

이렇듯 사람들은 어떻게 사람답게 살아갈 것인가에 대하여 스스로 느낄 수 있는 기회를 수시로 듣고, 또 듣고 보고 배우기를 반복하여 왔지만 실천으로 옮기는 데에는 너무 인색한 삶을 산다는 것에는 그 누구도 이견이 없을 것이다.

몰라서 못하는 것은 배우면 되지만 알면서도 회피한다는 것은 바로 그 강한 욕망 때문일 것이다. 고통의 대가로 얻어지는 기쁨과 쾌락의 참 맛을 거부하는 것이다.

오후 두 시를 지나 세 시가 되었다.

32km를 걸었다.

배낭을 내려놓고 양말을 바꾸어 신고 휴식 시간마다 반복되는 행동을 하고는 있으나 움직이는 몸이나 동작은 변해가고 있었다. 하체의 움직임이 조금씩 부자연스러워지고 땀에 젖은 군복 역시 조금씩 뻣뻣해져 간다.

도로를 넓히고 아스팔트를 깐 지 얼마 안 되는 듯 길은 검정색 기름을 부어 놓은 듯 윤기가 자르르 흘러 자칫 미끄러질까 조심스러울 정도였다. 그 길은 구름 한 점 없는 하늘의 이글거리는 햇빛을 끌어들여 좁은 밭두렁을 타고 내려오는 바람마저 따끈따끈하게 데워놓고 있었다.

지난 식목일에 심었는지 아니면 길을 넓힌 후에 심었는지 알 수는 없으나 어린 가로수 나무들이 저보다도 굵은 삼각대 나무에 의지하고 있었다. 그러나 서너 가지 뻗어있는 나무 가지들은 대부분 끝이 말라 있었다.

얼마 남지 않은 봄마저도 누리지 못할 듯한 어린 가로수들은 늦가을 나뭇잎이 가는 세월 붙잡으려는 듯 젖 떼려는 엄마 손 뿌리치고 옷고름 잡고 늘어지는 어린아이 손 떨리듯, 이파리도 없는 빈 가지만 파르르 떨고 서 있다.

그것들이 힘들어 하듯 나의 발에도 물집이 생기기 시작했다. 왼쪽 발에 찾아온 물집을 실로 빨아냈으니 지금부터는 특히 발 관리에 신경을 써야 한다. 그나마 내 발은 다른 사람에 비하면 상당히 양호한 편이었다.

그늘도 없는 아스팔트 길가에 누웠다. 구름이 없어 그런지 가을 하늘처럼 하늘이 높게 올라가 있었다. 저만큼 한 무더기 모여 있는 찔레나무 사이로 조막만한 맵새 예닐곱 마리가 여유롭게 한가로이 노니는가 싶더니 어느새 허공으로 날아오르고, 그 자리엔 바람에 실려 온 검은 비닐봉지 하나가 턱 하니 걸터앉고 있었다.

벗어 놓았던 군화를 집어 들었다. 큰 바윗돌 하나를 집어 드는 기분이었다. 십여 분 정도 햇빛을 보고, 지나가는 바람에 땀에 젖었던 배낭은 어느 정도 말라 있었으나 군복은 이슬비 지적대는 날 나뭇가지 뒤에 숨어 찰싹 붙어있는 청개구리처럼 등에서 떨어질 줄을 몰랐다.

휴식 시간이 끝나고 다시 걷기 시작했다. 한 발짝 두 발짝 걷기 시작하는데 이런 느낌을 어떻게 표현을 해야 하나? 발바닥을 삼겹살 구울 때처럼 숯불 위에 올려놓은 느낌, 아니면 시골에서 늦은 가을 풍년을 노래하며 추수를 끝내고 일 년 동안 농사일을 하며 농수로에 숨겨 두었던 미꾸라지를 잡아다가 깨끗이 씻기 위하여 왕

소금을 한 주먹 확 뿌려줄 때 소금 세례를 받은 그들이 허연 배를 드러내 놓고 서로 뒤엉켜 지랄을 떠는 느낌이라고 해야 될지…….

도대체가 발바닥을 땅에 붙일 수가 없을 정도로 호두둑거렸다. 그러니 뛰지 말래도 뛰는 수밖에 도리가 없었다. 어기적거리며 뛰는 모습이 영락없는 살찐 오리 새끼 뒤뚱거리며 돌아다니는 모습 그대로였다. 그런 모습으로 삼사십 미터쯤 가야지만 적응이 되는데 이 정도의 고통은 이제 시작인 셈이었다.

비포장 길은 가끔 가다가 돌부리에 발이 걸릴 때는 있으나 그런대로 걸을 만하다. 그러나 불에 달구어놓은 듯한 아스팔트 길은 열기가 너무나 뜨거웠다. 마치 항아리에 술을 담가 그 술이 보글보글 끓어오를 때 술이 되는 모습을 보려고 항아리 입구에 얼굴을 들이대다가 한꺼번에 몰려온 알코올 냄새에 '헉' 소리도 못 낼 정도로 숨이 막히는 것 같은 그런 느낌이었다. 가는 길이 더욱 험할지라도 소낙비 한 줄기 했으면 하는 생각이 들기도 했다.

더운 날씨에 걷는 모습이 측은하게 보였는지 뭉게구름들이 하나둘 모여들기 시작했다. 길옆으로는 강물이 굽이치는 듯한 폭이 좁고 꾸불꾸불한 계단식 논들이 모를 낸 지 얼마 되지 않은 벼들에게 물을 먹이고 있었다.

두툼한 논둑에는 어른 키만 한 고야나무 두 그루가 가지가 찢어질 정도로 살구만 한 열매를 잔뜩 매달고서는 붉게 익어가고 있었다. 고야나무를 다른 고장에서는 보지를 못했고 강원 북부지방에서만 야생으로 자라는 것 같은데 열매의 맛은 자두 맛과 비슷하고 표현하기 어려운 특유의 상큼한 맛 때문에 나는 그 열매를 참 좋아했다.

산모퉁이를 돌아가자 계단식 논들은 자취를 감추고, 깊은 산속 소나무 밑에 부끄럽게 얼굴을 내미는 송이버섯처럼 슬레이트 지붕을 한 낮고 작은 농가 한 채가 나타났다. 작은 방 두 개에 재래식 부엌이 달려 있고 방 앞으로는 마루가 있었으며 부엌 옆에는 쓰다 버린 비닐 장판으로 비만 피할 수 있을 정도로 허름하게 지은 개집이 삐딱하게 자리를 잡고 있었다.

그 안에는 햇빛을 피하고 있는 하얀색 발바리 한 마리가 손바닥만 한 혀를 한쪽으로 몰아 물고는 낮잠을 즐기고 있었다. 군홧발 소리에 단잠에서 깨어난 그 개 새끼는 우리를 보더니 신나게 꼬리를 흔들어댔다. 똥개도 낯선 사람을 보면 죽어라 짖어대는데 아마도 저 발바리는 오가는 이 드물어 심심하던 차에 갑자기 많은 사람을 보게 되어 기뻤던 모양이다. 우리에게 오려고 뛰려는데 그의 목에 두르고 있는 가느다란 쇠줄이 그를 놓아주지 않았다.

윗방이 있는 좌측으로는 열 보 정도 떨어져 소 외양간이 있는데 한쪽 뿔은 구부러져 있고 다른 한쪽은 반쯤 부러져 있어 태어나면서부터 지지리도 고생만 한 것 같은 어미 소 한 마리가 한쪽 젖꼭지를 태어난 지 두어 달 되어 보이는 송아지에게 물려놓고 그 큰 눈, 눈길 한번 주지 않고 여물 먹느라 여념이 없었다.

외양간 오른쪽 벽에는 긴 대나무 두 개를 걸어 홰를 만들어 놓았는데 그 위에 큰 왕관 벼슬에 자줏빛 나는 옷을 입은, 제법 몸집이 큰 장닭 몇 마리와 이틀에 달걀 하나 정도 낳아줄 암탉 몇 마리가 단체로 낮잠을 즐기고 있었다.

이런 모습을 흐뭇한 표정으로 지켜보며 삐걱 소리가 금세라도 날 것 같은 마루 위에서 둥그런 양은으로 된 밥상을 사이에 두고 오십 정도 되어 보이는 두 부부가 늦은 점심을 먹고 있었다. 조금 전 오면서 본, 모를 낸 계단식 논에서 일을 하고 온 듯한데 그들은 노동의 대가를 만끽하고 있는 듯했다.

젖을 열심히 빨고 있는 송아지를 보면서 저 주인집 아저씨는 "올가을에는 저놈을 팔아 도시에서 벌어먹고 사느라 고생하는 아들놈 전셋집이라도 하나 얻어 주어야지."하고는 소박한 욕심을 부리며 흐뭇해하는 것 같았다.

그 앞에서 그런 모습을 지켜보며 양푼에 각종 야채를 넣고 밥을 비비던 아주머니는 "올가을 추석 때 사위가 오면 살이 통통 오른 닭 두어 마리 잡아 육 년근 인삼 한 채를 사다가 고아 주어야겠는데 어느 놈을 잡으면 될까?" 하고는 점찍는 생각으로 밥은 먹을 생각을 안 하고 사위 사랑에 양푼에 넣은 밥만 비벼대고 있는 듯 보였다.

그렇게 그 집 아주머니가 사위 사랑에 정신을 놓고 있는 사이 아저씨는 밥 한 그릇을 뚝딱 해치우고는 여물 끓여 놓은 솥으로 가서 남은 여물을 바께스에 듬뿍 담아 외양간으로 갔다. 주인집 아저씨가 가져오는 여물을 바라보던 어미 소는 딸랑딸랑 워낭을 흔들어대며 머리를 하늘로 쳐들고는 빨리 오라는 듯 음매 음매를 소리쳐대고 있었다.

크고 둥근 눈은 주인아저씨가 들고 오는 여물에 눈독을 들이며 끈적끈적한 침을 질질 흘리는데 그 꼴을 바라보던 회 위의 닭들은 애써 외면하면서 행군의 끝자락을 보았는지 다시 졸기를 시작했다.

오후 4시.

7시간 동안 대략 37~8km 걸어온 것 같았다. 다리만 슬며시 사뿐사뿐 움직일 뿐, 몸은 별 요동 없이 느릿느릿 걷는 것 같아 보였으나 걸음걸이는 빨랐다.

여름으로 가는 길목이기는 하나 시골길의 열기는 영원히 식지 않을 듯 몸에서 빠져나온 땀방울은 계속 몸의 이곳저곳을 적시고 있었다.

하늘을 보았다. 파란 하늘에 잿빛 뭉게구름 몇 조각이 이사를 가고 있었다. 하늘은 늘 그렇게 보던 대로였다. 어제와도 같고 그제와도 같은 하늘인데 지금 보는 하늘은 바라보기조차 힘든 하늘이 되어 버렸다.

열기를 품어내던 해가 낮게 내려앉고 있었다. 그 밑으로 드러나는 것은 아무것도 없으면서 모든 것을 다 가지고 있는 듯한, 풍요롭고 평안한 산야의 모습들이 이어지고 있었다.

바람이 한 차례 휙 하고 지나가자 길옆의 풀들이 약속이나 한듯 모두 한쪽으로 누워 죽은 듯한 모습으로 식어가는 햇빛을 끌어안고 있었다. 숲 속에서 빠져나온 마른 풀잎들은 아스팔트 길을 쓸듯이 지나가고 다시 한 번 불어온 바람은 모든 것을 뒤죽박죽으로 만들 요량으로 즐기는 듯 남아 있던 마른 풀잎들을 돌돌 굴리면서 띔박질을 하고 있었다.

얼마 안 있어 이 봄이 떠난 자리에는 수많은 꽃잎들이 땅에 잠들고 그 자리에는 무성한 잡초들이 키 재기를 하며 바람에 출렁출렁, 이리저리 흔들며 춤을 추고 있을 것이다. 눈앞에 보이는 모든 것들은 모였다가는 흩어지고, 소리 없이 왔다가는 미련 없이 가버리곤 한다.

때로는 살아나왔다가 죽어가기도 한다. 버림으로써 고난을 견디고 봄의 환희를 맞는다. 그리고 또 피워내는 것이다. 어쨌든 끊임없이 버림으로써 새 잎을 얻고 열매를 얻는다. 자연이 바라는 욕망은 그것뿐이다. 작은 소망이 큰 아름다움을 드러내는 것이다. 날벌레 하나도 생과 사의 갈림길에서 발버둥치지만 모든 생물은 반드시 죽는다.

흐르는 계곡물도 바람에 마르고 햇빛에 말라 그 생명을 다한다. 그러고는 다시 태어나기를 반복하며 세월은 그렇게 흘러가고 있다. 세상의 만물이 다 온전하게 있는 듯해도 언젠가는 없어지고 또 아무것도 없는 듯해도 언젠가는 다시 또 꽉 들어찬다.

그렇게 오가는 세월의 회오리 속에서도 이름 모를 들꽃들은 제스스로 자리를 잡고 뿌리를 내려 꽃을 피우며 천지 사방에서 불어오는 바람과 햇빛을 마음껏 마시고 누리며 살아간다. 이것은 작은 욕망이 피워 내는 영원함일지도 모른다.

세월의 흐름 속에서 누구는 행복에 겨워 개똥을 보고도 즐거워하고, 누구는 꽃단풍을 보고도 근심을 하며 마음을 졸이고 있겠지만 우리 인간의 운명이란 생각지도 않은 때에, 생각지도 않은 곳에서 바뀔 수 있는 것이기에 항상 때를 기다릴 필요가 있다.

겨울이 봄을 맞이하기 위하여 준비하듯, 술에 취한 듯 흐리멍덩한 정신 말고 부릅뜬 눈을 가져야 길가에 버려진 듯 피어 있는 들꽃일망정 언제나 즐거운 마음으로 볼 수 있을 것이다. 사람이 살아나가면서 찾아오는 모든 기회는 원하는 사람에게만 다가가기 마련이기 때문이다.

어느덧 저만큼 저녁 식사를 할 임시 취사장이 우리를 기다리고 있었다.

8. 인생사 새옹지마인 것을

오후 5시.

45km를 걸어 저녁 식사를 할 장소에 도착을 했다

임시 취사장이 차려진 곳은 산과 산이 흘러내리다, 잠시 호흡을 가다듬듯 구릉을 이룬 내린 천 상류였고 인제군 소재지가 가까운 곳이었다. 주위를 둘러보니 원시림 속으로 들어온 것 같았다.

울창한 숲들로 이루어져 하늘과 땅 사이에 장막을 쳐 놓은 것 같았다. 많은 종류의 나무들로 군락을 이루고 있었다. 물푸레나무며, 피나무, 박달나무에 고로쇠나무가 듬성듬성 끼어 있고, 참나무, 자작나무 등 각종 나무들이 끼리끼리 모여 살고 있었다.

그 사이에 여기저기 머루나무랑, 다래나무 그리고 칡넝쿨들이 심술을 부리는지 아니면 못살게 구는 것인지 이 나무 저 나무 가릴 것 없이 나무 꼭대기에 올라앉아 하늘로 뻗어가는 풋내기 가지들을 괴롭히고 있었다.

그렇게 꽉 찬 숲 속 사이를 콩새 한 마리가 서쪽으로 점점 기울어져가는 해를 붙잡으려는 듯 부지런히 날갯짓을 해대며 이편에서 저편 산등성이로 자리를 옮기고 있었다.

인적이 끊긴 저 숲과 계곡에는 구절초, 쑥부쟁이, 잔대, 더덕, 곤달비, 참취, 곰취 등 온갖 산나물들이 넘쳐날 것이다. 그리고 나무 사이사이에는 산머루와 다래가 콩알만 한 것이 점점 호두알만큼 커져가고 있을 것이다.

며칠 전에 내렸던 봄비는 나무뿌리와 풀숲에서 잠시 쉬었다가는 큰 돌과 작은 돌 들 사이를 돌고 돌아 내린천으로 흘러들어오고 있었다. 맑고 시원한 계곡의 물들은 그렇게 흘러내렸다.

철모 한 가득 물을 담아 허리를 굽이고는 머리에 물을 쏟아 부었다. 그러고는 비를 맞은 짐승들이 몸을 흔들어 물기를 털어내듯이 머리를 좌우로 흔들어 물기는 물론 열기까지 떨쳐 버리려고 몸부림을 쳐댔다. 양말을 벗고 발을 물에 담갔다.

아! 이렇게 좋을 수가…….

인생의 환희란 그 어떤 속된 욕망을 충족시키는 만족감이 아니라 고통과 고뇌 속에서 그 욕망을 이겨냈을 때 맛을 보는 것이다. 이 힘든 고통을 통하여 속세의 모든 욕망에 대담하게 도전하는 인간이 되어 보는 것이다. 그리고 그 고통을 통하여 더욱 성숙해지는 것이다. 여름으로 가는 길목의 물인데도 너무 차가워 손과 발을 물속에 오래 둘 수가 없었다. 강원도의 깊은 산골짜기 물들은 한여름에도 손을 물에 담가 삼사 분을 있지 못할 정도로 차다는 것을 여러 번 경험했었다.

이런 골짜기의 해는 너무 짧아 일찍 지기 마련이다. 어느덧 대지를 달구던 해는 산등성이를 넘어갔고 해를 넘긴 그 자리에는 힘이 들었는지 붉게 물들어 가는 모습이 점차 짙어지고 있었다.

배식받아온 저녁밥을 먹고는 있으나 도대체가 무슨 맛인지 알 수가 없었다.

우격다짐으로 모래알을 입속으로 쑤셔 넣고 있는 느낌이었다. 상처의 아픔을 잊어보려고 술을 퍼마시고 잔뜩 취했다가 술이 깨면 그 아픔이 오히려 더 심하게 살아 오르는 것을 느끼는 사람의 고달픈 심정 그대로였다. 온몸이 고통 속에서 그것을 이기려고 몸부림을 쳐대는데 아무리 좋은 음식을 입에 넣은들 그 맛을 알 수가 있겠는가.

원인이 있으면 결과가 따른다는 인과응보의 이치를 이 작은 일들을 통하여 다시 한 번 느낄 수가 있었다. 그러면서 아인슈타인의 상대성 원리가 왜 이 시점에 맛있게 먹어야 될 밥맛을 모래알 씹는 맛으로 만들었는지 원망스럽기도 했다.

아인슈타인에 대한 일화 한 토막이 생각났다.

어느 무더운 여름날, 한 청년이 장님 친구와 함께 시골길을 가고 있었다. 여러 가지 이야기를 나누다가 청년이 말했다.

"아, 갈증 나. 우유라도 한 잔 마셨으면 좋겠다."

그러자 장님이 말했다.

"나는 우유라는 것을 몰라. 마신다는 말은 알지만 우유라는 것이 어떤 것인지……."

"우유 몰라? 우유란 물 같은 액체야. 색깔이 하얗지."

장님은 계속 반문했다.

장님에게 색깔을 설명한다는 것은 괴로운 일이었다. 그래도 청년은 성실하게 설명을 했다.

"그건 백조의 날개와 같은 색깔이야."

"백조의 날개? 날개라는 말은 알겠는데 백조라는 것이 무엇인지 도무지 모르겠어."

장님 친구는 또 백조에 대한 설명을 요구했다.

"백조란…… 백조란……."

이제 청년은 설명하는 데 싫증이 났다. 그래서 짜증 섞인 소리로 대답했다. 설명할 방법을 찾지 못한 것이다.

"모가지가 삐뚤어진 새란 말이야."

장님은 그래도 모르겠다는 듯 "모가지가 무엇인지는 알겠는데 삐뚤어진 것은 어떤 것이지?" 하고 물었다.

친구는 눈먼 친구를 이해시키려면 설명보다는 행동으로 보여주는 것이 빠를 듯싶었다. 마침내 그는 장님의 팔을 잡아 비틀면서 말했다.

"알겠나? 삐뚤어졌다는 것이 바로 이런 것이야."

장님 친구는 고개를 끄떡였다.

"아, 이제 알겠어. 자네가 말한 우유가 어떤 것인지 잘 알았단 말이야."

참으로 어처구니없는 이야기다. 우유에 대한 설명을 하던 끝에 팔까지 비틀게 되었는데 장님 친구는 그것을 우유로 알았다고 말하지 않는가.

이 이야기는 천재적인 과학자 아인슈타인이 한 부인으로부터 상대성 원리에 대하여 설명해달라는 부탁을 받았을 때 그 설명 대신 말한 이야기로 전해오고 있다.

자신에게는 쉽고 간단한 문제라도 그것을 경험해 보지 못한 사람에게는 어려울 수 있다. 무엇이든 자신의 입장에서만 받아들이고 이해하려 하지 말고 상대방의 입장에서 말하고 행동하는 것이 더불어 살아가는 하나의 방법이 될 것이다. 상대적이라는 것은 나만이 아닌 너를 함께 생각하고 행동하는 최소한의 상식일 것이다.

저녁 식사 역시 하얀 쌀밥에, 된장을 적당히 풀고 멸치 몇 마리 넣어 끓인 아욱국이 나왔으며, 반찬으로는 시금치나물 무침과 김치 그리고 김 한 봉지씩을 주었다. 밥을 먹는 둥 마는 둥 허기만을 면한 채 숟가락을 놓고 우리는 또 다시 물가로 몰려가 큰 바윗돌에 다리를 올리고 배낭을 베개 삼아 누워 휴식을 취했다. 눈을 감았다. 졸졸졸 흐르는 물소리가 정겹게 다가왔다.

군 입대 전, 한없이 무더운 여름에 포도 과수원에서 하루 종일 일을 한 후 저녁을 먹고, 별빛이 총총히 내리기 시작하면 동네 앞 냇가로 달려가 옷을 훌훌 벗고 목욕을 했다. 그럴 때면 어김없이 개구리들이 개골개골 합창을 하고 그 노래 소리가 열기를 더할 때면 물 흐르는 소리도 더욱 목청을 높여 졸졸거리며 등줄기에서 씻어 내린 땀방울을 데려가는 소리가 그렇게도 정겨웠는데 까마득하게 잊어버리고 있던 그 소리를 그날은 인제군의 깊은 계곡 내린천에서 듣고 있었다.

시골에서 천렵하던 생각이 불현듯 떠올랐다. 몸이 너무 피곤하고 힘들어서 저녁밥도 제대로 먹지를 못했는데 왜 그 순간에 천렵 가서 틸랭이 끓여먹던 생각이 떠올라 입맛을 다시게 하는지 누구 말대로 정말 별꼴이었다. 어죽을 우리 마을에서는 틸랭이라고 불렀다. 왜 그런 이름이 붙여졌는지는 모르겠으나 그 맛만큼은 잊을 수가 없다.

그때 생각을 하다 보니 1990년도 초반이었는지 중반이었는지 기억은 흐릿하나 내린천 상류 쪽으로 휴가를 갔었던 생각이 주마등처럼 스쳐 지나갔다. 여름휴가치고는 잊을 수 없는 일이 있었다.

지금으로부터 십오륙 년 전의 여름이었다. 그해 8월 초. 여름휴가 기간도 막바지였다.

"형님, 다들 휴가 가고 오느라 난리들인데 바쁘신 줄은 알지만 우리도 2박 3일 정도만이라도 휴가 좀 가요."

현수 아빠, 진호 동생이 호프집에서 만난 나에게 500CC짜리 호프 한 잔을 권하며 어렵사리 말을 꺼내들었다.

"갈 만한 휴가지는 이미 사람들로 인산인해를 이룰 테고 차도 많이 막힐 것 같은데 올해는 그냥 관악산이나 하루 갔다 오자."

"형님, 그렇게 생각하시면 평생 휴가 못 가요. 우리 눈 딱 감고 한번 다녀옵시다."

형수 아빠, 김진호.

그의 고향은 강원도 영월로 그곳에서 별로 살지는 않았지만 강원도 사랑이 남다르게 지극하며 나이는 나보다 다섯 살 아래였다. 우리는 친형제는 아니었으나 객지에서 만나 인연이 되어 의형제를 맺어 친형제나 다름없이 가깝게 지내는 사이였다. 그는 장남으로 위로 형이나 누나가 없었던 터라 나를 진심으로 친형 이상으로 따랐다.

1990년쯤 지금은 서림동으로 이름이 바뀐 서울 관악구 신림 2동에서 그를 처음 만나게 되었고 사는 집이 바로 이웃인 관계로 그와 나는 바늘과 실이었다.

인생의 황금기라는 사십대에, 그리고 나의 인생길이 중요한 시기에 그 동생을 만난 것이 나에게 큰 행운이었다. 그는 내 삶에 있어서 사회생활에 대한 가치가 무엇인가를 깨우쳐 주었다고 해도 틀리지 않는 말일 것이다.

어떤 모임이든지 내가 회장을 맡으면 그 동생은 총무를 맡아 나 대신 궂은일을 도맡아 해주었고 무슨 일이든 맡기면 불평불만 없이 묵묵히 주어진 임무를 충실히 해나가는 뚝심의 사나이였다 의협심도 강하고 무슨 일이든 가리지 않고 이웃을 위하는 일에는 앞장을 서는, 현대를 살아가는 사람들이 요구하는 그런 사람이었다. 특히 내가 신림 2동 자율방범대장으로서 봉사 활동을 할 때 그 동생이 총무를 맡아 보았다.

어떠한 일을 할 때 도와주고 믿어주는 사람이 있다는 것, 끝까지 흔들림 없이 믿어주는 사람이 있다는 것은 삶의 큰 활력소가 되는 것이다. 그런 의미에서 진호동생은 나에게 힘이 되어 주고 위안이 되는, 한때는 없어서는 안 될 동반자였다. 그 당시 20여 명이 넘는 우리 자율 방범대원들은 참다운 봉사자들이었고 나는 지금도 그들을 존경하고 있다.

진호 동생만큼이나 서로를 아껴주었던 호연이 아빠 낙춘이 동생,

그는 충남 서천이 고향이어서 나하고는 지금도 '충청향우회' 모임을 같이 하고 있어 친목의 끈을 계속 이어가고 있다.

그는 조용하고 곧은 성격의 소유자로 논리정연한 사람이고 토론을 좋아하여 어느 날 밤인가는 단둘이 길가에 앉아 밤새는 줄도 모른 채 삶에 대한 서로의 생각을 교환하며 열띤 토론을 벌인 적도 있었다. 그 동생과 대화를 나누면 지루한지를 모르고 항상 즐거웠다.

그리고 칼국수를 한 그릇 먹고는 그 자리에서 생맥주 10,000CC를 마셔대던 배길환 씨, 슈퍼를 하던 이중연과 김석호, 최병창, 김영규 동생 등등, 그 외에도 많은 대원들이 낮에는 생업에 종사하고 밤에는 우리가 살고 있는 마을의 치안 유지를 위하여 봉사 활동을 하였다.

'자녀 안심하고 학교보내기' 봉사 활동 하는 모습

관악구 청소 미화원들에게 방한복 100벌을 전달하는 모습

아쉽게도 그중에 이상노, 김한일 친구와 오준근 동생은 유명을 달리하여 나에게 큰 그리움을 남기고 떠났으며 이 지면을 통하여 다시 한 번 그분들의 명복을 빌어본다.

특히 상노 친구 생각을 하면 신림 6동 시장 보살 집에 그의 부인과 점 보러갔던 생각이 더욱 짙게 나곤 한다. IMF 시절, 개인적으로도 많은 경제적 도움과 정신적 위안이 되어주었던 상노와 한일이 친구만 생각하면 같이 봉사활동을 한 동지로서, 세월이 한참이나 지난 지금도 그때 그 시절을 생각하며 눈시울을 적실 때가 있으며 한동안 만나지 못하고 있는 동지들을 그리워하면서 살아가고 있다.

인연이라는 것이 한번 닿으면 또 이어질 날이 있는 것이다. 지금 당장은 아니더라도 말이다. 사람이 사람을 애절하게 그릴 수 있다는, 그런 생각을 하게 되면 한없는 행복감에 젖어든다는 것을 느껴보지 못한 사람은 알 수가 없을 것이다. 만남이 있었으니 지금은 헤어져 연락이 끊긴 동지가 있지만 언젠가는 다시 또 만날 수 있다는 기대는 저버리지 않고 있다.

우리 대원들은 진정으로 우리 이웃들이 튼튼한 뿌리를 내릴 수 있는 흙이 되고자 했다. 이웃들에게 딱 맞는 땅이 되고자 노력했다.

곡식도 제 땅을 만나야만 잘 자라고 땅이 안 맞으면 아무리 거름을 주고 김을 매주고 가꾸어도 잎이 비실거리나가 꽃이 한두 송이 피기 무섭게 지고 설혹 열매가 맺어도 시름시름 앓다가 낙과하고 말듯이 우리가 하는 봉사 활동도 상호 필요성을 느낄 때 제대로 된 결과를 얻을 수 있는 것이다.

이러한 봉사 활동을 하다 보면 추켜올리는 비난도 받을 수 있고 깎아내리는 듯한 칭찬도 들을 수 있으나 그런 것에 좌우될 필요는 없다. 봉사란 나 아닌 다른 사람을 위하여 조건 없이 주는 것이기 때문이다.

우리 사람들의 손은 무엇인가 만지고 부수고 만드는 연장이다. 그뿐인가? 손은 하나의 칼인 '일 검'이지만 그 쓰임새는 천개의 칼을 가진 것처럼 다양하다. 음식을 만들어 먹기도 하고 도자기를 빚기도 하며 배를 젓기도 한다. 그물을 쳐 고기를 잡기도 하며 씨를 뿌려 농사를 짓기도 하고 먹이를 주어 짐승을 기르기도 한다.

그뿐인가?

여인의 몸을 부드럽게 만져주기도 하며 마술도 부리기도 하는 손을 봉사라는 좋은 명분으로 다른 사람을 위하여 헌신하는 것도 우리가 살아가는 이유가 될 수도 있는 것이다.

세계 봉사자의 날 '자원봉사 한마음 대축제' 시상식장 모습

자원봉사 한마음 대축제에서 봉사 상을 수상한 모습

　우리 대원들의 헌신적인 자율방범 활동은 노력 이상의 결과물을
가져다주었다. 검찰청에서 실시하는 3년 연속 '범죄 없는 마을'로 선
정되었으며 중앙일보에서 매년 '세계자원봉사자의 날'에 실시하는
'자원봉사 한마음 대축제'에서 전국의 수많은 단체들을 물리치고
우리 자율방범대가 당당히 봉사 상을 수상하는 영예를 맛보았고
그 파급 효과는 대단했다.

중앙일보는 우리의 활동 모습을 일면에 봉사 활동하는 모습의 컬러사진과 함께 기사를 실었고 타 일간지에서도 사회면에 대서특필되었다. 각 신문사와 지역 방송국에서는 인터뷰가 쉴 사이 없이 들어오고 찾아왔다. 수상식을 거행하는 호암 아트홀의 수상식 장면이 생중계되는 모습도 우리는 생생히 지켜보았다. 몇 달 동안은 눈코 뜰 새 없이 정신없이 바빴다. 어쨌든 생소한 경험을 하였다.

그로 인하여 나 개인적으로도 많은 변화가 있었다. 서울특별시장과 검찰총장의 표창을 받았는가 하면 검찰청 봉사위원으로 위촉되기도 하고 그 외에도 각종 표창을 받는 경사스러움이 있었는데 그 중심에는 봉사 활동을 같이 해 준 동지들이 있었고 진호 동생의 숨은 노력의 결과이기도 했다. 그런 일들을 어찌 잊을 수가 있으며 동지들에 대한 경의를 표하지 않을 수가 있겠는가.

한때는 그렇게 동고동락했던 그 동생이 그날은 휴가를 가자고 조르고 있었다. 수많은 날들을 내 뜻대로 따라준 동지이자 동생인데 그의 요구를 묵살할 수가 없었다. 한번쯤은 그의 말을 따라 줄 필요도 있다고 생각을 했다. 아니 그것은 요구가 아니고 오히려 휴식이 필요한 나를 위한 것인지도 모를 일이었다. 그는 동생으로서 형에게 해야 될 일을 충분히 실행에 옮기는 사람이었기 때문이다.

"그래, 가자. 우리 두 집 식구만 갈래?"

"아뇨, 제 동생 진양이네 식구들도 간다고 했어요."

"응. 잘 됐네. 그럼 언제 갈까?"

그렇게 어설프게 세운 휴가 계획은 그로부터 3일 후에 특별히 정해진 목적지 없이 그저 강원도 쪽으로 가자는 데 의견을 모아 아침 일찍 각자의 차를 가지고 출발을 하였다. 들뜨고 낭만적인 기분으로 잠시 떠나는 여행이 나 자신에 잠재되어 있던 분노를 폭발적으로 드러내어 순화시키고 삭힐 수 있는 계기가 되기를 바라면서…….

아무리 좋은 여행이라도 일단 집을 나서면서부터는 고생이다. 그러나 새로운 것을 보고 경험을 하는 즐거움을 맛보기 위하여 누구든 어느 정도의 고생은 감수를 한다.

19세기경, 거상 임상옥이 청나라 연경에 머무르고 있을 때 사신 일행을 따라온 청년 추사 김정희가 대견스러워 왜 이렇게 고생스런 여행을 자처했느냐고 물었을 때 그는 "옛말에 이르기를 눈앞이 곧 길이다. 바로 여기서부터 출발하라고 하였습니다. 하오나 출발하여 가야 할 곳이 그 어디인지 아는 사람은 아무도 없었습니다. 따라서 그 문을 나서서 가는데 진실로 그 길이 아득히 멀어서 어떻게 가야 할까 하고 생각되면 반드시 길을 아는 사람에게 물어봐야 된다고 생각했습니다. 제가 연경에 온 것은 길을 아는 사람을 만나기 위함이었습니다. 그를 만나기 위해서는 천리 길도 마다하지 않을 것입니다."

진리가 있는 곳이라면 천 리 길도 만 리 길도 마다하지 않겠다는 추사 김정희는 그런 의미에서 구도자라 불릴 수 있는 그런 여행을 하였으나 우리의 이번 여행은 몸과 마음을 쉬기 위한 휴식의 여행이니 머리를 텅텅 비워 온들 탓할 사람은 없을 것이다.

그렇게 출발한 휴가 길이 하필이면 그쪽을 보고는 소변도 보지 않겠다던 강원도 홍천군 화촌면, 내가 복무했던 바로 그 부대 앞을 지나가게 되었다. 20년이 넘는 세월을 보내면서 변했을 법도 한 부대 쪽으로 가는 길은 하나도 변한 것 같지 않았다.

길 양쪽으로 늘어선 방석집들은 슬레이트 지붕만이 많은 세월을 지치게 보낸 듯 검정색으로 변했을 뿐이고 길 양옆의 숲들은 그대로였다. 다만 그 당시 있었던 술집 색시들은 모두 어디론가 흩어졌을 테고 새로운 아가씨들로 밤이면 불야성을 이룰 것이다.

멀리 보이는 위병소를 통하여 오가며 수많은 훈련들을 고통 속에서 버틴 것을 생각하니 아물었던 상처가 다시 돋아나는 것 같았다. 그중에서도 24시간 만에 주파하는 고독한 고통의 120km 행군을 세 번씩이나 한 생각을 하니 몸서리가 쳐졌다. 그곳을 빨리 벗어나야겠다는 생각에 엑셀을 무지막지하게 밟고 또 밟았다. 옛날 그 시절의 고통이 되살아나는 듯했기 때문이다.

점심때를 훌쩍 넘길 정도로 달리고 달려서 도착한 곳이 바로 내린천 상류지역이었다. 깊은 계곡이라서 당연하다고 생각은 했지만 생각보다 시원했고 물은 거울처럼 맑았다. 그러나 잔뜩 흐린 날씨가 음영이 짙게 나온 흑백사진같이 하늘은 어둡고 나무와 나뭇가지들, 그리고 사방이 온통 까맣게 보이는 것이 금방이라도 소나기가 한줄기 쏟아질 것만 같았다.

텐트 치는 일부터 서둘러야 했다. 서둘러 적당한 장소에 돌들을 치우고 땅을 고른 후 텐트를 쳤다. 다행히도 세 집 모두 텐트를 치고 차에서 짐들을 다 옮긴 후에 소나기가 퍼붓기 시작했다.

지나가는 비인 듯했으나 삼십 분 이상을 줄기차게 퍼부으니 계곡물이라 그런지 눈 깜짝할 사이에 물이 불어나고 그 맑던 물이 순식간에 흙탕물로 변했다. 성난 맹수처럼 깊은 계곡에서 쏟아져 내려오는 물줄기는 바윗돌 위를 오르락내리락 심하게 요동을 치며 모든 것을 쓸고 지나갈 듯한 기세로 급류가 되어 하류 쪽으로 콸콸거리며 뜀박질을 하고 있었다.

새벽밥을 먹고 나온지라 배에서는 연신 꼬르륵 소리를 쏟아내고 있었다. 비 맞은 오리새끼마냥 축 늘어진 몸으로 동태눈이 되어버린 비실거리는 눈동자만 뱅글뱅글 돌리면서 텐트 속에서 비가 멎기만을 기다릴 수밖에 없었다.

한 시간쯤이나 허기진 배를 달래고 달랜 후에야 비가 그쳤다. 그나마 다행이었다. 아이들은 먹을 것을 달라고 아우성이었다.

식구들이 모두 달려들어 식사 준비를 했다. 집사람과 제수씨들이 밥과 국을 안치는 것을 확인하고는 나는 차에서 투망을 꺼내들고 물가로 갔다. 다른 사람들처럼 잘 칠 수는 없지만 그래도 전날 두어 시간 연습을 하고 왔으니 눈먼 물고기 몇 마리쯤은 잡을 수 있을 것 같았다.

투망 한쪽을 어깨에 척 걸치고 다른 한쪽을 오른 손으로 감아쥐고는 던질 곳을 찾는데 흙탕물이라 도무지 어디에 고기들이 놀고 있는지 볼 수가 없었다. 하지만 이미 빼든 칼이 아닌가. 이래도 쪽팔리고 저래도 쪽팔릴 것 같았다. 심호흡을 했다.

그러고는 어린 새가 어미가 주어다 주는 모이만 받아먹다가 어느 날 처음으로 날갯짓을 힘차게 하며 하늘 위로 비상을 하듯, 나는 물이 비교적 잔잔하게 흐르는 곳을 찾아 흙탕물 위로 투망을 힘껏 던졌다.

그런데 어저께 연습할 때만 해도 백퍼센트 펴지지는 않았지만 그래도 어느 정도는 둥그렇게 모양새를 내면서 떨어졌는데 물에서 직접 던져보니 실전이라 그런지 일자로 철퍼덕하며 떨어지고 말았다.

이런, 쪽팔려! 식구들이 보기 전에 사태를 잽싸게 수습해야 했다. 투망을 끌어올렸다. 투망 하나 제대로 못 던지느냐고 비아냥거리는 소리가 머리 뒤통수를 후려치는 것 같았다. 그래도 침착하게 투망이 돌에 걸려 찢기지 않도록 살살 잡아 당겼다.

그런데 이게 웬일인가?

붉게 물들어가는 고야가 논둑 위에 버티고 서 있는 나무에 주렁주렁 매달려 있듯이 크고 작은 물고기들이 투망에 주렁주렁 매달려 나오고 있는 것이 아닌가.

"아, 하느님, 감사합니다."

그래도 체면은 세웠으니 돌에다가도 고맙다고 큰절을 할 판이었다.

도대체 체면이라는 것이 무엇인가 남의 이목이라는 것이 무엇인가. 무슨 일이든 모든 일을 다 잘할 수는 없는 것이 사람인데 자기가 가지고 있는 능력만큼만 최선을 다하면 되는 것을 왜 그리도 눈치를 살피면서 피곤하게 살아야 되는지를 모르겠다는 생각을 하며 운이 나빠 투망에 걸려나온 물고기들을 그릇에 담았다. 누가 보기 전에 몇 번만 더 던져 보자고 마음을 다졌다. 이번에는 잘 되겠지 하는 희망을 가지고……

아이들까지 열두 명이 먹을 어죽을 끓이려면 물고기가 조금은 더 있어야 했다. 열심히 투망을 던졌으나 던질 때마다 투망은 둥그렇게 펴지지를 못하고 계속 일자로 접혀서 철퍼덕 소리를 내며 물 위로 떨어졌다. 그럼에도 불구하고 물고기는 연신 걸려 올라왔다. 어떻게 된 일인지 투망을 건어 올린 후 물고기들이 잡혀 있는 상태를 확인해 보았다.

기가 막히고 웃음이 저절로 나왔다. 투망이 벌어지지 못하고 일자로 떨어지니 투망 안에 갇혀서 잡히는 것이 아니고 투망 겉에서 아가미가 걸려 잡힌 놈, 아니면 몸뚱이가 끼어서 잡힌 놈, 바보 멍청이들이 걸려 올라온 것이었다. 아무튼 그렇게 잡힌 물고기가 족히 두어 그릇은 되었다.

아니, 그렇게도 물고기가 많았다는 말인가. '물 반, 고기 반'이라는 말은 들어 보았지만 도대체 물고기가 얼마나 많으면 펴지지도 않은 투망에 꼴사납게도 이렇게 잡혀 올라온다는 말인가. 이해하려야 할수가 없는 일이었다.

에라, 모르겠다. 이러면 어떻고 저러면 어떤가. 먹을 만큼 잡았으니 되었고 이제 맛있게 끓여서 먹기만 하면 될 일을 이것저것 복잡하게 생각할 필요가 없었다. 물고기가 엄청나게 많다는 것이 확인되었으니 언제든지 이곳에 있을 때까지는 필요하면 또 잡으면 되는 것이지 않은가.

뜻밖의 물고기 횡재에 나는 이곳으로 휴가를 오기를 참 잘했다고 생각하며 텐트 쪽으로 고개를 돌렸다

"현수 아빠, 고기 많이 잡았는데 우리 어죽 끓여 먹자."

텐트 쪽을 향하여 건너편에 있는 숲들이 흔들릴 정도로 소리를 쳤다. 물고기를 많이 잡았다고 소리를 지르는데 목에는 핏대가 서 올랐다.

"예, 알았어요. 고기 손질하게 이리로 가져오세요."

나는 전투에서 승리한 전사가 된 듯 의기양양하게 어깨를 으쓱거리며 고기를 가지고 텐트로 갔다.

물고기를 손질하고 어죽을 끓이는 사이 구름이 서서히 걷히기 시작하더니 이내 해가 얼굴을 드러내놓고 어죽을 끓이는 우리들의 모습을 부러운 듯 바라보고 있는 것 같았다.

그러나 불행히도 그 이후로는 단 한 마리의 물고기도 잡지를 못했다. 휴가를 끝낸 다음에야 알았는데 물고기는 비가 오고 흙탕물이 흐르면 물 위로 뜨고, 날씨가 좋고 물이 맑으면 돌이나 풀 속으로 숨어버린다는, 그들만의 생존 방식을 우리는 미처 몰랐던 것이다.

계곡의 밤은 빨리도 찾아온다.

숲 속의 생물들은 모두 잠자리에 들 채비를 하고 간간이 앵앵거리는 풀벌레 소리만이 들릴 뿐인데 총총히 내려야 할 별빛은 다시 또 검은 구름 속으로 숨어버리고 적막이 흐르는 계곡의 초저녁 밤은 그렇게 시작되고 있었다.

저녁을 일찍 먹은 탓인지 배 속이 허전했다. 아이들을 한쪽 텐트에 몰아넣고 어른들만 따로 모였다. 술 안줏거리로 남겨놓은 물고기로 민물 매운탕을 끓였다.

계곡의 시원함과 맑은 공기를 마음껏 음미하며 술잔을 몇 차례나 부딪치며 시간 가는 줄을 몰랐다. 이야깃거리는 내린천으로 휴가 오기를 잘했으며 너무 좋으니 휴가가 끝날 때까지 다른 곳으로 옮기지 말자고 중론을 모았다. 너무들 좋아했다. 앞으로 어떤 일이 벌어질지도 모르면서……

밤 12시가 가까워 오고 우리는 가지고 온 화투를 꺼내어 고스톱을 치기 시작했다. 사람이 여섯이니 틈틈이 광도 팔고 '쓰리고'라도 나오면 이긴 사람은 기분 좋아 한 잔, 마시고 잃은 사람은 기분 나빠 한 잔, 하고 시간 가는 줄을 몰랐다. 밤이 새벽을 향하여 달리자 술 취하는 속도도 빨라지고 있었다. 술도 취하고 졸음도 오고 반쯤은 눈을 감은 채로 치는 고스톱도 거의 끝나갈 무렵이었다.

한 줄기 섬광이 번쩍 하고는 텐트 위를 스쳐 지나가더니 이내 뒤따라온 우르르 쾅, 하는 천둥소리가 소낙비를 데리고 와 가마솥에 콩 볶듯이 후드득 소리를 내며 텐트 위를 두드려대기 시작했다.

바람이 데려 왔나 구름 타고 내려 왔나
천둥 번개 친구 삼아 나들이 왔나
찜통더위 데리러 왔나

입술 위에 살짝 내려앉은 이슬비
옷소매 훔쳐가는 가랑비는 간데없고
여린 마음 난타하는 소낙비만이 주룩주룩

힘들면 쉬엄쉬엄 붓고 또 붓고
한여름 밤 소낙비는 귀띔도 없이 오고 또 오는데
타는 마음 식혀줄 내 님은 언제쯤 오시려나

우리는 태연하게 쏟아져 내리는 소낙비를 바라보고 있었다. 전날 도착했을 때처럼 그렇게 오다가 말려니 생각했다. 비가 그칠 때까지만 고스톱을 더 치기로 했다.

그러나 한 시간이 지났는데도 비는 그칠 줄을 몰랐다. 밖에서 물 내려가는 소리가 점점 더 크게 소용돌이를 치는 것 같았다. 아무래도 걱정이 되어 화투판을 접고는 텐트 문을 젖히고 밖을 내다보았다. 칠흑 같은 어둠 속에 굵은 빗줄기들이 쏟아져 내렸다.

아니, 이게 웬 날벼락인가? 갑자기 불어난 계곡물은 순식간에 텐트를 집어삼킬 기세였다. 정신이 번쩍 들었다. 졸음운전을 하다 갑자기 정면에 장애물이 나타날 때의 순발력이 요구되는 순간이었다. 등잔 밑이 어둡다는 말이 있고, 눈이 천 리 밖을 보아도 제 눈썹을 못 본다는 말이 있다.

앞뒤 순서랄 것도 없이 아이들을 깨워 도로 위로 피신을 시키고 무엇을 먼저 챙겨야 되는지 생각할 겨를도 없이 손에 잡히는 대로 장비며 집기들을 도로 위로 옮겼다. 옮겨야 될 물건들은 많이 남았으나 더 이상 지체할 수가 없었다. 생명까지도 위험에 처할 수 있는 상황에서 더 이상 할 수 있는 일은 아무것도 없었다. 어쩔 수 없이 절반의 물건들은 노도와 같이 달려드는 흙탕물에 내주고 말았다.

사람들의 안전이 우선이었다. 타조의 우를 범할 수는 없는 것이다. 타조는 위험에 처했을 때 도망가다 지쳐 도망가기를 포기하게 되면 풀숲이나 모래 속에 머리를 처박고 죽은 듯이 가만히 숨어 있단다. 하지만 사냥꾼에 곧 잡혀 잔칫상에 오르게 된다.

죽음의 사자가 마당에 있어도 방에 누워 내일의 향락과 즐거움에 취해 잠드는 게 인간의 삶이다. 아무런 준비 없이 어떤 일이 우리에게 닥친다면 그때는 무엇을 어떻게 할 수가 있을까? 무조건 도망가려고 발버둥치려 할 것이다. 타조와 같이 무지함은 비참한 종말뿐이다. 그리고 삶의 허망함을 탓하며 후회해도 아무도 돌보아주지 않는다는 사실을 그때서야 깨달을 것이다.

화를 모면하는 것은 사람이 할 일이지만 화를 자초하여 삶을 사는 것도 결국은 인간의 선택에 따라 좌우될 수 있다. 횡재나 요행수를 바라서는 안 된다. 안 될 때는 준비를 철저히 하여 때를 기다리고 잘될 때는 보름달도 언젠가는 기운다는 이치를 깨달아 겸허한 자세를 가져야 한다.

누구든 자신이 있어야 할 자리에서 자신이 해야 할 일을 충실히 해낼 때 그 모습은 참으로 아름다운 것이다. 자기의 자리를 벗어나 자기의 역할을 다하지 못한다면 위태롭기도 하거니와 아름답지 않게 보인다. 모든 것들은 다 있어야 할 자리에 있어야 해야 할 일이 있다.

모든 것들은 제자리가 있으니 솥은 부엌에 있어야 하고 화로는 방에 있어야 한다. 늑대가 아무리 개와 닮았다고는 하나 개는 사람과 함께 집에서 살고 늑대는 산에서 살기 마련이다. 새들은 들에서 죽고 물고기는 물에서 죽는 것이 운명이며 일단 옳다고 생각되는 일이라면 아무리 어려운 상황이라 할지라도 주저하지 말고 그 옳은 일을 따라야 한다. 휴지나 쓰레기가 버려지기 전에는 모두 귀하고 소중이 다루어지던 것이었지만 그 쓰임이 다하고 나면 빈껍데기만 남게 되어 마침내 흉하고 거추장스러울 뿐이다.

그렇듯 사람이 자기의 모습을 잃어버리고 아무 곳에나 버려져 있다면 그것은 자신의 역할을 다하지 못했기 때문이다. 스스로 주어진 위치와 역할에 충실할 때 자신의 주위를 즐겁고 행복하게 만드는 것이다.

나를 알고 나의 모습을 지키면서 소중한 것을 다듬어 빛나게 하려는 노력이 삶을 가치 있게 만든다. 앞만 보고 살다 보면 언제 어느 때 예고 없이 찾아오는 수많은 일들을 맞이하기 위한 대비를 소홀하게 할수가 있다.

물난리를 겪은 휴가지에서의 경험. 아! 사람의 일이라는 것이 한 치 앞도 알 수 없다는 이치를 다시 한 번 느껴보았다. 알고 보면 인생은 행불행을 한 줄에 엇갈아 꿰어놓은 영주와 같다.

인간지사 새옹지마라는 말이 있다.

새옹지마라…….

옛날에 수말 한 필을 호구지책으로 삼는 가난한 농군이 있었는데 이름이 새옹이었단다. 어느 날 새옹의 수말이 발정을 해서 어디론가 달아나버려 호구지책을 잃었으니 세옹이로 볼 때는 불행한 일이었다.

불행을 한탄하며 눈물로 세월을 보내는 중인데 몇 달이 지나서 그 달아났던 말이 여러 마리의 암말들을 거느리고 나타났다. 그런 횡재를 하였으니 더 말할 것도 없이 새옹에게는 행운이었다.

그런데 새옹의 아들이 어느 날 그 말들을 몰고 풀밭에 나갔다가 안장 위에서 떨어져 다리가 부러졌다. 그러니 이번에는 그 행운이 불행을 가져온 것이다.

얼마 후 갑자기 이웃 나라와의 전쟁이 터져 마을의 젊은이들은 전쟁터에 나가서 한 명도 살아 돌아오지 못했다. 그러나 새옹의 아들만은 다리병신이라 군사로 뽑히지 않은 까닭에 목숨을 부지했다 하여 새옹지마라는 말이 생겼다는데 이 말에는 음양을 섭리하는 이치가 담겨져 있고 어떻게 보면 세상 돌아가는 이치가 모두 그렇게 돌고 있다는 생각이 들었다.

누구든지 지난날, 그 하고많은 시간, 하고많은 사건들 중에서 우리 혀에 각인된 맛의 기억만큼 어느 한순간의 일을 기억의 두레박에 담아 길어 올리게 된다는 것은 다시 한 번 지난날을 되돌아보게 만든다. 그러면서 맛으로 기억하는 일은 다른 어떤 일보다도 오래도록 생생하게 살아남아서 시간의 동화작용을 거뜬히 견디어 내는 것이다. 그래서 그때 민물고기로 끓여먹은 털랭이 생각이 났는지도 모른다.

9. 초근목피와 꽁당보리밥

계곡의 밤은 서둘러 찾아오기 때문에 오후 6시인데도 땅거미들이 우리를 배웅하고자 서서히 몰려들기 시작하고 있었다.

졸졸거리는 내린천의 물 흐르는 소리를 남겨 놓은 채 우리는 46번 국도를 따라서 양구, 회천 쪽으로 옮겨가기 시작했다. 이제부터는 야간 행군이므로 안전사고를 예방하기 위해서라도 낮에 하는 행군보다 더욱 신경을 바짝 써야 한다.

구름 사이사이로 잠깐씩 얼굴을 내미는 달빛이 골짜기를 오르락내리락하며 말없이 걷고 있는 우리들에게 고독의 술래잡기라도 하자는 듯 마냥 손짓을 해대고 있는 것 같았다.

어둠 사이로 희미하게 다가오는 팀원들의 저마다 다른 얼굴들은 점점 굳어가고 있었다. 이제부터는 발의 물집보다는 허벅지 안쪽으로 피부가 닿아서 피가 맺히고 쓰려오는 고통과의 싸움을 피할 수가 없다. 시간이 흐를수록 다양한 고통들이 우리를 괴롭힐 것이다.

강원도 깊은 산골짜기에는 이삼십 리 길을 가야 민가라는 것이 한 채씩 자리를 잡고 있고 그런 초가집에는 전기가 들어오지 않는 곳이 상당히 많았다.

주로 화전민들이 살았는데 농사거리라야 감자와 옥수수를 재배하고 수확하는 것이 전부였다. 벼와 보리를 재배하는 농가는 보기가 힘든 것이 아니고 아예 없다. 그들의 주식은 옥수수와 감자였다.

가끔가다 달랑 한 채 있는 민가 주변 큰 나뭇가지에는 어김없이 옥수수가 다발로 묶여 매달려 있었다. 인적이 드문 산골짜기에서는 내 식구가 아니면 다른 사람이 건드릴 일이 없으니 집 밖에다가 감자 통가리를 만들어 보관하고 다음 해에 뿌릴 옥수수 종자를 집 밖 나뭇가지에 매달아놓는다.

그렇게 보관을 하며 집 밖을 드나들 때면 그 모습을 바라보는 그 집 식구들은 얄궂은 표정을 지으며 올해는 가뭄이 심하여 흉작이었으나 그 다음에는 행복한 표정을 지으며 내년에는 저 종자 씨를 잘 뿌리고 가꾸어서 풍년이 되도록 열심히 농사를 지어야지, 라며 희망에 부풀어 있었다.

하지만 어쩌다 훈련하는 군인들이 그 길로 들어섰다 하면 남아나는 것이 없었으니 그 당시에는 군인들로 인한 농가의 피해가 이만저만이 아니었다. 1970년대에는 강원도뿐만 아니고 우리나라 전국 어느 곳이든 식량 부족으로 인하여 그야말로 초근목피에 보릿고개에 고전분투 하던 때가 아니었던가.

나는 유년기에 사람들이 땟거리가 없어 그것도 아침부터 지게를 지고 산에 올라가 햇순 청솔나무 가지들을 베다가 햇빛이 잘 드는 양지바른 처마 밑에 식구들이 옹기종기 모여 앉아 낫 아니면 칼을 들고 밥 대신 나무의 속살을 벗겨 먹는 모습을 많이 보며 자랐다.

청솔가지 겉껍질을 벗겨내면 그 다음에는 노란색의 얇은 막이 나오는데 그것을 먹는 것이다. 그때 그 시절을 돌아보면 나도 모르게 가슴이 저며 온다. 가난하고 궁핍했던 시대, 오로지 먹고사는 것이 전부였던 시대였다.

그나마 산에도 올라갈 수 없는 노약자들은 쌀은 그만두고라도 보리쌀 한 줌도 넣지 못하고 끓이는 나물죽만을 먹어 얼굴이 부어오르는 모습도 보며 자랐다. 절망이 무엇인지 슬픔이 무엇인지를 모르고 살았기 때문에 행복이 어떤 것인지도 모르고 살았다.

요즘 아이들은 먹을 것이 없어 그렇게 굶었노라고 하면 "라면 끓여먹으면 되잖아요." 아니면 "피자 시켜 먹지요."라고 한다니 불과 사오십 년 전의 일이 현재는 풍요로움으로 인하여 아주 까마득한 옛날 일로 잊혀져가고 있는 것이다.

지금은 이런저런 이유로 자식들을 많이 낳지를 않아 농촌에서는 아이들의 울음소리를 들은 지가 언제이든가 할 정도다. 취업이 어렵고 먹고사는 문제가 쉽지를 않으니 결혼 적령기도 늘어나면서 아이 낳기를 꺼리고 있다. 국가적으로도 다양한 다산 정책 마련에 골머리를 앓고 있으나 뾰족한 묘수가 없는 것 또한 현실이다. 한 가정에 겨우 아이가 한 명 정도라니 아이 한 명 키우기가 경제적으로 어렵다는 것이다.

　그러나 1970년도를 전후한 때에는 아이들을 너무 많이 낳아 산아 제한을 위한 국가의 시책이나 갖가지 구호들이 얼마나 많았던가. 대표적인 구호가 "둘만 낳아 잘 기르자"였다.

　향토 예비군 훈련만 가면 정관 수술하라고 꼬드겼다. 본인의 의지에 의해서든 독려에 의해서든 그날 정관수술을 한 사람들은 훈련에서 열외되는 것은 물론 빵과 우유까지 얻어먹고 빈둥거리며 시간을 보내고는 귀가를 하였다.

　그렇게 할 정도의 폭발적인 인구 증가에 비해 식량 증산이 따라가지를 못했던 것이다.

　농촌지도소라는 공공기관이 생겨나고 그곳에서 근무하는 농촌 교도원들이 식량 증산을 위하여 농민들을 계몽시키고 매년 6월 15일을 권농일로 지정하여 그날은 대통령까지 나서서 모내기하는 모습을 '대한뉴우스'라는 방송을 통하여 널리 알렸고 모처럼 극장 구경이라도 가면 영화가 상영되기 전에 어김없이 '대한뉴우스'가 먼저 머리를 내밀었다.

　그 당시 불렀던 동요가 생각이 났다.

꼬꼬댁 꼬꼬 먼동이 튼다

복남이네 집에서 아침을 먹네

옹기종기 모여앉아 꽁당보리밥

꿀맛보다 더 좋은 꽁당보리밥

보리밥 먹는 사람 신체 건강해

그때 꿀맛보다 꽁보리밥이 맛이 더 좋다는 말을 믿을 사람이 단 한 사람이라도 있었을까?

그러나 세월이 흐른 지금 우리들은 건강식이라 하여 꽁보리밥 전문집을 찾아다니는 수고를 마다하지 않고 있다. 그냥 웃어넘길 일은 아닌 것 같은데 나의 얕은 머리로는 이런 것을 명쾌하게 설명하려면 며칠 밤은 머리를 싸매야 될 것이다.

물론 그 당시는 농주인 막걸리도 쌀로 빚는 것을 법으로 금지시키고 밀가루로 막걸리를 만들었다. 밀가루를 반죽을 해서 솥에 찌면 백설기처럼 되는데 그것을 식혀서 잘게 부수어 채에 곱게 쳐서 밀기울로 만든 누룩과 잘 섞어 독에 담가 일주일 정도 숙성을 시키면 막걸리가 되는 것이다.

가난에서 벗어나기 위하여 새마을 운동이 시작되면서 각 마을의 초가지붕들은 대부분 슬레이트 지붕으로 개량을 하고, 마을 길과 농로를 넓히기도 하고, 나무들을 엮어 경계로 삼던 집과 집 사이에는 황토로 돌담을 쌓았다.

틈틈이 주민들을 사방공사에 투입시켜 벌거숭이산에 나무를 심는 사업을 하였는데 국가에서 일당을 주어 생활고를 덜어주었다.

지금의 공공근로 사업과 비슷한 것이었다.

전국 어디를 가든지 지금도 그때 사방공사를 한 곳은 대뜸 알아볼 수 있다. 왜냐하면 주로 심었던 나무가 아카시아나무, 리기다소나무, 오리나무가 대부분이었으므로 그런 나무들이 군락을 이루고 있는 곳이면 틀림없이 그 당시에 심은 나무들이라고 단정 지을 수가 있다. 그때는 산사태 등으로 인한 피해가 커서 생육이 빠르고 자생력이 강한 나무들을 심었는지는 몰라도 정말로 영양가 없는 나무들만 골라서 심었다는 생각을, 그것들을 볼 때마다 하게 된다.

"잘살아 보세, 잘살아 보세, 우리도 한번 잘살아 보세."라는 슬로건의 노래들이 전국에서 불리며 번져나가던 새마을 운동이 다른 고장보다는 다소 늦었을지는 몰라도 강원도라고 비껴갈 수는 없었다.

야산마다 45도 미만의 경사진 곳으로 농사지을 여건만 된다면 계단식 개간을 하여 밭으로 만든 곳은 감자나 옥수수를 심고 관정이라도 파서 물이 나올 수 있는 곳은 논으로 만들어 모내기를 하였다.

그렇게 농촌 환경이 급속도로 변해가고 있을 즈음 나는 군 생활을 하고 있었기 때문에 가끔 농번기에 대민 봉사를 나갔었다. 봉사 활동도 하고 식사 때면 옥수수 막걸리에 아끼바리라는 품종의 쌀로 지은 밥맛도 볼 수가 있었다.

강원도에서는 주로 옥수수로 막걸리를 빚었는데 밀가루 막걸리 못지않게 맛이 좋고 독했다. 어쨌거나 새마을 운동이 일어나면서 주름살이 펴지기는 했으나 국도나 지방 도로 주변이 아닌 깊은 산중에 띄엄띄엄 살고 있는 화전민들은 열악한 환경에서 벗어나지 못하고 있었다. 무엇이 힘든지도 모르고 살아가는 사람들 같았다.

사람들은 가난하거나 힘든 일을 하는 사람들을 보면 불행한 사람이라고 생각하기가 쉽다. 게으르기 때문에 행복이라는 것을 느낄 수 없다고 단정 짓는다. 그러나 조금은 힘들게 살고, 부족한 것이 많고, 가진 것이 많지 않아 다소 불편할 수는 있겠으나 불행하다고는 할 수 없다.

주어진 환경과 여건 속에서 최선을 다할 때 찾지 않아도 행복이라는 놈은 알아서 제 발로 찾아온다. 진실과 마주하지 않으려는 회피, 자신의 모든 것을 정직하게 정면으로 바라보지 않으려는 게으름이 더 큰 불행을 초래할 수도 있다.

나는 저 화전민들의 얼굴에서 보이는 평안함을 보았다. 풍요롭고 너그러운 마음도 보았다. 그 평안함의 무게에 비례하여 그들은 작고도 큰 행복을 감자를 수확한 땅속에 묻으며 오늘도 그리고 속세를 떠난 도인처럼 살아갈 것이다.

물질로써 처음부터 끝까지 행복할 수만 있는 것이 아니듯이 한평생을 불행만을 안고 살아가는 사람도 없다. 단 평생을 통해서 당해야 할 안 좋은 일들이 남들보다 일찍 오거나 늦게 갈 수는 있다.

저 사람들은 자기들이 화전민으로 산다 하여 아무런 대가를 치루지 않은 기적을 믿거나 바라며 살아가지는 않는다. 기적은 신이 만드는 것이 아니다. 신은 전지전능하기 때문에 신이 행한 일이 제 아무리 놀라운 일이라 하더라도 지극히 자연스런 현상이다. 그것은 기적이라기보다는 거룩하다고 해야 옳을 것이다.

사람이 기적을 만들고 사람의 사랑이 기적을 이루는 것이다. 적어도 저들은 최후의 만찬을 그린 레오나르도 다빈치처럼 힘들게 그림을 그리지는 않을 것이다.

예수님의 열두 제자를 그린 후 예수님을 그릴 모델을 찾아 헤매었으나 결국에는 처음에 만난 범죄자를 모델로 삼아 그림을 완성했다는 말이 전해 내려오고 있다.

그에 비하면 저 화전민들은 좋은 땅을 일구어 그 땅에 맞는 좋은 씨앗을 뿌리고 땅과 씨앗이 안 맞을 때는 과감히 버리고 새로운 것으로 바꾸어 농사라는 그림을 그려내는 결단성과 자부심이 그들의 삶을 지탱해주고 있기 때문에 가진 것은 없지만 마음만은 행복감을 느끼는 것이다.

나무의 밑동을 타고 서서히 올라가던 석양의 황금빛이 사라진 지도 한참이나 지났다. 허공을 맴도는 구름 위에 부챗살처럼 퍼져오던 노을이 그림을 그리던 곳은 어둠으로 색칠을 해놓았다.

그렇게 또 낮과 밤이 어느새 뒤바뀌어 버렸다.

언젠가 하루가 멀다 않고 거닐던 그 산책 길

그 길의 향기 찾아온 해질녘

길옆에는 온통 야생화 천국

보도블록 사이에는 개미 천국

허공에는 아카시아 꽃향기 천국

손에 잡힐 듯 말 듯

힘든 듯 제자리걸음 하는 꽃들의 향기

사이사이 아카시아 꽃들이 땅을 적시니

목청 높여 부르고 또 부르고

보고파서 찾아왔던 길

가는 봄 아쉬움만 이 가슴에 담고 가려나

조그마한 다리를 지나 짙은 향 뿌려대는 들깨 밭을 양쪽에 끼고 굽은 도로를 따라 오른쪽으로 돌아가니 슬레이트로 된 낮은 지붕 대여섯 채가 제멋대로 자리를 잡고 있었다. 들에서 일을 마치고 돌아와 늦은 저녁밥을 짓는지 대각선으로 서 있는 송판으로 만든 굴뚝에서 하얀 연기가 송골송골 올라와 어둠 속으로 흩어지고 있었다.

삼다도라는 제주도에서는 바람이 많이 불어 집들을 낮게 짓는다는데 강원도 산골의 집들도 그에 못지않게 상당히 낮다. 아마도 바람이 많이 불어서라기보다는 추위 때문에 그토록 낮게 집들을 지어 살지 않았겠나 하는 생각을 해 보았다.

그렇듯 모든 생물들은 자신들의 생활에 편리하도록 진화하고 변해가면서 자신들 스스로를 보호하며 살아간다.

어느 한겨울에 인제군 서화연 서화리라는 곳으로 동계 훈련을 간 적이 있었다. 동계 훈련답게 훈련에 대한 준비도, 눈에 대한 준비도 철저히 해야 했다.

새끼를 꼬아 짚신 장화를 한 켤레씩 만들고 잘 휘는 다래나무나 머루나무에 새끼를 이용하여 설화를 만드는가 하면 눈 위에서 작전을 할 때 적들의 눈에 잘 띄지 않게 하기 위하여 입을 하얀 설복을 준비를 하고 깡통을 주워와 야외에서 텐트를 치고 패치카를 만들 때 쓸 연통도 만들었다.

서화리는 휴전선 최전방이었는데 그곳의 추위가 얼마나 심한지 그런 추위는 처음 맞을 보았다.

우리가 훈련 목적지에 도착한 주변에 민가가 두 채 있었는데 그 야말로 지붕이 머리에 닿을 정도로 집들이 낮고 작았다. 한낮인데도 사람들은 보이지 않고 2m도 안될 듯한 굴뚝에서 하얀 연기만이 소리 없이 품어대고 있었다.

텐트 칠 자리를 다듬고 꽁꽁 얼어있는 땅을 1m 이상 파야 텐트를 치고 패치카를 만들 수가 있는데 도저히 야전삽으로는 얼어있는 땅을 파낼 수가 없었다. 방법을 찾아야 하는데 뾰족한 수가 없었다. 일단은 민가에 가서 곡괭이를 빌려 보기로 하고 담도 대문도 없는 한 민가로 갔다.

"계십니까?"

몇 번을 부르고 나서야 손바닥만 한 방문을 빼꼼 열고는 "왜 그러우?" 하며 오십대쯤으로 되어 보이는 아저씨 한 분이 귀찮은 듯 목소리를 깔며 물어왔다.

"아, 예. 날씨가 너무 추워 말도 못하겠네요. 추운 날씨에 죄송한데요, 저희가 훈련을 나왔는데 텐트를 쳐야 저녁에 잠을 잘 텐데 땅이 너무 꽁꽁 얼어서 야전삽으로는 감당이 안 되네요. 그래서 곡괭이 좀 있으면 빌릴까 하고 왔습니다."

"아이고, 이 추운 날씨에 밖에다 텐트를 치고 잔다고?"

"예, 그러니 좀 도와주십시오."

손이 시려 비벼대는지 아니면 사정하느라 비벼대는지 가릴 수는 없었으나 아무튼 우리는 손을 비벼대며 그 아저씨에게 사정을 했다.

아저씨가 밖으로 나올 기미가 보이지 않아 틀렸나 보다 생각하며 돌아서려는데 그 아저씨는 우리가 불쌍해 보였는지 혀를 몇 차례 쯧쯧 하고 차더니 손으로 한쪽을 가리키고 있었다.

"안쪽으로 돌아가 보우. 그러면 벽에 연장들이 걸려 있을 테니 쓸 만한 것 있으면 가져다 사용하고 꼭 제자리에 갖다놓아야 되우."

"아이고, 고맙습니다, 아저씨. 그런데 이곳은 겨울이면 매년 이렇게 춥습니까?"

"그래도 오늘은 날씨가 양반이라우. 기분이 좋은지 영하 30도가 조금 넘다우."

"그럼, 날씨가 기분 나쁘면 어떻게 됩니까?"

"홈, 기분이 안 좋으면 영하 40도를 오르내리지."

"영하 40도요? 그렇게 추워서 어떻게 사세요?"

"그러니까 추운 날에는 밤낮으로 미리 해놓은 장작불만 지피면서 방 안에서 꼼작도 안 해."

"하긴 그 정도로 추우면 밖에 나가서 숨도 못 쉬겠네요."

"아, 그럼. 밖에 나가 소변도 못 봐. 오줌을 싸는 순간 바로 고드름이 되어 꼬치에 달라붙거든."

그런 대화가 오고가는데 시끄럽게 애들이 떠드는 소리가 가까이 다가오고 있었다. 산비탈 눈 위에서 썰매를 타고 놀다오는 것 같았는데 고만고만한 연년생으로 보이는 녀석들이 여남은 명은 족히 되어 보였다. 겨울 날씨가 이토록 추우니 애들만 주렁주렁 매다는 일만 했을 법도 했다.

그곳은 길을 걸으면 신발에 밟힌 눈이 녹는 것이 아니고 걸으면 걸을수록 눈이 얼면서 신발에 달라붙어 조금만 걸어도 신발 굽이 높아져 영락없는 오리 새끼 걷는 모습이 되고 말았다.

우리는 아저씨에게 빌려온 연장들을 이용하여 언 땅을 파기 시작했다. 땅을 판다는 표현보다는 채석장에서 돌을 깨고 있다는 표현이 딱 맞을 정도였다. 보통은 땅의 지열로 이삼십 센티미터만 파면 얼지 않은 땅이 나오기 마련인데 그곳은 1m 이상 땅이 얼어 있었으니 가히 얼마나 추운가를 짐작할 수 있었다.

그렇게 파낸 한쪽 면에 패치카를 만들고 준비해온 깡통을 연결하여 굴뚝을 낸 뒤 불 피울 준비를 했다. 역할 분담을 해서 불쏘시개는 내가 맡고, 싸리나무 잔가지는 황극이가, 그리고 굵은 통나무는 영환이가 조달하기로 하고 남은 두 명은 텐트 정리와 저녁 식사 준비를 하기로 했다. 어둡기 전에 잽싸게 움직여야 했다. 해가 떨어지면 온도가 급격히 떨어지기 때문이다.

가보지 않고는 상상도 할 수없는 혹한 속에서 겨울을 나고 있는 사람들은 자기들만의 주거 형태를, 그 지방 기후에 맞도록 살아가는 생활 방식을 선택했을 것이다. 그런 이유로 강원도 산골 집들이 낮다는 이유를 아는 데는 많은 시간이 걸렸다. 내 머리가 명석하지 못하다는 것을 다시 한 번 깨닫는 순간이었다.

지나가는 구름 사이에서 잠시 쉬고 있던 별들이 다시 총총히 내리기 시작할 즈음 야간 행군 첫 번째 휴식 시간이 찾아왔다.

어둡기 때문에 가까운 주위에 흐르는 물이 없다면 발을 씻는 일은 생각도 말아야 한다. 물 찾는다고 우왕좌왕하다가는 안전사고가 먼저 날 수 있기 때문이다.

흐르는 땀방울에 밤공기가 내려앉고 있었다. 갑작스런 인적 소리에 숲 속의 잡것들도 숨을 죽이고 배낭을 베고 누워 있는 병사의 피곤한 얼굴 위로 나뭇잎 한쪽이 살포시 내려앉아 간지럼을 태우고는 바람 따라 가버렸다.

10. 죽음을 부추기는 저승사자

저녁 7시.

50여 km를 걸었다

어두운 밤이 되니 낮보다는 시원함을 느낄 수 있어서 걷기에 좋기는 하나 갑절로 다가오는 피로감은 사람을 질리게 만들었다.

잠시 누웠다 일어나서 배낭 속에서 붕대와 탈지면 그리고 연고를 꺼냈다. 바지를 끌어내렸다. 땀에 달라붙어 잘 내려가지 않는 바지를 끌어 내리느라 엉덩이를 흔들어대는데 그 모습이 흡사 술 한잔 거나하게 걸치고는 나이트클럽에서 막춤을 추고 있는 듯했다.

우리의 처지를 모르는 사람들은 저 사람들 젊은 총각들이라 그런지 째지게 잘 놀고 있다고 할지도 모른다. 살아남기 위한 몸부림을 치고 있다는 것을 모르는 채……. 양 허벅지 안쪽으로 부드러운 피부가 이미 거친 벽돌로 문질러 댄듯 살갗이 스쳐 피가 스며 올라오기 시작했다.

물을 끓일 때 물방울이 뽀글뽀글 올라오듯이 그렇게 붉은 피가 얼굴을 내밀고 있었다. 2인 1조가 되어 상처 부위에 소독을 한 다음 조심스럽게 연고를 바르고 붕대를 서너 번 돌려 감싼 다음 반창고를 붙여 마무리를 지었다.

그러고는 발 상태를 확인 점검하고 나니 벌써 십 분이 지났는지 출발 신호 소리가 들려왔다. 그러니까 지금부터는 휴식 시간이라기보다는 몸 상태를 점검하고 치료하는 시간이라고 해야 옳을 것이다. 하나 둘씩 생겨나는 상처들이 지친 몸을 더욱 힘들게 하고 있었지만 그때그때, 바로바로 치료를 해주지 않으면 어느 순간 더 이상 걸을 수 없는 최악의 상황을 맞이할 수도 있다.

심장에 박힌 가시를 뽑지 못한 채 가시나무를 피해 멀리 도망친다 해서 그 심장의 아픔이 없을 수는 없고 칼에 찔린 상처가 칼이 보이지 않는 곳으로 자리를 피한다고 해서 피를 멈추게 할 수 없는 이치와 같은 것이다.

지름길이 있다고 해서 집단에서 이탈하여 제멋대로 갈 수는 없다. 또 그 길을 믿을 수도 없는 것이다. 비탈길은 비탈길대로 평지는 평지대로 사람마다 자기의 인생길을, 삶의 길을 가듯이 힘이 들면 쉬고 고장 난 곳이 있으면 고쳐가며 그렇게 가면 되는 것이다. 다만 가다 못가면 쉬어갈 수 있는 길도 있지만 쉬어갈 수 없는 길도 있다. 쉬어갈지 말아야 할지는 온전히 본인의 몫이겠지만 판단 여부에 따라서는 정반대의 길이 나타나기 마련인 것을 부정해서는 안 된다.

우리들은 간혹 심각한 일들을 아무렇지도 않은 것처럼 보편적으로 일어날 수 있는 일들로 치부를 하며 묻어두고 넘어가려고 할 때가 있다. 그것에 대하여 치러야 할 엄청난 대가조차도 생각하지 못하여 호미로 막아도 될 일을 가래로도 막을 수 없는 최악의 상태를 초래하는 우를 범할 수도 있다는 것을 항상 염두에 두어야 한다.

그렇기에 이런 장거리 행군 시에는 조그만 상처 하나라도 가볍게 보아 넘긴다면 목적지에 도달하기도 전에 주저앉고 말 수도 있는 것이다. 유람하는 여행길이 아니기 때문이다.

왼쪽으로 보이는 산골짜기가 갑자기 환해지더니 영화 스크린 돌아가듯이 그 빛이 점점 우리 쪽으로 옮겨오고 있었다. 앵앵거리는 소리가 점점 크게 들려오면서 오른쪽 골짜기의 굽은 도로를 향하여 급하게 달려오는 응급차 한 대가 굽은 도로를 벗어나 우리 쪽으로 헤드라이트 불빛과 함께 달려오고 있었다. 하얀색에 앞뒤, 좌우, 위에 열십자 표시를 한 어느 병원의 응급차 한 대가, 어느 골짜기에서 어떤 환자가 어떤 위급한 상황인지는 모르겠으나 위독한 환자를 후송하는 것만은 틀림없었다.

하여튼 비포장 길을 흙먼지를 부지런히 일으키며 매캐한 매연 냄새만을 남겨놓고 우리들을 뒤로한 채 인제읍 쪽으로 울퉁불퉁한 도로 위를 달려갔다. 흡사 오리 새끼들이 뒤뚱거리듯 차체를 흔들어대며 멀어져 가고 흙먼지 역시 그 차를 호위라도 하듯 에워싸고는 따라가고 있었다. 밤인지라 들에서 일을 하다가 다쳤다거나, 다른 야외 활동을 하다가 안전사고가 일어났을 리는 없을 것 같고, 어쨌든지 응급차를 불러 실려 갈 정도면 위급한 환자임에는 틀림이 없다.

사람이라면 한평생을 살아가면서 병원과의 상관관계를 이루며 살 수밖에 없다. 크고 작게 다칠 수도 있고 크고 작은 질병에 걸려 신음할 때도 있기 때문이다. 사람이라면 오래 살고 싶다는 욕심은 누구에게나 있듯이 오래 살고 싶다는 욕망이 심하면 심할수록 그가 누구든 죽음을 두려워하고 죽음의 공포에서 벗어나지 못하고 있다. 힘들게 살고 남보다 못살더라도 죽음만큼은 나를 비켜가기를 갈망하고 있다. 그렇기에 병원을 더 더욱 찾는다.

우리나라는 예로부터 오래 사는 것, 즉 장수를 가장 큰 복으로 삼았고 명을 다하여 살다가 죽는 것을 오복의 하나로 꼽았다. 아기를 낳았을 때 한 이레 동안 금줄을 쳐서 외부인들의 출입을 막거나 돌 때 아이에게 실을 잡게 하는 것 모두가 인생의 길을 오래 가라는, 오래오래 살라는 기원의 뜻이었듯이 인간이라면 하늘에서 받은 수명대로 살다 자식들이 지켜보는 가운데 편안하게 자리에 누워 죽는 것이 바람직한 죽음이라고 여겨왔다.

개똥밭에 굴러도 이승이 좋다고 생각한다. 가난에 찌들어도 천대를 받고 고통 받는 삶을 살아도 이 세상에 살아남기를 원한다. 어떤 이는 죽음은 죽어도 싫다며 삶에 대한 강렬한 애착을 가지기도 한다. 그렇게 오래 살고 싶다는 집착이 너무 강하여 이 세상에서 가장 억울하게 제 명대로 살지 못하고 원통하게 죽는 사람도 있다.

어떤 이유로든 일찍 죽는 것, 객지에서 횡사하는 것, 횡액으로 죽는 것, 원통하고 분하게 죽는 것, 모두가 억울한 죽음들이다. 이런 죽음들이 항상 존재하기에 그들은 각자의 처지에 따라서 몽달귀신, 손각시, 객귀, 여귀 등 수많은 각종 이름이 붙여져 저승에도 가지 못하고 구천을 떠돌면서 사람들을 무섭게도 하고 못살게도 굴면서 인간의 주위를 맴도는 귀신이 되었다고 하는데 과학적으로 확인된 것은 없다. 각자 알아서 판단할 일이지만 어릴 적 우리는 뒷간에 가면 몽달귀신이 나온다는 말을 들으며 커온 것만은 틀림없다.

어쨌든지 사람은 한번 태어났으면 언젠가는 죽는 것이 당연하고 그 기회는 한 번뿐이며 그것도 혼자 죽는다. 그리고 그것은 삶의 아픔이고 누구든 피할 수도 거부할 수도 없다.

어떤 사람이 죽음이란 삶의 최고의 작품이라고 했다. 그래서 그럴까? 죽음의 형태도 가지각색이다. 천수를 다 누리고 기력이 쇠진하여 저절로 여러 기능이 멈추는 자연사가 있는가 하면 아직 창창한 나이에 뜻하지 않은 원인으로 인하여 죽음을 맞이하는 우연사도 있다.

죽음이라…….

어떤 책을 보니 "죽음이란 생명활동이 정지되어 다시 원 상태로 돌아오지 않는 생물의 상태로서 생의 종말을 말한다. 모든 동물에 한정하며 그 개체를 구성하는 전 조직 세포의 생활 기능의 정지를 말하는데 죽음의 종말은 심장의 고통과 호흡 운동의 정지다."라고 써놓은 것을 본 기억이 있다.

21세기를 살아가고 있는 사람들의 수명은 사오십 년 전하고는 많은 차이가 있다. 단적으로 그때는 육십 살만 살아도 장수를 했다 하여 회갑잔치를 했으나 지금은 칠십이 된 사람이 경로당을 가면 나이 어린 쫄따구로 각종 심부름을 해야 한다며 경로당을 가고 싶어도 심부름하기가 싫어 안 간다는 세상이 되어 있다. 의료 시설도 획기적으로 좋아졌고 의술의 발전으로 인하여 인간들의 생명줄이 길어진 것만은 부정할 수가 없다.

　나 역시 수많은 죽음들을 보며 살아왔다. 청년시절부터 문상을 가거나 일을 돕기 위하여 상갓집을 갈 때면 어떤 사람들은 꺼리는 상갓집 밥맛이 왜 그리도 맛이 있던지 염치불구하고 한 그릇 정도는 뚝딱 해치웠다. 그러면서 고인이 죽을 수밖에 없었던 사연들을 들으며 슬퍼하기도 하고 아쉬워하기도 하면서 애도를 하였는가 하면 어떤 죽음에는 문상조차 가지를 않으면서 오히려 '바보 같은 놈, 잘 죽었어.'라고 사람답지 않은 생각을 한 죽음도 간혹 있었다.

　　빈 수레 앞세워 몸부림치는 사치 속에

　　약관은 쓴 미소 삼키며 미로에 몸을 숨기고

　　걸어보고 뛰어보고 잡힐 듯한 불혹의 저곳은

　　침묵의 눈이 되었네

　　함께하던 님, 동무들 지친 몸 언덕 마주하니

　　미련을 둘 수 없는 육십갑자 벙어리가 웬 말인가

　　동토에 매화 향 널뛰는 저만치에

　　지친 웃음 반겨주는 길손이 노구를 마중하니

　　목피 된 두 손으로 나의 백발 엮어

　　그대 혼 실어가려네

　연 이틀 황사가 온통 하늘을 뒤덮고 흙먼지가 기승을 부리던 지난봄, 나는 고향을 다녀온 동갑나기 친구로부터 청천벽력 같은 소식을 들었다.

고향에서 올갱이 해장국 전문 식당을 하는 친구가 있는데 이 일을 어쩌면 좋단 말인가. 폐암 진단을 받았단다. 그것도 3기에서 4기로 넘어가는 중이라는데 어떻게 이런 일이 있을 수 있다는 말인가.

열려 있는 줄 알고 들어가다가 얼떨결에 유리문에 부딪칠 때의 충격 그 자체였다. 불과 이삼 년 전에 신림동에서 금은방을 하던 친목 회원 한 명을 폐암으로 보내놓고 그렇게도 서운하고, 아쉽고, 지금도 웃으면서 '정 형, 술 한잔할까?' 하며 다가오는 것처럼 아직도 기억이 생생한데 형평성도 외면한 채 신은 도대체 어디에 숨어서 사람의 마음을 이토록 쑤셔놓는지 이해를 하려야 할 수가 없었다.

객지에서 만난 인연도 병마에 시달려 유명을 달리할 때 그토록 가슴을 날카로운 칼로 도려내는 듯한 아픔과, 마음이 너무도 아려와 잠 못 이룬 날이 얼마였는데 이제는 고향 친구마저 보내야 할지 모른다는 기가 막힌 현실을 나는 도저히 받아들일 수가 없었다.

잠 못 이루는 밤을 며칠 보낸 후 나는 핸드폰을 손에 쥐고 떨리는 손을 마음으로 부여잡으며 문자를 두드리기 시작했다. 마지막 편지가 아니기를 바라면서…….

"어이, 동생 잘 있었는가? 물론 가게는 제수씨가 열심히 하시니 잘 되리라 의심치 않네. 나야 동생도 그렇고 고향 친구들, 그리고 서울이라는 객지이지만 주변분들 잘 만난 덕에 그저 그분들 도움으로 부족한 것, 불편한 것 모르면서 잘 지내고 있어. 며칠 전 고향에 간 정술이를 만났다며?

그래서 알았는데 몸이 조금, 아주 조금 아프다는 소식을 들었어. 별거 아닐 거야. 그래, 너도 나을 수 있다고 자신하고 있지? 요즘 암은 옛날 고뿔이 좀 심하다고 할 때 치료하는 정도라고 하니 걱정하지 말고 치료 열심히 받아 우리 어릴 때 위아래 집 살면서 여름이면 도랑에 나가 발가벗고 미역 감고, 겨울이면 팽이 돌리고 연 날리고 눈이라도 내리는 날이면 눈사람 만들어 키 재기하고 그랬는데, 그리고 나하고 아직 끝내지 못한 승부가 있잖아. 뭔지 모른다고?

들어 봐라. 정월 대보름날 새벽에 서로 이름 먼저 부르고 내 더위 네 더위 다 사가라고 하던 것은 미처 승부를 내지 못했고 4월 1일 만우절의 승자도 가리지를 못하고 세월이 흘러버렸고 이제 그 승부를 가릴 날이 얼마 남지 않았는데 벌써부터 기력을 엉뚱한 데 쏟아버리면 너무 재미없잖아.

친구야!

이젠 마음의 짐, 육신의 고통 졸업장 받을 날이 멀지 않았으니 멋쟁이 황혼의 신사 되어 언젠가 있을 마지막 잔치를 같이 준비해보지 않겠나? 행복의 내일이 어서 오라 손짓하는데 자네는 머피의 법칙도 모르는 꼴통이란 말인가. 우리 아직 끝내지 못한 것들 마저 해보자. 너의 기질과 자존심 앞세우고 나와 보거라. 꿈을 꾸건 꿈을 좇건 그 꿈을 현실로 만들기 위하여 아직도 해야 할 일들이 많으니 친구야! 힘이 들거든 친구들 같이 모여 손잡고 가자꾸나. 밀어주고 끌어주며 그렇게 내일을 맞이하자꾸나. 자네를 사랑하는 이웃과 수많은 동반자들을 위하여 한번만, 한번만 더 힘을 내주게나. 부탁한다, 친구야.

그리고 다음에 만날 때 손자놈 잡기장 찢어 딱지치기 한번 하자. 구슬치기로 꿀밤 맞아 부어오른 이마를 서로 호호 불어주는 따뜻한 느낌을 다시 한 번 느껴 보아야 하지 않겠는가?

급류를 건너기 직전 항상 돌멩이를 주워 던진다는 아프리카의 어느 부족들은 그저 콩알만 한 돌멩이 하나 던져놓고 보기만 해도 무시무시한 급류를 건넌다고 하네. 자신들에게 일어날 수 있는 위험은 이미 그 돌멩이로 전해졌기 때문에 그들은 아무 걱정 없이 급류를 헤치고 건넌다는 것이야. 앞으로 닥칠지도 모르는 험한 일을 돌멩이에 실어 날리며 일체의 불안과 걱정도 함께 날려버리듯이 자네도 있는 힘을 다하여 병마를 던져 버리게나.

자네의 소식을 듣는 순간 자네는 충분이 다시 일어설 수 있다고 나는 확신을 했기 때문에 크게 걱정은 하지 않았어. 옛날처럼 그렇게 자신감을 가지고 우리 가던 길 계속 같이 가보세.

사랑한다, 친구야. 우리 다음 달 친구들 모임에서 만나 못 다한 이야기 나누며 멋지게 한번 놀아보자."

그로부터 정확히 한 달 후 대전에서 고향 친구들 모임이 있었다.

"형, 왔어? 차 가지고 왔어? 기차 타고 왔어?"

"응, 그래. 기차 타고 왔어. 몸은 좀 어때? 얼굴은 좋아 보이는 것 같은데."

"으응, 항암치료 받는데도 머리카락이 안 빠지고 컨디션은 좋아. 경기가 안 좋다고 난리들인데 형은 어때?"

"조그만 가겐데 뭘……. 걱정해주는 덕분에 밥은 먹고 살아."

사실 지가 내 걱정할 때가 아닌데 그 와중에서도 상대에 대한 배려가 얼마나 잔잔한 감동을 주고 있는가를 나에게 가르쳐주고 있는 듯했다. 얼굴이 좋아 보인다고 말은 했지만 내가 보기에는 부은 것 같기도 하고 하여튼 정상적인 얼굴로는 보이지를 않았다.

어릴 때는 엄마 점마 하면서 컸는데 철이 들면서 나이는 동갑이나 생일이 삼 개월 늦은, 친척이라는 관계로 공식적인 자리에서까지 그는 나를 형으로 대우를 해주었고 나 역시 동생이라고 불렀지만 각별히 신경을 써서 그가 나한테 하는 이상으로 예우를 하였다.

몇 개월이 지나면서 꾸준히 항암 치료를 받고 있다는 소식을 듣고는 있었지만 내가 해줄 수 있는 일이 아무것도 없다는데 분노감만 부풀어갔다. 내가 그를 다시 만난 것은 지난가을 친구들 모임에서였다. 얼굴도 몸도 상당히 야위어 볼 수가 없을 정도로 마음이 아파왔다.

그런데 이게 무슨 신의 장난이란 말인가?

제수씨까지 한 병원에 입원을 해서 위아래 층에서 치료를 받고 있다는데 제수씨의 병명이 유방암이라니……. 그 동생은 의사가 말해준 시한이 지나 덤으로 살아가고 있다는데 이게 무슨 날벼락이란 말인가.

옛날보다는 의학이 많이 발전하여 암에 걸려도 생존율이 높다지만 말기 암은 수술을 할 수도 없고 항암 치료밖에는 다른 방법이 없는 것이 현실이란다.

불치병이란 현대 의학이 안고 있는 숙제이다. 중세를 암흑기로 만들었던 페스트나 천연두를 극복해 버린 것처럼 어느 순간 암이라는 병도 손쉽게 치유할 날이 지금 당장 왔으면 얼마나 좋겠는가. 그러나 현대 의학이 안고 있는 당장의 무기력함에 분노할 뿐이다.

의사가 말한 시한은 이미 지났고 지금은 덤으로 사는 생명이라면 그런 덤이라도 몇 번 더 준다고 나무랄 사람 없을 텐데 기대를 해 보고, 기적이라는 것도 사람에게서 일어나는 일이 아닌가.

나는 틀림없이 그 동생 내외에게 닥친 병마가 가까운 날 그들의 인내심과 투혼에 굴복하여 도망가리라고 확신을 한다.

어떤 사람은 이런 말을 한다.

"삶은 죽음 때문에 존재한다. 삶과 죽음은 본래 따로 떨어져 있는 것이 아니다. 하나의 삶은 죽음 때문에 존재하며 죽음은 종말이 아니라 새로운 시작이며 과정이다."

하기 좋은 말이고 듣기 좋은 말이다. 하지만 아무리 그렇다 하더라도 죽고 싶은 사람이 어디 있겠는가? 사람들이 나이를 먹어가면서 가장 신경을 쓰는 병이 각종 암이다. 세 명 중 한 명은 걸린다는 보고도 있다. 인간들의 삶에 있어 죽고 사는 것은 역시 큰 관심사다. 어떻게 살았는가도 중요하지만 어떻게 생을 마감했는가도 중요한 것이다.

주변에서 일어나는 예기치 못한 일들을 보면서 지독한 컴맹이지만 나는 가끔 잘하지도 못하는 컴퓨터 앞에 앉아 있을 때가 종종 있다.

그러던 어느 날 화상에 대한 것이 창에 떴는데 내가 보려고 한 것이 아니고 어찌어찌하다 보니 한강성심병원이 올라와 있었다. 그 병원이 화상 전문 병원이라는 것은 이미 알고 있었다. 왜냐하면 내 린천으로 같이 휴가를 갔던 진호 동생 진양이가 일하던 중 전기에 화상을 입어 그 병원에 입원을 한 적이 있기 때문이다.

그런데, 그런데 이상한 것이 내 눈에 박혔다.

"시민운동가이며 노동운동가인 허세욱 병원비 지불 논란"이라는 글을 보게 되었다.

미친 놈 허세욱, 바보 멍충이 허세욱, 생각하기도 싫은 허세욱. 그런 바보 멍충이를 시민운동가 노동운동가로 포장을 하여 자기들은 죽음을 두려워하면서 대리로 죽게 만든, 그야말로 조폭세계에서도 볼 수 없는 모 진보 정당의 두 얼굴.

꼭 사람을 직접 죽여야만 살인자가 아니다. 죽을 수 있도록 방조하거나 교사하는 것은 그야말로 죽음을 부르는 저질 저승사자가 아니고 무엇이겠는가? 저들은 무지한 허세욱을 무엇 때문에 앞장을 세웠으며 무슨 이유로 착하디착한 한 서민의 목숨을 제물로 삼았는지 그때 물어보지 못하고 따져보지 못한 나 또한 살인방조범이다.

처음 보도될 때는 설마 내가 아는 친구 허세욱이라고는 꿈에도 생각을 못했고 동명이인이라고만 생각을 했다. 왜냐하면 내 친구 허세욱이는 절대 그런 위인이 못되기 때문이었다.

노무현 정부 시절 정국은 한미 FTA 협정 반대운동으로 집회가 잦았고 과격해져 경찰과 집회자들 사이에 충돌이 심하게 일어나고는 했다.

대립을 통해서 새로운 시대의 변화를 싹틔우고 대중들의 삶의 질을 높이는 과정을 이해한다면 대립이 인간 생활에 균형을 주며 삶의 행복감 높일 수 있는 배경이 될 수도 있다는 것을 이해할 수가 있다. 어떤 경우에도 대립은 필요하다. 그러나 우리에게 필요한 대립은 배타적이 아닌 자연적으로 발생되는 대립이어야 한다는 것이다.

"이곳에 들어오는 사람은 모든 소망을 포기하라." 단테의 『신곡』

에 나오는 지옥 입구에 붙은 경고문처럼 소망과 바람이 존재하지 않는 곳이 지옥이라면 그 단체는 악을 소망으로 포장한 지옥이다. 자괴감과 분노만이 우글거리고 있다. 무엇이든 반대다. 자기들의 요구는 무조건 들어달라는 것이다.

소수의 사람들이 진보라는 탈을 쓰고 민주주의의 근간을 쥐고 흔들려 하고 있는 것이다. 다수의 목소리를 무시하는 것이다. 그러면서도 남의 요구에는 냉정하다.

자기들의 권리는 당당하게 주장하면서 남의 권리는 쉽게 무시해 버리거나 가치 없는 것으로 생각한다. 자기들은 교만하면서 남에게는 겸손과 공손함을 요구하고 원한다.

아이러니한 것은 한때 노무현 정권을 상대로 투쟁했던 정당이 지금은 같이 손잡고 각 당의 이해관계는 잠시 숨겨 놓은 채 하이파이브를 한다는 자체가 우리 같은 소시민들이 정당정치에 회의를 느끼게 하고 있다.

언젠가는 그것이 부메랑이 되어 자신들에게 돌아간다는 것을 알게 될 것이다. 몰라서 못하는 것은 배워서 하면 되겠지만 알고도 하지 않는 것은 이율배반이다.

사람의 본래 모습은 태어나면서부터 주어지는 것이지만 살아가는 자세와 마음의 형태에 따라 성자의 모습이 될 수도 있고 악한 자의 모습으로 바뀔 수도 있다. 선한 자의 얼굴과 악한 자의 얼굴은 서로 다른 것이 아니라 하나에서 비롯되는 것이다.

추하고 역겨운 냄새를 가지고 있는 사람은 자기에게서 나는 냄새에 신경을 쓰지 않는다. 오해, 자존심, 질투, 의심, 교만, 미움, 노여움, 탐욕 등 이것들이 지독한 냄새를 풍기며 마음을 병들게 하고 어느 순간 지독한 냄새가 온몸 구석구석에서 배어 나온다.

살아오고 살아가면서 하나 둘씩 쌓은 경험으로부터 자신의 향기는 결정이 된다. 외적인 것은 숨기고 씻어낼 수 있어도 몸 안에서 나는 향기는 없애기가 어렵다.

그 단체들이 주장하고 있는 모든 것들이 다 잘못되었다고는 생각하지 않는다. 어느 정도는 많은 사람들이 공감대를 가질 수 있도록 적극적으로 이해를 시켜 달라는 것이다.

대중들로부터 인정을 받으려면 그들이 무엇을 진정으로 원하고, 어떤 방법으로 이해를 시켜야 할지를 심각하게 고민을 하여야 한다. 잘못된 모습을 감추기보다는 드러내놓고 반성하고 독선적인 사고와 행동으로 분위기를 해치면서 주위의 높은 평가를 기대하는 뻔뻔스러움보다는 남의 말을 경청하는 겸손과 소통하는 자세로 타협의 결론을 만들어 낼 때 존경을 받고 국민들로부터 칭찬을 받는 정당이 될 수 있다.

그렇게 한다고 해서 비굴하다거나 용기가 없다고는 할 수 없는 것이다. 어떤 단체는 지혜와 진리를 알고 자신들과 주위의 삶을 변화시켜나가지만 마음이 약하고 어두운 단체는 다수의 원하는 소리를 듣지 못한다.

허세욱.

그는 끝없이 깊고 어두운 삶을 지겹게 견디면서 어디로 향할지 모르고 떠돌던 방랑의 길에서 머뭇거릴 때 자기의 의지와는 아무런 관계가 없는, 보이지 않는 악의 축이 그를 폭풍 속으로 밀어 넣은 것이다.

바람은 배를 폭풍 속 거센 파도가 이는 바다 속으로 내몰 수도 있고 안전한 포구로 배를 밀어 넣을 수도 있는데 진보 좌파는 그를 거센 이데올로기 속으로 밀어 넣은 것이다. 자기 몸 하나 처신하기도 부족한 사람을 결국에는 죽음에 이르도록 방조하지 않았나 하는 생각을 지울 수가 없다.

우리 인간들의 마음속에는 무서운 생각이 끊임없이 꿈틀거리고 있다. 언제 어느 때 타인을 이용하고 밀어낼지, 언제 거짓말을 하고 타인을 배반할지 예측할 수없는 존재가 바로 인간이다.

소금 짐을 묶었던 밧줄도 짭짤해진다는데 아주 물이 안 들 수는 없겠으나 그는 자기의 의지라고 주문을 외우며 허상 속에서 허덕였을 것이다. 노무현 정권의 정책이 잘못되었다며 철회를 주장하고 자신들의 주장을 관철시키기 위하여 선하고 착한 무지한 사람을 앞세워 군중심리를 교묘하게 이용하여 분신하도록 유도했는지도 모른다.

이것은 돌발사고가 아니고 예정된 시나리오인 것 같기도 하다. 왜냐하면 무엇으로 불을 붙였는지 정확히 알 수는 없으나 휘발유든 신나든 통을 들고 있었을 텐데 그것을 보고도 빼앗거나 말리지 않았다면 예고된 사고인 셈이다. 말리지 않았으니 살인 방조고 또 그런 것을 구입하여 준 사람이 있다면 그것은 살인자가 아니겠는가?

나는 사건의 내막을 조금 더 알기 위하여 인터넷에 올라온 글들을 보았고 좀 더 사실적인 그의 삶과 행적을 더듬어 보기 위하여 허세욱과 함께 자주 술자리를 하고 어울려 놀았던 융희와 일흥이 친구를 만났었다.

몇 년 전만 해도 나는 허세욱과 함께 용하 친구, 융회 친구, 일홍이 친구와 자주 술도 먹고 천렵도 다니고 고향 친구 이상으로 친하게 지냈다. 그러던 것이 그가 이상한 길로 들어서면서 만나기가 힘들었었다.

"야, 융회야. 너 세욱이에 대해서 아는 대로 얘기 좀 해 봐라."

"자다가 봉창 두드리냐? 그 새끼 얘기는 무엇 때문에 새삼스럽게 꺼내는데? 너도 세욱이하고 친하게 지냈으면서 뭘 나한테 물어?"

"그래도 네가 나보다 세욱이를 훨씬 먼저 알았잖아. 십오륙 년 전에 우리 연희동에 있는 그 사람 형네 집에 문상 간 적이 있었지?"

"그렇지. 걔네 형님 돌아가셨을 때 문상 갔었지."

"그때 그 집 형편으로 볼 때는 집이 좋아 보이고 먹고살 만한 집으로 보였는데 왜 세욱이를 혼자 떠돌아다니도록 방치했을까?"

"나도 서른 살이 넘어가면서, 그러니까 세욱이가 막걸리 배달하던 일을 그만두고 우유 배달할 때 만난 객지 벗이기 때문에 자세한 가정사는 잘 모르겠고 세욱이 자신도 가족에 대한 말은 많이 아꼈어. 다만 연희동 형이 집으로 들어오라는데 혼자 사는 것이 편해서 싫다고 하더라고."

"세욱이 지 말로는 형제가 여덟이나 된다고 하던데……."

"응, 몇이나 되는지는 정확히 모르겠고 형제가 많다는 말은 들었어. 그런데 지금은 형 한 분만 살아계신다고 했지, 아마."

"너 옛날에 나한테 세욱이 마누라가 예뻤는데 얼마 살지 못하고 집을 나갔다고 한 적이 있어. 결혼식을 하고 산 거야, 아니면 동거였나?"

"결혼식을 올리고 산 것은 아니고 동거였어. 그리고 구준이 너하고 세욱이가 처음 만났을 때는 그친구는 하드 아이스크림 배달 일을 할 때였는데 이십 년이 다 되어간다야, 그렇지?"

"그래, 그런 후에 택시 운전을 했고 봉천동 고개 부근에 조그마한 방 한 칸짜리를 얻어놓고 살 때 우리 그곳에 놀러가고 했었잖아."

"맞아, 한독운수 택시 운전하기 시작하면서 그곳에서 살았지."

"그때 세욱이 새끼가 봉천고개에 양곱창 맛있게 하는 집 있다고 오라고 해서 가면 다 먹고 난 뒤에 저는 돈이 없다며 번번이 우리한테 바가지 씌웠잖아? 그래서 내가 너한테 저 새끼는 택시 운전해서 번 돈 뭐 하길래 친구들한테 술 한 잔 못 사고 번번히 얻어먹는지 모르겠다고 투덜거렸지."

"그래. 그때 내가 너한테 그랬잖아. 저 새끼는 혼자 살다 보니까 돈만 생기면 색싯집에 가져다준다고. 사실 지금에야 말이지만 여러 면에서 걔와 친하게 지냈다는 것이 이상할 정도지. 우리라도 같이 놀아주지 않으면 외톨이 신세였어."

"그래도 우리들 말은 잘 들었잖아. 좀 뺀들거려서 그렇지 심부름도 잘하고 허드레 일도 도맡아 하고……. 그래도 이십여 년 동안 친하게 지낸 세욱이와의 추억이 많잖아."

이십여 년의 세월이라…….

세월이 그렇게 흐르면서 그는 야간 택시 운전을 할 때면 가끔 내 가게로 찾아와 지나가는 길에 얼굴이나 잠깐 보려고 들어왔다며 무엇이 그렇게도 바쁜지 커피 한 잔 하지 않고 횡 하고 가버리곤 했다.

언젠가는 나를 찾아와 자기가 관악구청에서 실시하는 풍물 배우는 프로그램에 나가서 장구 치는 법을 배우고 있는데 같이 다녀보자고 권유를 하였다. 어찌 보면 그때부터 그는 죽음의 길로 들어섰다고 보아도 틀리지는 않을 것이다.

"야, 세욱아, 미안한데 밤 꼬박 새우고 일하고 낮에는 자야지. 그리고 거의 쉬는 날이 없어서 시간적인 여유가 없어. 대신에 우리 언제 한번 날 잡아서 친구들 집합시켜 천렵이나 한번 가자."

"응, 정말 그렇겠네. 그래 네 말대로 천렵이나 한번 꼭 가자."

"너 택시 운전할 만하냐?"

"가진 것도 배운 것도 없는데 다른 거 뭐 할 게 있어야지. 나 (모)노총에 가입했어."

"야! 과격한 단체인 것 같던데 잘 알아보고 가입한 거여? 나는 네가 그냥 평범하게 살았으면 좋겠다."

"기사들은 다 가입해. 안 하면 왕따 당할 수도 있고……."

그러던 그가 한동안 나타나지를 않는데 국회의원 선거가 시작되던 어느 날 오랜만에, 아주 오랜만에 찾아왔었다.

"야, 인마, 너 죽은 줄 알았다. 왜 그렇게 보기가 힘드냐?"

"음, 노총에서 하는 일도 바쁘고, 다른 게 아니고 내가 (모) 정당에 가입을 했는데 관악을 지구에서 이번 국회의원 선거에 출마한 우리 당 후보가 있는데 한 표 부탁한다."

"너 요즘 별짓 다하고 다니는구나. 너를 무시하는 것은 아니지만 친구로서 노파심에서 하는 말인데 너의 성격으로 보나 지적 능력으로 보나 인격으로 볼 때 잘못하면 그 사람들한테 이용만 당한다. 솔직히 말한다면 네가 그런 일을 할 만한 지식이 있는 것도 아니고 말도 조리 있게 못하면서 무엇 때문에 그런 일에 발을 들여놓는지 이해가 안 간다. 내 말이 틀려?"

"아니, 그래. 네 말이 맞아. 나는 무엇이 옳고 그른지 판단하는 것도 서투른 사람이고 다른 사람들처럼 조리 있게 말도 못하고 정말로 아는 것이 없지만 노총이나 그 정당에 가면 그런 나를 사람대우 해주는 것 같아서 그 사람들과 어울리고 싶어."

"바로 그거야, 인마. 그 사람들이 노리는 것이 너 같은 사람, 사람대우 해주는 척하면서 이용하려는지도 몰라."

"내가 좋아서 하는 일인데 뭘⋯⋯."

"너 다시 한 번 생각해 봐. 그 사람들 군중심리를 이용하고 너 자신도 모르게 세뇌교육을 시켜 어떤 일을 도모할 때 자기들은 뒤로 빠지면서 너 같은 사람을 앞장세우는, 그런 두 얼굴을 하고 있는지도 몰라."

"걱정해줘서 고맙기는 한데⋯⋯."

"야, 세욱아. 6·25 때 인민군들이 마을을 점령하면 치안을 유지하고 주민들을 감시하는데 누구를 앞장세웠는지 알아? 제일 못살고, 제일 못나고, 제일 배우지도 못한 하인이나 일꾼들의 팔에 붉은 완장을 채워 거리를 활보하도록 만들었다는 거야. 그 사람들은 옳고 그름을 판단하는 지적 능력이 흐리기 때문에 부려먹기가 좋았던 거지. 시키는 대로 했으니까."

진정으로 걱정스러웠다.

내가 그를 만난 것은 1989년경이었다.

1988년 서울 올림픽이 한참이던 때 대전에서 제조업을 하던 나는 회사가 회생할 수 없을 정도의 어려움으로 모든 뒤처리를 친구에게 위임을 하고 우리 부부는 어린 두 딸을 데리고 서울 신림동이라는 곳으로 들어갔다.

지금은 많이 달라졌지만 그 당시만 해도 지방에서 없는 사람이 서울 가서 살려면 봉천동이나 신림동이라는 곳으로 가서 살라는 말이 있었다. 바꾸어 말하면 그 두 동네 수준이 없는 사람 살기에 딱 맞는다는 말이기도 했다.

어렵사리 신림 2동 은성약국 골목이라는 곳에 작은, 그것도 지하 월세방 하나를 얻어 서울에서의 생활을 시작하게 되었는데 그 골목에 관악슈퍼라는 가게가 하나 있었다.

그때 생활은 말할 수 없을 정도로 궁핍하여 형편이 없었고 그야말로 되쌀을 팔아 밥을 해먹을 정도로 경제적으로 무척이나 힘들었으나 한편으로는 아무도 아는 사람이 없는지라 행동하기가 자유스러워 마음만은 편했다.

한여름엔 반바지에 조끼 러닝을 입고 골목에 나가도 아는 사람이 없으니 부끄러울 것도 없고 그런 복장을 하니 찌는 듯한 더위에도 나만의 시원함을 느끼며 무더운 여름을 보내고는 했다. 그러다가 목이 컬컬할 때면 관악슈퍼에 가서 냉장고에 들어 있는 시원한 막걸리 한 병을 꺼내어 멸치 몇 마리 들어 있는 봉지 하나를 사서 슈퍼 앞 그늘진 곳에 쭈그려 앉아 막걸리를 먹고 있어도 무어라 할 사람이 없으니 만사가 편했다.

그런 생활을 몇 달을 하면서 서울에서 자연스럽게 첫 번째 알게 된 사람이 관악슈퍼 주인이었다.

충남 청양이 고향인 이용하라는 사람인데 나이가 나와 동갑인 것을 알고는 빠른 속도로 친해졌고 서울에서의 외로운 생활이 서서히 바뀌기 시작했다. 그때 그 용하의 친구였던 융희와 일홍이 그리고 세욱이를 알게 되었던 것이다.

그러던 어느 날, 용하 친구가 아버님 상을 당하게 되었는데 나와 세욱이에게 둘은 문상을 오지 말고 가게를 봐달라고 요청을 하였고 우리 둘은 기꺼이 그렇게 하마, 하고는 그가 상을 치르고 올 때까지 같이 지내면서 세욱이에 대한 사람 됨됨이를 어느 정도 파악할 수가 있었다. 그는 대화를 길게 이어 가지를 못했고 단답형이었으며 같이 시간을 보내기가 답답할 정도였다.

그렇지만 사람이라는 것이 부족한 면이 있으면 넘치는 것도 있다 하지 않는가? 천성이 착하고 법이 있어서 그를 보호해 주어야 사회 활동이 가능할 정도로 순진한 성격의 소유자였다. 한마디로 악의가 전혀 없는 사람이었다.

그런 정도의 능력을 가진 사람이 노무현 정부 시절 한미 FTA 반대 운동 집회에 참석하였다가 2007년 4월 1일 협상장인 서울 하얏트호텔 정문 부근에서 분신을 하고 보름 후인 4월 15일 화상 후유증 및 패혈증으로 병원에서 사망하였다.

잠시 세월을 더듬던 나는 다시 융희와 일홍이에게 말을 걸었다.

"너희들은 세욱이 그렇게 된 거 언제 알았어?"

"처음 뉴스 나올 때는 신경도 안 썼지. 설마 내 친구 세욱이가 아니겠지 하고⋯⋯."

"음, 그건 나도 그래. 동명이인이겠지 하고는 그냥 넘겨 버렸는데 장례 치르는 장면에서 영정사진을 비추어 주는데 아, 글쎄 세욱이 잖아. 깜짝 놀랐어."

그러자 융희가 묵직하게 한마디를 토해냈다.

"그 모 노총사람들하고 모 진보 정당 하는 사람들이 아무것도 모르는 세욱이를 죽음으로 내몬 거야. 시민운동가네 노동운동가네 하면서 추커 주니 저 죽는 줄 모르고 날뛴 거지."

"그래, 맞아. 진정성이 있었다면 그 가족들이 그런 단체 사람들과 장례 치르는 문제로 마찰을 빚을 이유가 없었겠지."

그가 사망하자 허세욱 분신대책위원회가 구성되고 그들이 시신을 넘겨받아 장례를 치르려고 했으나 가족들의 요구에 병원 측은 그의 시신을 유족 측에 넘겨주어 성남 화장장에서 가족장으로 화장되어 무연고 유골들과 합사되었다는 것이다.

그 뒤 단체들은 고인의 유품만을 가지고 4월 18일 경기도 남양주시 모란 공원에 가묘를 설치하였다는 기사를 보았다. 그러고는 모금한 성금이 있는데도 병원 측이 시신을 가족들에게 넘겨주었다는 이유로 병원비를 주네 못 주네, 하고는 물의를 일으키고…….

그네들은 노동운동이라는, 그리고 진보정치라는 자신들만의 논리를 가지고 자발적인 참여가 아닌 동원 집회 내지는 동원 정치를 통하여 착하고 힘없는 사람들을 앞장세워 죽음으로 내몰고 있다는 생각을 지울 수가 없었다.

그가 썼다는 유서 두 건이 공개되었는데 나는 첫 번째 공개된 유서는 동의할 수가 없다. 왜냐하면 한마디로 대필이라는 의구심이 들기 때문이다. 내용이 웬만한 지식인이 아니면 쓸 수 없는 내용이었다. 두 번째 공개된 비정규직인 동료들에게 성금을 걷지 말라는 내용은 그의 심성으로 볼 때 충분이 할 수 있는 말이기 때문에 동의를 할 수가 있었다.

짐승도 한번 빠졌던 함정에는 다시 빠지지 않는다. 같은 밧줄로 두 번 목을 매달 수는 없는 노릇이니 저승에서나마 죽음을 부르는 저승사자의 유혹, 그 숱한 유혹과의 처절한 싸움에서 이겨주기만을 바랄뿐이다.

그는 생전에 다양한 밑바닥 일을 하면서 항상 좌절감을 안고 살았을 것이다. 자기 가슴에 품은 꿈도 없었을 테고 설령 꿈이 있다 하더라도 그 꿈을 이루는 구체적인 방법을 알려고도 하지 않았을 것이고 알 수도 없었을 것이다.

나름대로 본인의 목적이 있고 목표도 있었겠지만 그 목적을 이루기 위한 방법을 몰랐을 수도 있다. 목표를 설정하고 성취하는 방법을 몰랐기에, 꿈을 가져야 하는 이유와 중요성은 알았지만 꿈을 성취할 수 있는 구체적인 방법에 가서는 난관을 만났기에 그래서 좌절을 하고……. 그러면서 그는 만약에 이 세상 어느 곳인가에서 나를 이해해 주고 인정해주고 좋아하는 사람이 있다면 얼마나 가슴 벅찬 기쁨이겠는가, 라고 생각하며 살았을 것이다.

그러한 기쁨을 만날 수만 있다면 세상살이 힘들게 하고 괴롭히는 불안과 번민은 사라져 버릴 테니 내가 바라는 그런 곳에 그런 사람만 만날 수 있다면 목숨을 걸고 충성하겠노라고 수없이 다짐을 했는지도 모른다.

자신의 처지에 대한 분노의 불씨를 가슴에 간직한 채 나들이 가듯 편안한 마음으로 죽음의 문턱을 넘지는 못할망정 분신이라니 누구를 위한 죽음이며 그 죽음이 무엇을 바꾸고 변화시켰는가.

어떤 형태의 삶을 살았든 삶의 무게는 고개를 가눌 수 없을 만큼 무거웠을 것이고, 그렇기에 지친 모습으로 생을 마감하고 싶은 처절함도 있었겠지만 누구에게나 찾아올 수 있는 갖가지 삶의 고통을 공동으로 짊어질 짐이라고 생각하며 스스로의 삶을 묻어두고 살 필요는 없었다. 서로 도우며 더불어 살아가는 것과, 자신의 삶은 뒤로 제쳐둔 채 타의에 의하여 본인의 거룩한 삶에 타인의 삶까지 책임진다는 것과는 분명한 차이가 있다.

그 죽음의 행위 자체는 본인에 의하여 이루어졌지만 죽음에 이르기까지의 과정에 대하여는 의문을 가지지 않을 수가 없다. 타인에 의한 간접 살인이라는 생각을 지울 수 없는 것은 다른 사건과 비교를 해보면 어느 정도 이해가 될 수 있다.

1970년 11월 13일, 서울 동대문 평화시장 피복 공장에서 재단사로 일하던 22살의 전태일이라는 노동자가 노동자들의 노동 조건에 항의하여 온몸에 휘발유를 뿌리고 분신한 사건이 있었다.

그는 이런 말을 했다.

"근로 기준법을 지켜라."

"우리는 기계가 아니다."

"내 죽음을 헛되게 하지 마라."

1970년 청계피복 노동조합을 시작으로 1970년대에만 전국에 2,500여 개에 달하는 노동조합이 결성되었으며 이 모두가 전태일 분신 사건에 자극을 받아 생겨났고 그 사건은 오늘날에도 한국 노동운동의 출발점으로 인식되고 있다.

지금까지도 열사로 불리며 지난해에 분신 40주기 행사를 한 전태일의 분신과 허세욱의 분신에는 분명이 차이가 있다. 명분이 뚜렷한 항거를 했다고 많은 노동자나 시민들이 정당하게 인정을 하는 죽음이었다면 무엇 때문에 관련 단체에 장례를 맡기지 않고 가족들이 시신을 빼돌려 서둘러 화장을 하였겠는가를 되씹어보고 몇 해가 지난 지금 그는 그가 함께했던 단체로부터 어떻게 각인되고 있는가를 살펴본다면 사건의 본질과 과정이 왜곡되었다고 의심하기에 충분한 것이다.

허무하게 생을 마감한 친구의 명복을 비는 나의 마음이 좀 너그러워졌으면 좋겠다는 생각을 해보았다.

점점 처져가는 몸을 추스르며 말없이 걷는 병사들의 모습은 어둠 속에 감추어져 검은 물체 하나가 살짝살짝 움직이는 것처럼 보였다.

새벽녘부터 하루 종일 숲으로 들로 산으로 마실 다니느라 힘이 들었는지 새들의 울음소리까지도 어둠속으로 묻혀버린 조용한 밤길을 간간이 지나가는 바람에 풀잎 냄새만 소리 없이 나의 콧잔등을 두드리고 있었다.

11. 술이란 것이 무엇이길래

저녁 8시.

55km를 걸어왔다.

다른 사람들보다 발의 상태가 양호했던 나의 발도 오른쪽 왼쪽 할 것 없이 물집이 돋아나고 허벅지의 쓰라림은 연고를 바르고 붕대로 감싼 덕분에 더 이상 심하게 아프지는 않았지만 고통스럽기는 마찬가지였다.

갈 길은 아직 멀었고 기력은 점점 떨어지고 나의 육신이든 영혼이든 다 팽개치고 이 어둠 속의 잡것들 사이로 녹아들고 싶었다. 그들의 무리 속에서 이방인이 아닌 한 무리의 덩어리가 되어 지나가는 길손 힘들어 쉬어갈 때 말동무나 해주고 싶은 심정이었다.

식물 잎의 뒷면에는 크기에 따라 다르겠으나 약 100만 개의 공기구멍이 있다는데 식물들이 그 공기구멍을 통하여 사람을 포함한 동물들이 내뿜는 이산화탄소를 들이마시고 사람을 포함한 동물들이 호흡할 때 필요한 산소를 내뿜으면서 탄소동화 작용을 한다. 생명체를 이 지구상에서 살아나가도록 영양소를 공급하는 것이다. 식물들의 잎이 벌이고 있는 탄소동화 작용이라고 하는 엄청난 역사가 이루어지지 않으면 이 세상에 어떠한 생명체도 존재할 수가 없다.

그들과 한 무리가 되어 지나가는 길손이 긴 여정에 힘이 들어 나무그늘에 쉬며 맑은 공기를 맛볼 때 나는 그의 팔짱을 끼고 말동무가 되어줄 수만 있다면 처음 만난 그 길손은 힘을 얻어 자리를 박

차고 일어나 즐거운 마음으로 가던 길을 재촉하겠지, 라는 생각으로 가슴이 벅차올라 행복의 미소조차 감추고 있는데 검은 물체 하나가 나에게로 다가왔다.

"힘들지? 목마르지 않아? 자, 한 모금 마셔."

점심때 물수제비를 같이 떴던 동기 영환이가 그 큰 덩치를 구부리며 수통을 내밀었다.

"나도 수통에 가득 채워 왔어."

'응, 그건 나중에 먹으면 되지. 한 모금 마셨더니 기운이 좀 나는 것 같아."

"힘이 생기는 것이 아니고 술기운에 고통이 잠시 숨어버린 것이겠지. 너 혹시 몸에 걸친 무게 줄이려고 네 수통부터 비우는 거 아니야?"

"야, 너 족집게다. 어떻게 알았어? 야, 임마. 아무리 힘들어도 그 정도까지 꼬이면 안 되지."

"나도 인마 그냥 한번 해본 소리야. 그래서 한 번 웃잖아."

"그래, 힘들다고 누가 대신 걸어 주냐? 웃자 웃어."

나는 그가 건네준 수통을 입으로 데리고 가 쭉 두어 모금 길게 마셨다. 꿀맛이었다.

"야, 빨리 마셔. 출발이다."

술기운이 서서히 온몸으로 퍼져가기 시작하는데 영환이가 바짝 따라붙으며 말을 걸었다.

"너 우리 졸병 때 계방산으로 훈련 갔던 거 기억나?"

"얌마, 그때 일은 죽어서도 잊을 수가 없지."

힘들게 겨울을 보낸 산과 들녘이 피곤함을 털어내려는 듯 파란 옷으로 갈아입을 준비를 하고 있던 어느 해 봄날이 시작되고 있었다. 봄이 서서히 익어가자 벚나무의 어린 가지가 분홍빛 나는 꽃잎을 잠시 선보이고는 봄을 재촉하는 비에 맞아 흩어지고, 휘날리는 꽃잎 부러운 듯 바라보던 아카시아 꽃잎이 짙은 향기를 뿌리며 나타나고 있었다. 산 곳곳에는 늦게 핀 진달래가 이별을 고하는, 평온하고 나른한 날씨가 계속되고 있을 때였다.

우리 부대는 계방산 일대에서 일주일간의 대대 급 훈련을 했는데 야간에 계방산 8부 능선으로 이동하여 방어 진지를 구축하는 훈련을 받던 날이었다. 그날따라 하루 종일 비가 축축하게 내렸다.

속삭임에 묻혀버린 산야를 비웃듯
메마른 땅 박차고 나래짓하는
이름 모를 가여운 떡잎에 앙갚음 하듯
조용히 내려야 할 봄비가
밤낮을 가리지 않고 세차게 내리고 있다

이슬비 가랑비 소낙비로 얼굴을 바꾸며
닥치는 대로 적셔대고 쓸어내는 저것들
어떤 이들은
가슴을 적시네 마음을 울리네 하며
감성적 표현들을 쓰기도 하지만
나는 소리 없이 내리는 저것들이 그냥 좋다

찢어지고 쓰러져가는 포장마차 쪽 의자에 앉아

주룩주룩 내리는 비 등허리로 마중하며

후룩후룩 소리 내며

젓가락질 하는 사이사이로

빗물 뛰어들은 가락국수에 잔술 한 잔

나는 대지를 촉촉이 적셔주는 저것들이 그냥 좋다

눈 내린 뒤의 앞 골목 뒤 골목

발길 옮기는 여기저기 흩어진 잡것들

고개 돌려도 눈길 줄 곳 없는 거리거리보다는

비 내린 뒤의 이 길 저 길을

마음졸여 까치발로 걷는다 해도

나는 언젠가는 내 마음 적셔줄 저것들이 그냥 좋다

비로 인하여 낮에도 이동하며 훈련받기가 여간 힘든 일이 아니었다. 그런 악조건 속에서 비를 맞으며 야간 훈련을 해야 했다. 비가 오는 날이면 골짜기의 어둠은 더욱 빨리 찾아오기 마련이다.

주위의 숲들이 서서히 어둠에 물들기 시작했다. 산 밑 골짜기에 집결한 우리는 오후 6시에 출발을 하여 방어선 도착 예정 시간이 밤 9시로 되어 있었다.

하늘을 두텁게 덮고 있는 구름이 남쪽으로 이사를 가려는 듯 느리게 흐르는 물처럼 조금씩 이동은 하고 있었으나 쉽게 그칠 비는 아니었다. 출발 전 장비 점검을 철저히 했다.

온몸은 낮부터 젖어있는 상태였다. 그러나 배낭만큼은 절대 비를 맞아서는 안 된다. 산속에서 그것도 비가 오는 고지대에서 야영을 하려면 모포가 젖어서는 곤란하다. 칠흑 같은 산길에서 넘어지더라도 안전할 수 있도록 판초 우의로 배낭을 단단히 싸맸다.

우리는 비탈지고 미끄러운 산길을 오르기 시작했다. 비에 젖은 잡풀들이 드러누워 더욱 미끄러웠다. 5부 능선까지는 그런대로 산을 오를 만했으나 그 이후로는 어두운 밤길에 계속 쏟아지는 빗줄기에 빙판길 올라가듯이 2보 전진 1보 후퇴였다. 상상할 수 없을 정도의 등산길이었다.

경사는 가파르고 자칫 앞에 가는 사람을 놓치기라도 하면 그 순간 길을 잃고 어느 쪽으로 가야 할지 방향까지도 분간할 수 없게 된다. 길이라고 별도로 나 있는 것도 아니다. 돌과 바위로만 이루어진 곳을 통과할 때면 낙석에 맞을 수도 있고 바위와 바위 사이를 건너뛰어야 할 곳도 나타나기 때문에 위험한 상황은 언제 어느 곳에서든지 항상 도사리고 있었다. 풀숲이라 할지라도 밟았을 때 토양의 질에 따라 빙판처럼 쭉쭉 미끄러지는 곳이 많고 그러니 아차 하는 순간에 안전사고가 얼마든지 일어날 수 있기 때문에 여간 신경이 쓰이는 것이 아니었다.

사력을 다하여 방어진지에 도착한 시간은 예정 시간보다 한 시간이나 훌쩍 넘긴 밤 10시가 넘어가고 있었다.

활엽수들로 군락을 이룬 8부 능선에 텐트를 치고 야영을 할 수 있는 장소를 찾아야 했다. 나무 가지가지마다 하루 종일 비에 맞아 힘들어 하는 손바닥만 한 나뭇잎들이 바람이 살짝 불기라도 하면 모아 두었던 빗물을 쏟아내느라 콩 묶는 소리를 내곤 하였다.

테트 칠 땅을 고르고 한편으로는 저녁밥을 지을 준비를 해야 했다. 차가 올라올 수없는 높은 산이기에 취사장을 차릴 수가 없어 각 팀별로 취사를 책임져야 했다. 산 아래 집결지에서 주식과 부식을 이미 배급받아온 상태였다.

비가 그치기만을 빌고 또 빌었지만 오히려 빗줄기는 점점 더 굵어지고 있었다. 악조건이라 하더라도 서둘러 밥을 해먹고 조금이라도 잠을 자 두어야 했다.

밥을 지으려면 불과 물은 필수적이다. 물을 구하기는 쉬웠다. 나무와 나무 사이에 판초 우의를 매달아 내리는 빗물을 모으면 된다. 그렇게 쉽게 얻어진 물에 쌀을 씻어 반합에 밥을 안쳤다. 문제는 불을 어떻게 피우느냐 하는 것이었다.

하지만 넋 놓고 있을 수는 없었다. 이렇게 많은 비가 오는 속에서 어떻게 불을 피워야할지 방법을 찾아야 했다. 나무부터 확보를 하는 것이 우선이었다. 먼저 불이 잘 붙는 싸리나무 잔가지부터 구해오고 그 다음에 비에 젖었지만 죽어 말라있던 잔가지 나무와 굵은 통나무도 있어야 했다. 어쨌든지 비 맞은 나무들을 가지고 불을 피워야만 밥을 지어 먹을 수가 있기 때문이다.

과연 밥을 먹을 수나 있을지 반신반의하며 성냥과 불소시게로 쓸 종이를 찾았다.

"불을 피워야 하니까 각자 주머니와 배낭 속에 있는 성냥과 휴지 있는 사람들은 모두 꺼내서 판초 우의 친 밑으로 집합!"

물을 받으려고 쳐놓은 판초 우의 밑에서 불을 피우기로 한 것이다. 밤송이도 거시기로 까라면 깐다는 군대인데 못 할 일이 없었다. 그때는 일회용 라이터가 없을 때라 성냥을 사용했는데 아리랑표 성냥이 품질이 가장 좋았다.

하루 종일 빗속에서 훈련을 받고 행군을 하고, 그것도 산악 행군을 했는데 군장과 군복 속에서 어쩌면 그렇게도 뽀송뽀송한 성냥과 종이들이 나올 수 있는지 내 눈으로 보면서도 믿기지가 않았다. 역시 군대였다.

판쵸 우의 밑에서 불 피우기를 시도했다. 맨 밑에 종이를 놓고 그 위에 싸리나무 잔가지를 올린 후 조심스럽게 불을 지폈다. 허기진 배 속의 꼬르륵거리는 응원 소리를 들으면서도 불씨는 쉽사리 살아날 기색이 없었다. 살아날듯 꺼지고를 반복하더니 작은 성냥갑 세 곽을 그어댄 다음에야 불씨를 살리는 데 성공을 했다.

불살이 커지는 만큼 나뭇가지도 점점 굵은 것으로 올려놓았다. 불꽃이 점점 커지면서 판초 우의를 집어삼킬 것 같았다. 판초 우의를 걷어내야만 했다. 걷기 직전 우리는 주위의 모든 것들을 날려버릴 듯한 기세로 타오르는 불꽃위에 굵은 통나무들을, 그것도 비에 젖어 나무껍질이 퉁퉁 불어 있는 것들을 여러 개 겹쳐 올려놓은 다음 판초 우의를 걷었다.

정말 대단한 장관이 눈앞에 펼쳐지고 있었다. 평생 해 보지 못할 경험을, 그리고 다시는 볼 수 없을지도 모를 광경이 내 앞에서 펼쳐지고 있었다.

비를 맞으면서도 불길은 꺼질 줄을 몰랐다. 우리는 잽싸게 긴 막대기를 이용하여 숯불을 꺼내어 쌀을 씻어 넣은 반합을 올렸다. 화력이 얼마나 좋은지 채 십분도 안 되어 밥이 되었다. 모닥불 주위에 쳐 놓은 판초 우의 밑에 둘러앉아 늦은 저녁을 먹으며 타고 있는 불빛을 바라보았다.

'참으로 신기하다. 비가 오는데 어떻게 그 비를 맞으며 불이 꺼지지를 않고 탈수가 있을까?'라고 자문자답을 하던 중 나는 무릎을 쳤다. 마지막에 올려놓은 통나무 때문이다.

해답은 바로 거기에 있었다. 타는 불 위에 통나무를 올려놓으니 45도 각도로 놓였고 그것들이 결국에는 우산 역할을 하였던 것이다. 생존의 법칙에는 어떠한 방식이나 규칙을 허용하지 않는다는 것과 뜻이 있는 곳에 길이 있다는 주관적 해석을 조금이나마 수긍할 수가 있었다.

젖은 옷과 몸을 말리고 허기진 배를 채우고 나니 온몸이 천근만근 수양버들 나무처럼 늘어졌다. 다시는 경험할 수 없는 깊은 산속에서의 밥맛을 다서보지도 못한 채 잔불 정리를 하고는 잠자리를 챙겼다. 밤 12시를 향하고 있었다.

하루 종일 훈련받느라 혹사시킨 몸을 않은 모포 속으로 밀어 넣었다

그 순간 고참 한 명이 몸을 일으키더니 영환이와 나를 불렀다.

"야, 니그들 둘이 일어나 본나."

우리는 말소리가 끝나기도 전에 벌떡 일어나 앉았다.

경상도가 고향인 하상만 상병이 우리에게 천 원을 내밀었다.

"이게 무슨 돈입니까?"

"나가서 막걸리 사 온나."

우리는 순간적으로 마른하늘에 날벼락 쳐서 깜짝 놀란 토끼 새끼가 되어 버렸다. 여기가 어딘데 어디 가서 막걸리를 사오라는 말인가. 아무래도 우리가 말을 잘못 들은 것 같았다.

"하 상병님, 뭐라 하셨습니까?"

"이 쫄따구 새끼들이 귀가 처 먹었나. 빨리 가서 막걸리 사오라고!"

목에 핏대를 세우며 지랄을 떨었다. 저는 겉으로 핏대를 세우고 있지만 나는 속으로 핏대를 세웠다.

"쓰발놈, 병장도 못 달고 상병으로 제대할 개새끼가 망령이 들었나."

하면서 나는 속으로 지랄을 떨었다.

나나 영환이나 입대가 늦어서 그렇지 나이가 같은 동갑인데 아무리 군대라지만 너무해도 한참을 너무했다. 비는 잠시인지 아니면 완전히 멈춘 것인지 심술궂게 내리던 비는 그쳤으나 이 높은 산에서 이 늦은 시간에 술을 사오라니 저 새끼 또라이 아니야? 하는 생각이 들었다.

살다 보면 어떤 사람은 다른 사람에게 너무 많은 것을 요구하기도 하고 기대기도 하면서 살아가는 사람이 있다. 그것이 좋은 일이든 나쁜 일이든 자기 생각대로 따라주기를 바란다. 그러면서 자기 뜻대로 되지 않을 때에는 등을 돌린다. 자기의 입장과 상대의 입장이 서로 다르며 감정도 서로 다를 수가 있는데 왜 자신만을 생각하는 이기적 상황에서 벗어나지 못하는지, 아니면 벗어날 생각을 아예 안 하는지도 모른다.

그러나 처음부터 끝까지 나쁜 사람은 없다. 처음부터 끝까지 좋은 사람도 없다. 똑같은 하늘에서 해가 쨍쨍할 때도 있고 비가 올 때도 있는 것처럼 나쁜 사람 좋은 사람 미리 갈라놓을 필요는 없지만 이 악조건 속에서 술을 사오라고 하는 저 사람을 아무리 좋게 봐주려고 해도 죽이고 싶다는 생각밖에는 없었다.

그래도 생사고락을 함께하는 전우인데 비인간적인 일을 시키다니 야속한 마음이 울컥 치밀어 올랐다. 그러나 군대라는 특수한 집단에서 군대 말로 까라면 까야 된다는 불문율이 있기에 어떠한 상황에서도 거부할 수는 없다.

우리는 수통과 반합 다섯 개를 나누어 들고 텐트를 나섰다. 비는 그쳤으나 내려가는 길은 상당히 미끄럽고 위험했다. 올라올 때 밟혔던 흙과 풀들이 발자국을 드러내놓고 있고 나뭇가지들이 일부러 길이라고 표시를 해놓은 것처럼 꺾여 있어 길을 찾아 내려가는 데는 별 어려움이 없었다.

간간이 부는 바람이 나무들의 잔가지를 흔들어 놓으면 나뭇잎에 잠시 내려앉아 쉬고 있던 물방울들이 뛰어내려 어렵사리 말려 입은 옷을 다시 적셔놓고 있었다.

내리막길인지라 미끄러져 엉덩방아를 찧고 넘어지고 그렇게 삼사십 분을 달려 낮에 보아두었던 주막에 도착하였다. 함석으로 만든 삽짝문이 반쯤은 열려있었으나 집안은 불빛 하나 없이 적막만이 흐르고 있었다.

사람이 살고 있지 않은 듯 인기척도 없는데 손바닥만 한 마당 한쪽에서 목줄이 풀린 똥개 한 마리가 짖기를 포기한 듯 길지도 않은 꼬리를 돌돌 말아 뒷다리 사이에 집어넣고는 죄지은 사람이 순사를 보고 슬금슬금 피하듯이 눈치를 보며 집 뒤쪽으로 달아났다.

주막까지 무사히 왔다는 안도감에 온몸에 힘이 쭉 빠지는 느낌이었다. 빗물인지 땀인지 모를 것이 목줄을 타고 내려가더니 내려간 자리에서 김이 모락모락 피어올랐다.

어흠, 어흠, 하며 인기척을 내는데도 아무런 반응이 없자 영환이가 큰 소리로 주인을 불렀다.

"막걸리 사러 왔는데 아무도 안 계세요?"

몇 차례나 그렇게 부른 후에야 창호지로 바른, 구멍이 듬성듬성 난 방문을 열고는 오십쯤이나 되어 보이는 아주머니 한 분이 나오셨다.

"아니, 저녁 무렵에 산으로 올라간 군인들 같은데 이 밤중에 무슨 일이래요?"

"막걸리를 사러 왔는데요."

아주머니는 우리가 불쌍해 보였는지 몇 번이나 혀를 쯧쯧 하고 차더니만 졸음을 떨쳐버리지 못한 눈을 비벼대면서 수건을 건네주었다.

"술 담아갈 통은 나를 주고 이 수건으로 머리와 얼굴 좀 닦아요." 하며 술 단지가 있는 부엌으로 들어갔다.

건네받은 수건으로 몸을 닦는 둥 마는 둥 하고는 마루에 걸터앉았다.

"아주머니, 술 담기 전에 저희들 먼저 술 한 주전자만 주세요."

"알았어요. 특별한 것은 없지만 김치 안주라도 준비해서 나갈 테니 조금만 기다려요."

잠시 후에 김치 한 접시와 마늘쫑 한 접시를 올린 술상이 나왔다.

왕 대접 사기그릇에 술을 가득 채워 단숨에 한 그릇씩을 비우고
나니 한 주전자가 눈 깜짝 할 사이에 없어졌다. 한 주전자를 더 시
켜 마신 후 수통은 허리 탄띠에 차고 양손에 반합을 들고는 주막을
나섰다. 한가하게 노닥거릴 시간적 여유가 없었다.

"아주머니, 고맙게 잘 먹고 갑니다."

"이 어두운 밤에 언제 산날망까지 올라갑니까? 조심해서 올라가
요. 아이고. 힘들어서 어쩐댜."

산골 소박한 아주머니의 배웅을 받으며 우리는 산을 오르기 시
작했다. 술을 마신 탓인지 몸이 후끈거렸다. 취하지는 않았으나 알
딸딸한 것이 술기운에 힘이 솟는 듯했다. 그러나 낙엽을 밟아 미끄
러지고 땅에 넘어지고 한발 한발 움직이기가 만만치가 않은데 미끄
러져 넘어지면 반합의 술들이 쏟아져 줄어들고 있었다.

삼십 분쯤 오른 뒤 잠시 쉬면서 상의를 했다.

"야, 영환아. 어차피 이 상태로 가다가는 반합에 들은 술은 산에
다 다 쏟아버리게 생겼는데 이왕 그렇게 될 바에야 우리 배 속에 넣
고 가자. 니 생각은 어때?"

"그래, 니 말이 맞아. 깨질 때 깨지더라도 엎질러 없어져 깨지는
것보다는 먹고 깨지면 억울할 건 없겠지."

"오케바리!"

우리 둘은 의기투합하여 반합 다섯 개에 엎질러지지 않고 남아
있는 술을 산을 오르면서 쉴 때마다 한 통씩 다 마셔 버렸다.

힘들면 쉬고 또 오르고 그러다보니 시간은 새벽 세 시를 넘기고
있었다. 영환이가 힘이 드는지 또 다시 쉬어가자며 내 팔을 잡아 세

왔다.

"이제 거의 다 온 것 같은데 마지막으로 한 번만 더 쉬어 가자."

"응, 그래. 야, 영환아. 너 말씨가 경상도 같은데 고향이 어디야?"

"우리가 만난 지 두어 달 되는 것 같은데 빨리도 물어 본다."

"쫄따구 생활하느라 고참들 눈치 보여 둘이 한가롭게 이야기할 시간이 나 있었냐? 안 그래?"

"그렇긴 해. 충북 영동인데 경상도와 가까워서 말의 억양이 충청도 말보다는 경상도 말투와 비슷해."

"뭐? 너 지금 뭐라고 그랬어?"

"왜 그래? 충북 영동에 황간면이라고 하는 곳이 있어. 그곳에서 나고 자랐어. 거기서 김천 쪽으로 조금 더 가면 추풍령고개가 나와. 너는?"

"얌마, 나도 영동이야. 야! 고향 사람이네. 나는 영동읍인데 영동역에서 황간 쪽으로 5km 정도 가면 주곡리라는 곳이 있는데 옛날에는 미륵댕이라고 불렀던 곳이야."

"야! 웬일이냐. 정말 기가 막힌다. 그치?"

우리는 손을 맞잡고 너무 기뻐서 어쩔 줄을 몰랐다. 우리 집과 그의 집이 불과 10km 정도 떨어진 곳에 있었다. 힘든 군대 생활을 이제 막 시작하는 셈인데 고향 사람과 함께할 수 있다는 것이 얼마나 큰 행운인가. 영환이가 다시 물었다.

"그런데 있잖아. 나는 황간초등학교를 다녔는데 담임을 했던 선생님 한 분이 너와 이름이 비슷한 분이 계셨는데 정구헌 선생님이라고 혹시 너의 친척 되시는 분 아니야?"

"뭐? 정구헌 선생님이라고?"

"응. 몰라? 이름이 비슷해서 혹시 니가 아는 분이 아닐까 해서 물어본 거야."

"야! 너 오늘 사람을 한꺼번에 두 번이나 놀라게 만드냐? 그분은 친척이 아니고 내 큰형님이야, 큰형님. 내가 친 동생이라고."

"뭐? 정말이야? 야, 이거 고향 사람에 은사님 동생을 만나다니 우리 술 한 잔씩 더 하자. 반합에 있는 술은 다 먹었고 수통 하나 먹자. 먹고 대신에 엉덩이 내놓지 뭐. 어차피 맞을 건데."

곡괭이 자루로 빳다를 맞을망정 한 잔 더 하자며 수통 뚜껑을 열었다.

나에게는 위로 형님이 두 분이 계시는데 작은형님은 영동 시장 안에서 건어물 도매상을 하셨고 큰형님께서 교직에 계셨었다. 초등학교 교원일 때 황간초등학교에서 한동안 근무를 하셨는데 그때 나도 큰 형님께 놀러가고 했었기 때문에 황간초등학교에 대한 기억이 생생했다.

초등학교부터 시작하신 형님의 교직 생활은 조카들이 다섯이나 되는 살림을 하기에는 너무 힘든 박봉이었기 때문에 형님께서는 중등학교 교원 자격시험을 준비하셨고 여러 가지 불리한 조건에도 불구하고 합격을 했다.

그 후 경상북도에서 실시한 중등학교 교원 채용 시험에서는 수석으로 합격을 하시어 마지막 교직 생활을 고등학교 교장 선생님으로 정년퇴임을 하셨으며 국가로부터 그 공로를 인정받아 국민훈장을 받으셨다. 그런 면에서 나는 그분을 존경하고 있다.

그런 분이 군 생활을 막 같이 시작하고 있는 동기의 은사였다니 인연치고는 기가 막힌 인연이었다.

영환이가 다시 조잘대기 시작했다.

"야, 우리 입대 시기가 같으니까 어쩌면 휴가를 같이 갈지도 몰라. 그때 우리 집에 놀러 와라."

"그래. 너도 우리 집에 놀러오고……. 그런데 너희 집에 가면 뭐 재미있는 일 있냐?"

"내 밑에 여동생이 하나 있는데 한번 보고 웬만하면 처남 매부하자."

한마디로 지 동생 데려가란다. 떡 줄 사람은 생각지도 않고 있는데 김치 국물 먼저 마셔대는 꼴을 하면서 마지막 있는 힘을 다하여 다시 산을 오르기 시작하였다.

헉헉거리는 숨 차는 소리를 따라 잡생각도 따라오고 있었다. 국토 어디를 가도 산에는 우거진 숲들이 있고 오곡백과가 고루 익어가는 전답들이 어우러져 있으며 사시사철 맑은 물이 넘쳐흐르는 '조용한 아침의 나라' '동방예의지국' '무지개 나라' 등의 이름이 붙여질 정도로 멋지게 보였는데 그때의 그 산은 악마들이 우글거리며 살고 있는 산으로 보였다.

새벽 4시가 넘어서야 텐트에 도착을 했다.

그렇게 밤새 심부름한 결과는 막걸리가 담긴 수통 세 개뿐이었다. 왜 막걸리가 수통 세 개밖에 남지 않았는지 이유도 묻지 않고 대가리 박기 삼십 분에, 그래도 다행히 엉덩이는 행군을 해야 하니 아껴두었다가 부대 복귀 후 써먹겠다며 고참들은 화를 삭이지 못하고 으르렁거렸다. 얼마나 지독한 경험이었으면 긴 세월이 흐른 지

금도 가끔 그때의 꿈을 꿀 때가 있다

영환이는 그때의 일을 그렇게 힘든 행군을 하는 중에 추억이라 떠벌리면서 따라왔다. 그때보다는 수월하다며 종종걸음을 치고 있었다.

"야, 영환아. 그때는 졸병이기도 했지만 입대한 지가 얼마 되지 않아 뭐가 뭔지를 모르고 그런 심부름을 하고도 잠 한숨 못 자고 훈련받고 했지 지금 같으면 꿈도 못 꿀 거다. 안 그래?"

"맞아. 지금 애들은 그런 심부름 시키면 모조리 탈영할 거다."

"그때 우리가 그런 고생을 했기 때문에 쫄따구 심정을 이해하고, 부당한 일을 시키지 않고 최대한 편하게 생활할 수 있도록 배려해 줄 수 있는 분위기가 조성된 것 같아."

"하여튼 그때의 일도 평생 못 잊을 게다."

"야, 휴식하는 모양인데 길옆으로 개천이 있는 것 같아. 발 닦으러 가자. 조심해서 따라와."

물가로 가는데 막 잠을 자려던 개구리 몇 마리가 기겁을 하고는 넓이 뛰기로 도망들을 쳐댔다.

밤 9시.

이제 반을 조금 더 걸어온 것 같다. 앞으로 넉넉잡아 걸어온 것만큼만 걸으면 된다. 그렇지만 걸어온 길보다는 걸어가야 할 길의 고통은 갑절이 넘을 것이다.

확률은 80대 20이다. 물론 실패의 확률이 80이다. 실패 자체가 두려운 것은 아니다. 성공할 수 있는 상황인데도 실패할지도 모른다는 허약한 생각과 상황이 불리해지면 지레 겁을 먹거나, 다음에는 잘할 수 있어, 다음에는 좀 더 잘해야지, 다음에는 뭔가 확실히 잘되겠지, 라고 생각한다면 기회가 이미 지나갔다고 보아야 할 것이다. 약한 생각은 금물이다. 다음에 충실히 하자는 변명을 하며 상황 자체를 포기하는 것이 되기 때문이다.

물집 잡힌 발을 치료한 다음에 허벅지에 감아놓은 붕대를 제거하고 깨끗이 소독을 하여 연고를 바르고 다시 새 붕대로 감았다.

지금까지 걸어온 길이 불만과 원망과 한숨의 길이었다면 앞으로 걸어갈 길은 더 많은 고통이 따르겠지만 끈기를 가지고 참으며 걷는다면 어려움을 어떻게 견뎌야하는가를 느껴보는 새로운 경험의 길이 될 것이다, 라는 생각을 했다. 언제 어느 곳에서 어떠한 물리적 상황에 처하던지 잘 대처할 수 있는 능력을 배양하는 계기가 되는 기회로 삼는다면 결코 헛되거나 힘든 길만은 되지 않을 것이다.

잠시 쉬면서 팀원들에게 한마디 했다.

"지금부터는 육체적 고통도 이루 말할 수 없지만 졸음하고도 싸워야 하니 정신 바짝 차리고 절대 앞사람 놓치면 안 된다. 그리고 고통이 심한 사람은 진통제를 먹도록 하고 술은 체력이 약해져 평소처럼 마시면 더욱 힘들 수가 있으니까 고통을 잊게 해주는 약 정도로 생각하고 마셔야 될 거야."

어두워서 듣는 사람들의 표정을 정확히 파악할 수는 없었으나 불만스런 표정들을 하고 있을지도 모른다는 생각을 했다.

"젠장, 힘들어 죽겠는데 잔소리는……."

그렇게 투덜대겠지만 어찌 보면 누군가의 간섭을 받는다는 것이

편하고 안심될 때도 있다. 이래라저래라 잔소리해 줄 누군가 곁에 있다면 하고 바라는 기묘한 감정은 외롭다는 것을 느끼고 있기 때문이다.

그런데 아이러니한 것은 자유로움을 향하는 열정이 강하면 강할수록 외로움이 짙어진다는 것이다. 어깨가 무겁고 다리가 천근만근인 상황에서 외로움을 운운한다는 것은 하나의 사치가 될 수도 있다. 하지만 언제 어느 상황에서든지 전우애가 진동하는 동행자가 있다는 것은 그나마 다행인 것이다.

출발하기 전에 소주 한 잔 마셔두는 것이 좋을 듯싶었다.

"야, 영환아. 너 전 시간에 수통 다 비웠지?"

"응. 가다가 가게 나오면 사 홉들이 한 병 더 사야겠어."

"우선 내 수통 비우자. 아무래도 한 잔 더 먹어야 될 것 같아."

"그렇게 힘들어? 진통제 한 알 줄까?"

"아니, 나도 있는데 아직은 참을 만해. 출발 시간이 다된 것 같다. 빨리 마시자."

영환이가 힘들어 하는 나를 걱정스런 눈빛으로 바라보고 있었다.

소주 한 모금을 입속으로 넣는 순간 갑자기 옛날 있었던 일이 떠올랐다. 놀더라도 물가에 가서 놀고, 술도 물로 볼 수 있다는 신림동의 그 보살은 내가 술을 가까이 할 것이라는 것을 정말로 알고 그런 말을 했는지 보살 생각이 스쳐 지나갔다.

고향 마을에 막걸리 양조장을 하는 친구가 있어서 나는 고등학교를 졸업할 때쯤부터 비교적 자연스럽게 술을 접할 수 있는 기회가 많았다. 그렇게 입에 대기 시작한 술을 40여 년이나 마셔대왔기 때문에 술에 대하여 예찬론을 들먹이든 몸과 마음을 피폐하게 만들었다고 원망을 하든 무슨 말이든 변명이라도 늘어놓아야 되는데 어떠한 말도 하고 싶지 않은 이유는 무엇일까? 아마도 부끄러운 치부를 들어내 놓고 싶지 않아서일 게다.

술이란 것이 사람의 감정을 정반대로 몰아갈 때가 많다. 타락해서 술을 많이 마셔댄다는 말도, 술을 많이 마셔대니까 타락했다는 말도, 술 마시는 사람들은 타락할 수밖에 없다는 말도 수없이 귀 아프게 들어왔다. 과음을 하고 폭주를 했느냐, 아니면 적당히 약주를 했느냐는 정반대의 결과를 가져오기도 한다.

몸뚱이는 마음을 담으라고 부모님이 주신 귀한 것인데 술을 퍼부어 담는 용기와 어리석음의 힘은 어디에서 오는 것일까?

어떠한 문제가 생겼을 때 경험을 떠올리고 상식이 통하는 테두리 안에서 해답을 찾으려고 노력을 해도 제대로 일이 잘될지 확신이 서지를 않는데 술을 마시고는, 그것도 잔뜩 취하여 지적 능력이 떨어진 상태에서 음주 자체를 문제 해결의 수단으로 삼으려 할 때가 있다. 그런 상태에서 자신의 뜻과 주장을 관철시키려는 데 혈안이 되어 있다면 그것이야말로 자신을 파멸의 길로 몰아넣는 어리석고 쓸데없는 용기를 부리는 것이다. 술의 유혹에서 깨어나지 못하고 부질없는 짓을 반복하면서도 그 길이 정도의 길이라고 믿어버리는 데 문제의 심각성이 있다.

자신의 몸과 마음을 들여다보고 자신이 무슨 생각을 하고 있는지 그리고 무엇을 하고자 하는지를 알고 행동하는 사람을 깨어있는 자라 할진대 알코올의 농도가 짙으면 짙을수록 자신의 의지와는 다른 곳으로 빠져들 수밖에 없다. 나 자신도 그렇다는 것을 알면서 결단력 부족으로 인하여 아직까지도 술을 즐겨 마시고 있다.

술 좋아하는 사람치고 악한 사람 없다고 강변들을 늘어놓지만 술에 의지한 변덕스런 변화, 비논리적인 감정이나 무지한 편견의 소용돌이는 복잡하고도 거대한 힘을 행사하여 순간적 지능이나 노력으로 정당성을 관철하지도, 인식하지도 못하면서 엄청난 실기를 몰고 와 운명 자체를 바꾸어 놓거나 생명을 잃게 할 수도 있다.

살아가면서 누구에게나 찾아오는 불안과 고통, 외로움과 고독함, 좌절과 굴욕 등등, 이 모든 것들의 해결책을 불안전한 속에서는 찾을 수가 없는 것이다. 맑은 몸과 마음과 머리로 부단히도 새로운 것들을 찾아 새로운 성과를 얻는 것만큼이나 성취감을 주는 일도 없다. 많은 생각으로 성과를 만들어 내기 위하여 최선을 다할 때, 생각을 직접적으로 행동으로 옮겨야 하는 일에 때로는 술이라는 것이 제약을 주고 있다. 그러기에 술이란 것이 필요악이 될 수도 있는 것이다.

대부분의 사람들은 값비싼 술을 마시기를 희망하고 갈망하며, 그래야만이 그것이 자신의 신분 상승으로 이어진다는 비논리적 사고에 사로잡혀 있는 사람들을 종종 볼 때가 있다. 물론 값비싼 술이 향도 맛도 좋을 수가 있겠으나 값싼 술 마셨다고 취하지 말란 법은 없다. 자신의 형편에 맞는 술을 적당히 마실 수만 있다면 술꾼에게는 그것이야말로 최고의 만족일 것이다. 기분을 전환시켜 주고 감성에 젖게 하고, 하루의 피로를 씻어주고 하는 등등의 관련성은 비싼 술이든 싸구려 술이든 그 효과는 대등할 것이기 때문이다.

술의 향기에 취하고 술맛에 취하고, 술 술 술이란 것을 마음에 담고 살아온 세월, 아무리 아름다운 꿈도 그것을 이루어내야 할 적절한 방법과 의지가 없는 한 그것은 부질없는 욕망일 뿐이다. 원하는 것에 올바른 방법과 흔들리지 않는 의지의 날개를 자신도 느끼지 못하는 찰나에, 방법을 찾기도 전에 술이라는 것에 의하여 망쳐버릴 수도 있다. 오죽하면 셰익스피어는 만약에 술에 적당한 이름이 없다면 악마라는 이름을 붙여주겠다고 했을까.

팔자를 바꿀만한 기회가 온다 해도 준비가 되어 있지 않으면 지나치게 된다는 것을 알코올과의 싸움을 벌인 후에야 인지를 하고 후회들을 하고 있다. 술로 인하여 우를 범하며 걸어온 길의 발자국을 지울 수는 없으되 사랑이 가득한 삶을 살기 위해서라도 술로 채워진 마음을 비우고 씻어내야 한다. 끊으려고 애쓸 필요는 없을지라도 자신의 언행에 제약을 받는다거나 사회생활을 함에 있어 상식에서 벗어나는 행동으로 이어지는 일이 벌어질 정도의 음주는 자신이 스스로 경계를 해야 할 것이다.

다른 한편으로 술이란 것이 모든 것을 망쳐버린다고 단정 짓는 것 또한 편견일수가 있다. 다만 사람이 술을 마시느냐, 아니면 술이 술을 마시느냐 하는 기준은 있어야 할 것이다. 기쁨과 즐거움을 배가시키고 행복한 공간과 시간을 만들어 줄 때는 사람이 마시는 술이라 약주가 되겠고, 이성을 잃을 정도에 필름도 끊어지고 자신의 의지와는 정반대의 언행을 함으로써 주위 사람들에게 피해를 준다면 술이 술을 마신 것이기 때문에 독주가 되는 것이다.

그러기에 술을 이기지 못하겠다고 판단하면서도 그것을 이겨보려고 발버둥치는 것은 술의 유혹에 복종한 패자일 뿐이다.

'육방예경'

육방예경이라는 경전에서 재물을 탕진하는 여섯 가지를 지목하였는데 그 첫째가 술에 취하는 일이다. 그리고 둘째는 도박을 하는 일, 셋째가 방탕하여 여색에 빠지는 일, 넷째가 풍류에 빠져 악행을 저지르는 일, 다섯째가 나쁜 벗과 어울리는 일, 여섯째가 게으름에 빠지는 일이다, 라고 가르치고 있다.

조선 말기에 거상 임상옥이 평생 이 계율을 지켰다는데 술을 마시면 재산을 소비하고 몸에 병이 생기며 잘 다투고 분노가 폭발하고 지혜가 없어지므로 경계를 해야 한다는 것이다. 또한 도박은 재산이 줄고 도박에 이기더라도 원한이 생기며 재산을 날린 다음에는 도둑질을 할 마음이 생긴다.

방탕에도 허물이 있어 몸을 보전하지 못하고 자손을 보호하지 못할뿐더러 항상 놀라고 두려워하며 온갖 괴롭고 나쁜 일에 몸을 얽매이게 만들어 허망하다는 생각을 하게 된다.

나쁜 벗과 어울리면 남을 속일 일만 생각을 하고 어둡고 으슥한 곳을 좋아하며 남의 여자까지도 유혹하기를 일삼고 남의 물건을 훔치고도 죄의식을 느끼지 못하며 재물을 얻기 위해서라면 못할 짓이 없을 정도로 타락에 빠진다.

마지막으로 게으름은 추울 때는 춥다고, 더울 때는 덥다고 일하기를 싫어하며, 시간이 이르면 이르다고, 늦으면 늦다고 일하기를 이 핑계 저 핑계 대는데 이 모든 것들이 술로부터 시작될 수 있기 때문에 경계하라고 가르친 것이라고 생각이 된다. 하지만 그것과 타협하고 절충할 자세가 되어 있고 통제력만 발휘된다면 비능률적 활동에서 능률적으로 전환될 것이고 그것은 곧 자신을 자제력이 강한 승자의 반열에 올려놓을 수도 있을 것이다.

수많은 술잔 속에 너덜너덜 헤어진 팔꿈치처럼 마모된 마음을 치유할 방법은 과연 없는 것인가?

불구경 갔다가 연기만 모락모락 피어나는 모습만 볼 수는 없는데 그렇다면 과음이 되는 경계선은 어디쯤일까?

얼마 전 대법원 판결(2011년 5월)을 보면 소주는 소주잔으로 9잔을 마시면 과음이라고 판결했다. 소주 한 잔에 알코올 12g이라는데, 그러면 대략 알코올 100g 이상이면 과음이라고 인정했으니 모든 종류의 술들은 이러한 기준이 곧 판례가 될 것이다.

어떤 일을 대할 때 유연하지 못한 사람은 변화에 대응하지 못하고 낭패를 보는 수가 있다. 술이 필요악이듯 술자리 또한 필요악일 것이다. 어떤 유형의 자리든 술자리라는 이유 하나만으로 그 자리를 회피한다면 이루고자 하는 뜻을 펼치기도 전에 접어야 될 때가 있을 것이다.

술을 좋아하지 않는 사람처럼 대접하기 까다로운 사람도 없다. 유연함이 없다면 하고자 하는 일들이 곧 바로 실패할 수도 있고 질질 끄는 괴로움이 될 수도 있다. 반면에 지나치게 유연한 사람은 줏대가 없다는 소리를 들을 수도 있다. 임기응변으로 대처를 할 수 있는 능력의 변화에 익숙해지고 그 변화를 이끌어 내야 하는 능력은 어떤 분야에서든지 성공하는 데 필수적인 요소이므로 분명하고도 정확한 선을 그어야 한다.

자제력과 절제력, 관찰력과 통제력은 건전한 사고와 이성에서 나오는 것이다. 그러나 불확실성에 두려워할 필요는 없다. 실패와 성공은 상존하기 때문이다. 하지만 지키고자 하는 일의 본질은 상황에 따라 다르겠으나 원칙은 지켜져야 한다.

　누구든 세상 속에서 자신만의 길을 찾아 성장하는 동안 수없이 많은 어려움에 직면하게 된다. 그럴 때 어떤 사람은 다소 수월하게 넘어간다. 그와 마찬가지로 때로는 다수의 사람들이 적절한 양의 음주로 좌절을 극복할 수 있는 용기가 생길수도 있다. 그리고 우울한 기분을 전환시키며 더불어 살아가는 사람들에게 활력소의 역할을 하기도 한다.

　하지만 술의 힘을 이용한다는 것은 판단력에 결함이 생길 수 있으므로 경계하고 절제하여야 한다. 술은 절망을 불러들이기도 하고 고통을 내몰아 주기도 한다. 그러면서 불행하게 만들고 반대로 위안의 친구가 되기도 한다.

　'심주심취' 마음으로 마시고 마음으로 취할 수 있는 철든 나의 주법은 언제쯤 찾아올지 기다리기가 심심치 않다. 항상 마음으로부터는 술과의 거리를 두자고 구구단 외우듯 생각은 하고 있으나 그 또한 쉽지만은 않은 일이다. 술만 입에 축였다 하면 마시는 양, 장소, 술의 종류, 등등 상관치 않고 과음을 하는 경우가 종종 있기 때문이다.

　지나온 길은 접어두기로 했다. 남아 있는 날들이라도 통제되는 자제력과 절제력을 스스로 길러 술이라는 것을 참다운 동반자로 가슴에 품고 가슴을 덥히면서 술의 향기 속에 허약해진 나의 몸과 마음을 숙성시킬 것이다. 불가근불가원, 가까이도 할 수 없고, 멀리도 할 수 없는 것들이 우리네 살아가는 주변에는 얼마든지 널려 있다.

술을 좋아하는 사람들을 보면 여러 가지 유형이 있다. 술자리가 끝날 때쯤이면 슬그머니 말도 없이 먼저 자리를 뜨는 짠돌이 형, 술에 취하면 남에게는 잘하는데 귀가해서 집 식구들에게 폭력을 행사하는 못난이 형, 술이 깰 때까지 떠들어대는 떠버리 형, 말없이 잠만 자는 순둥이 형 등등 다양하다. 평소에는 순한 양인데 술만 들어갔다 하면 야수가 되는 두 얼굴의 사람도 있고 위험천만하게도 추운 날씨에 술만 마시면 버릇처럼 길에 누워 자는 사람도 있다.

술버릇이라……

십오륙 년 전, 신림동에서 있었던 일이 새록새록 떠오른다. 임 아무개라는 사람이 있었는데 그때 나이가 오십 정도로 체구가 작고 키도 작았으나 그 동네에서는 요지라고 할 수 있는 장소에 이층짜리 상가가 그의 소유였다. 오래된 낡은 건물이었지만 세입자들에게는 선호도가 높았다. 그리고 노량진에 살림집이 따로 있는 사람이다.

조그만 상가였으나 일층 한쪽에서는 본인이 구멍가게를 하고 나머지는 월세를 주었는데 경제적으로 넉넉한 사람이었다. 그러나 돈에 대해서만큼은 왕 짠돌이로 유명하게 소문이 나있는 사람이었다. 나는 그 당시 그 상가와 가까운 곳에서 의류 제조업을 하고 있었기 때문에 그가 영업을 하던 구멍가게 앞을 자주 지나 다녔다.

그러던 어느 날, 꽤나 날씨가 쌀쌀한지라 바지 주머니에 양손을 깊숙이 찔러 넣고는 종종걸음으로 그 가게 앞을 지나가는데 그가 나를 불러 세웠다.

"정 총무님, 안 바쁘시면 가게로 잠깐만 들어왔다 가세요."

"예. 바쁜 일은 없는데 무엇 때문에 그러세요?

그 당시 내가 그 동네 충청향우회 모임의 총무 일을 맡고 있었기 때문에 회원은 물론 다른 사람들까지도 이름보다는 총무라는 호칭으로 나를 부르고는 했다.

가게 안으로 들어서니 그는 쪽 의자 하나를 내밀었다.

"아니, 뭐 별다른 일이 있어서가 아니라 총무님 지나가시길래 소주나 한잔할까 하고 불렀는데 일 마쳤으면 한잔합시다."

그 말을 듣는 순간 아차 오늘 또 잘못 걸렸구나 하는 생각이 번쩍 들면서 깡술을 같이 마셔 줘야 되나 말아야 되나 갈등이 생겼다.

종종 그는 지나가는 나를 붙들고는 소주 한잔만 하자고 청을 할 때가 있었는데 그때마다 자기 집에서 팔고 있는 소주와 안주로는 겨우 새우깡 같은 과자 부스러기를 내놓으니 완전 깡술인 것이다. 그럴 때마다 나는 경제적으로 여유가 있는 사람이 왜 저러고 사나, 하고는 그만 보면 불쌍한 수전노라는 생각을 떨쳐버릴 수가 없었다.

그런데 그날은 새우깡이 아닌 다른 것을 내놓았다.

"정 총무님, 이 번데기가요 고단백이라서 소주 안주에는 최고예요. 자, 한 잔 받아요."

해가 서쪽에서 떠올라 북쪽으로 저물 일이 생겼다. 소죽 끓이는 솥에 계란 삶아 먹지 말라는 법 없지만 새우깡도 아까워서 벌벌 떠는 사람이 그날은 작은 깡통이지만 번데기를 내놓으며 큰 인심이나 쓰는 듯 설레발을 쳐댔다.

괜한 걱정이 앞장을 섰다. 사람이 갑자기 변하면 죽는다는 옛말이 있는데 온 동네 사람이 다 아는 왕 짠돌이가 번데기를 선뜻 내놓으니 내 귀가 꽉 막혀버리는 것 같았다.

그 양반, 종이컵에 따른 술을 한 모금 마시고는 콩알만 한 번데기를 입안으로 털어 넣고 먹는데 씹는 모습이, 그 사람 입 모양을 누가 보면 영락없이 고기를 씹어 먹는 줄로 착각을 하기에 딱 좋아보였다.

손수건 삼아 꼬질꼬질한 작업복 잠바 소매 끝으로 입가를 한번 쪽 닦고는 정색을 하며 업을 열었다.

"나, 엊그저께 죽을 뻔했어요."

이건 또 무슨 말인가. 그렇지 않아도 번데기 때문에 이상한 생각을 했는데 내 속마음을 들킨 것 같아 움찔했다.

"왜요, 뭔 일 있었어요?"

"고향에서 친구 몇 명이 올라 왔었거든요."

그의 이야기는 그렇게 시작되었다. 고향 사람 아들이 서울에서 결혼식을 하게 되어 예식을 보러 올라온 동갑내기 친구들이 얼굴이나 잠깐 보고 가겠다며 전화를 했더라는 것이다.

"오랜만에 고향 친구 전화를 받으니 너무 반갑더라구요. 그들이 알려준 데로 찾아갔어요. 삼각지 부근에 있더라구요. 모두 술을 좋아하는 친구들인지라 조금은 이른 시간이었지만 그래도 다방보다는 술집이 나을 것 같아 부대찌개를 전문으로 하는 술집으로 들어갔지 뭡니까."

오후 5시가 채 되기도 전에 그렇게 시작된 술자리는 오랜만에 만난 친구들이 먼 옛날 지나간 일들을 회상하며 회포를 풀기에는 더

할 나위 없이 즐거운 시간이었다. 먹고살기 바쁘다는 핑계로 자주 볼 수도 없었던 친구들이 만났으니 너무도 반가웠다. 서로의 근황을 물어보기도 하면서 추억의 보따리를 풀어놓으며, 참새들이 방앗간에 모여앉아 쩍쩍거리며 모이를 쪼듯이, 그렇게 술잔 비우는 회수가 늘어갔다. 웃고 떠들고 그렇게 비워지는 술잔은 취할 줄을 모르고 술잔 부딪치는 소리는 깊어가는 밤을 외면하고 있었다.

밤 10시를 넘기면서 모두들 술이 많이들 취하고 술자리가 마무리될 때쯤 그이는 친구들에게 화장실을 갔다 오마 하고는 밖으로 나와 담배 한 가치를 빼물고는 10분 정도 밖에서 그 술집 주위를 돌며 서성거렸다. 간다고 한 화장실은 안 가고 그렇게 시간을 보낸 후 술 마시던 집으로 돌아가려는데 도저히 있던 자리를 찾을 수가 없었다.

얼마나 취했기에 불과 10여 분 지났을 뿐인데 대여섯 시간이나 술을 마시던 집을 찾을 수 없다는 것이 상식적으로 이해할 수가 없었다. 술집 밖을 나와 담배 한 대 피웠을 뿐이고 밖에 있는 화장실이 아무리 멀리 있다 해도 이삼십 미터 안에 있었을 텐데 얼마나 취했기에 그런 일이 있을 수 있단 말인가?

나는 그 말을 들으면서 사필귀정이라는 생각을 했다. 왜냐하면 그이는 술자리가 마무리되기 직전, 그러니까 술값을 낼 때쯤이면 꼭 자리를 뜨는 못된 버릇이 있기 때문이다. 그래서 사람들에게 미운털이 박히고 왕 짠돌이라는 말을 들었는데 아마 그이도 자기를 그렇게 부르고 있다는 것쯤은 알고 있었을 것이다.

어찌되었든 그 주위를 몇 바퀴 돌고 돌아도 친구들을 찾지 못하고 이 길 저 길을 방황을 하다가 길옆에 서 있는 가로수에 기대어 선 채로 잠이 들었다. 추운 날씨에 엄청난 일이 일어날 수 있는 상황에 처한 것이었다. 얼마만큼 시간이 지난 후 그이는 지나가는 행인이 자기 주머니를 뒤지고 있다는 것을 느꼈으나 술이 너무 취해 비몽사몽 상태인지라 도저히 반항을 할 수가 없었다. 말을 하고 싶어도 입안에서만 맴돌 뿐 어떻게 해 볼 방법이 없어 그는 이렇게 생각을 했다.

'그래, 뒤져서 나오는 대로 다 가져가라. 지갑을 가져가 봐야 교통비로 가지고 나온 2,000원밖에 없으니까.'

그렇게 생각한 것까지는 생각이 나는데 그다음부터는 전혀 기억을 못했다는 것이다.

나는 그 말을 듣고 어이가 없었다. 시골에서 친구들이 올라와 만나러 나갈 정도면 술값이나 아니면 최소한 커피 값 얼마라도 챙겨 나가야 하는 것이 친구들에 대한 예의이고 상식인데 그이는 애당초 먼 길을 온 친구들에게 얻어먹을 생각이었던 것이다. 그리고 다른 사람들 같으면 지갑에 있는 돈 몇 푼보다는 각종 신분증을 잊어버릴까 더욱 걱정을 했을 텐데 그 사람은 돈에 관한 한 생각하는 차원이 우리들과 확실히 차이가 났다.

"목이 타고 속이 쓰려 눈을 떠보니 내가 집에 있더라구요. 시계를 보니 다음 날 오전 11시를 훌쩍 넘기고 있었어요."

"아이고, 하마터면 추운 날씨에 객사할 뻔했네요. 그런데 집에는 어떻게 갔대요?"

"사람을 잘 만난 거예요. 이 험한 세상에 그래도 좋은 사람이 많아요."

"사람을 잘 만나다니요?"

"내 옷을 뒤지던 그 사람이 나를 살렸어요."

"아니, 그 사람은 아리랑치기였다면서요?"

지금도 그렇지만 그 당시에도 술 취한 사람을 상대로 금품을 훔치는 사람을 '아리랑치기'라고 불렀다.

"나도 그때는 그렇게 생각을 했는데 그 사람은 무엇을 훔치려고 한 것이 아니고 나의 연락처를 알아내려고 수첩 같은 것을 찾고 있었던 거예요."

그 당시만 해도 지금처럼 휴대폰이 흔치 않을 때였다.

"그럼 그 사람이 집으로 연락을 한 거예요?"

"예. 지갑 안에 조그마한 수첩을 하나 끼워놓았는데 첫 번째로 적어놓은 것이 우리 집 전화번호였거든요."

"아, 그러면 아주머니와 통화가 되었군요."

"예, 우리 집식구 말로는 밤 11시 반쯤 되었는데 어떤 남자가 전화를 했더래요. 내 인상착의를 자세하게 말하더니 주민등록증을 보았는지 이름을 대면서 아는 사람이냐고 묻더라는 거예요. 그래서 우리 집 애들 아빠인데 왜 그러느냐고, 누구신데 무슨 일로 우리 집 전화번호를 어떻게 알고 전화를 하셨냐고 물었다네요."

"아! 사장님한테 하느님이 나타나신 거로군요. 그래서요?"

"그 사람이 하는 말이 내가 있던 곳의 위치를 자세히 설명을 하고는 찾아올 수 있겠냐고 묻더라는 거예요."

"두서없이 올 수 있겠냐고 물어서 아주머니가 황당하셨겠네요."

"그렇죠. 무엇 때문에 그러시는지 자초지종을 설명해주셔야 가든지 말든지 할 거 아니냐고 했다네요."

"아주머니 입장에서는 그렇게 말을 할 수밖에 없었겠네요."

"그렇지요. 그 사람은 헛기침을 하면서 심호흡을 하며 잠시 숨을 고르더니 하는 말이 지금 아주머니 남편분이 술에 취해서 이 추운 날씨에 가로수에 기대서 자고 있는데 오줌까지 싸가지고 바짓가랑이가 다 얼어있는 상태이니 지금 빨리 택시라도 타고 오셔서 모시고 가지 않으면 날씨가 추워 변을 당할 수도 있으니 빨리 오세요, 하며 말하는 목소리에서 다급함을 느끼겠더라는 거예요."

"야, 그 사람 정말 좋은 사람이네요. 그냥 지나칠 수도 있고 또 사실 그런 것을 보고도 못 본 척 그냥 지나가는 사람이 얼마나 많습니까?"

"그런데 그게 끝이 아니에요."

"뭐가 또 있어요?"

"우리 집식구가 정신없이 내가 있는 곳에 도착을 해보니 그 사람은 보이지를 않고 내가 박스 몇 장 깔아놓은 위에 쪼그리고 있더래요."

"아, 추위를 조금이라도 면하라고 박스를 주워 바닥에 깔아주었나 보군요."

"쪼그리고 앉아 얼굴을 무릎에 묻고 있는데 못 보던 검정색 외투를 머리부터 뒤집어쓰고 있더라는 겁니다."

"아니, 그럼 그 옷은 어디서 나온 겁니까?"

"지나가던 그 사람이 우리 집에 전화를 하고는 그래도 안심이 안 되었는지 자기가 입고 있던 외투를 벗어 나에게 덮어주고 간 거예요."

"야! 그분 성당 신부님이셨나요. 아니면 교회 목사님이었나요? 혹시 스님이었을까요? 그도 저도 아니면 그냥 좋은 사람……. 어쨌든지 추운 날씨에 자기 외투까지 벗어놓고 갈 정도면 보통 사람은 아닌 것 같습니다."

"그렇지요? 우리 집식구가 나를 집으로 데리고 가서 대충 씻기고 오줌 싼 옷을 갈아입힌 후 그 외투 주머니를 뒤졌대요."

"아니, 길에서 그 사람이 사장님 주머니를 뒤진 이유는 알겠는데 집에 와서는 왜 반대로 아주머니가 그 외투 주머니를 뒤졌다고 하던가요? 무엇 때문에?"

"너무 고마운 일이잖아요. 그래서 생명의 은인으로 생각을 하고 혹시 연락처라도 알 수 있나 해서 주머니를 뒤져 본건데 아무것도 없더라는 거예요. 고맙다는 인사도 드리고 싶고 외투도 돌려드려야 되는데……."

그는 몹시 아쉬운 표정을 지으며 넋 나간 사람처럼 한동안 찬 겨울바람 몰려다니는 밖을 보더니만 먹다 남은 술 반잔을 입에 털어 넣고는 그가 최고의 안주라고 말한, 물만 남은 번데기 깡통 안을 나무젓가락으로 뱅뱅 돌리고 있었다.

나눔의 기쁨을 모르고 베풀 줄 모르는 사람은 상대방이 조건 없이 나누어주고 베풀어 주어도 이런 것이 고마운 것이로구나, 하고 느끼지를 못하는 것이다. 그런데 술값을 낼 때쯤 화장실에 갔다 온다며 슬그머니 자리를 피한 사람이었지만 그이는 그래도 고마운 것이 무엇인가는 아는 사람이로구나, 하는 생각을 하면서 왕 짠돌이 소리를 듣는 그가 측은해 보였다. 무엇 때문에 불쌍하다는 생각이 들었는지 그때는 생각을 못했다.

그 사람을 못 본 지도 십여 년이 넘었는데 아마 나는 그때 앞으로도 그 사람은 그런 버릇을 버리지 못할 것이라는 생각에 그이가 측은하게 보였던 것 같았다는 생각을 해보았다. 세 살 버릇 여든까지 간다고 하지 않던가.

어쨌든 그날 그는 운이 좋았다. 입은 은혜는 잊지 말라 했고 베푼 것은 빨리 잊으라 했다는 말이 다시 떠올랐다.

길을 가시던 그분은 본인의 선행을 누가 볼세라 그 자리를 떴으나 본인의 마음은 얼마나 흐뭇하고 행복해 했을까, 라는 생각을 하니 나의 얼굴이 붉게 물들어 올랐다. 불의가 있으므로 정의가 빛나고 악이 있으므로 선이 빛난다는 평범한 이치를 다시 한 번 깨닫게 해주는 순간이었다.

사람마다 얼굴이 다르고 목소리가 다르듯이 살아가는 모습 또한 제각각이다. 술에 취해 들어오는 남편을 후려잡는 마누라가 있는가 하면 술에 취해 들어온 남편에게 한 대 얻어맞아야 마음이 편하다고 하는 마누라가 있으니 이 둘은 달라도 너무 다르다. 닮은 것이 있다면 그러한 일들을 자주 겪으면서도 내 팔자려니 하면서 살아가는 사고방식은 비슷하다는 것이다. 맞고 사는 남편이나 맞고도 참으며 살아가는 여편네나 팔자가 사나운 것은 마찬가지다.

큰 밥그릇에 싱싱한 야채를 듬뿍 넣고 매운 고추장에 참기름 한 방울 떨어뜨리고, 날달걀 하나 깨 넣은 다음 통깨 조금, 그리고 김가루 솔솔 뿌린 다음 쓱쓱 비벼 이렇게 저렇게 어우러진 밥상을 놓고 식구끼리 마주앉아 맛있게 식사를 할 때의 즐거움, 그런 행복은 원하는 사람에게만 오는 것이지 대부분 비껴가기 일쑤다.

사나운 팔자로 살아가는 사람들은 다른 사람들도 다 그렇게 살아가는 것으로 알고 살아간다. 행복하게 살아가는 것이 어떤 것인지 모르는 채 살아간다. 불행하게 살 때는 모르다가 행복해지고 나서야 그때는 너무 불행하게 살았구나, 라고 깨달을 때가 그들에게도 분명히 있을 것이다.

술이라는 것이 무엇이길래 그토록 사람들 틈 속에서 비틀거리며 힘들게도 하고 용기를 주기도 하는 것인지 요물이 아닐 수 없다. 모든 것이 무엇이든 넘치지 않고 절제되는 생활 습관을 가져야 한다. 넘치는 술은 절망을 불러들인다. 그러면서 다른 한편으로 절제된 술은 고통을 내몰아주었다. 불행하게도 만들었으며 위안의 동반자도 되어 주었다.

심주심취. 누구에게나 마음으로 마시고 마음으로 취할 수 있는 그런 음주 문화를 우리 스스로가 만들어 가야 한다.

때로는 술에 찌들어 살았던 나의 삶. 지나온 세월의 자락에 서 있는 지금, 뭐 하나 내세울 것 없이 살아온 나는 누구인가? 인생을 돌이켜 살 수만 있다면 지나쳐 살아온 삶의 잘못된 부분을 잘라 그때를 시작으로 다시 시작할 수만 있다면 얼마나 좋을까? 이 세상살이 돌아가는 이치의 끝자락이나마 만져볼 수 있는 기회는 언제쯤 올까?

힘이 다하는 그날까지 길을 걸으며 걷는 그 길 위에서 묻고 또 물어볼 것이다. 한 잔 술 그 향기 가슴에 품고 해답을 찾을 때까지…….

12. 하룻밤에 이루어지는 만리장성

 칠흑 같은 어둠은 병사들의 힘든 마음과 몸을 더욱 검게 물들이고 그 어둠에 휩싸인 큰 구조물처럼 보이는 울창한 숲과 나무들은 조용하지만 살아 움직이는 듯 싱그러운 향기를 내뿜고 있었다. 훼손되지 않은 원시림을 방불케 하는 큰 나무들이 빽빽이 서 있고 거기에 기대어 생존하는 이름 모를 생명체들은 제각기 자기들만의 보금자리에서 깊은 잠에 빠져들고 있었다.

 군화를 질질 끌고 가듯 걸어가는 병사들은 피곤하고 고통스러운 발걸음을 그나마 숲이 주는 생명의 기운을 받으며 다시 한 번 힘을 내고 움직이는 가운데 적적한 밤 역시 조용이 움직이며 흘러갔다.

 부대에 있었으면 소등을 해야 할 시간, 밤 10시가 되었다.

 70km 정도 걸어왔다.

 뜨겁게 달아올랐던 아스팔트길도 숨을 고르며 식어가고 있었다.

 간간이 어둠에 길을 잃은 바람들이 휙휙 소리를 내며 병사들의 찌든 땀 냄새를 훔쳐 달아나고 있었다.

 발 상태를 확인하고 적절한 조치를 취한 후 양말을 갈아 신고 허벅지에 감아놓은, 흘러내린 붕대를 고쳐 매고 하는 일조차도 힘들어진다. 그러나 정작 더 큰 고통의 시작을 알리는 신호가 엉덩이 쪽으로부터 서서히 전달되어 오고 있었다. 앞으로 한두 시간 후면 최고의 고통이 찾아올 것이고 술 한 모금에 진통제를 먹는 횟수는 고스톱 치는 화투판에서 화투장 돌아가는 속도처럼 빨라질 것이다.

모든 것은 시간이 해결해 주겠지, 하는 막연한 생각을 위안으로 삼기로 했다. 그저 시간의 흐름에 맡기면 모든 것이 해결될 것 같았다. 시간이 그렇게 만들어 줄 테니 마음속으로 시간을 향하여 바라고 또 간절히 원했다. 왜 그런 생각이 들었는지 모르겠으나 마음이 그렇게 하라고 시키고 있었다. 마음의 지시대로 따를 수밖에 없는 나약함이 그나마 훼손된 자존심의 한 줄 자락을 힘겹게 붙들고 있는 것이다.

양구군을 지나 화천군으로 들어서서 파로호를 끼고 돌아온 403번 지방 도로를 벗어나 우주의 블랙홀이 초롱초롱 빛을 내고 있는, 저 수많은 별들을 먹어 삼킬 것만 같은 칠흑 같은 밤이 이어지듯 그렇게 이어지는 춘천 방향 461번 지방 도로로 들어섰다.

아름다운 것은 쉬 변하기 마련인데 빛을 내고 있는 저 별들이 사라질 때쯤이면 또 다른 아름다움이 우리를 맞이할 것이다. 그렇게 흘러가는 시간의 흐름 속에서 우리는 걷고 또 걷고 머리 위의 우주는 끊임없이 돌고 또 돌고 있었다. 싸늘한 느낌의 별빛이나마 흐르고 있기에 앞사람과의 간격을 가늠하며 걸을 수가 있었다.

묵묵히 걷는 발소리에 장단이라도 맞추는 듯 배 속에서 꼬르륵하는 소리가 연신 퍼져 나왔다. 진통제와 함께 먹은 술기운이 온몸에 퍼져 있어 육체의 고통은 잠시 잊고 있었는데 허기가 몰려오니 해결책을 찾아야 했다. 다른 방법은 없고 준비해온 카스텔라 빵으로 허기를 면하기로 작정을 했다. 그것을 준비해온 것만도 천만다행이었다.

"내 뒤에 오는 사람 누군지 내 배낭에서 빵 좀 하나 꺼내주라."

"응, 알았어. 배고픈가 보네."

"어, 이 하사가 내 뒤에 따라오고 있었네?"

낙오자가 있는지 살피기 위하여 소대 맨 뒤에서 따라오던 내무반장 이 하사가 웬일로 바로 내 뒤를 따라오고 있지 않은가.

"야, 너 언제부터 내 뒤에 있었어?"

"어, 지금 막……. 정 병장 술 남았으면 한 모금 얻어 마시려고 왔는데 술 좀 남은 거 있어?"

배낭에서 빵을 꺼내주며 술을 찾아왔다는데 아마도 자기 술은 벌써 다 마셔버린 것 같았다.

"좀 전 쉬는 시간에 영환이하고 반 통 나눠 마시고 반 통 남았다."

나는 수통을 꺼내어 그에게 주었다.

우리 소대 내무반장 이창용 하사.

부산이 고향인 그는 자기 집이 주유소를 한다고 했으니 그 당시 주유소를 했다면 꽤나 잘사는 집의 아들인 셈이었다. 단풍하사인 그는 나보다 삼 개월 정도 늦게 입대를 하였다. 지금의 체계는 어떤지 모르겠으나 그때 하사 계급장을 달고 있는 사람들은 말뚝하사라고 부르는 장기복무를 하는 하사와 단기하사로 구분되어 있었다.

일반병으로 입대를 한 후 선발되어 24주간의 훈련을 받고 각 부대로 배치되어 복무하는 하사를 우리는 단풍하사라고 불렀다. 왜냐하면 그들이 훈련받는 교육생일 때는 단풍 색깔의 계급장을 달고 있다가 훈련이 끝나고 각 부대에 배치될 때 노란색의 정상적인 계급장을 달아주기 때문이다. 계급장은 하사를 달고 직책은 내무반장을 맡고 있으나 자기보다 일찍 입대한 일반 병들에게는 짬밥 그릇 수에서 밀려 병들에게 대우를 제대로 받지 못하는 것이 공공연한 현실이었다.

내가 일병일 때 그가 우리 소대에 배치되어 왔으나 일병은 하사에게 반말을 하고 하사는 일병에게 존댓말을 했다. 하사라고 해서 밥그릇 수가 많은 일병에게 함부로 했다가는 고참병들이 밤마다 불러내어 소위 군대에서 말하는 원산폭격인 '머리박아!'를 시키니 그들의 처지가 동네북이었다. 그러다 일이 년 지나면서 정이 들게 되면 같은 동기처럼 말을 트고는 했는데 그때 이 하사와 영환이 그리고 나 셋의 관계가 그랬었다.

"이거 다 마셔도 되나?"

건네준 수통을 받아 쥔 그는 꿀꺽 소리 두어 번 내고는 수통을 다 비웠다며 땀에 젖어있는 소맷자락으로 쭉 닦아도 될 입을 무엇이 그리도 아쉬웠는지 길지도 않은 혀를 날름거리며 쩝쩝 소리를 내면서 위아래 입술을 번갈아가며 훑고 있었다.

나는 그에게 안주하라며 빵 한 조각을 떼어주었다. 그러면서 잔소리를 했다.

"야, 너도 술을 넣어왔을 텐데 나누어 먹지도 않고 너 혼자 다 마셨어? 아까 영환이하고 술 마실 때 찾아도 안보이드만……."

"응, 뒷간 갔다 안 왔나. 술 넣어 온 것은 저녁 묵기 전에 다 묵고 안 있나. 오면서 가게에서 한 병 샀는데 우찌 하다 보이 그것도 바닥이라."

"야, 참 대단한 이창용이다. 누가 술꾼 아니랄까봐……."

그는 상당히 온유한 성격의 소유자였다. 부대에서도 틈만 나면 술을 마셔댔지만 그렇게 마셔대면서도 얼굴만 조금 불그스레하지 행동거지가 흐트러지는 것을 보지 못했을 정도로 조용한 사람이었다.

그런데 흠이 한 가지가 있었다. 술만 마셨다 하면 병인지 아니면 못된 버릇인지 그가 자는 옆에는 누구도 잠자기를 꺼려했다. 희한하게도 술 마신날 밤이면 어김없이 오줌을 싸는 것이었다. 그것도 엄청난 양의 오줌을…… 그런 날 아침이면 본인도 머쓱한지 고개를 들지 못하고 한쪽 귀퉁이에 쪼그려 앉아 자기 머리를 쥐어뜯고는 했다. 그러면서도 술을 끊지를 못했다.

"야, 이 하사. 그렇게 매일 마셔대는데 질리지도 않냐?"

"그런 소리 하지 마래이. 정 병장이나 문 병장이나 느그들도 만만치 않테이. 다음에 제대하거들랑 부산 한번 놀러 오라카이. 내 거나하게 한잔 사꼬마."

"너 정말이지? 그 말 잊지 말고 지켜야 된다."

"걱정 붙들어 매라카이."

부산에 꼭 놀러 오라는 말을 들으며 참 싱거운 놈이다, 라며 일축해버렸다. 정말 다시 만날 수 있다면 그때는 우연일까 필연일까. 제대를 하고 각자 헤어진 후 기약하지 않은 상태에서 다시 만날 수 있는 확률은 얼마나 될까. 언제, 어느 때, 어느 곳에서 우연히 만날 수 있는지 미리 예단할 수는 없다.

하지만 인간들이 사는 세상에 기적은 존재한다. 어느 날 갑자기 맺어진 운명이지만 자의든지 타의든지 만남은 헤어짐을 위하여 존재하는 것이고, 그 헤어짐은 어느 날 갑자기 운명처럼 재회의 기쁨을 선사하고는 한다.

운명이란 그런 것이다. 만나면 헤어지고 헤어지면 또 만나게 되는 것이다. 다만 그때가 언제인가는 하늘이 알아서 할 일일 테니 맡겨두자, 라고 생각을 해야 한다. 십 년이든 이십 년이든 심지어 백 년 이백 년이 되어서야 나타나는 인과응보도 있으니 하늘의 뜻을 인간이 거부하거나 회피할 수는 없는 것이다.

이창용 하사가 기약도 없이 모호하게 자기의 고향인 부산으로 초대를 하고 있지만 언제, 어느 때, 어느 곳에서 우연히 만날지도 모를 일이다.

그런데 우연일까 필연일까.

제대 후 2년 좀 지났을 때였다. 달이 밝으면 달빛이 좋아서, 봄비가 내리면 그 비에 젖어서, 벚꽃이 쏟아질 때면 그 향기에 취해서 술을 찾는 것이 아니고 그냥 술이 좋아 술을 마신다는 그 이창용 하사를 부산 연산동 어느 골목에서 만날 줄이야. 언감생심 꿈이나 꾸었겠는가. 옷깃만 스쳐도 인연이고 하룻밤을 자도 만리장성을 쌓는다는 말이 있다.

먼 옛날 중국에서 흉노족의 침입을 막기 위하여 진나라 시황제가 증축하여 쌓은 산성으로 그 후 명나라 몽골의 침입을 막기 위하여 대대적으로 확장한 총 연장 6,352km의 거대한 만리장성을 쌓았다.

그 성을 쌓을 때 그곳에서는 남자로 태어나면 성을 쌓는 데 부역을 나가야 되는 제도가 있었다. 그런데 그 부역에 나가지 않아도 될 세도 높은 가문의 자제가 주막에서 허드렛일을 하는 한 여인에게 한눈에 반해버렸다. 그러나 그 여인은 이미 혼인을 한 여인이었다.

세도 높은 가문의 그 자제는 목숨이라도 내 놓을 테니 하룻밤만이라도 같이 보낼 수 있도록 해달라고 애걸복걸을 하였다. 그때 마침 여인의 남편이 만리장성을 쌓는 데 부역을 나가야 할 처지였다 그 여인은 남편 대신 부역에 나간다면 그렇게 하겠다는 조건을 내걸었다.

결국 세도 높은 가문의 자제는 그 조건을 수락하고 하룻밤의 정분을 나눈 후 그 여인의 남편 대신 만리장성을 쌓으러 나갔다 해서 지금까지도 사람들의 입에 오르내리는 만리장성.

그렇게 계산이 된다면 이 하사와 나는 1,000일 밤 이상을 한 내무반에서 잠을 잤으니 1,000만 리의 성을 쌓은 셈이 된다. 그렇기 때문에 기약도 없는 장소, 생각지도 못한 시간에 그를 다시 만날 수 있는 기회가 알지 못할 힘으로부터 주어졌는지도 모른다.

나는 군 제대 후 어머니와 동생이 가꾸던 포도 과수원 일을 돕다가 취직자리가 있다 하여 부산으로 내려갔다. 여동생이 부산에서 직장을 다니고 있었는데 어느 새마을 연수원의 원장님을 소개시켜 주었다. 그때만 해도 인맥으로 통하여 취직이 공공연하게 이루어질 때였다.

한국의류수출조합 산하의 교육기관이었는데 '한국의류기능사원훈련원' '한국의류 기능사원연수원' 이 두 가지 기능을 수행하는 준정부기관이었다. 마침 직원 한 명이 결원이 생겨 충원하려던 때에 여동생 덕분에 면접을 볼 기회를 얻었고 두 번의 면접을 거쳐 일자리 구하기 힘든 때에 생전 처음 직장이라는 것을 가지게 되었다.

그 연수원 주변에 미원 공장이 있어 해가 지고 어둠이 내리면 그 공장에서 황색의 기체를 엄청난 크기의 굴뚝으로 뿜어내는데 얼마나 냄새가 고약한지 눈을 뜰 수가 없었고 숨을 제대로 쉴 수가 없었다. 또 새벽으로는 시뻘건 폐수를 정화도 시키지 않고 그냥 방류를 하였다. 어둡고 사람의 왕래가 적은 시간을 이용하여 불법으로 오폐수를 배출시켰다. 지금 같았으면 시민단체나 환경단체에서 난리가 났을 것이다. 언론에서도 그냥 두지 않았을 것이고 형사처분 감이다.

그런 주변 여건만 아니면 연수원이 있기에는 좋은 위치에 자리하고 있었다. 정문을 들어서면 갖가지 색깔의 장미꽃들이 적당이 자리 잡은 요소요소에서 요염한 자태를 뽐내고 있다. 수위실을 지나 넝쿨장미 꽃나무 터널을 지나면서 오른쪽으로 교직원 사무실이 나오고 이어서 연수생들의 강의실을 지나면 왼쪽으로 이번에는 훈련생들의 강의실과 실습장이 나온다.

그 건물 옆에는 조그만 물탱크와 펌프가 있어 필요한 물을 퍼 올려 쓰고 그 뒤 벽 쪽으로 철조망을 두른 칠면조 사육장에서는 십여 마리의 덩치가 큰 칠면조들이 한가로이 모이를 쪼아 먹고 있었다. 그들은 모이를 열심히 먹어 살이 통통히 오르면 크리스마스 때 매년 교직원들의 집으로 배달되어 그 집사람들에게 먹는 즐거움을 선사하게 된다.

그곳을 지나 이십여 미터 쯤 가면 좌측으로 식당이 자리를 잡고 있다. 식당에 들어서면 하얀 모자와 가운을 입은 아주머니 세 분이서 훈련생과 연수생들에게 맛있는 식사를 제공하기 위하여 분주히 움직이는 모습이 보기에 좋아 보였다.

식당 옆으로 좌측에는 훈련생, 우측에는 연수생들의 기숙사, 즉

생활관이 이십여 개의 방으로 나누어져 있고 그 중앙에 있는 기둥에는 학교에서 시간을 알려줄 때 치는 종과 같은 것이 소 불알처럼 매달려 있는데 그곳에서는 기상 시간과 취침 시간에 내 손에 의하여 사정없이 두들겨졌다.

운동장 한편에는 테니스 코트가 있었다. 그리고 담장 밑으로는 여러 종류의 꽃나무들과 관상수들이 어우러져 잘 다듬어진 공원이나 식물원에 온 듯한 착각을 일으킬 정도로 멋있게 꾸며져 있었다.

그 당시 우리나라는 수작업으로 가발을 만든다든가 칡으로 갈포벽지를 만들어 수출하는 등 열악한 상황 속에서 새마을 운동의 시작과 함께 의류 수출이 활발해지기 시작할 때였다.

크고 작은 의류제조 공장들이 상당히 많이 생겼다. 그러다보니 의류 수출을 독려하고 돕기 위하여 '한국의류수출조합'이 발족되었고 그 산하에 의류를 생산할 수 있는 기능공을 체계적으로 양성하고 생산 공장의 초급관리자인 반장, 주임 급을 대상으로 생산성 향상과 리더십에 관한 연수 교육을 시키기 위하여 '한국의류기능사원훈련원'과 연수원이 설립된 것이다.

훈련생들은 1기에 50명을 선발하여 미싱을 다루는 법과 의류 제조에 관한 기초 지식을 3개월간 집중 교육시켜 각 의류제조 회사로 배출시켰다. 연수생들은 1기에 60명이 입소를 하였는데 연수 기간은 일주일간이었다. 격주제로 입소를 하였다.

연수생들의 입소 자격은 각 회사의 반장과 주임 급으로 한정되어 있었다. 연수생들의 교육은 엄격하게 이루어지고 산업역군으로서의 자부심을 심어주기 위하여 심혈을 기울였다.

훈련생들은 대부분 초등학교를 끝으로 더 이상 교문 앞에도 가보지를 못한 열네 살부터 스무 살 미만의 여자애들로 강원도 산골 출신이 많았고 각 지방의 시골 출신들이었다.

나는 입사 첫 해에는 의류에 대하여 아는 것이 없는지라 그저 허드렛일이나 하고 원내에서 훈련생들 뒷바라지나 하는 정도였다. 시간이 흐르면서 연수생들이 입소를 하면 아침 6시에 기상을 시켜 3km 정도의 구보를 시키고 저녁 10시에 인원 점검 후 취침을 시키면서 일주일 동안 아침저녁으로 종만 흔들어 댔다. 내가 입사하기 전에는 여자 사감 선생이 하던 일이었다.

그 정도의 일만 해도 다행이라고 생각하며 보람을 느끼고 나름대로는 즐거운 마음으로 열심히 근무를 했다. 그때는 결혼 전이었고 혼자 자취 생활을 할 때였다. 퇴근하지 않고 하루 종일 연수원에 있어도 나무랄 사람이 없었다. 텅 빈 자취방에 가서 연탄 냄새 맡으며 냄비 밥을 하거나 그을음이 올라오는 형편없는 곤로에다 국을 끓여 식사를 하는 것보다는 연수원에서 새벽부터 밤늦게까지 있으면서 훈련생과 연수생들 뒷바라지를 하는 편이 훨씬 좋았다. 그러면서 자연스럽게 식사도 그곳에서 해결할 수가 있었기 때문이다. 모든 것이 점차 그렇게 자리를 잡아가고 있었다.

연수생들이 교육을 마치고 퇴소할 때면 매우 아쉬웠고 또 다른 연수생들이 입소할 때면 나는 물 만난 물고기가 지느러미를 흔들어대는 것처럼 생동감에 넘쳐 있었다.

연수생들이 아침 점호를 받는 모습

연수생들이 강의실로 이동하는 모습

나만 들떠 있는 것은 아니었다. 연수원 전체가 새로운 식구 입소에 분주히 움직였다. 별로 하는 일없이 종을 치는 일만 할지언정 나도 수출 역군들을 위하여 일부분이라도 보탬이 되고 있다는 자부심이 항상 어깨를 으쓱하게 만들곤 했다. 그리고 강의를 하지 않는 직원이라 할지라도 이름 뒤에는 항상 강사라는 꼬리표를 달아 불러주었다. 그저 아침저녁으로 종이나 몇 번 쳐줄 뿐인데 강사라고 불러주니 얼굴뿐만 아니고 귀 볼까지도 후끈거릴 때가 있었다.

그러던 어느 날 기회가 왔다.

짧은 봄이 막을 내리기도 전에 따가운 햇볕이 여름을 데리고 온 듯한 한낮에 운동장 구석구석에 자리 잡고 있는 잡초들을 뽑고 있었다. 특별히 주어진 임무가 없어도 찾아보면 할 일들은 무궁무진했다. 나는 피동적이라는 말조차 싫어한다. 무슨 일이든 스스로 찾아내어 일을 하는 버릇 때문에 어느 정도는 직원들에게 인정을 받기 시작했다.

처음 입사 때부터 나는 직원들의 눈엣가시였다. 여러 사람이 면접을 보고 그중에서 선택이 되었는데도 원장님 낙하산이라고 처음 몇 달은 직원들이 냉소적인 자세로 가까이 하는 것도 꺼렸다. 그러던 것이 시간이 흐르면서 나의 언행에 대한 진심을, 그리고 부지런함과 근면성을 보았는지 점차 우호적인 자세로 바뀌더니 술자리까지 합석을 할 정도로 가까워지기 시작했다.

그럴 시기에 기회란 놈이 찾아온 것이다.

교무실 앞에서 경리 보는 여직원이 잡초 제거를 하고 있는 내 쪽을 보고는 소리를 질러댔다. 머리에 쓴 밀짚모자가 방해를 해서 그런지 무슨 말을 하고 있는지 잘 들리지를 않았다. 하지만 경리의 손목이 위아래로 까딱거리는 폼이 나를 부르는 것 같았다.

펌프가 있는 곳으로 가서 대충 세수를 하고 옷을 고쳐 입고는 교무실로 갔다. 경리 아가씨가 시원한 냉수 한 잔을 건네주었다.

"날씨가 꽤 더운데 운동장에서 혼자 뭐 하셨어요?"

"예. 오갈 때마다 항상 하루가 다르게 커가는 잡초들이 눈에 거슬려서요. 잡풀들을 좀 뽑아냈어요."

"원장님께서 찾으시는데 들어가 보세요."

잘못한 일이 없는 것 같은데 원장님 호출이라니 가슴이 콩닥거렸다. 거울 앞에 서서 다시 한 번 복장을 점검을 하고 원장실로 가서 노크를 했다. 그러고는 몸속의 긴장된 공기를 내뿜었다.

"예 들어와요."

부드럽고 묵직한 목소리가 들려왔다.

"부르셨습니까?"

"응, 그래요. 정 강사, 이쪽으로 와서 앉아요."

그분은 예비역 육군 중령 출신이었는데 외모를 보면 군 출신답지 않았다. 인자하고 너그러운 모습이 상대방에게 편안한 느낌을 주는 그런 스타일이었다. 온유한 성격으로 논리정연하고 관찰력과 통찰력이 대단한 분이셨다. 보고만 있어도 존경심이 우러날 정도로 사명감도 투철한 분이셨다.

길을 가다 쉬더라도 큰 나무 밑에서 쉬라고 했다. 큰 나무일수록 그늘진 곳이 넓기 때문이다. 그러므로 사람도 큰사람 밑으로 들어가라 했는데 그런 분 밑에서 일을 한다는 것이 나에게는 큰 행운이라고 생각을 했다.

내가 자리에 앉자 원장님은 여직원을 불러 녹차 두 잔을 부탁했다. 그런 다음 담배 한 개비를 꺼내어 불을 붙여 쭉 빨아드린 연기를 창가 쪽 허공에다 대고는 사정없이 내뿜고는 이야기를 꺼냈다.

"정 강사, 다음 주에 연수생들이 입소를 하는데 하필이면 그날 이 차장이 서울 수출조합에 출장 갈 일이 생겼소. 월요일 첫 시간이 이 차장 강의 시간이라는 것은 알고 있지요?"

"예. 그럼요. 알고 있습니다."

"초급관리자의 사명과 자세라는 제목의 정신교육 시간인데 갑작스런 출장이라 시간이 촉박해서 다른 강사를 초빙할 수도 없고 그렇다고 학교처럼 선생님이 출장이니 자습들 하라고 할 수도 없는 노릇이고 일이 아주 난감하게 되었어."

그는 답답한 듯 연신 담배만 뻐끔거렸다.

"당연하지요. 바쁜 시간 쪼개서 교육 받으러 온 사람들인데 자칫 회사 사람들이 알게 되면 곤란하지 않겠습니까? 교육 내용이 부실하다고 항의도 할 테고요."

"그래서 말인데 그 한 시간을 정 강사가 들어가서 자기 회사 소개를 시킨다거나 아니면 한 명씩 자기소개를 하는 시간을 가져보는 것도 괜찮을 것 같은데 그 진행을 맡을 수가 있겠어?"

그는 나를 사회자로서의 역할을 해주기를 바라는 것 같았다. 그러면서도 그 정도의 일조차도 할 수 있는 능력이 될지 걱정스러운 표정을 지으며 내 의향을 물어보고 있었다. 경험도 없고 검증도 안 되고 잘할 수 있으리라는 신뢰도 믿음도 안 간다는 표정이 역력했다.

기회란 왔을 때 꼭 잡지 않으면 달아나버린다. 이 기회를 놓치면 틀림없이 후회할 것이라는 생각이 번개처럼 스쳐갔다.

"제가 해보겠습니다."

나는 자신 있다는 의지를 그의 가슴에다 대못질을 해버렸다.

"정말 잘할 수 있겠어? 노파심에서 물어 보는 건데 확실한 판단이 서지 않으면 안 해도 돼. 혹여 실수라도 하면 오히려 나쁜 결과를 초래할 수도 있으니까 말이지."

"아닙니다. 하겠습니다. 그런데 회사 소개나 자기소개로 한 시간을 보내는 것보다는 정상적인 교육을 할 수 있도록 해 주십시오."

"뭐라고? 많은 사람 앞에 서 본 경험도 없을 테고 강의는 더욱더 해 본 일이 없을 텐데……. 여러 사람 앞에서 말을 하고 강의를 한다는 것이 그렇게 쉬운 일이 아니야."

"알고 있습니다. 정 걱정되시면 토요일까지 교안을 작성하여 보고를 드리겠습니다."

"그래요? 그럼 어디 한번 교안부터 보고 그때 다시 이야기합시다. 그러나 일단은 자기들 회사 소개하는 것으로 계획을 세워놓고 봅시다. 설령 교안이 충실하다 할지라도 강의를 한다는 것이……."

원장님은 기대 반 걱정 반이라는 표정으로 고개만 갸우뚱거렸다. 그는 나의 건의에 짐짓 놀라워하면서도 군대 가는 자식놈 잘하고 올 수 있을까, 하고 걱정스럽게 바라보듯이 좀처럼 얼굴 표정이 바뀌지를 않았다.

사실 나는 언젠가는 뜻하지 않은 기회가 올지도 모른다는 생각으로 나름대로 준비하고 있는 것이 있었다. 막연한 기다림이었다.

그 막연한 기다림이 현실로 다가오려고 몸부림을 치고 있는 것이다.

아침 기상 점호 시간과 저녁 취침 전 연수생들을 집합시켜 인원 점검을 할 때 가끔 전달 사항을 하달할 때가 있었다. 오 분에서 십 분 정도는 연수원 생활에 관한 것이든 회사 생활에 관한 것이든 짧은 토막 시간이지만 교육을 시킨다는 생각으로 스스로 강의를 할 수 있는 지식과 웅변 실력을 쌓는 데 심혈을 기울였었다. 그렇기 때문에 내 나름대로는 어느 정도 숙련이 되어있다고 자부를 하고 있었다.

이틀 동안 밤잠을 설치면서 그동안 준비해오던 자료들을 정리하였다. '초급관리자의 리더십'이라는 정신 교육 교안이 완성되었다. 교안을 몇 번 검토를 하고, 교정을 하고 나니 내가 보기에는 매우 만족스러웠다.

토요일이 되었다. 출근과 동시에 교안을 가지고 원장실로 갔다. 그는 등받이가 큰 의자에 작은 체구를 깊숙이 밀어 넣고는 조간신문을 훑어보고 있었다.

"원장님, 엊그저께 말씀드린 교안 가지고 왔는데 한번 봐주십시오."

"응, 그래? 책상 위에 올려놓고 일보세요."

이틀 동안 고생해서 준비한 교안을 눈길 한번 주지 않고 단 한마디, 거기 두고 나가보라는데 뒤통수를 한 방 '빵' 하고 맞은 기분이었다. 토요일이라 오전 근무인데 정오가 지나도록 목이 빠져라 원장실 쪽을 바라보고 있는데도 아무런 반응이 없었다. 교안이 원장님 눈에는 차지 않는 것은 아닌지 실망스러운 마음을 삭히면서 심란한 마음을 부여잡고 정문을 나서는데 등 뒤에서 부르는 소리가 들렸다.

원장님이 교무실 앞에 서서 오른손을 들어 보이며 오라고 손짓을 했다. 원장실로 들어갔다.

"이 교안을 훑어보았는데 하루아침에 작성한 것은 아닌 것 같고 어디서 구했어요?"

아마 다른 사람의 자료를 가져왔거나 표절로 생각을 했던 것 같았다. 아니면 그 교안의 내용이 그의 마음에 들었다는 뜻도 될 수가 있는 것이다. 나의 머리가 빠르게 돌고 있었다.

"그 교안은 누구의 것도 아니고 제가 여러 가지 책과 자료들을 보고 오래전부터 준비해오던 것을 이번에 정리를 한 것입니다."

"음, 그래? 교안의 내용은 충실한데……. 한번 해보겠어?"

그는 아무래도 마음이 놓이지를 않는지 걱정스럽다는 표정을 지으며 재차 확인을 하는 것이었다.

"맡겨 봐 주십시오. 실망시켜드리지 않겠습니다. 최선을 다할게요."

"알겠소. 한번 맡겨 볼 테니 강의 준비를 차질 없도록 하고. 나는 확신이 서지를 않지만 정 강사를 한번 믿어보기로 했어."

"알겠습니다. 감사합니다. 최선을 다해서 실망하시는 일 없도록 하겠습니다."

운명의 시간이 다가왔다. 나는 거울 앞에 섰다. 잘 정리된 머리지만 다시 한 번 빗질을 하고 겉모습에 신경을 썼다. 그래야만 강의가 잘될 것 같았다. 전쟁터에 나가는 병사의 심정을 느껴보지 않아 잘은 모르겠지만 하여튼 그런 심정으로 강의실 문을 열고 들어가 교단 위에 섰다. 다소 긴장은 되었지만 이왕 시작한 일이니 그들 앞에 서만큼은 기억에 남는 강사가 되고 싶었다. 그렇게 되기 위해서는 적어도 그들을 졸도록 해서는 안 된다.

초롱초롱하던 눈도 책을 보거나 피 교육자가 되면 그가 누구든 이유 없이 졸음이라는 놈이 찾아온다. 졸음이 오는 길목을 차단시켜야 된다. 강의실을 한번 훑어보았다. 우리 연수원에서 제공한 파란 유니폼을 입은 60명의 검은 눈동자들이 나의 눈 안으로 쏟아져 들어왔다.

맨 앞 줄 오른쪽에 있는 연수생이 일어서서 '차렷! 경례!' 하는 구령에 맞추어 번갯불에 콩 튀기듯이 우리는 짧은 상견례를 마쳤다. 아주 잠깐 동안 아무런 말없이 좌중을 둘러보았다. 60명이 앉아 있는 강의실은 숨소리조차 숨어버린 듯 적막이 흘렀다.

한 시간만, 제발 한 시간만 훌륭한 강의는 아닐지라도 실수 없이 내가 준비한 만큼만 했으면 좋겠다는 생각을 하면서 입을 열기 시작했다. 자신감을 가지자는 나만의 최면을 열심히 걸면서…….

"자, 두 손을 깍지를 껴서 머리 위로 올리세요. 그리고 좌우로 몸을 비틀어보세요. 되었습니다. 다음엔 두 손을 만세 부르는 자세로……. 그리고 기지개……. 자, 박수를 각자 열 번씩 치세요."

그녀들은 시키는 대로 잘 따라주었다. 저들이나 나나 어느 정도 긴장이 풀렸다고 생각했다. 아니, 나만 긴장을 하고 있었는지도 모른다. 먹이를 찾다 지쳐 낑낑거리는 강아지 새끼마냥 쓸데도 없는 헛기침을 두어 번 하고는 본론으로 들어갔다.

"반갑습니다. 전국 각 사업장에서 이 나라 수출의 역군으로 불철주야 노력하고 계시는 초급 관리자 여러분의 본 연수원 입소를 진심으로 환영합니다. 여러분은 본 연수원에서 일주일간의 교육을 통하여 새로운 경험을 많이 하게 되실 겁니다. 유익한 시간 보람된 시

간은 남이 만들어 주지 않습니다. 본인의 노력에 의하여 새로운 경
험과 많은 지식들을 담아가게 될 것입니다. 여러분! 여러분 앞에 있
는 제가 미남이라고 생각되시는 분, 손 한번 들어보세요."

  그녀들은 강의실이 터질 정도로 머리를 뒤로 젖히고는 웃어댔다.
긴장감이 흐르던 강의실 분위기가 완전히 바뀌는 순간이었다.

96기 새마을 관리반 연수생들과 함께

101기 새마을 관리반 연수생들과 함께

웃음소리가 가라앉는 듯하더니 그녀들은 방귀 끼고 옆 사람 눈치 보듯 옆 사람들의 동향을 살피면서 손들을 들기 시작했다.

"예. 손들은 거의 다 든 것 같은데 손을 높이 쳐든 사람이 있고 팔꿈치가 반은 접혀 있어서 손을 들었는지 아닌지 구별이 안 되는 사람이 있네요. 손을 높이 든 사람들은 내가 눈도장을 확실하게 찍어두었습니다. 금요일 날 기념사진 찍는 시간이 있는데 그때 같이 사진 찍어드리겠습니다."

좌중은 다시 한 번 웃음바다가 되었다. 그녀들은 입가에 밝은 미소를 흘리면서 또다시 나에게로 시선을 고정시키고 있었다.

"그러고 보니 제 소개가 늦었습니다. 본 강사는 '초급관리자의 리더십'이라는 제목으로 앞으로 한 시간 동안 강의를 할 본 연수원 강사 정구준입니다. 오늘 본 연수원 입소를 위하여 새벽부터 준비를 하고 먼 길 오시느라 고생 많으셨습니다. 새로운 환경에 대한 기대 반 걱정 반으로 잠을 설치신 분들도 계실 겁니다. 졸리면 주무십시오. 하지만 코를 골아서는 안 됩니다. 남에게 피해를 주어서는 안 되니까요.

사람은 혼자서는 아무 일도 할 수가 없습니다. 우리는 언제나 공동체 안에서만 살아 움직일 수 있기 때문입니다. 그렇기 때문에 나보다는 상대를 우선 생각해야 합니다. 교육을 받아야 할 시간에 코를 곤다면 그것은 곧 왕따를 의미하는 것과 같은 이치입니다. 생산현장에서도 팀원이 생산성 향상과 품질관리에 얼마나 많은 영향을 주는가 하는 것은 여러분이 잘 알고 있을 것입니다. 그 팀원을 이루는 중심축에 여러분이 있습니다. 여러분은 최하급 관리자이지만 반원들을 어떻게 이끌고 가는가에 따라 여러분들의 회사의 운명이 결정지게 되어 있습니다."

서서히 강의를 하는 사람이나 듣는 사람이나 후끈한 열기를 토해 내기 시작했다.

"조금 전 여러분들이 저를 미남이라고 인정했던가요? 아마도 여러분 주위에는 추남들만 있었나 봅니다. 못생긴 사람을 보아야지 잘생긴 사람을 알아볼 수가 있거든요. 반대로 잘생긴 사람들만 보고 살은 사람들은 못생겼다는 것이 무엇인지 모릅니다. 그렇듯이 배를 굶어보지 않은 사람은 배고픔의 서러움을 알 수가 없습니다.

불과 얼마 전까지만 해도 우리는 찌들은 가난에 초근목피를 당연시하듯 살아왔고 매년 반복되는 보릿고개와의 처절한 싸움을 치르면서도 하늘만 바라보며 원망을 했습니다. 이제는 먹는 문제로 더 이상 고통을 받아서는 안 됩니다. 여러분은 각자의 위치에서 주어진 사명을 충실히 이행을 하여야 합니다.

리더란 남을 시키는 것이 아니라 무슨 일이든지 스스로 앞장을 서서 따라오도록 만들어야 합니다. 그러면서 일하는 대가의 즐거움이 무엇인가를 깨우쳐 주어야 합니다. 주어진 목표를 달성하기 위하여 몸부림칠 때 희망이 찾아온다는 것을 체험하도록 해야 합니다. 원가절감과 생산성 향상도 중요합니다.

그러나 우리가 소홀히 여기는 것이 있습니다. 철저한 품질관리를 해야 한다는 것입니다. 너무 생산 목표에만 치중하다 보면 제품의 품질이 떨어져 소비자들에게 언젠가는 외면을 당하게 됩니다.

최고의 제품을 만들어 내겠다는 살신성인의 자세가 요구되는 때입니다. 여자는 연약해서 아무것도 할 수가 없고 집구석에 처박혀 살림이나 해야 된다는 구시대적 사고방식은 불살라 씨를 없애 버려야 합니다. …… 조선시대 임진왜란 때 논개라는 기생은 진주성을 함락시킨 왜군 장수를 죽일 계획을 세웠습니다.

그녀는 술에 취해 흥이 오른 왜 장수를 촉석루의 가파른 바위꼭대기에서 끌어안고 남강으로 뛰어내려 둘 다 죽고 말았습니다. 그녀의 죽음은 전쟁의 혼란 속이었으므로 바로 기록을 하지 못했지요. 하기에 그녀의 출신과 삶, 그녀가 죽인 왜장의 이름을 명확히 알 수는 없으나 게야무라 로쿠스케라는 일본 사람으로 추정을 하고 있습니다.

그녀는 일개 기생이었습니다. 기생이었으나 그녀는 여자의 가냘픈 몸으로 살신성인의 모습을 보여주었습니다. 지체 높은 사람들은 그녀를 기억하지 않았습니다. 그녀에 대한 이야기는 백성들의 입에서 입으로 전해내려 왔습니다.

논개의 죽음이 전쟁의 고통에서 허덕이는 백성들에게 용기와 희망을 주었기 때문입니다. 가장 약하고 미천한 여인의 결연한 행동은 전쟁을 승리로 이끄는 원동력이 되었습니다.

여러분도 비록 여인의 몸이지만 민족중흥의 역사적 사명을 띤 산업역군이라는 자부심을 가지십시오. 다른 나라와의 교역은 곧 경제 전쟁이기 때문입니다. 그러므로 여러분은 산업현장에서 크게는 국가를 위하고 작게는 여러분의 가족을 위하여 최선을 다하는 관리자가 되어주실 것을 당부 드리면서 이 시간 저의 강의를 마치도록 하겠습니다. 경청하여 주신 여러분께 감사드립니다."

어떻게 한 시간을 보냈는지 머릿속이 하얀 구름 속에 감싸있는 느낌이었다.

처음이자 마지막이 될 줄 알았던 나의 강의는 그날을 시작으로 10·26 박정희 대통령 시해 사건 이후 그 연수원이 문을 닫을 때까지 계속되었다. 그리고 '품질관리 분임조 활동 기법'이라는 과목을 신설하여 나의 강의 시간은 일주일 연수 기간 동안 네 시간으로 늘어나 있었다. 파격적이었다.

강의 시간이 늘어난다는 것은 어느 정도 인정을 받고 있다는 뜻이기도 했다 나 개인적으로는 하루하루가 새롭고, 즐겁고, 행복했다. 그런 만큼 자부심도 커져갔다.

격주제로 연수생들이 입소를 하기에 한 달이 훌쩍훌쩍 지나갔다. 연수생들이 없는 주간에는 시간 여유가 많았다. 그럴 때면 담장 밑으로 씨를 뿌려놓은 열무며 상추 등 각종 채소 텃밭을 가꾸었다. 조경수와 꽃나무들도 자주 손질을 해주었다.

그러면서 한두 시간씩 테니스를 치기도 하고 훈련생들 관리에도 게을리 하지 않았다. 그들은 가정형편이 어려워 상급학교에 진학도 못하고 어린 나이에 생활전선에 뛰어들기 위하여 이곳에 왔다. 어리광을 부리며 아직은 부모님 품안에서 보호를 받아야 할 나이에 낯선 객지 생활을 선택할 수밖에 없었고 학교보다는 직장을 다녀 돈을 벌어야 했다. 그들의 부모님들은 그녀들을 보내면서 입 하나 줄어들은 데 대하여 힘이 줄어들었을 것이다.

어린 나이에 자기의 의지와는 전혀 다른 길로 접어들고 있는 것이다. 그러기에 그녀들의 가슴 한쪽에는 불확실한 자신들의 장래에 대한 두려움의 덩어리가 꽈리를 틀고 있을지도 모른다. 다른 한쪽 가슴에서도 원망과 불만이 자신이 처한 가난과 서러움의 불쏘시개가 되어 타오를 준비를 하고 있을지 당해보지 않은 사람은 알 수가 없다. 자신들이 살아온 환경을 원망하고 지금의 처지에 만족할 수가 없어 늘 무엇인가를 바라고 있을 것이다. 그것이 도대체 무엇인지 모르면서, 모르기 때문에 더욱더 욕구불만에 몸부림칠 것이다.

상대를 대할 때면 경계를 풀지 않고 배척의 마음이 앞을 가리고 있는 것이 그녀들의 생활이었다. 건드리면 터지게 되어 있다. 계란 다루듯이 조심스럽게 다루어야 한다. 어려운 처지라 해서 가엾게 대해서도 안 되고 필요 이상의 도움도 그들의 자존심을 분노하게 만든다.

보편적인 정과 사랑을 주어서도 안 된다. 진정성이 있어야 한다. 신뢰와 믿음을 주지 못하는 관심은 오히려 역효과를 가져온다. 무엇이든 의심을 하고 경계를 한다. 많은 시간이 흐르고 나서야 같은 동료들과도 어울릴 수가 있다.

그러한 배경에는 그들의 성장과 밀접한 관계가 있을 수가 있다. 모든 것을 배척으로부터 출발하는 언행과 사고를 그들의 잘못만으로 치부를 할 수는 없다. 국가와 사회도 책임이 있다.

이제 그들도 사회의 한 일원으로 살아갈 수 있도록 여건을 조성하여 주고 희망을 가질 수 있도록 이끌어 주어야 한다. 긍정적인 생각과 능동적인 행동으로 주어진 여건과 환경 속에서 보다 나은 내일을 준비하고 기다리는 희망을 잃지 않도록 기성인들이 길잡이가 되어주어야 한다.

가난하지만 행복하게 살던 부부가 있었다.

어느 날 남편이 고기를 잡으러 바다로 나간 뒤 다시 돌아오지를 못했다. 부인은 매일 선창가로 나가서 남편을 기다렸다. 그러면서 아주 오랜 세월이 흘렀다. 드디어 남편이 타고 나갔던 배가 돌아오지만 남편은 보이지를 않았다. 부인은 미쳐 버리고 만다. 차라리 배가 돌아오지 않았더라면 그 부인은 희망을 가지고 계속 기다렸을 것이다.

기다리고 참는다는 것이 희망 없이는 불가능하다. 기다리며 내일을 준비하는 그들에게 힘과 용기를 주어야 한다. 스스로 일어설 수 있도록 아낌없는 응원을 보내주어야 한다. 국민교육헌장에도 명시되어 있듯이 그들도 다른 이들과 마찬가지로 민족중흥의 역사적 사명을 띠고 이 땅에 태어났기 때문이다.

사람이든 동물이든 정을 주면 그 정은 꼭 되돌아온다. 준 만큼 돌아오는 것이 아니라 곱빼기로 돌아온다. 사랑이 필요하면 먼저 사랑을 베풀고 존경을 받고 싶다면 먼저 존경을 해야 한다. 인정을 받으려면 남을 먼저 인정해주어야 한다. 물질이 필요하면 먼저 물질을 베풀어야 한다. 나눔의 사랑이 꽃필 때 인간의 행복도 신비롭게 시작될 수가 있다.

인간은 혼자 살 수 없으므로 다른 사람을 위해 존재할 때 행복을 느낄 수 있다. 다른 사람을 비판하고 깎아내릴 때 경중에 따라 그만큼 자신의 마음 또한 괴롭고 슬프고 황폐해진다. 사막과 같이 삭막해진다. 다른 사람을 사랑하고 칭찬하고 인정하고 존중하고 나면 상대방도 좋아하지만 자신도 기쁨이 넘친다. 자신을 위하는 길이 바로 거기에 있다는 것을 그녀들에게 강하게 주입시켜야 될 필요성이 거기에 있었다.

상대방이 있기에 자신이 존재할 수가 있고 상대방으로 인하여 기쁨과 행복이 어떤 것인가를 알 수 있게 된다. 더불어 살아간다는 것이 얼마나 중요한가를 느낄 수 있도록 지도를 해야 했다. 그것이 우리 기성세대들이 할일이라고 생각을 했다. 나는 훈련생들과의 자연스런 대화를 통하여 그들과 소통하려고 노력을 했다. 시간이 지나면서 그들도 친오빠처럼 따라주었다.

그들과 동질감을 느끼며 어우러지는 하루하루가 장밋빛으로 물들어가던 어느 날이었다. 짧은 봄날이 깊어가고 있었다. 연수원 안에는 갖가지 꽃들로 북새통을 이루었다.

그중에서도 단연 장미꽃이 가장 많이 피어 천국에 와 있는 듯 착각을 할 정도였다. 백장미 흑장미 넝쿨장미들이 요염한 자태로 사람을 흘리고 유혹을 하고 있었다. 아마도 라일락이 저 정도로 피었다면 온통 짙은 꽃향기에 질식을 하고 말았을 것이다.

칠면조 사육장으로 발길을 옮겼다. 지난 크리스마스에 직원들 선물용으로 차출된 놈의 자식들이 어느덧 어른이 되어 있었다. 한가로이 먹이를 주워 먹는 칠면조들을 물끄러미 쳐다보았다. 인기척이 나자 제일 덩치가 큰 수놈 한 마리가 양쪽 날개를 활짝 피고는 사육장 안을 빙빙 돌았다.

400m 계주 선수들이 트랙을 돌듯이 그 뒤를 이어 암놈 한 마리가 힘겹게 날개를 들어 올리며 돌기 시작했다. 나를 기다리고 있었던 것처럼 빙빙 돌면서도 눈길은 나에게서 떠나지 않았다. 가슴이

뜨끔했다. 혹시 저놈들이 크리스마스 때 캐럴송을 들으며 자기 부모를 처형한 사실을 알고는 원수를 갚겠다고 날뛰는 것이 아닌가 하는 생각이 들었다. 그들의 부모가 크리스마스 때 직원들 선물용으로 나갔듯이 다가오는 크리스마스에는 저들도 똑같은 운명이 될 것이다.

그네들의 운명을 잘 알고 있는 사감 선생은 해마다 칠면조가 낳은 알을 모아두었다가 8월이나 9월쯤 부화를 시켜 어미들이 없어진 후를 대비하고 있었다. 지난해에도 사감 선생 방에서 적당한 온도를 유지시켜 트랙을 돌고 있는 저놈들의 형제 12마리를 부화시켰다. 커가는 도중에 두 마리가 죽고 열 마리가 저토록 컸다. 저놈들은 제 에미 그리워 할 줄만 알았지 우리가 자기들의 생명을 잉태시켰다는 것은 까맣게 모르고 있을 것이다.

죽고 사는 것은 서로 정반대의 상황이지만 그 둘은 항상 연장선상에 있다. 저놈들도 얼마 안 있어 함박눈 따라오는 크리스마스 때가 되면 어김없이 어미들의 전철을 밟을 것이다.

갑자기 말라 있던 입안에 군침이 돌더니 허기가 몰려왔다. 벌써 점심시간이 되어 있었다. 식당으로 갔다. 꽃향기보다 더 진한 음식 냄새가 몸서리치도록 풍겨 나왔다. 식당 안에는 벌써 훈련생들이 끼리끼리 모여앉아 식사를 하고 있었다.

"강사님, 이리 앉으세요. 제가 밥 가져다 드릴게요."

오래전 일이라 이름마저 기억에서 사라진, 제법 나이가 들어있는 훈련생 하나가 자리에서 일어났다.

"응, 그래. 고마워."

의자를 꺼내놓고 앉아 밥이 오기를 기다렸다. 점심 메뉴로는 야채 쌈밥이었다. 우리는 가끔 연수원에서 가꾼 야채로 식사를 할 때가 종종 있었다.

"정 강사님, 야채가 부드럽고 상당히 싱싱해서 쌈 싸먹기에 알맞게 컸지예?"

식당 아주머니 한 분이 쌈장 한 종재기를 가져다주며 말을 붙여왔다. 특별히 나를 생각해서 참기름 한 방울 떨어트린 쌈장이었다.

"예, 야채도 싱싱하지만 쌈장을 아주 맛있게 만드셨네요."

"그래예, 맛있다 하이 고맙심더. 많이 드시이소."

"전에는 이런 기회가 없었는데 정 강사님 오신 후로 각종 채소를 키워 주셔서 여러 사람이 잘 먹지 않습니꺼? 식재료 값도 아끼고예. 그런데 쉴 시간에 일을 하시니 쪼개 정 강사님께 미안한 마음은 있어예. 유기농으로 키운 이런 야채를 어디서 맛을 보겠는교."

연수원에 입사를 한 이후로 시간 여유가 많기에 적당한 곳에 빈 공간만 있으면 각종 채소의 씨를 뿌리고 키웠다. 내 성격이 다혈질이라 그런지 가만히 있지를 못하고 움직이고 무엇이든 해야 직성이 풀렸다.

제92기 봉제반 훈련생 반장 정형숙 양과 함께

"얘들아! 반장이 안 보이는데 어디 갔니?"

"아까 밥 먹으러 나오면서 반장 숙소 방문을 열어보았는데 어디가 아픈지 이불을 뒤집어쓰고 누워 있던데요."

한 아이가 밥 씹던 입을 한쪽 손으로 가리고는 자기가 본 대로 얘기를 해주었다.

"아니, 오늘 같은 날씨에 이불을 덮고 있다니 많이 아픈 거 아니야? 밥 마저 먹고 반장한테 가 보아라. 사감 선생님이 외출 중인데 너희들이 가서 많이 아픈지 확인을 해보고 나한테 오너라. 심하면 병원에 데리고 가야지."

나는 이런저런 말을 지껄이면서도 밥 한 그릇을 뚝딱 해치웠다. 그리고 반 그릇을 더 먹고 나서야 물 한 모금으로 입안을 가시며 식당을 나왔다. 과식을 한 것 같았다. 불쑥 나온 배를 북을 치듯 오른손으로 두드리며 교무실로 향했다. 커피 한 잔 할 생각이었다.

그 순간 다급히 나를 부르는 소리가 내 머리 뒤 꼭대기를 흔들어 대고 있었다. 부르는 사람의 목소리가 금방이라도 숨이 넘어갈듯 깔딱거렸다.

"가, 강사님. 빠, 빨리 와 보세요. 큰일 났어요."

"맑은 날씨에 날벼락이라도 떨어졌나. 왜 그래?"

조금 전에 식당에서 나왔다. 그리고 기숙사는 식당과 연결이 되어 있었다. 때문에 위급상황이라면 내가 식당에 있을 때 알 수 있었어야 했는데 별일 없을 거라고 생각한 내 판단이 잘못된 것이었다. 부르는 사람의 손끝에 끌려 식당으로 뛰어갔다. 나를 부르던 아이는 넘어가던 숨을 잡으려는 듯 가슴을 몇 번 톡톡 치고는 숨을 깊이 몰아쉬었다.

"왜 그래. 무슨 일이야?"

"가, 강사님, 반장이 이상해요. 얼굴에 땀이 비오는 듯하는데 숨을 못 쉬는 것 같아요."

"뭐라고? 빨리 가보자."

그 순간 나는 조금 전 식사를 하면서 반장이 아픈 것 같다는 말을 들었을 때 그냥 지나친 것을 크게 후회했다. 그러나 아무리 훈련생들을 관리 감독하는 강사라고는 하나 여자들만의 공간을 들락거린다는 것이 매우 조심스럽기 마련이다. 그리고 기숙사는 사감 선생님이 관리를 하는데 그날은 하필 외출 중이었다.

훈련생 두 명과 황급히 반장이 누워 있다는 방으로 향했다. 식당과 기숙사 사이에 벽이 있고 그 벽 중앙에 조그만 쪽문이 있었다. 그 쪽문을 지나 왼쪽으로 세 번째 방이 반장숙소였다. 노크를 했으나 인기척이 없었다.

더 기다릴 것도 없이 방문을 열었다. 방 한쪽에 이불을 덮고 반장이 누워있었다. 우선 상황 판단을 해야 했다. 나이는 열여덟밖에 안 되었지만 그도 여자인지라 내 손으로 그녀의 몸에 손을 댈 수는 없었다. 무척 조심스러웠다.

"얘들아, 반장 좀 한번 깨워 봐라."

나이 어린 훈련생 하나가 그녀의 어깨를 잡고 흔들었다.

"반장언니, 일어나봐. 정 강사님 오셨어."

그래도 반응이 없자 이번에는 손바닥으로 얼굴을 톡톡 치면서 움직여 보았지만 그래도 반응이 없었다.

"얘들아, 이불 벗겨."

내 말이 떨어지기 무섭게 그녀들은 이불을 젖혔다. 반장은 외출복을 입은 채로 반듯하게 누워 있었다. 하의는 검정색 스커트를, 상의는 흰색 블라우스를 입고 있었다.

그런데 이상한 것이 눈에 들어왔다. 오른쪽 엄지발가락에 하얀색

끈이 묶여있는데 그 끈이 치마 속으로 들어간 것인지 아니면 치마 속에서 나온 것인지 알 수가 없었다. 나는 오른손을 그의 발쪽으로 뻗어 끈을 잡아당겨 보았다. 그 끈이 어디엔가 단단히 묶여 있다는 느낌이 왔다.

"너희들, 저리 비켜!"

반장 머리맡에 앉아 있던 훈련생 한 명을 회전문을 밀듯 밀쳐냈다. 그 힘에 그녀는 방 한쪽에 내동댕이쳐졌다.

반장이 입고 있는 상의는 블라우스였는데 칼라 대신 레이스를 달아 놓아 옷이었다. 레이스가 너풀거리며 목 부분을 감싸고 있었다.

나는 누구에게도 시키지 않고 내 손으로 직접 단추를 풀 여유도 없이 그녀의 블라우스 양쪽을 양손으로 잡고는 잡아당겼다 얼마나 세게 잡아당겼는지 우두둑 소리를 내며 단추들이 떨어져나갔다. 어떤 놈은 방 천장을 때리고는 바닥으로 떨어지고 어떤 놈은 방 한쪽에 내동댕이쳐진 훈련생의 얼굴을 때리기도 했다. 또 어떤 놈은 방 바닥을 몇 바퀴 뱅글뱅글 돌다가는 방향을 잃고 벽에 부딪쳐 '픽' 하고 쓰러졌다.

예상대로 그녀의 목에는 끈이 옭아매져 있었다. 블라우스를 입은 후 허리에 메는 끈을 이용하였다. 그녀 나름대로 그러한 방법을 찾아 자살을 시도했던 것이다. 목을 감싸는 레이스가 달린 블라우스를 입은 데다 이불까지 덮고 있었으나 감쪽같이 남의 눈을 피할 수가 있었다.

"야! 빨리 가위 가지고 와. 그리고 한 명은 교무실로 가서 차를 기숙사 앞으로 대라고 해라. 빨리빨리들 움직여."

손으로는 도저히 끈을 풀 수가 없었다. 사람의 마음이라는 것이 참으로 이상하다. 사람의 목숨이 경각에 달렸는데 가위질 잘못해서 목에 상처 낼까 걱정되어 제대로 끈을 자르지 못하고 덤벙대는 꼴이 우습지 않은가 말이다. 상처가 나고 살결이 찢기면 어떤가. 목숨만 살리면 될 일을 가지고 너무 긴장을 한 탓이었을 것이다. 사람은 선하게 태어난다는 순자의 성선설이 순간 스쳐 지나갔다.

끈을 자르는 데 단 몇 초도 걸리지 않았지만 몇 시간이나 지나가는 것처럼 느껴졌다.

밤이 가고 아침이 찾아온다고 시간이 누구에게나 공평한 것은 아니다. 하룻밤이 누구에게는 전 생애보다도 길 수가 있고 어느 사람에게는 눈 깜박할 사이였다고 느낄 수가 있는 것이다.

그녀의 코에 귀를 대보았다. 아무런 느낌도 없었다. 가슴을 확인할 수는 없고 손목에 손을 대보았다. 맥박이 뛰는 것 같기도 하고 멎어있는 것 같기도 하고 나로서는 판단할 수가 없었다.

그 사이에 차가 왔다. 나는 그를 들쳐 업고 차 뒷좌석으로 옮겼다. 그러고는 가까운 병원 응급실로 향했다.

다행히 목숨은 건졌다. 시간이 많이 흘렀는데 살아 있다니 기적이었다. 지옥문을 지키고 있던 지장보살이 죽을 나이가 아니니 좀 더 살다 오라고 돌려보냈는지도 모를 일이다.

결론적으로 그녀는 죽지는 못하고 죽을 고생만 한 것이다. 그녀가 자살을 시도한 방법은 올가미로 만든 끈을 목에 걸고는 반대쪽 끈을 발에 묶어 구부렸던 발을 쭉 펴면서 목이 졸리는 방법을 시도했다.

그러나 매듭이 목 쪽에 위치하여 옭아맨 매듭 사이의 아주 작은 공간이 사이로 소량의 산소가 공급되지 않았나 하는 생각을 해보았다. 만약에 그 매듭이 목 뒷덜미에 있었다면 그는 우리가 점심 식사를 하던 시간에 목숨을 잃었을 것이다.

병원에서는 다행히 별 후유증은 없으리라고 했다. 하루 정도만 안정을 취한 뒤 퇴원을 해도 좋다고 했다.

내가 더 이상 병원에 있을 필요는 없었다. 왜 그런 몹쓸 생각을 했는지는 몸 상태가 어느 정도 회복된 후 물어보면 될 일이고 그때 그 상황에서는 내가 할 수 있는 일이 아무것도 없었다.

훈련생 한 명을 불러 주의 사항 몇 가지를 당부하고 특히 그의 옆에서 절대로 자리를 비우면 안 된다는 것을 주지시킨 다음에 연수원으로 복귀를 했다. 연수원은 발칵 뒤집혀 있었다.

내가 교무실로 들어서자 원장님은 전 직원을 교무실로 불러들여 대책 회의를 하도록 지시했다. 오랜 시간 토론을 벌인 끝에 중론이 모아졌다. 병원에서 퇴원하는 즉시 집으로 돌려보내자는 데 의견이 모두 일치했다. 내 가슴에 바윗덩어리 하나를 올려놓는 기분이었다.

찌들게 가난한 집안에서 태어나 초등학교를 마지막으로 상급학교에 진학도 못해보고 아직은 부모님의 손 안에서 커가야 할 나이에 오히려 가족들을 위하여 생활 전선에 뛰어들은 어린 소녀이기 때문이다. 하기야 그때는 그런 사람이 부지기수였으니까…….

자살을 시도한 원인은 차후 물어보면 알 일이겠지만 무턱대고 그녀를 집으로 돌려보낸다면 그 또한 책임 있는 교육기관으로서도 할 일이 아니고 그녀의 앞날이 어떻게 될까를 생각하니 그저 답답할 뿐이었다.

그녀에게 반전의 기회는 없는 것일까?

나는 퇴근 시간에 맞추어 교무 선생을 찾아갔다.

"교무 선생님, 별다른 약속 없으시면 저하고 대포나 한잔하시지요."

"아, 그래예. 잘 됐네예. 나도 한잔 생각이 있었는데 가입시더."

우리는 가까운 선술집으로 갔다. 그리고 막걸리 한 주전자와 순대 한 접시를 안주로 시켰다.

군침을 삼키며 큰 대접에 막걸리 한 잔씩을 따라 시원하게 원샷을 했다. 속이 후련한 것 같았다. 애끓던 마음까지 다 씻겨내려 간 듯하면서도 한쪽 마음이 아려왔다. 교무 선생이 먼저 말을 꺼냈다.

"정 강사, 내한테 뭐 할 말이라도 있는교?"

"아, 예. 우선 술이나 한 잔 더 드시지요."

"말해 보이소. 뜸들이지 말고……. 먼데예?"

"다른 게 아니고 반장 말입니다. 내일 오전에 퇴원을 시켜야 될 것 같은데 집으로 돌려보내기가 좀 그러네요."

"정 강사가 술 한잔하자고 할 때부터 그 반장 때문이라는 것을 눈치챘어예. 그런데 우짭니꺼. 직원 회의에서 결정난 일을……."

"교육도 거의 끝나고 수료일도 보름밖에 안 남았는데 아쉽네요. 그래서 말인데 어느 정도 기초적인 기술은 습득이 된 상태거든요. 그러니 업체에 부탁해서 취직을 시켰으면 좋겠는데 제 간절한 부탁이니 선생님이 힘을 좀 써 주십시오."

"예. 취직을 시키려면 기숙사가 있는 회사를 물색을 해야 하는데 설령 취직을 시킨다 하더라도 이번과 같은 일이 없으라는 법은 없고 고민을 좀 해 보입시더."

교무 선생은 상당히 난감한 표정을 짓고 있었다. 훈련생들이 교육을 마치고 수료를 하게 되면 교무 선생이 각 업체에 인원 배치를 하기 때문에 어느 업체든 전화 한 통이면 충분히 취직을 시킬 수 있는 위치에 있는 사람이었다. 다만 그가 걱정하는 것은 입사 후에 그녀가 혹시라도 유사 행동을 하지 않을까를 걱정하는 것이었다.

"그건 걱정하지 마십시오. 그녀의 성품으로 볼 때 이번 일은 계획에 의한 것이 아니고 돌발적인 행동이었어요. 제가 단단히 이야기를 하고 취직 후에도 지속적으로 관리를 할 테니 저를 믿고 저를 봐서라도 그 애 하나 살려봅시다."

"정 강사 마음은 충분히 이해할 수 있어예. 하지만 나로서는 조심스러울 수밖에 없거든예. 어쨌든 정 강사가 이토록 부탁을 하니 내일 오전에 쌍미실업이라는 업체 담당자와 통화를 해서 부탁을 한번 해 보입시더."

"정말 고맙습니다. 자, 술 한 잔 더 받으세요."

다음 날 출근과 동시에 병원으로 달려갔다. 병상에 누워있던 그녀는 나를 보자 상체를 일으켰다.

"몸은 괜찮아? 아침은 먹었어?"

그녀는 아무런 대꾸도 못하면서 고개를 숙인 채 하염없이 눈물을 흘리고 있었다. 그녀 못지않게 내 마음도 무거운 괴로움에 몸서리쳤다. 나는 그의 어깨를 토닥여 주고는 그의 손을 잡았다.

그러고는 시선을 둘 곳이 없어 병실 창문 밖을 내다보았다. 하늘에는 뭉게구름 몇 덩어리가 이웃 마을로 이사를 가고 있었다. 건너편 이층짜리 양옥집에서는 대문 옆에 자리 잡은 감나무 사이를 제비들이 오갈 때마다 노란 감꽃들이 하나둘씩 떨어지고 있었다.

"그래, 실컷 울어라. 네 스스로 너의 행동에 대하여 곱씹어보고 앞으로 살아갈 너의 인생에 있어 반전의 기회로 삼거라."

나는 그녀에게 휴지를 건네주었다. 그녀는 건네받은 휴지로 눈물을 닦았다. 눈물을 닦는 그녀의 손이 파르르 떨렸다. 그러고는 눈물 닦은 휴지를 이번에는 코로 가져가더니 팽 하고는 코를 몇 번 풀었다 어느 정도 마음이 진정되는 듯 보였다.

"정 강사님, 정말 죄송합니다. 그리고 고맙습니다."

"아니다. 그런 극단적인 생각을 할 정도면 너 나름대로 얼마나 힘이 들었겠니. 하지만 어떤 이유로든 너의 행동은 옳지 못했어."

"저는 정말 반장 일을 잘해보고 싶었어요. 그런데 애들이 강사님들 계실 때는 제 말을 들어주는 척이라도 하는데 강사님들이 없는 자리에서는 말도 안 듣고 오히려 저를 왕따 시키는 거예요. 그래서 죽고 싶었어요."

자살 동기는 간단하고 단순했다. 하지만 그런 문제들이 요즈음엔 상당히 심각한 사회 문제로 대두되고 있다. 그저 반장으로서 잘해보고 싶었는데 구성원들이 따라주지 않아 좌절했다는 것이다.

사람은 한평생 살아가면서 다양한 분류의 사람들을 만나게 된다. 그들과 함께 더불어 살아가면서 새로운 일들을 계획하기도 한다. 시행착오도 겪으면서 갖가지 새로운 경험을 하게 된다. 목적하는 바를 달성하면서 희열을 느낀다. 살아 있는 것에 감사한다. 그러나 한편으로는 사회가 인정을 해주고 주변 사람들에게 인정받고 살기란 그렇게 쉬운 일이 아니다.

사회생활이든 단체 생활이든 정의보다는 불의가 득세하고 있다. 믿음보다는 배반이 판을 치고 있다. 겉으로는 웃음의 손길을 내밀며 손을 잡아주는 척하면서 속으로는 반목의 칼을 갈고 있는 자들이 우리 주변에는 수없이 존재하고 있다.

사람들은 은연중에 보편적 가치에 갇혀 있다. 그런 사람들은 보편적인 가치관 속에 들어있지 않은 사람은 일단 배척을 한다. 자기와 죽이 맞지 않은 사람은 무조건 배척을 하고 싶어 하는 본능이 한 사람의 삶을 실망과 허무의 골짜기로 밀어 넣을 수 있는 것이다.

누구나 크고 작은 시행착오를 겪으면서 성숙해진다. 내가 원하는 대로 모든 일이 이루어지려면 많은 노력과 구성원들의 이해가 필요하다. 그러나 그녀는 어린 나이라서 좀 더 참고 기다릴 수 없는 조급한 마음이 앞섰을 것이다. 동료들을 위해서라면 자신을 희생해서라도 무엇이든지 하려고 했을 것이다.

그렇게 하여 자신의 성취감을 느끼고 반장으로서 동료들에게 존경받고 인정받는 사람이 되고 싶은 마음이 앞서는 조급함이 있었다. 그것이 결국에는 자신을 파멸의 길로 몰아넣었다. 그런 마음에 상처를 입으면서 결국은 극단적인 선택을 하기에 이른 것이다. 노력하면 안 되는 일이 없다고 생각했겠지만 아무리 최선을 다하고 애를 써도 혼자만의 노력으로는 안 되는 일들을 우리 주변에서 흔히 볼 수 있다.

있을 수 없는 일을 통하여 그녀는 한층 성숙해져갈 것이다. 자신을 되돌아볼 수 있는 통찰력으로 앞날을 나름대로 재정립하는 기회로 활용해야 한다.

나는 그녀에게 마지막 통보를 해주어야 했다.

그녀가 큰 충격을 받지 않도록 훈련원의 마감을 알려주어야 했다.

"반장아, 지금부터 내 말 잘 들어라."

어떻게 말을 해주어야 하나 너무 난감했다. 잠시 침묵이 흘렀다.

"예, 무슨 말씀인데 그렇게 뜸을 들이세요? 훈련원에서 저를 퇴출시킨다 하더라도 저는 달게 받을 각오를 하고 있어요."

그렇게 말을 하는 그녀의 얼굴에 씁쓸함이 덧씌워지고 있었다.

"그런 게 아니야. 너희들 수료일이 보름밖에 안 남았잖아. 그래서 내일부터 각 사업장으로 너희들을 배출시키려고 계획을 세우고 있거든. 다만 너는 하루 일찍 취직되어 회사로 들어가는 거야. '쌍미실업'이라는 곳인데 그곳에는 기숙사가 있으니까 너는 몸만 들어가서 열심히 일하고 기술을 익혀서 유능한 기능공이 되는 거야. 그렇게 할 수 있겠지?"

"예, 훈련원이나 강사님들 욕먹지 않도록 열심히 할게요. 걱정 마세요. 이 은혜를 어떻게 갚아야 할지."

"은혜라니……. 네가 그 회사에 가서 인정받는 기능공만 된다면 우리는 그것으로 만족이란다. 조금 있다 내가 가고 나면 사감 선생님이 네 사물들을 챙겨가지고 오실 거야. 그리고 쌍미실업까지 데려다 줄 거다. 알겠지? 아무 걱정하지 말고……."

"예. 알겠어요. 걱정하지 마세요. 강사님, 저 쉬는 날 놀러가도 되지요? 폐는 끼치지 않을게요."

"그럼, 언제든지 오너라. 그리고 네 신상에 무슨 일이든 생기거든

혼자 고민하지 말고 나를 오빠라 생각을 하고 꼭 연락해서 상의하도록 해라."

그 말을 끝으로 돌아서는 나의 발길이 얼마나 무거웠는가를 그때는 느끼지를 못했다. 그 후로 지금까지 나는 그녀를 다시는 보지를 못했다. 병원에서 나와 잠시 서서 하늘을 바라보았다. 앞으로 그녀가 보통 사람들의 평범한 삶을 배울 수 있도록 하늘이 도와주었으면 하고 마음속으로 간절히 빌었다.

하늘을 나는 새는 총으로 잡고 물속의 물고기는 미끼로 잡는데 사람의 마음은 과연 무엇으로 잡을 수가 있을까. 해답을 찾기 위하여 또 길을 나서야 될 것 같다. 길을 걸으면 길이 알려줄지도 모른다.

이사를 간 줄 알았던 뭉게구름들이 동무들을 많이도 데리고 왔다. 먹빛으로 물들어 가는 하늘이 금방이라도 터질 것만 같았다.

세상을 속아 산다는 말이 있다. '푸시킨'의 말이 불현듯 뇌리를 스쳐 지나갔다.

"생활이 그대를 속일지라도 슬퍼하거나 노하지 말라. 슬픔의 날을 참고 견디면 머지않아 기쁨의 날이 찾아오리니……."

생활이 자신을 속이는데 노여워하지 않는다면 성인군자이거나 바보 천치일 것이다. 슬픔의 날을 참고 견디면 기쁨이 찾아올 것이라는 말도 믿을 수가 없다. 얼마나 참아야지 얼마큼 기쁜 일이 있을까 신뢰할 수가 없다.

하루가 열흘 같은 지루한 시간은 이렇게 사람의 진을 빼놓고 가버렸다. 한바탕 회오리바람이 몰아쳐 지나간 것이다. 그 회오리바람을 막아내느라 모든 기력을 소진한 채 연수원으로 발길을 옮기기 시작했다. 술 취한 사람처럼 몸이 흐느적거렸다.

이면 도로였지만 거리는 오가는 사람들로 북새통을 이루고 있었다.

자전거 한 대가 지나가면서 마주 오는 차를 피하려다 내 어깨를 살짝 스쳤다. 그이는 고개를 내 쪽으로 돌리고는 "죄송합니데이"라며 목례를 하는데 어디선가 많이 본 사람 같았다.

"저 잠깐만요."

그를 불러 세웠다.

"야, 너 이 하사 아니야? 그렇지? 이창용!"

"어, 이게 누꼬? 정 병장 아이가?"

부산에서 꼭 한번 만나자는 기약 없는 약속이 지켜지는 순간이었다.

서로 할 일이 남아있는 터라 대충 연락처를 주고받은 후 헤어졌다가 그날 저녁 서면 로터리에서 다시 만났다. 우리는 군 생활의 추억들을 안주 삼아 밤이 늦도록 술을 마시며 옛 향수에 흠뻑 빠져들었다. 같이 전쟁을 치르지는 않았지만 생사고락을 같이 한 전우가 아니었던가.

사람들은 누구나 자기만의 추억들을 간직하고 있다. 아름다운 추억도 있겠고 지워버리고 싶은 추억도 있다. 좋은 추억들은 기억 속에서 자주 꺼내도 싫지가 않지만 나쁜 추억은 생각하기조차 싫다. 추억은 추억으로 간직하되 잊어버릴 것은 잊어버려야 한다.

잊어버려야 할 것에 붙들려 있으면 또 다른 추억을 간직할 수가 없다. 그러나 군 생활의 추억들은 자주 꺼내도 지루하지가 않다. 질리지가 않는다.

어릴 때부터 한마을에 살았다고 죽마고우라 하고 군대 시절 한 내무반에서 지냈다고 관포지교라는 고사 성어를 쓰기도 한다. 그러나 숨바꼭질, 딱지치기 몇 번 했다고 죽마고우로 생각하고 군대 복무 시절 구보 같이 몇 번 뛰었다고 관포지교라고 할 수는 없다. 죽마고우라면 당연히 우정이 있어야 하고 관포지교라면 당연히 의리가 있어야 한다.

술자리가 길어지고 취기가 오르자 그는 그런 의리를 지키겠다며 자기 집으로 가서 술 한잔 더 하고 자고 가라며 내 팔을 잡아끌었다. 그의 집은 범일동에 있었으며 결혼한 지가 얼마 되지 않아 신혼살림이었다.

늦은 시간이었지만 그의 부인은 반갑게 맞아주었다. 그러고는 주안상을 들여왔다. 나를 데리고 올 것이라는 귀띔을 미리 해주었는지 정갈하게 준비된 술상이었다. 우리는 또다시 주거니 받거니 새벽을 즐기는 사람들처럼 시간 가는 줄을 몰랐다.

몸이 찝찝한 느낌에 눈을 떴다. 술상을 물리지도 않은 채 둘 다 잠이 들어 있었다. 벽에 걸린 시계가 새벽 5시를 가리키고 있었다.

천근만근 된 몸을 일으켰다. 방바닥에 물이 질퍽했다. 아, 이 하사, 옛날 병을 그때까지도 고치지를 못한 것 같았다. 엄청나게도 오줌을 싸놓았다. 어둠이 가시기 전에 그 집을 빠져 나와야 했다.

그 후로 그와 몇 번 만나 술자리를 했는데 내가 직장을 대전으로 옮긴 후 소식이 끊어지고 말았다. 40여 년이 지나가는 지금도 가끔 꾸는 꿈속에서 그의 얼굴이 선명하게 나타나 대작을 하고는 한다.

오줌싸개 이 하사, 잘 살고 있겠지?

13. 아! 전위되고 있는 노근리의 또 다른 아픔

가는 길은 산비탈을 돌고, 다리를 건너고, 마을을 가로지르기도 하면서 끊어질 듯 말 듯한 암흑 속에 길들이 이어지고 있었다.

사방이 칠흑처럼 어두우니 하늘의 별들은 더욱 가득 차 있는 것처럼 보였다. 그 별들이 우리를 따라 움직이는 것처럼 착각할 정도로 유난히 반짝거리며 가는 듯 마는 듯 쉬엄쉬엄 제자리를 찾아 옮겨가고 있었다. 눈앞에 보이는 것은 어둠뿐인데 그 속에서 알 수 없는 검은 물체가 나의 몸을 휘어 감는 듯했다.

한겨울처럼 온몸이 얼어붙는 것 같고 깊은 물속으로 갈아 앉는 것도 같았다. 잔잔하게 흐르던 군홧발소리가 숨을 죽이고 있었다.

밤 11시. 십 분간 휴식이다.

77km를 걸어왔다

우리는 배낭을 내려놓고 연고와 탈지면을 꺼냈다. 2인 1조가 되어 서로의 몸 상태를 확인하여야 한다. 누가 먼저랄 것도 없이 바지를 내리고 팬티도 무릎까지 내렸다. 한 사람이 허리를 구부리고 양손으로 엉덩이를 잡고는 벌려준다. 그러면 다른 한 사람은 그의 항문을 확인한다. 피부가 스쳐 빨갛게 달아오르고 피가 나오는 곳에 연고를 발라준다 그런 다음 탈지면을 식빵 반만 하게 만들어 엉덩이 사이에 쑤셔 넣는다.

상대방과 번갈아가며 냄새나는 항문 치료가 끝나면 그 다음에는 각자 허벅지와 발바닥 치료를 하는데 휴식 시간이 모자랄 정도였다. 발에 물집이 생기고 허벅지가 쓰리고 아린 것도 고통스럽지만 항문에 오는 고통은 다른 것에 비해 그 강도가 훨씬 세다

내 몸이 내 것이 아닌 것 같다. 원망도 불평도 할 곳이 없다. 비몽사몽이다. 아무런 생각도 할 수가 없다. 아니 생각하기가 싫다. 모든 것을 체념하는 병사의 마음속에 굵은비가 내리고 있었다. 쉼 없이 몰아치는 체념이라는 빗줄기가 병사의 마음을 심하게 두드리며 적시고 있었다. 하지만 견뎌야 했다. 지옥 속과 같은 고통이라 하더라도 뚫고 나가야 했다.

언제 어느 곳에서든 여러 종류의 고통은 있기 마련이다. 그러나 그 고통을 피해야만 할 대상으로 여긴다면 영원한 파멸의 길로 들어갈 수도 있다. 무엇이 삶의 진정성인지를 알 수 없기 때문이다.

고통은 기쁨을 데리고 온다. 자극이나 고통을 피해버리면 기쁨도 같이 도망을 간다. 이런 고통을 통해서 우리 팀원들은 더욱 진한 전우애를 느끼게 될 것이다. 굳게 결속이 된다. 많은 것을 함께 공유할 수 있게 된다. 전우애가 돈독해지면 서로가 서로를 이해하는 데 장벽이란 것이 있을 수가 없다. 우리는 어둠속에서 그런 감정들을 서로 숨죽여 바라보며 무언의 위로를 보내 주고 있었다.

고통은 이처럼 우리의 마음을 단련시키고 있었다. 고통은 그렇게 우리를 성숙한 인간으로 만들어 가고 있었다. 희망의 고통을 보고 있는 것이다.

휴식 끝! 출발! 소리와 함께 솥이 작아 굶어 죽었다는 소쩍새의 처량한 울음소리가 어둠을 가르며 더욱 깊숙이 숲 속으로 들어가고 있었다. 우리는 다시 길을 걷기 시작하면서 서로의 고통을 위로

하고 보살피며 살아가는 이유를 다시 한 번 느껴보았다. 동행하는 벗과 따뜻한 손길이 있음에 감사함을 느꼈다. 서로 상통하는 감정을 공유하며 육체의 고통이, 따뜻한 마음을 굳건하게 하는 불타오르는 인간애에 기름을 끼얹고 있었다.

인간의 마음속에는 보이지 않는 수많은 생각들이 꿈틀거리고 있다. 자신도 모르게 그것들은 벌떼 달려들듯 자신의 몸 안으로 몰려들어와 올바른 생각과 판단을 흐리게 만들고 파괴하기도 한다. 살아가는 모습의 진정성을 원하는 사람은 그가 누구이든지 눈에 보이는 것에 만족하지 말고 겉으로 드러나지 않는 속사정을 헤아려야 한다. 숨겨진 깊은 마음을 헤아릴 줄 아는 사람이 되어야 사람들로부터 그 마음의 깊이를 인정받을 수 있는 것이다 단면만을 보고 판단하고 마음을 결정하는 아둔함에서 벗어나야 한다.

그러면서 한편으로는 자기중심적인 가치관에 빠지지 말아야 한다. 그런 사람들은 당장은 주위의 부러움과 존경을 받을 수는 있다. 그러나 결국에는 진실이 밝혀진다. 영원하리라 생각했던 아집의 성은 허물어진다. 파멸의 길로 들어서 가족과 재산, 그 외의 모든 것을 순식간에 잃을 수도 있다. 자기의 잣대로 바라보는 편견과 독선으로 목적을 이루려고 한다. 그 목적을 이루기 위하여 끝없이 사악한 생각을 하며 먹잇감을 찾는 하이에나처럼 주위를 맴돈다.

자기가 원하는 것에는 수단과 방법을 가리지 않는다. 악한 짓에 노련하다. 그런 악을 선으로 포장하는 것을 서슴지 않는다. 뿌리 깊은 그러한 사고방식은 곧 자신의 선택은 모두가 옳고 상대방의 처세에 대하여는 몰상식으로 몰아가는 오류를 범하고 마는 것이다.

잘못된 유혹에 빠졌으면서도 그것마저 최선인양 지껄여댄다. 바로 이런 것들이 일부 지식인들의 현주소이기도 하다. 외적 선망의 대상이 되기보다는 값진 지혜와 가치 있는 이상을 추구해야 함에도 불구하고 그런 것들은 철저히 외면을 한다.

누구나 자기중심적일수록 때로는 자기와 직접적인 관련이 없는 일에 대하여는 심하다 싶을 정도로 눈길조차 주지 않는다. 무신경으로 안주하려 하는 것이다. 하지만 그런 성향의 태도는 주변을 보는 시야를 좁게 만든다. 좁은 시야로는 주변에서 어떤 일이 일어나는지 알 수가 없다. 직접적인 문제로 부딪쳐야 아, 그런 일이 있었구나, 하고 생각을 하게 된다.

반대로 낄 자리 안 낄 자리 구분도 못하고 들이대는 사람이 있다. 주관적 관점으로 세상을 바라보며 막연히 그랬을 것이라거나 그렇게 했다는 말을 들었다는 식으로, 사실적 근거를 보지도 못했으면서 떠들어대며 자신의 주장을 정당화시키려는 사이비 지식인들이 바로 그들이다.

말을 옮긴다는 것은 신뢰성이 떨어지기 마련이다. 옮겨가면서 살이 붙거나 떨어져 나가기 일쑤이기 때문이다. 듣고 말하는 성향에 따라서는 정반대의 해석으로 본질이 왜곡될 수가 있는 것이다. 이 점을 간과해서는 안 된다. 상대방에게 아물어 가는 상처를 안겨줄 수도 있기 때문이다. 눈으로 보기에 더러운 약이 병에 적합할 수 있지만 귀로 듣기에 더러운 말은 하는 사람의 인격을 의심케 하기에 충분하다.

타인의 마음에 상처를 입힌다는 것은 육체에의 상해와 마찬가지로 큰 죄가 되는 것이다. 육체적 상처는 빠른 시간 내에 치유가 되고 회복이 되지만 마음의 상처는 아무리 세월이 흘러도 치유되지 않을 때가 있다. 때로는 그 상처로 인하여 살아갈 힘을 잃고 죽음을 택하는 경우도 주변에서 종종 볼 수가 있다. 그렇기 때문에 자기가 하는 일이 죄가 되지 않는다고 오만에 빠져있지 않은지 스스로 되돌아보며 살아야 한다.

같은 일을 하면서도 자기가 한 일은 용서할 수가 있고 남이 한 일에 대해서는 용서를 하지 못한다. 이것이 우리 인간들이 가지고 있는 못된 습성이기도 하다. 자기의 잘못에 대해서는 날카롭게 꾸짖지도 못하고 비판도 하지 않는다. 남에게 하는 것처럼 비난도 하지 않는다. 진솔한 모습이 보이지 않는다. 두 개의 척도를 가지고 있는 것이다. 자기가 범한 과실에 대해서는 그럴 수 있다고 생각을 하면서도 같은 일을 다른 사람이 다른 사람이 저지른 경우에는 크게 잘못한 것처럼 떠벌린다.

아울러 그런 사람들은 자기가 베푼 선행은 매우 크다고 생각을 하면서 다른 사람이 할 때는 누구든지 할 수 있는, 별일이 아니라는 식으로 과소평가를 한다. 이것이 바로 자기중심적인 사람들의 소행이다.

자기 존재가 인정받고 싶고 자기의 언행이 인정받고 싶다면 다른 존재도 인정을 하고 수용하며 살아가야 한다. 그러나 자기는 인정해 주기를 바라면서 상대방은 인정을 해주지 않는 우를 범하는 소인배들은 어디에나 있다.

사람의 눈은 둘, 귀도 둘, 그런데 입이 하나인 이유에 대하여 제논이라는 그리스의 철학자는 많이 보고 많이 듣되 말은 적게 하라고 했다. 말을 많이 하는 것이 요즘 시대가 요구하는 소통은 아니다.

진정한 소통은 경청에 있다는 것을 분명이 알아야 한다. 그러면서 제대로 보고, 제대로 듣고 하는 것도 중요하지만 말을 옮길 때는 신중을 기해야 한다. 속된 말로 입이 싼 사람들은 제멋대로 떠들어대기 일쑤다. 마음이 절박하고 본인의 단점이나 허물을 덮으려고 절제하지 못하고 함부로 지껄여대는 것으로 상쇄를 하려는 어리석음을 스스로 드러내 놓기도 한다.

마음이 척박한 사람은 개를 본받을 필요가 있다. 사람을 만나면 자기의 꼬리가 끊어질 정도로 흔들어대며 반가워하고 사람을 기쁘게 만드는데 그가 누구든 그 머리를 쓰다듬지 않을 사람은 없을 것이다.

며칠 전, 아는 동생이 가게로 찾아왔다.

"형님, 저 왔습니다. 그동안 안녕하셨지요?"

"응. 어서 오게. 바쁠 텐데 어쩐 일인가? 정말 반갑네. 얼굴 보여줘서 고마워."

"아이고, 형님 그런 말씀 마세요. 자주 찾아뵈어야 하는데 바쁘다는 핑계로 전화도 자주 못 드리고 죄송합니다."

"미안하다는 생각은 하지도 말게. 그건 나도 마찬가지 아닌가. 그래, 요즘 어떻게 지내나? 경기가 안 좋아 돈벌이들이 안 된다고 난리들인데……."

"그럭저럭 시간만 죽이고 있어요. 형님은 어떠세요?"

"나도 마찬가지지 뭐. 특별히 잘될 것도 없고 못될 것도 없고 그냥 그래."

"참, 책 쓰신다는 것은 잘 돼가고 있어요?"

"지난번에 술에 취해 자네에게 또 쓸데없는 얘기를 한 모양이군."

"가방끈이 짧은 터라 잘 쓰고 싶어도 어려운 점이 많아. 조금씩 쓰고는 있는데 책이라고 할 수 있을지……."

"예. 쉬운 일이 어디 있겠어요. 형님, 책 쓰시는데 노근리 사건도 어떤 식으로든지 언급이 되겠네요? 형님 댁도 피해가 많았다면서 요? 작은 형님분도 다치시고……."

그 동생은 6·25 전쟁 발발 직후인 7월 충북 영동 임계리 골짜기 에 피난 중이던 400~500여 명의 양민들을 미군들이 남하시켜준다 고 유인 내지는 강압적으로 충북 황간면 노근리 경부선 철로 부근 까지 끌고 가 처음에는 비행기 폭격으로 학살을 하고 그곳에서 살 아남은 자들이 안전지대라 믿고 들어간 쌍굴 다리 안을 3일간이나 가두고 미 지상군이 기관총 등 다양한 무기로 대 학살을 저지른 만 행에 대한, 그 노근리 사건 이야기를 갑자기 꺼내는 것이었다.

내가 어릴 때 들은 이야기로는 대전 방어선에서 인민군에게 패전 하고 밀리던 미군들이 후퇴하면서 지나가는 피난민들에게 이곳에 도 공산주의자들이 있느냐고 묻자 그 피난민은 무슨 소리인지 알 아들을 수가 없어 무조건 '예스! 예스!'라고 한 것이 화근이 되어 노 근리 사건이 발생하게 되었다는 말을 들은 기억이 있는데 이 말이 정 확한 것인지 나로서는 알 수가 없다. 언젠가 들은 이야기일 뿐이다.

"내가 태어나기 전이라 노근리에 대해서는 아는 것이 없어서 쓸 수가 없어. 크면서 어른들에게 조금씩 귀동냥으로 들은 정보는 있지만 내 눈으로 직접 본 것도 글로 옮기기가 조심스러운데 내가 경험해보지도 않은 것을 남의 말만 듣고 글을 쓴다는 것은 매우 위험한 일이야. 그리고 노근리에 대한 책이 나와 있어."

"아, 그래요? 어떤 내용으로 어느 작가가 쓰셨나요?"

순간 큰아버님의 호탕하신 웃음소리가 스쳐지나가는 듯했다.

"전문적으로 책을 쓰시는 분은 아니야. 나에게는 재당숙 되시는 분이지. 정은용 씨라고 중앙대학교 법대를 나오신 분이야."

"야, 그 당시에 대학을 다니셨다면 대단하신 분이시군요."

"그렇지. 보통 사람들은 초등학교도 못 다닐 때인데 머리는 좋으셨는데 시험 운이 없었는지 사법고시 1차에서는 합격을 하시고는 쭉 2차 시험에서 고배를 마셔서 법조인의 뜻을 접은 분이야."

"그런 분이 노근리에서 미군들이 양민을 학살한 사건을 사실적 근거에 의하여 풀어놓았다면 반응이 대단했겠네요."

"묻혀지고 왜곡되었던 통한의 사건이었으므로 60년이라는 세월이 흘렀지만 희생자와 유족들의 한을 풀 수 있는 계기가 되었지. 아직도 미완이지만 나도 얼마 전 교보문고에서 그 책을 구입하여 읽어보았지."

"그래요? 다 읽으셨으면 저 좀 빌려주세요."

'음, 그러지. 그런데 나는 그 책을 괜히 읽었다는 생각이 들었어. 아니 본 것만 못했으니까."

"아니, 왜요? 도움이 안 되셨습니까?"

"나는 올해만도 삼십 권 이상의 각종 책을 읽었는데 그런 책은 처음 보았거든."

"이해가 가도록 말씀 좀 해 주세요. 형님에게는 아주 가까운 친척이라면서요."

"가까운 친척이라……. 큰집 작은집 했으니 가까운 친척은 친척이지. 그 책을 보면서 친척이 무엇인가, 라는 의미를 다시 한 번 생각해보는 계기가 되었어."

"그런데 그 책을 괜히 보셨다는 말은 무엇 때문인가요?"

"여러 사람이 접할 수 있는 책이라는 매체를 집필자의 개인적 감정에 의하여 한 가족의 삶을 의도적으로 왜곡을 하고 분풀이의 도구로 삼았다는 느낌을 받았기 때문에 나는 그 책의 내용에 대하여 신뢰할 수가 없다는 것이야. 아직도 그때를 생생하게 기억하고 계시는 분들이 많은데 말이지. 말이라는 것은 단어 하나가 앞뒤로 바뀌면서 전혀 다른 해석이 가능하거든. 그래서 옛 어른들이 말을 할 때는 심사숙고해야 된다고 하지 않던가."

"예. 그런 것이 있었군요. 그럼 어떤 특정된 사람에 대하여 사실확인이 안 되거나 미흡한 것을 추상적 사고에 의하였던, 아니면 남의 말만 듣고 글을 쓰면서 화풀이까지 덧붙였겠군요."

"과거는 잊으라 했어. 그러나 역사는 잊어서는 안 된다고 했네. 왕조시대에 사가들이 왜 죽임을 많이 당했는가? 진실이라는 것은 사람의 목숨보다 더 지켜야 될 가치가 있기 때문이지. 따라서 실록을 쓰는 사람들은 개인적인 사견이나 감정을 가미시켜서는 절대 안 되는 거야. 물론 허구라는 것이 항상 존재하기에 진실이 인간세상의 버팀목이 되어주고 있지만 말이야."

"그 책의 제목이 뭡니까?"

"『그대 우리의 아픔을 아는가』라는 책이야. 그런데 자네가 왜 그렇게 관심이 많아?"

"아, 오해는 하지 마세요. 형님 고향에서 있었던 일이라 관심이 갔을 뿐이에요."

"응, 그랬어? 오해할 게 뭐 있어. 관심 가져줘서 고마워."

"더 물어보고 싶어도 형님 기분이 언짢으신 것 같아서 그 이야기는 그만하고 다른 이야기나 하지요."

"아니야, 괜찮아. 뒷간 갔다 밑 안 닦은 것처럼……. 그냥 계속하세."

"그 책을 보니까 내 큰아버님에 대한 이야기가 세 번, 그리고 6·25 때 실종되신 사촌 큰형님에 대한 이야기가 두 번, 내 아버님에 대한 이야기는 없었는데 그 당시 얼굴에 총상을 당한 작은형님에 대한 이야기와 동생의 총상을 치료하기 위하여 동분서주하시며 마음을 졸이셨던 큰형님의 이야기가 몇 줄 쓰여 있더군. 물론 그 과정도 본인이 직접 목격하고 체험한 것은 아니야. 구전을 통하여 들었을 뿐이지."

"아, 그러면 그분이 형님 집안에 대한 이야기도 썼군요."

"음, 그래 맞아. 나는 태어난 지 얼마 되지 않아 중학교 들어갈 때까지는 큰집에서 큰아버지와 큰어머니를 친부모로 알고 자랐거든. 그렇다고 편견에 의하여 그분들을 두둔하고 싶은 것은 절대 아니라는 것을 먼저 이해해주기 바라네."

"아, 언젠가 형님이 어렸을 때 아버지가 두 분, 어머니가 두 분이었다고 하신 말씀이 생각이 나네요. 술 한잔 거나하게 마시면서 나는 내 의지와 관계없이 피해자가 되었었다고요. 그런데 그 책 내용과는 어떤 인과관계가 있나요?"

"이야기가 길어질 것 같고 또 이야기가 끝나면 자네하고 열띤 논쟁을 벌여야 할지도 모르니 술 한잔하면서 천천히 보따리를 풀어 보도록 하세. 어차피 오랜만에 한잔해야 하지 않겠나?"

그날따라 둘만의 시간을 보내라고 그런지 손님도 뜸했다. 우리는 우럭 회 한 접시를 배달시켰다. 소주도 다섯 병이나 탁자 밑에 뉘어놓았다. 그러고는 종이컵에 술을 따라 마시기 시작했다. 소주 컵이 아닌 종이컵에 따라 마시다 보니 소주 한 병이 두꺼비 눈 깜박하는 사이에 없어지는 것 같았다. 우럭 회 한 점이 위에까지 채 도달도 하기 전에 소주 두 병을 비웠다. 가슴이 따뜻해지고 얼굴이 붉게 물들면서 나도 모를 힘이 생기는 것 같았다.

오래전부터 우리는 이렇게 만나면 시끄러운 나이트클럽이나 단란주점보다는 조용한 선술집이나 포장마차를 이용하며 대작을 했다. 대화를 하는 데 방해 받기 싫었기 때문이었다. 그러면서 논쟁거리를 만들어 시간을 묻어둔 채 술집 주인이 그만 가라고 할 때까지 대화를 이어가고는 했다.

"형님, 술 한잔하시니까 기분이 좀 가라앉으시지요?"

"응? 그래, 그렇구먼. 책 이야기를 계속하세. 나는 굳이 책의 한 부분에 대한 내용이 진실이다, 아니면 허구라고 편을 가르자는 것은 아니고 똑같은 사안도, 그것을 보고 느끼는 것이 생각하는 사람에 따라 큰 차이가 날 수도 있겠구나 하는 것을 다시 한 번 깨달았고 자기를 비판하지 못하는 사람은 남도 비판할 자격이 없어야 된다는 형평성에 대한 이야기를 하고 싶을 뿐이야."

"예. 아, 이 세상에 자기의 언행이 잘못되었다는 것을 아는 사람이 그것을 감추려고 할 수는 있겠으나 같은 사안을 가지고 남을 비판하는 파렴치한 사람이 어디 있나요? 그렇지 않습니까?"

"그렇지. 자기 얼굴에 침 뱉는 격이니까. 자기 자신을 용서했다면 상대방도 이해를 해야 도리이겠지."

나는 종이컵에 술을 가득 채웠다. 눈꺼풀로 앞을 막은 눈망울 속에는 허공속의 노근리 철길 밑 쌍굴을 떠올리면서 천천히 아주 천천히 종이컵 속에 들어있는 술을 모두 비워 버렸다. 술의 힘을 빌리지 않으면 분노의 몸서리가 끝날 것 같지가 않았다. 잠시 침묵이 깊어가는 밤을 따라가고 있었다. 그러나 침묵을 깨야 했다. 그 침묵은 영문을 모르는 채 나의 입만 쳐다보고 있는 것 같았다.

"그 책 90쪽에 보면 그분이 임계리 골짜기에서 가족들을 남겨둔 채 혼자 피난 떠나던 과정을 써놓았어. 이렇게……. '아버님과 어머님이 빨리 떠나라고 성화같이 독촉을 했다. 아내의 손을 놓고 피난길을 떠나는데 아들 구필이가 아빠 나도 가아. 나도 피난 가. 아빠, 나도 갈 테야. 나는 무엇인가에 쫓기는 듯 서둘러 고개를 넘었다. 구필이의 울음소리가 들리지 않자 걸음을 멈추어 고개 쪽을 올려다보았다. 그때 울부짖는 내 영혼의 소리가 들렸다. 이 비겁한 놈아, 너 혼자 살려고 가는 거야. 저렇게 울어대는 네 자식놈을 떼어놓고 너만 도망가는 거야. 나는 이 음성에 가책을 느꼈다.' 라고 했거든. 부모, 처, 어린 자식 남겨두고 떠나는 피란길이 얼마나 절절하고 힘들었을까 하는 동정심이 가는 대목이야."

"형님 말씀이 맞습니다. 식구들을 남겨두고 그것도 어린 자식

말입니다. 당해보지 않은 사람들이 그 심정을 조금이라도 공유할 수 있을까요? 그야말로 예측할 수 없는 생이별이네요. 그런데 그 어린 자식은 무슨 죄랍니까? 사지에 남겨진다는 것을 알 수도 없는 나이에……. 그렇게 본다면 가책을 느꼈다는 말 정도 가지고는 그분이 내린 결정에 대한 설득력이 없지 않습니까?"

"내가 이해를 할 수 없는 것이 바로 그 부분이야. 그분은 똑같은 상황은 아니었지만 다른 사람의 경우에 대해서는 아주 혹평을 했거든."

"아, 그래요? 그럼 그 다른 분이라는 분도 부모님과 사랑하는 처와 어린 자식을 남겨둔 채 자기만 살겠다고 피난을 갔습니까?"

"아니야. 그분은 피난민을 학살하던 노근리 쌍굴에 있었고 부모님은 이미 1937년 왜정시대에 작고를 하셨어."

"아, 그래요. 그럼 그분의 자식들도 어렸나요?"

"아니야. 출가를 시킨 자식도 있었고 미혼인 자식도 있었지만 대학을 다니거나 고등학교를 다닐 정도로 거의 다 키운 상태였지. 이 사람아, 아직도 감을 못 잡았나? 내 큰아버님 이야길세."

"예. 무슨 일이 있었는지 더욱 궁금해지네요."

"자네도 내 말을 듣고 판단을 한 번 해 보게나. 물론 이 내용은 그분이 직접 목격한 것이 아니고 남에게 들은 이야기를 쓴 것으로 생각이 되는데 이 점을 먼저 알고 들으면 판단하는 데 도움이 될걸세. 뭐라고 했냐 하면 '밤이 깊어가고 있었다. 우문 정희용의 노기 띤 음성이 어둠을 뒤흔들었다. 이놈들! 이럴 수가 있어? 멀쩡한 피난민을 가둬놓고 도살을 하다니……. 그러자 함께 있던 여인들이 여자들과 어린 아이들은 여기 남을 테니 남자들은 나가서 살아남도록 하세유……' 또 164쪽에 '도망갈 수 있는 남자들은 다 탈출을 했다. 아내도 자식도 늙은 부모도 터 널 안에 남겨 놓은 채 자기 혼자만 도망쳤다. 극한 상황에서는 도덕도 윤리도 없었다.'라고 했거든."

"아니, 많이 배우신 분이고 통찰력과 판단력이 훌륭하실 분이 어떻게 비슷한 사안에 대해서 본인에 대해서는 가책을 느꼈다고만 했고 큰아버님의 경우에는 부모와 처자식을 버린 패륜으로, 정반대의 이중적 판단을 했을까요?"

"나도 그것을 이해할 수가 없어. 나이가 많아 노망 든 사람이 한 이야기라 할지라도 설득력이 없는 얘긴데 누구보다 분별력이 확실하실 분이 그런 말을, 그것도 책에다 기술했다는 것은 다분히 개인적 감정이 실린 악의성이라고 생각이 돼. 왜냐하면 그 굴속에 있던 사람들 이름은 거명을 안 하고 여자들 또는 마을 청년들이라고만 했지. 다른 사람들의 실명은 거론을 하지 않으면서 유독 우문 정회용을 강조한 것이 이해가 안된다는 것이야. 본인은 그때 굴속에 있던 남자들을 싸잡아 이야기한 것이라고 할 수 있으나 어느 누구든 그 책을 보는 사람이라면 우문 정회용이라는 사람이 정말 패륜적인 행동을 했구나, 라고 생각하지 않는 사람 없을 거야. 자네 판단은 어떤가?"

"아니, 그런 것을 떠나서요, 가족을 지켜야 할 현실은 그분이 더욱 절박했는데 어떻게 본인에 대해서는 비난과 비판을 하지 않고 자책만으로 슬쩍 넘어가고 남이 한 일에 대해서는 날 선 비난과 비판을 할 수 있었는지 도저히 이해를 하려야 할 수가 없네요. 지식인이시고 독실한 기독교 신자라면서요? 왼뺨을 때리거든 오른뺨을 내

놓으라는 말이 불교에서 쓰는 말이던가요? 갑자기 그 말이 떠오르네요."

"이 사람 별 이야기를 다하네. 나는 큰아버님이 목숨 하나 건지자고 윤리도 도덕도 없는 행동을 하실 분은 아니라고 생각해. 왜 그러냐 하면 일제강점기 때 독립운동을 하신 분이거든. 그렇게 국가와 사회에 대한 확실한 신념이 있으신 분이 죽는 것을 두려워하여 자신이 세상을 뜬 지 40여 년이나 지난 이때 남에게, 그것도 재종동생에게 아랫사람한테나 붙일 수 있는 호칭을 들으며 지탄받을 정도로 목숨을 구걸했겠느냐는 생각이 들어."

"참, 기가 막힐 일이로군요."

"내가 아무리 제삼자 입장에서 생각을 해 보아도 이것은 다분히 개인적 감정이 실려 있다고 확신해. 왜냐하면 그 책에 보면 살려고 도망치기 위하여 굴 밖으로 나간 사람들은 나가는 즉시 총에 맞아 죽거나 총상을 입었다고 했거든. 물론 그 상황도 남에게 들은 이야기를 쓴 것이니까 믿을 수는 없지만 말이야. 그렇게 살벌한 상황에서 죽을 수도 있는 탈출을 시도한다면 그 사람이 처한 위급함에 대한 대처를 어느 정도는 공감을 해야 된다고 생각해. 그리고 식구들을 버리고 도망을 쳤다면 당시 그 자리에 있었던 구성원들이 어떤 상황에 처해 있었으며 어떻게 대처를 했는가도 설명이 되어야 하는데 본인이 보지 못했으니 쓸 수가 없었겠고 스스로 인민 재판장을 만들었으니 큰아버님에 대한 것 이외에는 관심이 없었겠지."

"미군들은 무엇 때문에 그런 망나니짓을 했을까요?"

"그 책에 보면 대전 전투에서 피난민으로 가장한 인민군들에게 미군이 당했다는 거야. 그래서 상부 지시로 그렇게 했다는 증언들이 나오고 있는 것 같아. 그런데 내 생각에는 본의 아니게 미군들이 김일성의 하수인이 되어버리지 않았겠나. 노근리 같은 사건에 대하여 나는 그런 생각을 해 보았어."

"아니, 그건 또 무슨 말씀이세요?"

"이 사람아, 전쟁터에서 승패를 좌우하는 것이 무기가 아니고 전술, 전략에 있다는 것을 모르나? 김일성은 민심도 이용을 하려 했을 것이고 그 전략에 말려든 미군들이 양민들을 학살함으로써 민심은 등을 돌리고 원수가 되어버린 것이지."

"그럼 그때 그분은 어디에 있었나요? 학살이 자행되던 그 시점에 노근리에 없었다면서요?"

"책 내용으로 볼 때는 노근리에서 살육이 벌어지던 그 시점에 김천 대구 쪽에서 혼자 피란길에 있었다고 했어."

"야, 자기 가족들은 노근리 쌍굴에서 생사를 넘나들고 있는데 그분의 마음도 편치는 않았겠습니다그려. 쯧쯧쯧.

"아, 그분이 한때 경찰에 몸담았던 적이 있었다는 거야. 그러니까 인민군이 내려오면 경찰이었다는 전력 때문에 총살을 당할 수도 있기 때문에 식구들이 피신하라고 했다는 거지. 그러나 과정이야 어떻게 되었든 그 말은 설득력이 없어. 왜냐하면 그 식구들도 경찰 가족이라는 이유로 목숨이 위태롭기는 마찬가지였거든."

"그러면 큰아버님의 경우보다는 그분의 처세에 대한 것이 피란을 경험한 사람들로부터 더 질타를 받을 수 있는 사안이 아닌가 하는 생각이 드네요."

"각자 생각의 차이는 있겠지만 명확한 평가는 있어야 되겠지. 그런데 168쪽에 보면 나의 아내도 시부모와 시집 식구들을 노근리 쌍굴에 남겨두고 남쪽으로 피란을 하였다고 쓰여 있거든. 하여튼 그과정에서 애석하게도 아빠 나도 아빠 따라 갈 거야, 라며 울부짖던 자식을 잃으셨다고 회고를 하셨는데 그런 아픔을 간직하신 분이 다시 재종형 가족들에게 40년이나 지난 지금 마음에 아픈 상처를 주었다면 그것은 제삼자 입장에서 보더라도 다분히 개인적인 서운함 내지는 감정이 있다는 것이야. 그렇지 않아?"

"아니, 어처구니가 없네요. 그런 분이 어떻게 윤리니 도덕이니……. 그러니까 요샛말로 남이 하면 불륜이고 자기가 하면 로맨스라고 한다던데 그 말이 실감이 나는군요."

"가족들의 권유로 살기 위하여 자신은 피란을 했고, 삼 개월 피란 생활을 하면서 방에서 잠을 잔 것은 단 삼 일뿐이다, 라고 했어. 피란길에 그 정도는 얼마든지 겪을 수 있는 일이겠지. 전쟁 상황에서 말이야. 왜냐하면 요즘 군대 가면 훈련이지만 그보다 더 혹독한 육체적 정신적 고통을 이겨내야 하거든. 그러니까 한편에서는 찬 이슬 맞으며 잠을 잤고, 그렇게 잠든 시간에 또 한편에서는 생사의 기로에서 살육의 현장을 목격하며 몸서리를 치고 있었다는 것이 아이러니하지 않아?"

"아니, 형님 그때가 여름이었다면서요. 평상시에도 여름이면 옛날이나 지금이나 밖에서 자는 사람들이 많지 않습니까?"

"생각의 차이겠지. 또 시대에 따라 사는 방식도 다르겠지만 일반적인 상식으로는 이해가 안 될 수도 있어."

이야기는 무르익어가고 꼬리를 무는 물음표는 머리에 찬물을 끼얹고 있었다. 쪼르륵 하고 술 따르는 소리는 노근리 쌍굴에서 퍼져나가던 기관총 쏘는 소리가 세월에 묻혀 멀어져가는 것처럼 느껴졌다.

마찰이 없이는 귀중한 보석이 만들어질 수 없듯이 인간관계 또한 실수나 실언이 있을 수 있기 때문에 그것이 밑거름이 되어 상호 좋은 관계를 유지할 수 있다. 하지만 실수, 실언과 왜곡은 질적으로 다르다. 잘못된 실수나 실언은 잘못을 인정하고 사과를 함으로써 보다 허물없는 인간관계를 유지할 수 있지만 왜곡이란 사실을 묻고 거짓으로 포장을 하기 때문에 죄질이 무거운 것이다.

우리는 누가 먼저랄 것도 없이 바짝바짝 말라 들어가는 혀끝을 술로 적셔주고 있었다.

세치의 혀. 혀끝 세치로 사람을 살릴 수도 죽일 수도 있다. 상대방을 존경해줄 때 자신도 존경을 받을 수 있다. 서로가 서로의 육친에 대해어 헐뜯는 것은 자신을 헐뜯는 것보다 괴로운 일이다. 흉을 보는 것 자체가 기분 나쁜 일이기 때문이다. 그렇기에 서로 칭찬을 해주는 삶을 살아야 한다. 그것은 기분 좋은 일이기 때문이다. 이해의 마음에는 사랑이 움트고 오해의 잡념에는 증오의 가시가 돋아나기 마련이다. 불교는 자비, 기독교는 사랑, 알 만한 사람들이 이것을 외면을 한다.

마음이 답답하니 목에 무엇이 걸린 느낌이었다. 안주에는 눈길도 주지 않고 깡술만 마셔대는 나를 보고는 그 동생은 걱정스러운 듯 한마디를 뱉어냈다.

"형님, 술로 배를 채우시겠네요. 안주도 좀 드세요. 그리고 사촌 형님 이야기는 또 무엇인가요?"

"뭘 그렇게 보채나. 오지 말래도 새벽은 오고 있지 않은가. 새롭게 시작되는 날에는 새로운 것만 생각하고 계획을 세워야 하는데 이 꼴이 뭔가? 자, 한 잔 마시고 돋아 오른 상처에 곧 터져버릴 것처럼 팽창하고 있는 고름을 쥐어짜보세."

깡술에 잡혀버린 취기는 도망가지를 못하고 나의 온몸을 뱅뱅 돌면서 세 치의 혀만을 바쁘게 움직이도록 재촉하고 있었다.

"이야기를 계속하지. 그 책 154쪽에 보면 연희대학교 사학과 2학년에 재학 중이던 정구일은 부상자들을 치료해주던 미군 위생병들에게 '우리는 공산주의자가 아니고 양민인데 무엇 때문에 이렇게 죽이느냐'고 물었다. 위생병은 '대전에서 피란민을 가장한 인민군에게 우리 미군이 엄청나게 당했다. 따라서 의심나는 피란민은 모두 죽이라는 상부의 엄명이 내려 왔다'라고 했는데 그것 역시도 본인이 목격한 것이 아니고 들은 이야기를 쓴 것이겠지."

"아, 사촌 형님께서 그 당시에 대학교를 다니셨군요."

"응, 그래. 서울에 있는 명문대학을 다니셨다네. 그 당시에 지금의 연세대학교 전신인 연희대학교에 다녔으니 그때로 보면 보기 드문 엘리트였겠지."

"그래서 어떻게 되었습니까?"

"176쪽에 보면 '가족들의 장례를 끝낸 정구일은 미군 위생병이 말한 의심나는 피란민은 모두 죽이라는 상부의 엄명이 내려 왔다는 말이 때때로 귓전을 때리기도 했다'라고 쓰고 177쪽에 보면 '벼락 맞을 양키 놈들아, 라며 분을 삭이지 못하고 군 인민 위원회에서 찾아온 두 사람에 의하여 공산주의자가 되었다. 전쟁 전에는 공산주의자 근처에는 얼씬도 하지 않았는데 미군의 양민 학살로 육친을 잃은 연유로 공산주의자가 되었다'라고 쓰여 있어."

"아니, 어떠한 사상이나 이념을 신봉하는 사람들은 그것을 목숨보다 더 중하게 여기는데 부모 형제의 원수를 갚는다고 아무런 철학도 없이 그것도 최고 학부에 다니시던 분이 공사주의자가 될 수 있습니까?"

"무지한 사람이라면 그럴 수도 있겠지. 인민군들은 낫 놓고 기역 자도 모르는 사람들에게 붉은 완장을 채워 주민들을 감시했다는 말을 들은 적이 있어. 어쨌든 사촌 형님은 군 인민 위원회에 간 적도 없고 더구나 공산주의자가 아니었다는 증언들이 있고 나도 내 큰형님에게 확인을 해보았지."

"고등학교 교장으로 은퇴하셨다는 분 말이군요. 뭐라고 말씀하시던가요. 그 선생님 말씀이 신빙성이 있겠지요?"

"큰형님은 단호하게 절대 공산주의자가 아니었다고 하시더군. 당시 큰집과 우리 집은 상업을 한다 해서 우익으로 몰려있었고 사촌 형은 연대생으로 숙청 대상이어서 살기 위하여 인민군에게 협조해야 했으며 언제 숙청될지 불안에 떨었다는 거야. 불안에 떨면서 농촌 토지 조사 명목으로 산골 마을로 숨어 다녔다는 거야. 그렇게 해서 안전도 도모를 하면서 그들의 앞잡이를 피하려고 군당 사무실에 나가지 않았다고 말씀을 하시더군."

"아니, 그런 것을 왜 책을 쓰신 분은 진실을 묻어두고 왜곡을 하셨을까요? 남이 그랬다 하더라도 덮어주어야 할 사안을 가까운 친척 조카를 공산주의자로 몰다니 그 저의가 무엇인지 의심스럽네요."

"그 당시에는 강압에 의하여 부역을 한 사람들이 많았다고 들었거든. 그러다가는 전세가 뒤바뀔 때마다 점령군에게 곤욕을 치르고는 했다는 거야. 휴전 후에 만약에 이승만 정권이 사촌 형님을 공산주의자라고 판단했다면 연좌제에 걸려 그분의 동생이 철도 공무원으로 평생 일을 할 수도 없었겠고 내 큰형님도 교육공무원으로 평생을 학생 가르치는 일을 못했겠지."

"연좌제가 무엇인데요?"

"응, 옛날 왕조 시대에 반역자들은 삼족을 멸한다고 했잖아. 그와 비슷한 건데 빨갱이라고 지목된 사람들의 가족들은 아무리 유능하고 재능이 있어도 취직을 할 수가 없었어. 나도 어릴 때 그런 경우를 보며 컸거든. 취직할 때 신원 조회를 해서 각 개인의 사상을 밝혀냈어."

"아, 그런 제도가 있었군요. 저는 처음 들어보는 말이라서……. 하지만 멀쩡한 청년을 공산주의자로 치부한다는 자체가 그 당시로서는 한 사람의 목숨을 죽이고 살리고 할 수 있는 시대였을 텐데 정말 안타까운 일이군요."

"나도 그렇게 생각해. 그분의 인격으로 볼 때 웬만한 일로는 평정심을 잃으실 분이 아니라고 생각하고 있었거든."

"혹시 그분이 큰아버님께 서운한 일이 있지 않았을까요?"

"그럴 수도 있겠지. 그 책 내용 중에서도 내가 볼 때 감정이 앞설 정도로 서운했겠구나, 라고 생각할 수 있는 부분이 있기는 하지만 제삼자 입장에서 이분법적으로 볼 때는 그렇게 감정적으로 대응할 만하다고 객관적 판단을 할 수 있는 것은 없다고 판단되고 본인도 그 부분에서는 모양새가 좋든 나쁘든 이해를 하고 넘어간 부분이거든."

"어떤 내용인데요?"

"그 책 256쪽에 보면 이런 내용이 있어. 우리 큰아버님과 당숙 간인 그분의 아버지가 노근리 사지에서 마을로 돌아왔는데 자기 집이 불타 버렸다는 거야. 그래서 조카인 큰아버님께 방을 한 칸 빌려 달라고 했는데 거절을 당했다는 거지. 갈 곳이 없어 고민하는데 마을 주민 김학춘이라는 분이 찾아와서 자기들과 같이 살자고 해서 그 집에서 기거를 하게 되었다는데 그분의 아버지가 그분에게 이렇게 말을 하더라는 거야. '아무 척분도 닿지 않는 사람도 자청해서 방을 내주는데 지가 그럴 수가 있어? 은혜는 물에 새기고 원한은 돌에 새긴다는 말이 있긴 하지만 우문이는 지난날 내가 제게 해준 일을 너무 쉽게 잊어버렸단 말이야.'라고 한 것에 대하여 그분은 자기 아버지에게 '아버지, 너무 섭섭하게 생각하지 마세요. 재종형은 공산당이 미워하는 부자잖아요. 고래 등같이 큰 집에 살고 있으니 한눈에 띄는 부자잖아요. 전직 경찰관 가족과 함께 살다가 공산당에 죽임을 당하지 않을까 하고 겁을 냈던 겁니다.'라며 나름대로는 이해를 하자고 했다는 거지. 이 내용으로 보면 이중적 성격이 나타나거든. 이해하자 했다는 것은 포장이고 사실은 억양된 감정의 비아냥거림으로 보아야 되겠지."

"그럼 6·25 전에 큰아버님께서 그분의 아버님께 은혜를 갚아야할 많은 신세를 지신 일이 있으신 모양이지요?"

"그분의 주장으로 본다면 그럴 수도 있지. 그 책에는 두 차례 정도 큰아버님이 도움을 받은 것으로 기록되어 있어."

"무슨 도움을 그렇게 많이 받으셨나요?"

"255쪽에 보면 '나는 여섯 살 때부터 이 집(자기 집을 말함) 아래 채에서 한문을 배웠다. 스승은 나의 당숙이었다. 당숙모와 일찍 사별을 한 당숙은 큰아들 우문 내외와 함께 살고 있었는데 3·1 운동 당시 우문은 마을 청년 6명과 영동읍 장터에서 대한독립만세 제창 운동을 주도했던 관계로 일본 경찰의 극심한 감시를 받게 되었다. 견디다 못해 그는 객지로 떠돌았다. 그의 유랑 생활이 꽤 오래 지속되자 원래 청빈했던 당숙의 생활은 말이 아니었다. 그 딱한 사정을 보다 못한 내 아버지는 당숙을 모셔다 우리 집 아래채에서 침식하도록 했다. 형과 나는 이 당숙에게서 한문을 배웠다.'라고 써놓았어. 그리고 256쪽에 보면 '아버지가 우문에게 해준 일이란 기미년 3·1 운동 당시 마을 청년 6명과 함께 영동 장터에서 대한독립만세를 주도하다가 일본 군경에게 죽도록 맞아 실신하여 길가에 버려져 있던 우문을 아버지가 구해서 피신시켜주고, 그가 왜경을 피해 객지로 떠돌 때 그 가족들의 생계를 돌보아 주었던 일을 말하는 것이다.'라고 했어."

"그것이 사실이라면 큰 도움을 받으셨네요?"

"그럴 수도 있지. 도움을 받았다는 데는 이의가 있을 수가 없겠지. 다만 무슨 일이든지 한 면만 보고 들어서는 전체적인 인과관계에 대한 객관적 판단을 하기에는 무리가 따르거든. 상호 관계를 유지하면서 도움을 주기도 하다가 어느 순간 도움을 받는 일은 누구에게나 생기는 일이니까."

"아, 큰아버님은 독립운동을 한 애국자셨군요."

"응. 아마 독립운동으로 왜경들의 탄압은 물론 많은 감시를 받고 목숨까지 위태로운 지경까지 갔었겠지."

"그러니까 책을 쓰신 그분이나 그분의 아버님께서는 형님의 큰아 버님을 배은망덕한 사람으로 생각한다는 것 아닙니까? 그런데 단면 만을 보지 말고 전반적인 인간관계에 대한 것을 들여다봐야 된다 는 말씀은 뭐예요?"

"응. 그때부터 한참을 거슬러 올라간 시점의 이야기부터 시작이 된다면 자네가 혼란스러울 수는 있지만 객관적으로 어떤 것이 올바 른 판단인지를 이해하는 데 도움이 될 거야."

나는 술 한 잔을 다시 천천히 넘기면서 그동안 구전으로 주위들 은 이야기들을 머리 한쪽으로 집합을 시키기 위하여 심혈을 기울 였다. 잠시 침묵이 흐르고 앞에 앉은 동생은 술이 취한다고 하면서 도 눈망울은 더욱 똘방거리고 있었다.

"왜정시대에 그분의 아버님은 양부모님을 일찍 여의고 홀로 되었 는데 오갈 데가 없어 우리 할아버지 집으로 와서 살았나 봐. 같이 살다 보니 나이가 어린 우리 아버지와 큰아버지를 돌보며 살았겠 지. 이 부분에서도 서로의 생각에는 많은 차이가 있어. 우리 쪽에 서 보면 오갈 데가 없는 사촌 동생을 우리 할아버지가 거두어 주었 고, 남이 볼 때는 얹혀살았다고 표현을 하겠지. 그런데 그쪽에서는 나이가 어린 우리 큰아버지와 아버지 형제를 잘 크도록 돌보아주었 다, 라고 생각하는 거야. 양쪽이 서로 다른 시각에서 보기 때문에 각자 나름대로의 편견을 가지고 있는 것이지. 하지만 어느 쪽이 잘

못 판단하고 있는가는 앞뒤 정황을 살펴볼 때 웬만한 통찰력을 가진 사람이라면 베푼 쪽이 어느 쪽인가를 알 수 있을 것이야. 자네 생각은 어떤가?"

"인과응보, 원인이 있기 때문에 결과가 있다는 말로 대답을 대신해도 되겠습니까?"

"하하하. 옳거니. 아주 명확한 정답이로세. 내 말을 좀 더 들어보게. 그렇게 세월이 흘러서 그분의 아버님께서 혼인을 하고 슬하에 자식도 두면서 이웃에 집을 장만하여 사셨던 게지. 그런데 그 댁에 방 한 칸이 있어 우리 할아버지가 그 방에서 서당을 여셨다는 거야. 그분도 책에 자기 형과 본인도 한문을 배웠다고 써놓았어. 그러니까 우리 할아버님은 그 집에서 방을 얻어 서당을 한 관계로 조카들을 교육시켰고 때로는 밥때가 되면 그분의 어머님이 해주시는 밥도 같이 먹으며 그렇게 지낸 적이 있다는 거지. 그렇게 상호간 주고받는 처지였는데 그분들은 가정 형편이 어려워 우리가 침식을 제공했다고 생각하기 때문에 나름대로의 서운한 묵은 감정이 있지 않았나 하는 생각이 들어."

"생각의 차이가 큰 오해까지 불러들였군요."

"그래, 맞아. 우리 쪽에서는 대등한 관계로 보는 것이고. 그래서 사람은 항상 상대의 입장에서 다시 한 번 생각해 보라는 말이 있나 봐. 피란에서 돌아와 방을 주지 않은 것이 그분들에게는 서운할 수도 있겠지만 주지 못하는 큰아버님의 속사정은 무엇인지를 먼저 생각해보고 이해할 수 있는 여지는 없는지를 들여다보는 노력이 필요한데 그분들은 그저 우문이 지가 그럴 수가 있어? 하는 말로 감정만을 키웠던 것이지. 그분 말대로 큰아버님이 부자이기 때문이기도 하겠지만 시대적 여건으로 볼 때 인민군에게만큼은 자유로울 수 없었기 때문에 혹여 문제가 생기면 한집에 사는 식솔들까지 곤욕을 치를 수 있기 때문에 힘든 결정을 해야 될 때가 많았으리라는 생각은 누구든지 할 수 있어."

"예, 그렇습니다, 형님. 내가 난처하고 힘든 상황일 때 대부분의 사람들은 나의 처지를 이해하려 한다거나 또는 위로하는 것이 아니고 더욱 궁지로 몰아넣으려는 습성이 있는 것 같더라구요. 하등동물의 습성 같은 거 말입니다."

"그런데 웃기는 것은 인심이 황폐하고 윤리가 타락한 사람이라고 비난을 하고 비판을 한 분에게 그분의 가족들은 땅을 빌려 농사를 지어먹고 살고 수시로 경제적 도움을 받아 자기 형제들 공부를 시켰으니 이건 또 어떻게 설명이 되어야 하는 건지……. 만 가지 각자의 생각들을 공유한다는 것이 쉽지는 않은 일이지만 말이야."

"쉽게 살자고 생각한다면 아무것도 아닌 것 같은데 시시비비가 왜 그렇게도 많아 사람 속을 뒤집어놓는지……. 형님, 피곤해 보이시는데 그만 일어나시지요."

"야, 이 사람아. 하던 이야기는 마무리를 지어야지. 왜? 지루한가?"

"아, 아닙니다. 안주가 다 되어 가는데 마지막으로 한 잔만 더 하시고 말씀하시지요."

우리는 마지막 남은 다섯 병째 소주병을 잡고는 종이컵에 반씩 나누어 따랐다. 그러고는 소리도 나지 않는 잔을 맞부딪치고는 단숨에 원샷으로 잔을 싹 비워버렸다.

"마지막으로 338쪽에 보면 빨치산을 토벌하기 위하여 철도 경비대가 우리가 사는 마을에 주둔을 하였는데 월북자를 자식으로 둔 집이라 하여 오랫동안 우문의 집 방 두 칸을 사용하며 괴롭혔다고 썼거든."

"아, 그 사촌 형님께서 월북을 하셨군요."

"아니야. 월북했다는 것은 잘못 알고 있는 것이고 그렇다고 납북되었다는 근거도 없고 실종되었다는 표현이 맞을 거야."

"그렇다면 그분은 젊고 유능한 청년을 이데올로기 속으로 집어넣고 무엇 때문에 사실과 진실을 왜곡하면서까지 책을 썼는지 사람의 상식으로는 이해가 가지 않습니다, 형님. 안 그렇습니까?"

"그렇기 때문에 전자에 나는 그 책을 괜히 읽었다고 한 것이야. 모든 내용이 모두 허구로 보이더라는 것이지. 소설이거나 논픽션이라면 예술작품으로서 재미있게 읽을 수가 있지만 그 책은 실화를 바탕으로 하는 역사를 기록한 책이기 때문에 따라서 사실적 근거에 의한 내용을 담아냄으로써 독자들의 공감대를 형성해야 될 막중한 책임도 있다는 것이 내 생각이야. 대한민국 최고의 일류 대학을 다니는 건실한 청년이 자기 식구들이 원통하고 비통하게 그리고 억울한 죽임을 당했다고 하여 살아남은 아버지와 동생 누이를 버리고 공산주의자가 되어 월북을 했다는 것은 상식적으로도 이해가 되지 않아. 억울한 죽임을 당했다 하여 그분들이 살아남은 가족보다 소중할 수는 없는 일 아닌가? 그리고 좀 전에도 말했지만 군인민위원회에 안 나가려고 시골 마을로 피해 다닌 사람이 월북이라니……. 그런 상상 내지는 왜곡을 하여 독자들을 기만했다는 데 대하여 나는 그분에게 그분의 속마음을 듣고 싶다는 것이지. 그렇게 써서 독자들을 즐겁게 하고, 그렇게 되면 책이 많이 팔릴 것이라는 생각에서 했다면 그건 범죄 행위이기 때문에 그분이 그럴 리는 없고 어쨌든지 이해를 할 수가 없어."

"그런데요, 형님. 어려운 시절이었고 특히 전쟁 중이었는데 경비대가 주둔할 정도면 형님 큰집이 꽤 컸던 게로군요."

"그래, 맞아. 바로 그거야. 그때 큰집은 부자였고 그 당시로는 보기 드문 큰 기와집이었지. 기역자집이었는데 넓은 사랑방도 있고 큰 대청마루까지 있는 집이었어. 생각을 해보게. 목숨을 걸고 빨치산 토벌 작전을 벌이는 중요한 임무를 부여받은 경찰들이 일개 개인을 괴롭히려 했다는 것은 누가 들어도 설득력이 없어. 큰댁이 남들처럼 찌그러져 가는 초가삼간에 살았다면 아무리 괴롭히고 싶더라도 그 집에서 주둔을 했겠느냐고 묻고 싶어. 그 당시에 내 어머니가 경찰들이 잡아온 미꾸라지로 추어탕을 끓여 같이 맛있게 나누어 먹고 그날 나를 낳으셨다고 하셨거든. 음식이라는 것은 아무나 하고 같이 한자리에서 먹을 수가 없는 것이거든."

"그럼요. 감정이 있는 사람들이 한 자리에서 밥을 먹는다는 것이 쉬운 일은 아니지요. 그러니까 괴롭혔다기보다는 우호적이었으니까 음식을 같이 나누어 먹었겠지요."

"그렇지. 물론 실종된 아들 때문에 고통을 느낄 수도 있었고 남의 의심스런 눈총을 받았을 수도 있어. 하지만 장기간 경찰들이 주둔하기 위해서는 넓은 장소가 필요했을 테고 큰 집이 적당한 장소가 되었던 게지. 이런 일이 있었어. 내가 어릴 때 대청마루를 예배

보는 장소로 교회에 아무런 조건 없이 빌려주시는 것을 보았거든. 큰아버님 내외분은 교회 신자도 아니고 예수님이 누구인지도 모르시는 분들이 왜 자신의 집을 빌려주었을까? 그런 생각을 해보면 무조건 타의에 의한 강압에 못 이기고 아들 문제로 집을 내주었다고 판단하기에는 무리가 있어. 그리고 죽도록 맞아가며 독립운동을 하신 분이기 때문에 나라를 위하여 큰아버님은 그렇게 하실 분이라고 많은 사람들은 생각할 거야. 그분만 빼고 말이지. 자네가 제삼자 입장에서 판단해 보게. 아니 그런가?"

"그러니까 큰아버님은 대의가 무엇인가를 고민하시면서 사신 것 같습니다. 나라를 위해서는 독립운동을 하시고, 이웃들에게는 본인의 소유물을 공유하신 분이라는 생각이 드네요."

"그래? 그런데 본인 피붙이들에게는 후하시지를 못했어. 단 하나밖에 없는 동생인 우리 아버님에게만큼은 인색하셨지. 그래도 우리 아버님은 형한테는 반항하는 법이 없었고 무슨 일이든 형의 뜻에 따르고는 하셨어. 우리 마을 사람들 대부분 큰아버님의 도움을 받으며 사신 분들이 많았어. 객상을 하셨는데 해안지역을 한 바퀴 돌아오실 때는 젓갈류 등 해산물을 가지고 오셔서 동네 사람들에게 나누어주고 추수 때 곡식으로 그 값을 받고는 하셨지. 그 어려운 시절에 더군다나 내륙지방에 있는 사람들은 해산물 접하기가 어려웠거든."

"예, 그런 일도 있었군요."

"어쨌든 그분의 부모님과 동생들은 60년대 보릿고개 시절 큰아버님의 도움을 많이 받으며 사는 모습을 내 눈으로 보며 자랐어. 그분의 부모님에게 나는 큰집 할아버지, 할머니로 부르면서 내가 잘 따르고 그분들은 그러는 나를 많이 사랑해주셨지. 명절 때는 그 댁에 가서 제일 먼저 차례를 지내고 그 다음에는 큰댁, 그리고 마지막으로 우리 집에서 차례를 지낼 정도로 우애 있게 지내는 가까운 친척이었어. 내가 초등학교 다닐 때 이런 일이 있었어. 차례를 다 모시고 어른들이 상가에 둘러앉아 음복을 하고 계셨거든. 그런데 그 큰댁 할아버지가 나를 불러 옆에 앉거라, 하시는 거야. 그러시더니 '구준아, 술은 말이다, 어른 앞에서 배워야 되는 거야.' 하시면서 술을 따라 주시는 거야."

"나는 겁도 없이 따라주시는 음복 술 한 잔을 다 마시고는 술에 취해 골아 떨어졌던 기억이 아직도 나는구먼. 50년이라는 세월이 흘렀는데 말이야."

"그렇게 가까운 친척으로 우애 있게 지내신 것 같은데 6·25가 지난 지 60년이라는 세월이 흐른 시점에 그분은 사실을 왜곡하면서까지 왜 자기 재종형님의 존칭은 마실을 보내고 애들 이름 부르듯 우문, 희용, 하면서 비난을 했어야 했는지……. 나름대로 감정의 골을 60년 동안 만들었나 봅니다."

'음, 나 역시도 그 점이 의문이고, 아마 그분은 대전에서 공부만 했기 때문에 자기 부모님과 동생들이 큰아버님께 어떻게 도움을 받으며 살았는지 모를 거야."

"그럼 자신의 부모님이나 형제들에게는 무신경으로 사셨겠네요?"

"그거야 내가 알 바 아니고 그분은 '그대 우리의 아픔을 아는가'라고 묻고 있지만 아마도 지하에 계시는 큰아버님께서는 '그대 나의 아픔을 얼마나 아는가'라는 책을 쓰고 계실지도 모르지. 하하하. 아니 그런가?"

"그럼 그 책에 대해서 어떻게 대응을 하셨나요? 큰아버님의 자손들은 없습니까?"

"아니야. 그 노근리 사건 때 일부 자녀들을 잃으시고 지금은 구십이 넘으신 사촌 누님이 생존해 계시고 그분 밑으로 정구홍이라는 함자를 쓰시는, 팔십을 바라보시는 사촌 형님께서 슬하에 한영, 기영, 재영, 혜란, 이렇게 3남 1녀를 두셨어. 사촌 형님과 당숙들도 그 책을 당연히 보았지. 내 큰형님과 더불어 사촌 형님도 그분에게 잘못된 것을 지적하고 항의를 하셨나봐."

"그래야겠지요. 그냥 모른 척 넘어갈 수 있는 일은 아니잖아요."

"마음속으로 말할 수 없는 분을 삭이는 사람들의 심정이 어떤지를 알려줄 수 있는 뾰쪽한 방법을 찾기가 쉽지는 않잖아. 민감한 사안이야. 그리고 가까운 친척을 떠나 독실한 기독교인으로서의 적절치 못한 언행에 믿지 않는 사람이 분노를 삭이는, 어찌 보면 정반대의 상황이 전개되고 있다는 생각이 들어. 웃지 못할 일이지. 지금이라도 그분은 자기가 쓴 책의 내용 중에 왜곡된 부분에 대하여 당사자들에게 사과를 하는 것이 본인의 마음이 편해지는 지름길이라고 생각하는데 본인의 생각은 어떨지 모르지."

그 동생은 아무 말 없이 고개만을 끄덕거렸다.

무슨 일이든 웬만하면 좋지 않은 일은 그때그때 풀어야 한다. 풀지 않고 마음에 쌓아두면 나중에는 쌓아둔 만큼이나 골이 깊어지고 싸움이 커져 쉽게 풀리지 않는다. 그러면 풀리지 않는 매듭을 잘라버려야 하는 지경에 이르게 되는 것이다.

　자존심의 노여움을 누군가는 먼저 가라앉혀야 된다. 배려하고 이해하여 주는 입장이 편하다. 조용한 평화로움을 유지하기가 아프겠지만 나 자신이 만들어 낸 오점이 있다면 하루빨리 털어버리는 것이 좋다. 그러면서 아름다움으로 간직할 그릇으로 바꾸어 오래 동안 그 향기를 공유하고 지켜내고 싶은 것이 보통으로 살아가는 사람들의 바람일 것이다.

　살아온 길을 너무 따지며 살 필요는 없을 것 같다. 물론 짚고 넘어가야 할 사안이 있다면 가부를 따져보아야 할 것이다. 그러나 가야 할 길을 앞두고 자꾸 지나온 뒷길을 돌아본들 무슨 소용이 있는가. 자신이 가야 할 길을 대신 가줄 사람이 없기 때문이다.

　우리는 탁자 밑에 누워 있는 빈 술병들을 외면한 채 얼마 남지 않은 새벽을 이야기꽃으로 장식을 더해가고 있었다.

　이 세상에 어떤 것이든 쓰기에 따라 그 가치가 달라지는 것이다. 그리고 살아 있는 생명체는 그것이 식물이든 동물이든 속임수를 쓰지 않는 생명체는 없다. 식물들은 꽃의 향기와 열매로 동물들을 속인다. 동물들은 다양한 보호색과 행동으로 천적들을 속인다.

　인간도 마찬가지다. 어떤 분야에 종사를 하든 한 번도 속임수를 쓰지를 않고 한평생을 보낸 사람이 있다면 그는 지적 능력에 문제가 있는 사람이다. 그렇다고 말을 함부로 내뱉어서는 안 된다. 다만 악의적이냐 선의적이냐로 구분은 해야 할 것이다. 아무리 악조건 속이라 하더라도 사람답게 처신을 하고 자기 스스로 익어가는 모습으로 사람들 속에 남아야 한다. 자신의 아집과 편견을 묻을 때 새

삶의 시대가 열리기 때문이다. 살맛나는 세상 말이다.

정신이 몽롱해지고 눈꺼풀이 그 무게를 점점 더해가고 있었다. 밤새 대화를 나눈 동생도 피곤한 기색이 역력했다. 그가 휘청거리며 자리에서 먼저 일어섰다.

"형님, 이제 그만 가시지요. 날이 밝아 오겠습니다."

"그래, 그만 나가세. 해장국으로 속을 좀 채워야 되겠어."

우리는 술 마시던 자리를 치우지도 못한 채 서둘러 가게를 빠져나갔다. 꽁꽁 얼어붙을 겨울을 마중하느라 힘이 들었는지 늦은 가을비가 내리고 있었다. 땅에 떨어지는 빗방울이 아플세라 가로수 낙엽들이 그들을 들쳐 업고 살포시 땅으로 내려앉았다.

계절이 바뀔 때면 언제나 비가 온다. 한바탕 천둥 번개가 치고 바람 불고 비가 내린 후 비로소 새로운 계절이 시작된다. 사람들의 마음속에도 그러한 비가 내린다면 얼마나 평화로울까. 아마도 새로운 미래가 시작될 것이다. 분노와 원망의 계절에 용서와 화해의 비가 고통과 시련의 계절에 용기와 희망의 비가, 반목과 질투의 계절에 사랑과 자비의 비가, 욕망과 욕심의 계절에 나눔과 배려의 비가 내려 사람들에게 언제나 새로운 계절을 경험할 수 있는 기회가 주어진다면 보다 더 살아가는 맛이 진하게 느껴질 것이다.

흘러간 역사를 되돌릴 수는 없지만 준비된 자에게 새로운 미래는 밝아 오기 마련이다. 60년이라는 아픔의 세월을 어둠속에 묻혀버렸던 노근리 쌍굴. 이제는 바깥세상으로 나와 그 한을 풀어가고 있다. 하지만 그 상처가 다른 부위로 전위된다면 또 다른 비극이 태동할 수도 있다는 것을 그대는 아는가?

14. 내 고향 미륵댕이

어느덧 하루가 끝나는 시간이다. 어제와 오늘로 바뀌는 0시다.

이제 120km 중 3분의 2가 넘는 거리의 행군을 마쳤다.

춘천 근교 55번 국도에서 배낭을 내려놓았다. 아스팔트 길가의 잡풀들이 번들거리고 있었다. 밤이슬을 뒤집어 쓴 탓이다. 병사들은 저마다 항문, 허벅지, 발바닥을 연고와 탈지면 그리고 반창고를 번갈아 사용하며 상처를 돌보느라 여념이 없었다. 진통제 두 알을 꺼냈다. 한 알 먹어서는 점점 더 가중되는 고통을 견딜 수가 없었다. 석병일을 불렀다.

"석병일! 병일이 어디 있냐?"

내가 부르는 소리에 그는 다리를 쩍 벌리고 가로수 밑동에다가 참았던 오줌줄기를 시원하게 내뿜다 말고는 허리춤을 매만지며 내게로 왔다. 그는 165cm도 안 될 만큼 단신이었다. 체구는 작았으나 그의 구릿빛 얼굴은 강한 인상을 주었고 항상 당당한 모습을 보여주는 병사였다.

"너, 내가 왜 불렀는지 알지?"

"예, 여기 가지고 왔습니다."

그는 허리에 차고 있던 수통을 내밀었다. 나는 수통을 넘겨받아 뚜껑을 열었다. 그리고 소주 한 모금을 진통제 두 알과 함께 입속으로 털어 넣었다. 그는 술을 못하기 때문에 출발 전 그의 수통에 소주 사 홉들이 한 병을 넣어 가지고 왔던 것이다.

"야, 아무리 내가 불러도 그렇지, 거총을 했으면 쏘던 것은 다 쏘고 와야지. 너 혹시 남은 총알을 팬티에 쏜 거 아니야?"

그는 아무런 대꾸 없이 그냥 빙긋이 웃으며 오른손으로 뒤통수만 긁적거렸다. 순진한 어린아이 모습이었다.

"병일아, 우리 팀원들 다 불러 모아라. 남은 술 한 잔씩 나누어 먹게. 그리고 이 하사도 불러와."

"예, 알겠습니다. 그런데……."

"왜, 뭣 때문에 그래? 나한테 할 말 있어?"

"부탁드릴 일이 있어서요. 좀 어려운 부탁이라……."

"그래? 나한테? 뭔데. 말해봐."

"이 길로 한 시간쯤 가면 저희 집이 나오는데 잠깐만 들렀다 갈 수 있도록 반장님께 말씀 좀 드려주세요. 십 분이면 부모님과 식구들 얼굴은 보고 나올 수 있거든요."

"음, 그래? 임의대로 부대를 이탈하게 되는 것인데 내무반장이라고는 하나 이 하사 재량권으로는 들어주기 힘든 부탁이야. 오면 같이 한번 방법을 찾아보자."

팀원들이 모두 한 자리에 모였다. 이 하사도 술이 있다는 소식에 만신창이가 되어가는 몸을 이끌고는 싱글벙글 징그러운 웃음을 입가에 질질 흘리면서 다가왔다.

그러나 곧 출발 신호가 떨어졌다. 우리는 산딸기나무가 군락을 이루어 서로 엉키어 있듯이 앞뒤 좌우 한 덩어리로 뭉쳐 걷기 시작했다. 걸으면서 선임, 후임 순서대로 진통제와 소주 한 모금씩을 나누어 마셨다. 진통제를 먹기 위하여 소주를 마시는 것인지 소주를 마시기 위한 명목으로 진통제를 먹는 것인지를 굳이 가려서 생각할 필요는 없었다. 분명한 것은 서로 말은 하지 않아도 어떻게든 조금이라도 고통을 줄여야 한다는 공통점을 공유하고 있기 때문이다.

나는 이 하사에게 석병일의 부탁을 이야기했다. 어두워 잘 보이지는 않았지만 그의 눈치를 살피면서……

"야, 이 하사. 어려운 일이라는 것은 알겠는데 지나가는 길목이라니 잠깐 만나도록 해주자."

"내도 그렇게 해주었으면 좋겠지만 들키는 날에는 죽음이다 아이가. 그러니 우짜면 좋겠노?"

"나도 니가 무엇을 걱정하고 있는지 알아. 기발한 방법이 없을까? 이 하사 이렇게 해보면 어떨까?"

"웅? 무슨 좋은 묘안이라도 있나?"

"묘안이라고 할 것까지는 없지만 지금부터 병일이를 속보를 시키는 거야. 힘들겠지만 지가 원하는 것이니 그 정도는 감수를 해야지. 우리와의 간격을 벌려서 시간을 벌자는 것이지. 집에 들어갈 때나 나올 때 어두운 탓에 발각되기가 쉽지는 않겠지만 만약에 발각되더라도 우물을 찾고 있다고 둘러대면 될 것 같아. 그리고 다음 휴식 시간은 야식을 배식받기 때문에 20분 정도는 쉴 거야. 그렇게만 된다면 병일이는 적어도 30분 이상 식구들을 만나볼 수 있을 거야. 이 하사 우리 모험 한번 해보자. 병일이가 평소에 우리 심부름을 불평불만 없이 잘하지 않았나. 이번엔 우리가 그 녀석을 한번 도와주자."

그렇게 해서라도 나는 짧은 시간이지만 병일이가 그의 가족들을 만날 수 있도록 해주고 싶었다. 고민을 하던 이 하사가 동의를 하였다.

나는 병일이를 불렀다.

"병일아, 내 뒤에 붙어서 배낭을 열어 보거라. 그 속에 카스텔라 빵 몇 개 있거든. 그것을 가지고 가서 식구들 드려라. 빈손으로 가는 것보다는 낫지 않겠냐? 내가 너에게 줄 것이 그것밖에 없어서……. 서둘러라."

"정 병장님 드실 것을 제가 가져가도 되겠습니까? 고맙습니다."

배낭은 좌우로 뒤뚱거리고 엉덩이를 실룩거리며 멀어져 가고 있는 병일이를 바라보자니 웃음이 저절로 나왔다.

"야, 이 하사 병일이 가는 꼴 좀 봐라. 아직 첫 휴가도 못 간 놈이 부모 형제를 만난다니 기운이 펄펄 나는 모양이다."

"무사히 잘 다녀와야 할 텐데 걱정된다카이."

이 하사의 걱정 소리를 들으며 나도 잠시 고향을 그려 보았다.

동족상잔의 6·25.

유엔군과 우리 해병대의 인천상륙작전이 성공하고 압록강까지 진군을 하였으나 중공군의 개입으로 전세는 다시 불리하게 되었다.

유엔군과 국군은 밀리기 시작했다. 삼팔선 부근에서 밀고 밀리는 전투가 반복되고 있던 1952년 음력 8월 22일, 그러니까 추석 명절을 보낸 일주일 후 어느 날이었다.

여명 따라 앞산 밑 개울에서 피어나는 안개

한낮에 낮잠 지키던 아지랑이

산허리 휘감으며 덜컹대던 기차 바퀴 소리
세월에 붙들린 충북 영동 주곡리 내 고향 산야는
불쏘시개 되어 아련한 추억을 되살리고

아득한 먼 옛날
한 아름 감추어둔 애끓는 님 생각에
논두렁 밭두렁 맴돌 때면
사랑과 그리움 알려 줄 이 없었지만
왜 그리도 가슴은 요동을 치던지

고샅길 담장 위 호박 주렁주렁 넝쿨 따라
님 마중 가던 까까머리는
백발이 되어 기억에서 사라지는 고향 생각에
개똥벌레 불 밝히는 포장마차 술 한 잔
고수레 하며
잊혀져가는 그 모습 애달파 하네.

어머니는 큰댁에 주둔하고 있었던 경찰들이 잡아온 미꾸라지로 추어탕을 끓이셨다. 그리고 그 음식을 나누어 먹었던 그날, 나는 행정 구역상으로 충북 영동 미륵댕이라는 곳에서 태어났고 지금은 주곡리라고 부르는 그곳이 나의 고향이다.

거의가 산악지대로 이루어진 골짜기에 백여 호의 가구들이 살고 있는데 비해 농사일을 할 수 있는 전답이 얼마 되지 않아 거의가 빈농이었다. 강원도 깊은 산골짜기에 들어가 있는 것처럼 산골이다. 작은 농토에 농사일 이외에는 소득이 될 만한 일거리가 없었고 그로 인하여 60년대에는 그야말로 초근목피로 연명하는 사람들이 부지기수였다.

다만 마을 옆으로 서울과 부산을 잇는 경부선 복선 철도와 그 당시에는 일등 도로라고 부르던 1번 국도가 지나가고 있었기 때문에 그나마 세상 밖의 일들을 다른 마을보다는 일찍 접할 수가 있는 장점은 있었다.

경부 고속도로가 생기기 전까지는 서울과 부산을 잇는 유일한 통행로였기에 전쟁이 끝난 후에도 미군들의 차량 이동이 많았다. 마을 아이들은 이국 사람들을 신기한 듯 바라보았고 무슨 뜻인지도 모르면서 '기브 미 초코렛' 또는 '기브 미 시가렛' 아니면 '기브 미 시레이션' 하면서 미군들에게 먹을 것을 달라고 손을 벌리며 졸졸 따라다니기도 하였다.

지금 생각해 보면 불과 50년 전의 일이라고는 상상이 안 되는, 그때의 암울한 기억들을 언제쯤이면 지울 수 있을까? 어릴 때의 아픈 기억들을 시도 때도 없이 불러들이는 나의 고향 미륵댕이 주곡리. 육체적 고통 속에서도 내 머릿속에는 그곳의 그림을 그리고 있었다.

영동 읍내에서 부산 쪽으로 경부선 철도와 1번 국도를 따라 5km 정도 가다 보면 오른쪽으로 앞동산과 뒷동산 사이에 백여 호의 가옥들이 옆구리를 맞대고 옹기종기 모여 앉아 있다. 아침저녁으로는 높고 낮은 굴뚝에서 훈훈한 연기를 피워내는 아담한 마을이다.

도로와 마을 어귀 사이에는 맑은 실개천이 흐른다. 멸치만 한 피라

미들이 노닐고 까만 알을 꼬리에 달고 태교에 정신없는 가재들이 숨을 고르며 크고 작은 돌 속에서 출산을 기다리는 깨끗한 개천이다. 어릴 적 친구들과 물장구치며 미역 감던 정감 있는 곳이기도 하다.

친구라는 것은 참으로 좋은 것이다. 곁에 함께 있다는 것만으로도 즐겁고 기쁘다. 도무지 풀릴 것 같지 않은 기분이 풀리고 속이 터질 일도 친구에게 속내를 풀어놓고 나면 술 마신 다음날 해장국으로 속을 풀 때보다도 더 시원하다. 그렇게 친구들과 물놀이를 하던 개천이다.

정신없이 물싸움을 하다 보면 물가에서 빨래하던 동네 아주머니들은 정신 사나우니 멀리 떨어져 놀라며 빨래 두드리던 방망이로 물을 내리치시며 화를 내고는 했다.

개천을 가로질러 놓여있던 징검다리는 일 년을 채 버티지도 못하고 장마가 끝나고 나면 어른들은 다시 또 큰 돌들을 주어와 다시 징검다리를 놓아주시고는 하였다. 그러던 것이 새마을 운동이 시작되면서 보기 좋고 튼튼한 콘크리트 다리가 세워져 장마를 지켜냈다.

그 다리를 건너 백여 미터쯤 가면 마을 입구가 나오고 오른쪽으로 조그마한 탑이 하나 서 있는데 재건 탑이라 불렀다. 잘사는 마을로 만들어 보자는 염원으로 세운 탑일 게다.

왼쪽으로는 큰 산이 보이는 골짜기 쪽으로 뚝방길이 나 있다. 그 길로 2km 정도, 경운기 한 대 지나갈 정도의 좁은 농로를 따라 깊숙이 들어가면 임계리라는 조그만 마을이 나온다. 버스도 들어가지 않는 곳이다. 6·25 때 사백여 명 정도가 피난을 하던 곳이기도 하다.

그곳으로 가는 길과 마을로 들어가는 길 사이에 논이 있다. 늦가을에 벼를 베고 나면 우리들은 그곳에서 수숫대에 대나무로 깎아 만든 화살촉을 끼워 활을 만들어 쏘고, 방패연과 가오리연도 날렸다. 한쪽에서는 강강술래 놀이도 했다.

어른들이 돼지를 잡는 날이면 돼지 오줌보에 바람을 넣어 축구공을 만들고는 그것이 굴러 가는 데로 검정 고무신을 신고 뛰어다녔다. 그러다가 헛발질을 할 때면 검정 고무신은 발에서 벗어나 허공으로 날다 떨어지고는 했다.

마을 중앙에는 동사가 있다. 그 동사를 중심으로 아랫마을 윗마을로 구분을 하였다. 윗마을 끝에 빼골이라는 골짜기가 있는데 비가 올 때만 골짜기에서 내려오는 물이 흐르는 아주 작고 좁은 개울이 있다.

그 개울을 경계로 그 위쪽에 십여 채의 가옥들이 일자로 늘어서 있다. 우리는 그곳을 제주도라 불렀다. 백여 호 이상 되었으니 작은 마을은 아니었다. 한때는 동민이 500여 명이 넘을 때도 있었다. 지금도 그곳에는 나이가 오십이 넘은 나의 동생이 자리를 버티고 제법 성공한 농사꾼으로 살고 있다.

읍내에는 노근리 사건 당시 미군의 총을 맞고도 구사일생으로 살아남으신 정구학이라는 함자를 쓰시는 작은형님 내외분이 살고 계시지만 불행하게도 나는 고향의 향수를 마음껏 느낄 수 없을 정도로 기력을 상실해버리고 만 것 같다.

40여 년간 객지의 방랑객이 되었기도 하지만 그 40년 동안 고향을 가본 것이 손에 꼽을 정도다. 그러기에 고향에 계신 분들에게는 한낱 이방인에 지나지 않는다. 이 지면을 통해서나마 고향을 지키고 계신 친척과 선후배님들께 죄송스럽고 면목 없다는 말씀을 드려야 내 마음이 편할 것 같다.

몇 년 전, 나는 아버님 산소를 이장한다는 연락을 받고 고향에 간 적이 있었다. 아침에 마을 몇 바퀴를 돌았는데도 아는 사람을 만날 수가 없었다. 향수를 뿌려대는 골목길들은 기억 속의 추억들을 불러내고 있었다.

그리움이 너무 깊으면 남아 있던 추억마저 깊은 곳으로 빠져버리는 것일까. 마을의 이곳저곳이 아직도 눈에 익은 곳이 많건만 꿈결인 듯 모두 낯설기만 했다. 너무나 서먹서먹해서 정말 내가 고향에 와 있는 것인가 의심스러울 정도였다. 고향은 그저 낯선 곳이 되어 있었다.

사람이란 한 자리에 머물 수는 없다. 언젠가는 떠나야 한다. 부모에게서 떠나야 하고 친구에게서 떠나야 하고 여기저기에서 떠나야 한다. 그리고 고향에서도 떠나야 한다. 세상의 이치를 거슬러 올라갈 수는 없다.

내 고향에 현재 살고 계시는 분들은 대부분 내가 고향을 떠난 후 태어났거나 아니면 타지에서 시집을 오신 분들이다. 그러기에 고향에 계시는 분들이나 고향을 찾은 나나 서로 모르기는 마찬가지인 셈이다. 40여 년이라는 세월이 고향을 타지로 만들어 놓았다.

한참만에야 제주도 끝자락에서 들에서 새벽일을 마치고 돌아오는 아는 사람을 만났다. 그는 나보다 다섯 살 정도 아래인 동생뻘이었다. 그의 꽁무니에 낯선 여인네가 붙어있는 것을 보니 부인 같았다.

"여보, 인사드려. 고향 분이셔."

그의 부인은 처음 보는 사람이라 어색했던지 가을 날씨의 잔잔한 바람에도 머리를 끄떡이는 들판의 허수아비처럼 고개를 까딱하는 것으로 인사를 대신하고는 자기 남편 얼굴을 쳐다보며 크지도 않은 눈동자를 빨아들일 듯 바라보고 있었다.

"응. 아랫마을 살던 분이신데 정구빈 씨 형님이셔."

그래도 그 아낙은 모르겠다는 표정을 지었다.

"왜? 정구빈 씨를 모르겠어? 그분 동생은 은행 지점장하는 정구익, 그리고 막내가 KTX에 근무하는 정구돈이라고 언젠가 벌초하러 왔을 때 당신 본 적이 있을 텐데……. 아, 왜 인영이 준영이라고 아랫마을에 있잖아? 걔네 큰아버지셔."

그때서야 그 아낙은 긴장을 풀면서 알 것 같다는 표정을 지었다.

"아, 그러세요. 몰라 봬서 죄송해요."

까딱거리던 목이 이번에는 허리를 숙여 정중히 인사를 했다.

고향을 자주 찾지 못한 내가 죄송할 일이지 그 아낙이 죄송할 일은 아니었다. 이렇듯이 누구누구 형이고 큰아버지라고 해야 알 수 있는 시간도 얼마 남지 않았다.

큰형님과 장손이 대구에 살고 있기 때문에 매번 가지는 못하는 제사지만 명절 때라도 고향인 영동보다는 대구를 가야 한다. 고향의 어렸던 조카들도 성인이 되어 가정을 꾸리면서 모두들 직장 따라 고향을 떠나게 되면 그때는 나를 누구라고 소개를 해야 될지 지금부터라도 고민을 해보아야 한다. 그렇지 않으면 나는 고향의 영원한 이방인이 될지도 모른다는 생각에 몸서리가 쳐졌다.

사람이란 고향 속에서 살고 죽어서도 고향의 품에 안기기 마련이다. 살아 육신이 찾지 못하면 죽어서 영혼이라도 찾아온다고 누구든 그렇게 생각하면서 살아간다. 외적인 고향은 사람을 낳고 성장시키지만 내적인 고향은 그가 어디에 있든 가슴 한쪽에 수많은 고향의 맛과 향수를 뿌려내기에 고향에 가까이 있든 멀리 있든 벗어날 수가 없다. 그리고 그가 누구든 그 속에서 살 때가 그립다고 생각하며 살아가고 있다.

나는 고향 사람 내외와 다음에 또 만나자는 허울뿐일지도 모를 약속을 하고는 헤어졌다.

새벽바람에 밀려와 시골 산자락을 맴돌던 열은 안개들은 앞동산 꼭대기에 걸터앉은 햇빛을 피해 도망을 가고 있었다. 안개 떠난 그곳에는 하나둘씩 파란 옷으로 갈아입은 크고 작은 나무들이 밤새 모아두었던 이슬에 불을 지펴 모락모락 김을 만들어 내느라 부산을 떨고 있었다.

얼었던 척박한 땅속에서 겨울잠을 늘어지게 자고 일어난 들녘의 어린 야생화들은 점점 검푸른 빛으로 변해 가면서 얼마 후엔 아름다운 꽃을 피워낼 것이다. 뿜어내는 향기가 퍼져나가고 붕붕대는 벌들이 꿀에 취해 비틀거릴 때 주위의 어린 잡풀들도 향기 풍기는 봄바람에 흘려버릴 것이다.

고향의 모든 것들이 명상에 잠겨있는 듯 조용했다. 평화로웠다. 나는 어느새 아늑한 고향의 품에 안겨 꿈속으로 빠져 들고 있었다.

50년 전의 일들이 잔잔히 지나가고 있었다.

나는 팽이를 돌리고 딱지치기를 하는 아이가 되어 있었다. 구슬

치기도 하고 비온 뒤 질퍽한 땅에서 못 치기도 하며 놀았다. 자치기
도 많이 했다. '요씨까 요씨' 그것이 일본말인지도 모르면서…….

학교 가는 날이면 낡은 보자기에 책 몇 권을 싸가지고 대각선으
로 어깨에 둘러메고는 집을 나섰다. 구멍 난 검정 고무신을 끌고는
참새들이 방앗간에 모여 짹짹거리듯이 친구들과 조잘대며 등교를
했다. 점심은 학교에서 끓여주는 옥수수죽으로 때우면서도 그 맛
이 어찌 그리 맛이 있던지……. 그러나 돌아서면 배가 고파왔다.

꼬르륵 소리에 꿈은 한 다리를 건너뛰었다. 사춘기 청소년이 되어
있다. 지금이야 초등학교 때 사춘기가 올 정도로 빠르지만 그 당시
는 그렇지가 않았다.

밤이슬을 맞으며 이웃 동네로 닭서리를 가는 중이었다. 같은 또래
의 친구 다섯 명이서 원정길에 올랐다. 이웃 동네인 화신리를 목표
로 철길 따라 부지런히 걸어가는 모습이 전쟁터에 나가는 병사 같
았다.

군대에서 쓰는 더블 백을 두개나 준비를 했다. 아무리 큰 장닭이
라 할지라도 스무 마리는 담을 수 있을 것 같았다.

어두운 밤길이었으나 그나마 초승달이 동무가 되어 주어 다행이
었다.

한 시간 정도 걸어 화신리에 도착을 했다. 조심스럽게 마을 골목
을 돌며 표적을 찾기 시작했다. 도둑고양이가 먹잇감을 찾아 살금
살금 이동을 하면서도 민첩하게 움직이듯 우리는 다섯 마리의 도둑
고양이가 되어 있었다.

드디어 먹잇감이 포착되었다.

온 집 안에 불을 훤히 밝히고는 식구들이 네모난 호마이카 밥상 둘레에 모여앉아 음식을 먹고 있었다. 아마도 제사를 지내고 음복을 하고 있는 듯했다. 우리는 저녁 식사를 한 지가 꽤 지났으므로 음식 먹는 모습을 보자 비어 있는 위 속에서 꼬르륵 소리를 토해내고 있었지만 그들이 먹는 모습만을 지켜볼 수밖에 없었다.

이제 저들이 음식을 먹고 난 후 잠이 들 때까지 기다려야 한다. 제사를 지내느라 잠을 자지 못해 피곤할 테니 잠에만 빠져들면 업어 가도 모를 것이다.

기차 바퀴 굴러가는 소리가 철거덕거리며 영동역 쪽에서 우리가 있는 쪽으로 점점 가까이 다가오고 있었다. 그 소리에 잠에서 깨어난 듯한 똥개 한 마리가 죽어라 짖어댔다.

환하게 불을 밝혔던 우리들의 표적은 어둠 속에 휩싸이고 고요한 적막 속에 도둑고양이들의 숨소리만 거칠게 허공을 맴돌고 있었다. 그 사이로 가만가만 소리 없이 내리는 밤이슬은 포식자들의 숨겨진 발톱 사이를 파고들었다. 눈썹만 한 초승달이 구름 속으로 모습을 감추면서 행동 개시 신호를 보내주는 듯했다.

우리는 신발을 벗어 한쪽에 모아두고 표적의 삽짝문을 열었다. 통나무에 양철을 붙여 만든 문이라 여간 조심스럽지가 않았다. 블랙홀로 빠져 들어가듯이 우리는 마당 안으로 들어섰다. 마당 한쪽 감나무가 있는 밑으로 우물이 있고 오른쪽 담 쪽으로 소 외양간과 돼지우리가 자리 잡고 있었다.

몸을 바짝 낮추고는 왼쪽으로 방향을 틀었다. 왼쪽 담에 기대어 얇은 생선 상자로 만든 듯한 토끼집 몇 칸이 있고 이어서 다이아몬

드 모양으로 엮어진 철망으로 만든 닭장이 있었다. 닭장에서는 특유의 닭똥 냄새가 코를 자극하기 시작했다.

먼저 토끼부터 더블 백에 넣었다. 묵직한 것이 살이 제법 올라 있는 것 같았다. 한 마리, 두 마리……. 총 여덟 마리였다. 두 사람이 그것을 들고 먼저 밖으로 나가서 망도 볼 겸 기다리기로 했다.

남은 세 사람은 닭장 안으로 들어갔다.

홰 위에서 쪼그리고 앉아 잠을 자고 있던 닭들은 예고 없이 나타난 밤손님을 물끄러미 바라보고 있었다. 슬금슬금 닭에게 다가섰다. 그리고는 닭의 날개 밑으로 들어간 손은 잽싸게 목을 잡고 비틀어 등 뒤로 돌린 후 날개 사이에 넣고 양 날개를 꼬면 닭은 숨을 쉴 수가 없고 날개가 꼬여 발버둥도 칠 수가 없이 서서히 죽어간다.

닭 열 마리를 잡는 데 채 오 분도 걸리지 않았다. 우리는 아무 일도 없었던 것처럼 유유히 그 마을을 벗어났다. 전쟁터에서 점령군이 포획한 전리품을 챙겨가듯 양심의 가책 같은 것은 전혀 느끼지 못한 채 회군을 하고 있었다.

과수원에 가서 과일 서리를 하든, 남의 집에 들어가 가축을 서리를 하든 남의 물건을 훔치고 있다는 생각을 한다면 서리라는 말 자체가 생겨나지 않았을 것이라는 것을 명분으로 내세우고 있는 것이다. 하지만 그것은 분명히 절도 행위임에는 틀림이 없다.

그렇게 원정까지 가서 서리를 한 닭고기, 토끼고기가 채 소화가 되기도 전에 우리는 경찰서에 입건이 되어 결국 검찰로 송치가 되고 법정에까지 서게 되었다. 학생인지라 다행히도 불구속 상태에서 재판을 받았다. 결과는 토끼와 닭 열여덟 마리 값으로 쌀 열여덟 가마니를 배상하기로 하고 사건은 마무리되었다. 그렇게 다시는 먹어보지 못할 비싼 고기를 먹은 덕에 어른들께 죽도록 혼이 난 것은 두말할 나위도 없다.

그 후로 우리는 틈만 있으면 당연시하던 서리에서 완전히 손을 씻었다. 소 잃고 외양간을 고치면서 고향에서의 꿈은 또 다시 한 다리를 건너뛰었다.

군 입대 영장을 손에 쥐고 있었다. 동네 청년들이 농사를 짓는 데 써야 할 리어카에 나를 태우고는 마을 골목을 돌고 있었다. 그것도 밤 열두 시를 훨씬 넘긴 새벽 시간에 말이다. 그것뿐이 아니다. 노래를 부르고 춤을 추고 마을이 떠나가도록 소리치며 마을을 돌고 돌아다녔다.

'사나이로 태어나서 할 일도 많다만 너와 나는 나라 지키는 영광에 살았다……'

모두가 잠든 시간에 와자지껄 떠들고 노래를 부르며 그렇게 마을 골목을 누볐다. 그러다가 흥이 최고조에 달하면 꽹과리를 치고 북과 징을 두드리면서 '쾌지나 칭칭나네'를 목이 터져라 부르며 난리법석을 떨었다. 리어카가 나오기 전에는 기마전 할 때처럼 무등을 태우고 마을 골목골목을 돌아다녔다.

이 장면은 영장을 받고 군대 입대를 하는 사람을 위하여 마을에 남아 있는 청년들이 송별회를 해주는 모습이다. 언제부터인지는 나도 모르지만 아주 오래전부터 입대하는 사람을 위하여 우리 고향 마을이 해오던 관행이었다. 이런 날은 아무리 시끄럽고 잠을 설친다 해도 마을 어른들은 모두가 이해를 해주었다. 그저 군대 가는 마을 청년들이 무사히 군 복무를 마치고 귀향할 수 있도록 한 마음으로 건투를 희망하고 행운을 빌어주는 것이었다. 그런 날에는 술 마시는 것조차 어른들은 모른 척 해주셨다.

늦겨울 추위가 가다 말다 주춤거리던 어느 날, 나는 논산 훈련소에 입소하였다. 보통은 장정 생활 며칠 만에 군번을 받고 훈련병이 된다. 그러나 나는 군번을 받는 데 십팔 일이 걸렸다. 혈압이 높게 나와 말썽이 생겼다. 그때까지는 나는 나 자신의 혈압이 얼마인지 모르고 살았고 사실 관심을 가져보지도 못했다. 생각치도 못한 곳에서 복병을 만난 것이다.

이놈의 혈압이 기분이 좋으면 120에 70으로 정상을 유지하면서도 심술을 부렸다 하면 무려 220에 140정도까지 올라가 시도 때도 없이 들쭉날쭉하니 군의관도 미치고 팔짝 뛰겠다는 표정이었다. 그러다가 귀향 조치를 받을 찰나에 다행스럽게도 연 이삼일 혈압이 정상을 유지했다. 그렇게 어렵사리 군번을 받고 6주간의 신병 훈련을 받은 후 자대 배치를 받은 곳이 강원도 홍천이었다.

어쨌든 그런 일로 인하여 한날 입대하여 우연히 같은 부대에 배치되어 제대할 때까지 같이 생활을 한 문 병장 영환이보다 십여 일 늦게 군번을 받은 관계로 그의 쫄따구가 되었던 것이다.

그리고 그곳에서 제대 말년까지 고독한 고통의 120km 행군을 하는 힘든 훈련을 견뎌내야만 했다. 편안하게 군 생활을 마치고 제대하던 사람들도 많던데 왜 하필 나는 이런 고통과 시련의 집단으로 배치되었는지 원망스러웠다. 그러면서도 나는 이 정도는 충분히 이겨낼 수 있다고 자신할 때면 그리 불공평할 것도 없다는 생각이 들기도 했다. 그렇다고 해도 더 이상은 그렇게 힘든 상황이 오지 않았으면 좋겠다.

군대 생활 삼 년여 동안 끈기와 인내력을 키웠다. 강인한 체력도 얻었다. 한층 성장한 정신력으로 무장도 되었다. 그것에 대한 고마움과 감사하는 마음을 담고 있으니 더 이상의 고통과 시련은 효력을 잃어갈 때도 되지 않았겠나 하는 바람을 가져본다.

죽고 싶을 정도의 고통을 느껴보지 않은 사람은 그것이 무엇인지 모른다. 약이 아니다. 독이다. 군대에서의 그런 단련된 몸과 마음으로 인하여 이제는 작은 일에도 행복해질 수 있다는 것을 알게 되었다.

편안하고 안일하게 생활하는 사람들은 무슨 낙으로 살아가고 있을까? 불가사의한 일들과 마주하면서 자기가 원하는 바를 성취하는 만족감이라는 것을 아무나 맛볼 수 있는 것은 아니다. 하지만 그때는 그러한 생각을 하는 것 자체가 사치라는 생각이 들었다. 그저 평범한 삶, 그 언저리만이라도 가 있으면 얼마나 좋을까. 보통 사람들에게 주어지는 삶 같은 것 말이다.

조그만 불빛들이 출렁거리고 있었다. 개똥벌레들이 저 멀리 불을 밝히고 있는 임시 취사장을 향하여 단체로 이동을 하고 있는 듯했다 야식 먹을 시간이 되어 있었다.

흘러내리는 별빛이 낯설지 않았다. 유난히도 가깝게 보이던 고향의 별들을 보는 것 같기 때문이었다. 자세히 보지 않아도 그것은 분명히 고향의 별이었다.

15. 서천방앗간

　새벽 1시가 되었다.

　86km 정도 걸어왔다.

　햇볕이 내리쬐는 낮보다 기온이 다소 떨어진 밤이라고는 하나 소리 없이 내린 밤이슬과 땀이 뒤범벅되어 온몸을 촉촉이 적셔놓았다. 엉덩이와 바짓가랑이도 오줌이라도 싼 듯 척척한 느낌이었다. 바람이라도 불었으면 좋겠는데 어둠만큼이나 허공도 아무런 움직임이 없었다.

　배낭과 철모를 내려놓았다. 개천가인지라 발도 씻고 허벅지와 항문 치료도 해야 하는데 몸이 내 마음대로 따라주지를 못하고 있었다. 온몸에 고통과 피로감이 엄습을 해왔다. 상처 난 부위는 그만두고라도 팔다리는 감촉을 잃은 지 오래고 머리는 천근만근이나 되는 것처럼 무거웠다.

　죽을힘을 다하여 발을 닦고 양말을 갈아 신었다. 허벅지의 붕대도 새것으로 갈아주었다. 항문에 틀어넣은 탈지면도 새것으로 바꾸어 넣었다. 그렇게 치료를 마친 후 야식을 받아왔다.

　쇠고기를 갈아서 쌀과 함께 끓인 흰죽이었다. 씹을 것도 없이 그냥 훌훌 마셨다. 따뜻한 기운이 위를 보듬어 주었다. 따끈한 죽 한 그릇으로 비워두었던 배를 채우고 나니 조금은 생기가 도는 듯했다. 기운이 돋아나고 있었다. 하지만 사력을 다하여 무엇인가를 하거나 이룬 후에, 건강한 몸으로 다시 회복시키기 위해서는 엄청난 인내와 노력이 필요하다. 그렇게 참고 버티는 고통을 우리는 투철한 군인 정신력으로 모든 것을 극복하고 있었다.

처음 120km 행군을 할 때 야식은 인절미 떡을 주었다. 육신은 힘이 들겠지만 속이라도 든든하라고 지휘관 나름대로 고민 끝에 떡이라는 음식을 선택했겠지만 그 판단은 대단이 잘못된 것이었다.

사람은 그가 누구든지 자기에게 힘이 부치는 힘든 일을 하고나면 입에서 쓴 맛이 나고 입이 깔깔해서 음식을 먹지 못하는 경우가 있다. 감당하지 못할 정도의 힘이 들 때면 아무리 맛있는 음식이고 보기 좋은 떡이라 해도 맛이 있고 없고를 따져볼 마음의 여유를 가질 수 없는 것이다. 배가 부르고 배가 고프고, 는 생각할 겨를이 없다.

그러한 경험이 있었기에 이번 행군에는 떡보다는 죽을 주어보자는 판단을 했던 것 같았다. 그저 힘이 들 때는 음식을 씹기보다는 마시는 편이 나을 것이라고 생각을 했던 것이다 체력이 떨어진 사람이 허기진 배를 채우기에는 마시는 편이 수월했다. 맛있는 떡도 먹어야 할 때와 장소가 있는 것이다. 누울 자리를 보고 누우라는 말이 실감이 났다.

우리 한국인들에게는 떡이라는 말이 정감이 간다. 아주 오래전 원시 농경사회가 이루어질 때부터 떡과 인간은 떼려야 뗄 수 없는 동반자로 지금까지 자리매김하고 있다.

경사든 애사든 떡은 이웃과 함께 나누는 음식이다. 떡의 미덕은 나눔에 있다. 사람들은 떡을 나누어 돌려 먹으며 희로애락을 함께 했다. 떡을 만드는 데는 손이 많이 간다. 그러기에 이웃과 함께 만들고 또 같이 나누어 먹는 것이 곧 떡이다. 있는 사람은 있는 대로

찹쌀로 만든 인절미며 절편 시루떡 등을 만들어 먹었다. 그리고 없는 사람은 없는 대로 보릿고개를 넘기기 위하여 들에 나가 쑥을 뜯어와 싸래기 가루에 버무려 쪄먹으며 허기를 달랬다. 보리방아를 찧은 후에 나오는 보리 겨로 개떡이라는 것을 만들어 먹기도 했다.

떡을 만드는 재료도 다양하다. 밥을 할 때 주식과 부식이 있듯이 떡도 주재료와 부재료가 있다. 그 수가 너무나 많아 일일이 열거할 수가 없다. 사람이 먹을 수 있는 식물에서 나는 모든 것으로 떡을 만들 수가 있고, 세월 따라 진화하며 사람들과 함께 역사를 만들어 가고 있다. 따라서 떡을 만드는 방법도 다양하게 변화하고 있다.

떡을 만드는 방법이나 재료에 따라 다양한 떡들이 만들어지고 각 지방이나 가정의 형편에 따라서도 떡의 종류는 다양하다.

떡을 만드는 데는 시루에 찌는 떡이 있다. 그리고 찐 떡을 다시 친 떡이 있다. 기름에 지져서 완성하는 지진 떡도 있다. 찹쌀가루 반죽을 삶아 건져낸 삶은 떡이 있다. 그러던 것이 요즘에는 생일상에 케이크로도 자리를 잡아가고 있다. 최근에는 즉석 떡이라는 인스턴트식품이 만들어지고 있다.

떡은 우리의 식생활과도 밀접한 관계가 있다. 정월 초하루에는 흰떡을 만들어 떡국을 끓여 먹는다. 추석에는 송편을 만들어 먹는다. 어려웠던 시절에 허기를 면하기 위하여 쑥떡과 개떡을 쪄먹기도 했다.

명절에 갖가지 떡을 철에 맞게 해먹었듯이 우리의 떡은 관혼상제 의식 때는 물론 생일과 출산에 따르는 아기의 백일과 돌, 그리고 그밖의 잔치나 행사에 떡은 꼭 등장했다. 결혼 때 쓰는 이바지 떡은 주로 찰떡으로 만드는데 찰떡궁합으로 잘 살라는 뜻으로 만들었다. 무병장수하라는 돌상에는 수수팥떡 등을 만들어 먹었다.

그때그때 처지에 맞게 다양한 떡들을 만들어 먹으며 신성하고 편안함을 비는 마음과 오랫동안 평화가 두고두고 깃들기를 바라는 풍습도 있었다. 그러므로 우리에게 떡은 곧 인생이었다. 이렇게 떡은 세월 따라 우리를 지켜주고 맛의 즐거움을 주었다.

그렇지만 120km 행군에 지쳐가는 병사들에게는 그림의 떡이었다. 씹을 힘이 없기에 오히려 그럴 때는 죽 같은 음식이 먹기에 훨씬 편했던 것이다. 그러한 경험에 의하여 두 번째 행군부터는 흰죽이 나오게 되었다.

나는 어릴 때부터 떡을 그다지 좋아하지는 않았다. 그렇다고 싫어하는 것도 아니었다. 그저 있으면 먹고 없으면 먹지 않아도 될 정도다. 그런데 떡 중에 두 가지는 정말로 좋아한다. 흰 가래떡을 썰어서 끓이는 떡국은 일 년 내내 먹어도 질리지를 않는다. 한여름에도 시장에만 나와 있으면 구입해서 끓여먹을 정도다.

그리고 또 한 가지, 영양떡을 좋아한다. 찰무리라고도 불리는 떡이다. 찹쌀가루에 각종 견과류를 첨가하여 만들어 영양도 풍부하겠지만 그것보다 나는 콩 종류를 너무 좋아하기 때문이다.

그렇게 좋아하는 영양떡을 2011년 봄, 허리 수술을 하고 집에서 몸조리를 하고 있던 중 실컷 먹을 수 있는 기회가 생각치도 못하게 찾아왔다.

훈훈한 봄바람이 이리저리 마실을 다니던 어느 날 오후였다. 마실을 다녀오던 봄바람이 물오른 나뭇가지에 내려앉아 꽃봉오리를 터트리고 있었다. 온갖 잡것들도 봄기운에 취해 있었다.

집 앞 성채산의 숲들이 기지개를 켜는 사이사이로 내려오는 아지랑이들의 배웅을 받으며 수술 후유증으로 회복되지 않은 몸을 이끌고 병원을 가기 위하여 버스에 몸을 실었다.

　　참으로 오래만의 외출이었다. 수술 후 집에서 요양을 하고 있던 중이었다. 한 달여 만에 타보는 버스가 생소하게 느껴졌다. 스쳐 지나가는 차창 밖의 모습들이 활기에 넘쳤다. 나를 태운 버스는 전용 차로로 들어서는 시원스럽게 내달렸다. 금천 구청을 지나가나 했는데 금세 남부순환도로로 들어서고 있었다.

　　난곡 입구를 지날 무렵 전화벨이 요란을 떨며 울리고 있었다. 골동품 벨소리가 '따르릉 따르릉' 지랄을 떨었다. 미안한 표정으로 주위를 둘러보며 주머니에서 휴대폰을 꺼내 들었다. 그러고는 다른 승객들의 표정을 살피며 재빨리 전화를 받았다. 아주 작은 목소리로 속삭이듯이 주위 사람들의 눈치를 다시 한 번 살피며……

　　"여보세요!"

　　'응. 정 형. 난데 지금 정 형네 집으로 가려고 하는데 광명 KTX역 있는 데로 가면 되는 거요?"

　　"어, 나는 누구라고……. 지금 오면 안 돼요. 나 지금 병원 가는 중이거든. 어쩌지?"

　　"그럼 병원 갔다가 가게로 갈 거요, 아니면 집으로 갈 거요?"

　　"가게로 갈 건데 무슨 일인지는 모르지만 오후 5시쯤이면 가게에 도착할 것 같은데 ……."

　　"그럼 그 시간에 내가 가게로 갈 테니까 그때 봅시다."

　　신림 2동 은성약국 골목에서 서천방앗간이라는 간판을 걸고 떡

방앗간을 하고 있는 박성욱 씨로부터 걸려온 전화였다.

　서천방앗간 사장, 박성욱 씨.

　그는 그의 가게 이름처럼 충남 서천이 고향인 사람이다. 내가 대전에서 처음 서울로 이사를 와서 정착한 곳이 그가 방앗간을 하고 있는 골목이었고 같은 충청도 사람이라 충청향우회라는 모임을 통하여 친해진 사람 중의 한 분이었다. 어찌 보면 쉽게 맺어진 인연이라고 할 수 있겠으나 결코 나에게는 잊을 수 없는 사람이 되었다. 아니 잊어서는 안 될 사람이다.

　베푼 것은 빨리 잊되 받은 은혜를 잊어서는 안 된다고 했다. 서울 생활이 어느덧 25년이 지나가고 있지만 내가 어려울 때마다 물심양면으로 도움을 주어 버틸 수 있도록 잡아준 사람이 바로 박 사장이다. 그는 토끼띠로 나보다 한 살 위인지라 나는 그를 박 형이라고 불렀고 그러는 나에게 그도 정 형이라고 불러주었다.

　그는 일찍부터 서울에 올라와 친척집에서 떡 만드는 일을 배웠다고 했다. 시간이 흐르면서 그의 성실함과 부지런함은 그에게 서천방앗간이라는 일터를 만들어 주었고 자신만의 떡을 만드는 노하우를 통하여 가게는 나날이 번창을 하였다.

　열심히 살아온지라 이제는 어느 정도의 경제력도 생기고 남부럽지 않게 취미생활도 하면서 즐겁게 사는 사람이다. 백육십 센티미터가 될까 말까 한 키에 몸무게는 오십 킬로그램 나갈 정도로 왜소한 체구다. 자그마한 체구에 떡 배달용 125CC 오토바이에 올라타면 사람이 있는지 없는지 보이지가 않을 정도다. 사람이 오토바이를 운전 하고 가는 것인지 오토바이가 사람을 태워가는 것인지 헷

갈린다. 옅은 갈색으로 염색을 한 머리를 다시 볶아 파마를 하고는 골목길을 휘잡고 다닌다.

몸집이 작으니 얼굴도 작고 따라서 눈도 작고, 코도 작은 곳에 안경을 올려놓으면 기가 막힌 미남이다. 그런 미남이 작은 입과 얇은 입술을 움직여 걸판지게 이런저런 말을 쏟아 낼 때면 주위 사람들은 폭소를 터트린다. 소탈하고 거리감 없는 박 형을 만난 것이 나에게는 행운이었다는 생각에는 지금도 변함이 없다.

그의 부인 역시 작은 키에 뚱뚱하지는 않지만 보기 좋을 정도로 통통한 체구다. 얼굴은 볼 살이 물오른 듯 보였고 사람들을 대할 때 조용히 웃는 모습에는 인자함과 배려의 인품이 베여 있는 듯 보였다.

그리고 그는 한쪽 다리가 불편한데 왜 그렇게 되었는지를 나는 지금까지 물어보지를 않았다. 선천적인지 아니면 후천적인지, 후천적이라면 질병으로, 아니면 사고로 그렇게 되었는지 궁금했지만 섣불리 물어볼 수가 없었다. 자칫 잘못하면 나로 인하여 묻어두었던 불행한 기억을 되살릴 수 있기에 그러한 아픔을 주기가 싫었다. 아니 주어서는 안 되는 것이다.

어쨌든 두 부부는 천생연분임에는 틀림이 없다.

두 분 사이에 딸이 하나 있는데 그 애가 학생일 때 본 기억으로는 박 형을 많이 닮았다는 생각을 했다. 그런 애가 지난해에 출가를 하여 이제는 어엿한 엄마가 되었다. 박 형이 할아버지가 된 것이다.

할아버지가 되기 전 박 형은 자기 주위의 어려운 사람들에게 보증을 서주었다가 잘못되어 힘들어 할 때도 많았다. 그러한 어려움을 겪었으면서도 내가 IMF 시절 어려울 때나 공장에 불이 나서 힘들어할 때 그는 나에게 물심양면으로 남모르게 많은 도움을 주었다.

객지에서 만난 친구이지만 태어날 때부터 친하게 지낸 죽마고우로 착각할 정도로 친밀감 있게 대하여 주었다. 되돌려 받을 수 없는 상황일 수도 있는데 선뜻 현금을 빌려주기도 하고 트럭을 구입할 때는 자기 스스로 서류를 만들어 보증까지 서주기도 하였다.

물론 친한 이웃끼리는 충분히 해줄 수 있는 일이다. 누구든지 경제적 여건이 좋은 사람이 일시적으로 어려울 때는 별 걱정 없이 도움을 줄 수가 있다. 그러나 그때의 나처럼 한 치의 앞도 어떻게 될지 알 수 없는 불안정한 사람에게 현금을 돌려준다거나 보증을 서준다는 것은 강심장이 아니고서는 할 수 없는 일이다. 베푸는 쪽은 되돌려 받지 않아도 괜찮다는 결심이 서지 않으면 도움을 줄 수가 없다. 나에게 그는 그런 사람이었다. 그러면서도 그는 상대의 자존심을 다치지 않게 하기 위하여 매사에 조심스럽게 접근을 했다.

이런 일도 있었다.

IMF 여파로 공장 문을 닫고 백수로 살아가는 세월이 빠르게 지나가던 어느 날이었다 일 년여를 백수로 지내다 보니 생활 자체가 엉망진창이 되어 있었다. 집안 살림은 말이 아니었다.

나는 물론이고 집 식구들 모두가 무기력에 빠져있었다. 공황상태였다. 쌀독까지 바닥을 드러내놓고 있었다. 생존의 위협이 목을 죄어오고 있었다. 방구석에 처박혀 한숨만 쏟아내고 있는데 현관문 두드리는 소리가 났다. 빚쟁이가 온 듯한 느낌에 숨소리까지 죽여가며 꼼짝을 하지 않았다.

그때였다. 아무런 기척이 없자 아무도 없냐며 큰 소리까지 질러대며 문을 두들겨댔다.

"정 형, 나야. 서천……. 안에 있으면 문 좀 빨리 열어줘."

나는 지남철에서 튕겨 나가듯이 벌떡 일어나 현관으로 가서 문을 열었다. 밖에는 박성욱 씨가 마대 자루를 등에 지고는 그 작은 체구를 힘겹게 지탱하고 있었다.

"아니, 박 형이 우리 집에 웬일이야. 바쁠 텐데……."

"그렇게 문을 두들겼는데 빨리 문 좀 열지. 아이, 무거워. 이거 좀 받아 봐. 힘들어 죽는 줄 알았네."

그는 등에 메고 온 큰 마대자루 하나를 마루에다 내려놓으며 힘이 많이 들었다는 듯 숨을 가쁘게 몰아쉬고 있었다.

"아니, 이게 뭔데?"

"응, 그저께 쌀이 들어와서 한 가마 가지고 왔어."

"아니, 떡 하려고 구입한 쌀을 왜 이리로 가지고 왔어? 여기가 떡 방앗간인가? 뭔 일이래?"

"전에 정 형이 나한테 한 말 기억하나 모르겠네."

"그건 또 무슨 소리야?"

"전에 나한테 물었잖아. 떡 만드는 쌀은 일등급을 쓰지 않고 묵은 쌀이나 그런 거, 하여튼 좋지 않은 쌀로 만들지 않느냐고 말이야."

"아, 그건 내가 어렸을 때 집에서 떡을 할 때 보면 싸래기 쌀로 만들거나 바구미라는 벌레가 먹은 쌀들로 만들어 먹는 것을 보았거든. 밥을 해먹기는 그렇고 버리기는 아깝고 그런 쌀 말이야. 그래서 그런 말을 한 것이지 박 형네 방앗간에서 그런 쌀을 쓸 것이라고는 생각도 하지 않았어. 오해는 하지 말어."

"응, 그래? 나 기분 나쁘지 말라고 하는 말 아니지?"

"그럼. 아니야. 내가 박 형 성품을 모르나?"

"그래서 이 쌀을 가지고 왔어. 정 형처럼 많은 사람들은 좋지 않은 쌀로 떡을 만드는 줄로 알고 있는데 그렇지가 않아. 최고로 좋은 쌀로 떡을 빚어야 맛있는 떡이 만들어지는 것이거든."

"그래, 맞아. 일리가 있는 말이야."

"이 쌀로 밥을 지어 먹어 봐요. 얼마나 맛있는지 나는 그만 갑니다. 또 봅시다."

그는 내가 고맙게 잘 먹겠다는 말도 꺼내기 전에 오토바이에 작은 몸을 숨기고는 내달렸다. 박 형이 왜 쌀에 대한 이야기를 했는지 나는 알고 있었다. 알량한 나의 자존심을 지켜주기 위하여 고심을 했을 것이다. 어려울 테니 이 쌀로 밥을 해 먹어요, 하면 당연히 나는 당장 굶어 죽을망정 받지 않을뿐더러 화를 낼 것이라는 것을 그는 꿰뚫고 있었던 것이다. 그것은 그와 내가 어느 정도는 서로의 상대에 대한 마음을 읽고 있다는 의미이기도 하다.

서천방앗간 사장, 박성욱.

그는 떡과 함께 자신의 양심을 덤으로 얹어 파는 사람이다. 그리고 이웃과 소통하며 더불어 살아가는 사람이다. 자신에게는 엄격하면서도 상대방에게는 늘 웃음과 기쁨을 주려고 노력하는 사람이다. 그래서 그의 떡 방앗간은 어제도 오늘도 사람들이 모여들고 내일도 새벽부터 맛있는 떡을 만들기 위하여 그 작은 몸을 부단히도 움직일 것이다.

그토록 바쁜 박 형이 느닷없이 나를 만나러 온다는 것이다. 무슨 일인지 도무지 감이 잡히지를 않았다.

병원에 들러 치료를 받고 가게로 왔다. 시계는 오후 5시 30분을 가리키고 있었다. 서너 시간 돌아다닌 탓인지 수술한 허리가 뻐근해왔다. 소파에 잠시 누워 쉬고 있는데 계단 내려오는 발소리가 둔탁하게 들려왔다. 박 형이 왔다. 한쪽 어깨에는 박스를 메고, 한쪽 손에는 스무 개 정도 들어 있는 화장지 한 팩을 들고 왔다.

사월 초순이라 덥지 않은 날씨인데도 땀까지 뻘뻘 흘리고 있었다.

"아니, 이게 다 뭐래? 그리고 웬 땀을 그렇게 흘리며 왔어?"

"응, 오토바이를 타고 왔는데 오는 도중에 낙성대 입구에서 고장이 났어. 그래서 오토바이는 끌어다 수리 맡겼고 이것들을 메고 들고 왔더니 힘이 들었나 봐."

"아니, 이게 뭔데 그 먼 곳에서 메고 들고 걸어왔단 말이야?"

"응, 정 형 이사했다기에 화장지 하나 사왔어. 그리고 병원에 입원해서 수술까지 받았다는데 바쁘다는 핑계로 병문안도 못하고 사람 노릇을 못했네. 미안해요."

"내가 박 형의 마음을 잘 알고 있는데 뭘 미안하다고 그래."

"아, 그리고 이 박스에 들어있는 것은 떡인데 정 형 주려고 일부러 만든 것이니까 냉동실에 보관해서 밥맛이 없을 때 한 팩씩 꺼내 먹으라고 가져왔어."

"고맙게 먹기는 하겠는데 바쁜 사람이 뭘 이렇게까지 신경을 쓰고 그래요? 이렇게 안 해도 되는데……."

나는 코끝이 찡해왔다. 왜 이 사람은 나에게 베풀기만 하고, 나는 그에게 받기만 해야 되는가? 미안한 마음이 가슴을 후려쳤다. 언젠가 그가 쌀 한 가마니를 가져다 줄 때처럼 나는 제대로 고맙다는 말조차 하지를 못했다.

그가 떠난 후 박스를 뜯어보았다. 내가 좋아하는 영양떡이 들어 있었다. 쌀 한 말 정도 한 것 같았는데 한 끼 먹을 분량으로 나누어 정성스럽게 랩으로 포장을 한 상태였다. 나는 그가 시킨 대로 냉동실에 보관을 해서 밥맛이 없을 때마다 꺼내먹었다. 정이 듬뿍 담긴 떡인지라 더욱 맛이 있었다.

얼마 전 충청향우회 모임에서 그를 만나 정담을 나누며 소주 한 잔했는데 최고의 떡을 만들고 있을 박 형이 오늘따라 많이 보고 싶다. 팍팍한 세상살이를 맛있게 살면서 맛있는 떡을 만드는 서천방앗간, 파이팅이다.

우리 모두는 가난할 때 도움을 받고 풍족할 때 도움을 주며 슬플 때 위로해주고 기쁠 때 함께 나누는 삶을 이루면서 서로 믿고 함께 살아가야 한다. 나는 이것을 쌍방의 절대적 가치라고 생각을 한다. 그가 누구든 사람은 혼자서는 아무 일도 할 수가 없다. 더불어 살아가는 것이다. 함께한다는 것은 중요하고 또 항상 염두에 두며 살아가야 한다.

가난한 사람에게는 따뜻한 마음을, 슬픔에 젖은 사람에게는 진솔한 눈물을, 지친 사람에게는 위안의 말을 할 수 있는 인정이 넘치는 이웃이 있다면 살맛나는 삶이 한층 더 즐거움을 줄 것이다.

그러면서 상호간에 좋은 인간관계를 지속시키기 위하여 내가 원하고 바라는 만큼 상대방에게도 배려를 해야 한다. 즉 상대방이 무엇을 원하는지 또 어떻게 해주기를 바라는지 통찰하는 자세가 필요한 것이다. 상대방이 소망하는 것을 알아야 한다. 이것은 기술의 문제가 아니고 진솔한 마음이 있어야 한다. 상대방의 말을 경청하여 주고 끊임없이 성원을 보내주는 것이다. 그러한 자세와 처세는 곧 자신을 위하는 길이기도 하다.

서천방앗간 표 영양떡 생각에 코끝이 찡해왔다.

깊어가는 밤바람에 밀려 서쪽 하늘로 기울어지는 반달 속에서는 계수나무 옆에서 떡방아를 찧어야 할 옥토끼가 보이지를 않았다. 서천방앗간으로 품앗이를 갔을지도 모를 일이다.

잠시 후 길지도 않은 꼬리를 살랑살랑 흔들어대며 옥토끼가 모습을 드러냈다. 그날도 어김없이 견우와 직녀의 사랑을 위하여 은하수들이 다리를 놓고 있는데 옥토끼가 서천방앗간에서 가지고 온 백설기 떡을 참으로 나누어주고 있는 것처럼 보였다.

별이 하늘에만 떠있는 것은 아니다. 우리들 마음속에도 항상 반짝이고 있다. 그 반짝이는 빛을 잃어갈 때면 마음도 황폐해진다. 그럴 때면 나는 서천방앗간에서 방아를 찧고 있을 옥토끼를 떠올릴 것이다.

16. 저 너머 있을 마지막 잔치를 위하여

병사들이 걷고 있는 밤길은 끊임없이 이어지고 그야말로 하늘만 빼꼼 보이는 골짜기 길로 들어섰다. 빽빽이 들어선 숲 속 한쪽에는 굽은 도로만이 자리를 잡고 있었다.

새벽 2시.

90km를 걸어왔다.

초죽음이라는 말은 이럴 때 쓰는 것일 게다. 여기저기 병사들이 누워 휴식을 취하고 있는데도 숨 쉬는 소리조차 들리지를 않고 쥐 죽는 듯한 적막만이 짙은 풀내음에 실려 가고 있었다.

싱그러운 풀내음이 밤이슬을 유혹하여 품에 품자 신이 난 풀잎들은 연신 나풀거리고 있었다. 식물들의 팔자는 상팔자다. 그들은 옮겨 다니지도 않고 한 자리에 있으면서도 먹고사는 문제를 해결한다. 자신의 잎으로 기름진 토양을 만들고 거기에서 영양소를 얻어낸다. 그러면서 자신을 번성케 하고 울창하게 만든다. 그리고 식물의 대다수는 이동하기를 싫어하고 번식을 위하여 다양한 매개체를 이용한다.

그러나 식물에게서 생존에 필요한 양식과 거처를 제공받지 않은 동물은 그 어디에도 존재할 수가 없다. 인간도 예외가 아니다. 의식주 일체를 식물에게서 제공받고 있다.

식물에게도 영혼이 있다는 아리스토텔레스의 말이 맞을지도 모른다는 생각을 해보았다. 식물도 희로애락의 감정을 가지고 있으며 동병상련의 감정을 가지고 있단다. 사랑을 받으면 기쁨을 느끼고 공격을 받으면 분노를 느끼며 소외를 당하면 슬픔을 느끼고 칭찬을 받으면 기쁨을 느낀다는 것이다. 뿐만 아니라 자신을 아끼는 사람이 고통을 느낄 때는 같이 고통을 공유하는 감성도 가지고 있다 하니 저 숲 속에 있는 모든 식물들이 우리를 보면서 우리가 겪고 있는 만큼 고통스러워하며 마음 아파하고 있을지도 모른다.

인간들은 계급을 매기면서 살아가는 악취미를 가지고 있지만 식물들은 높고 낮음의 계급이 없어도 잘 살아가고 있다. 자연 속에서 저마다 동등한 가치를 가지고 공존한다. 그러면서 우리 인간들에게 동행이라는 것이 무엇인가를 가르쳐 주고 있다. 우리는 한평생을 살아가면서 때와 장소에 걸맞은 사람들을 만나 동행을 하면서 꿈과 희망을 찾아간다. 그러면서 동지가 되기도 하고 적이 되기도 한다. 같이 간다고 해서 무조건 동행자라고 할 수는 없다. 동지로서의 동행자가 되기 위해서는 상호 존중하면서 사람으로서의 도리를 다하여야 한다. 상호 완전히 대등한 입장이어야 한다.

그 누구도 우위에 있어서는 안 된다. 극히 당연한 자세로 서로가 존중하면서 동심일체가 되어야 한다. 그러기 위해서는 믿음, 신뢰, 배려, 사랑이 바탕이 되어야 한다. 나는 이것이 최상의 동행의 조건이라고 생각을 해왔다.

진솔한 마음으로 상대방을 대하였는데도 그가 나를 믿지 않을 수가 있다. 그렇다고 그를 무조건 탓할 수는 없다. 나 자신의 노력이 부족하지는 않았는지부터 따져보아야 할 것이다. 어울릴 수 있는 사람이 있다는 것은 정말 기쁜 일이다. 함께 있을 때, 옆에 있을 때 서로 잘하면서 살아야 한다. 같이 있음에 감사하여야 한다. 같은 길을 감에 있어 고맙게 생각하며 함께 보람을 나누어야 한다.

이별은 언제나 어렵고 힘든 일이다. 만남은 기쁘고 행복한 일이다.

고독하고 외로울 때 버틸 수 있게 하는 말 한마디가 얼마나 고마운 것인가를 뼈에 사무치게 느껴야 한다.

시기하고 질투하고 미워하고 원망하고 투정부리고 심통 부리고, 그렇게 해서 자신에게 얻어지는 것은 어깨를 짓누르는 괴로움뿐이다. 사랑하는 부부조차 늙어서 차를 마시며 세상 이야기를 나눌 상대가 되어 줄 때 비로소 그 사랑을 완성하게 되는 것이다.

존경스러운 삶을 살아가는 사람을 만나는 귀한 일이라고 생각한다면 더 많은 이웃과 따뜻한 우정을 나누며 동행하여 길을 가는 행복을 느껴야 한다. 길이란 떠나라고만 있는 것은 아니다. 다시 되돌아오는 길도 되는 것이다. 삶의 가치를 찾기 위하여 길을 떠났다면 언젠가는 돌아와 그 가치를 공유하면 되는 것이다.

그런 의미에서 자전거라는 물건은 어찌 보면 참으로 신기하다. 잘 굴러 가다가도 잠시라도 서 있으면 받침대를 써야 한다. 그렇지 않으면 넘어질 수밖에 없다. 우리는 두개의 바퀴로 구성된 한 대의 자전거다. 서로가 서로에게 바퀴가 되거나 받침대가 되어야 한다. 어느 한쪽으로 기울어져서는 안 된다. 균형 있는 버팀목이 되어야 오래갈 수가 있다. 진솔한 사랑이 그 버팀목이 되어야 하는 것이다.

어느 누구든지 단 한 번도 타인의 마음에 상처를 주지 않고 살아온 사람은 없을 것이다. 개중에는 처음부터 남에게 상처를 입힐 목적으로 있지도 않은 헛소문을 만들어 내고 입으로 터트리고, 활자로 인쇄하여 마구 뿌려댄다.

우리는 살인을 큰 죄라고 생각한다. 하지만 사람의 마음에 큰 상처를 입히는 것, 두 번 다시 일어설 수 없을 정도로 정신적인 타격을 주는 것이 어떤 때는 살인보다 더 무서운 범죄가 된다. 그런 것을 안다면 이토록 이 세상이 험담이나 악선전이 범람하지는 않았을 것이다. 남의 욕을 하지 않고 살아간다는 것은 천부적인 인격의 탓도 있지만 절제된 그 사람의 덕목도 한몫을 하는 것이다.

성서에는 '비방을 하여서는 안 된다'고 하는 가르침이 여러 차례 나온다. 크리스천의 일부 신자들조차도 그것이 얼마나 중요한 것인가를 이해하지 못하고 있다. 어떻게 보면 신자들이 더 심하게 우를 범하고 무신론자들이 비방보다는 보듬어주는 데 더 헌신적일 때가 있다.

남의 험담이나 가치 없는 소문을 퍼트릴 때마다 우리는 남에게 상처를 주는 동시에 자기 자신의 품위를 떨어트리고 있다는 것을 알아야 한다. 별 볼 일 없는 낮은 인간으로 자신을 깎아내리고 있다는 것을 염두에 두어야 한다.

상대방에게 사랑을 받고 싶다면 나 자신부터 상대방을 이해하고 보듬어 주는 사랑을 주어야 한다. 너그러운 마음과 사랑의 마음이 충만할수록 온유함의 품에 안길 수가 있다. 그렇기 때문에 사랑하는 사람에게 진실하고 스스럼없는 참 모습을 그대로 보여주는 것은 보여주는 쪽이나 받는 쪽이나 모두에게 큰 선물이 되는 것이다.

성경에서도 제시하는 사랑이 있다.

'사랑은 오래 참고 사랑은 온유하며 투기하는 자가 되지 아니하며 자기의 이익을 구하지 아니하며 성내지 아니하며 악한 것을 생각하지 아니하며 불의를 기뻐하지 아니하며 진리와 함께 기뻐하고 모든 것을 참으며 모든 것을 믿으며 모든 것을 견디느니라. 지키기는 어려우나 이것을 알고 지표로 삼는다.'라고 신약 고린도 전서 13장에 제시하고 있다.

이렇듯 상대를 바라보는 눈빛에 사랑이 담긴 따뜻한 마음이 서려 있다면 살맛나는 이웃과의 동행이 될 것이다.

갖가지 식물들이 모여 숲을 이루면서 동등한 가치 속에서 공생 공존하는 것을 보면서 우리는 어떠한가를 되새겨볼 필요가 있다.

우리는 말로는 같이 가자고 하면서도 세월이 갈수록 있는 자와 없는 자, 가진 자와 못가진 자, 배운 자와 배우지 못한 자의 심화되는 양극화는 많은 사람들의 마음을 우울하게 만들고 있다.

건전한 이웃과 자신을 위하여 사명감을 가지고 꿈과 희망을 찾는 동행이 될 수만 있다면 최고의 향기를 품어내는 삶이 될 것이다.

깊은 어둠 속에서 새벽은 깊은 잠에 빠져있다. 잠을 못이기는 병사들의 걸음걸이가 심하게 흐느적거리고 있었다.

홍철릭을 입고 주립을 쓴 큰 무당이 고리 달린 연월도를 휘두르며 잦은 가락으로 춤을 추는 모습처럼 병사들의 머리에 쓴 철모나 어깨에 멘 소총이나 등에 멘 배낭이나 모든 것이 제멋대로 놀고 있는 것처럼 보였다.

행군 대열이 흐트러지고 있었다. 앞뒤 사람 간의 거리가 일정하지를 않고 벌어지고 있었다. 체력은 고갈이 되었다. 이제 남은 것은 정신력뿐이다. 악이 북받치는 그 힘으로 걸어가고 있다. 신체의 어느 부분이 아프고 쓰라리고 고통스러운지도 느낄 수가 없을 정도였다.

프랑스 사람들은 괴로울 때 '오! 오!'라고 외친단다. 아랍인들은 '카이! 카이!' 유태인들은 '외이유! 외이유!' 하면서 괴로움을 호소한 다는데 그때 그 순간 우리에게는 괴로움을 토해내는 소리 자체가 사치였다.

천지의 기운이 가장 많은 시간이라는 새벽 세 시가 되었다.

100여 km 가까이 걸어온 것 같다. 경기도 양평을 지나면서 다시 골짜기 길로 들어서서 십 분간 휴식에 들어갔다. 그곳 역시 이 세 상에서 가장 늦게 해가 뜨고 가장 빨리 해가 지는 곳으로 보였다.

어둠 속의 하늘을 올려다보았다. 하늘이 시골 부잣집 앞마당 넓 이밖에 되지 않았다. 별도 몇 개 되지 않았다. 모두가 산과 숲과 나 무들로 가려져 있었다.

그냥 하늘에서 땅까지 커다란 굴뚝 하나가 서 있는 것처럼 보였 다. 그 굴뚝 주위에 있는 만물들은 여명을 기다리며 묵상을 하고 있었다.

이런 만물들에게 애정을 느끼면 깊어지는 애정만큼 만물의 영혼 과 교감을 이룰지도 모른다. 자기를 좋아하는 사람이 고통스러워하 면 같이 그 고통을 나눈다지 않던가? 그러면서 서로 필요한 것들을 주고받으며 자연과 더불어 살아가는 영광을 누렸으면 좋겠다는 생 각을 해보았다.

아픈 다리를 손으로 주물러도 보고 두들겨도 보았으나 신통치를 않았다. 생각지도 않은 '아! 죽을 것 같다'라는 말이 입에서 저절로 흘러나오고 있었다. 입은 깔깔하고 쓴 냄새만 쉼 없이 쏟아내고 있었다. 혀의 오른쪽 중간쯤에 뾰족하게 대가리를 쳐 밀고 올라오는 놈이 있었다. 혓바늘이었다. 지금도 그렇지만 나는 피곤할 때면 항상 혀 곳곳에 한두 개의 혓바늘이 선다.

더럽게도 신경 쓰이는 그 혓바늘은 음식을 먹는 것마저 방해를 했다. 인상을 잔뜩 써야 음식을 씹을 수가 있다. 그런데도 앞니로 그 혓바늘을 긁어보고 비벼보곤 한다. 왜 굳이 혓바늘을 비벼가면서까지 아픔을 확인하려는지 알 수는 없지만 틈만 나면 비벼댄다.

이제 막 올라오기 시작한 놈을 그렇게 비벼대며 인상을 쓰고 있는데 석병일이가 내 옆으로 와서는 털썩 주저앉았다. 그러고는 허리에 차고 있던 수통을 내게 내밀었다.

"야, 이거 뭐야. 네 수통에 있던 술은 벌써 먹어치웠잖아."

"아, 이거요? 한 모금 드셔보세요. 아까 집에 들렀을 때 어머니께서 더덕 술이라시며 담아주신 겁니다."

그러면서 주머니에서는 비닐봉지를 꺼내놓았다.

"어라, 이건 또 뭐야?"

"예. 안주하시라며 더덕장아찌를 싸주셨어요. 더덕 향이 아주 좋던데 냄새부터 맡아보시고 마셔보세요."

비닐봉지에서 탈출한 더덕 향이 나의 코가 실룩거릴 정도로 온 사방으로 퍼지고 있었다.

야생 더덕이라는 놈은 바람에 이파리만 팔랑거려도 그 특유의 향이 온 사방으로 퍼져나간다. 산에서 채취한 자연산이니 그 향만큼이나 맛 또한 기가 막혔다.

"병일아, 이 좋은 것을 나 혼자 먹기에는 너무 아깝다. 팀원들 다 불러 오고 문 병장하고 이 하사도 불러오너라."

"술이 수통 하나밖에 안 되는데요."

"그래도 이런 귀한 음식은 조금씩이라도 나누어 먹어야 맛이 배가 되는 것이야. 내말이 틀려?"

"예, 알겠습니다. 저는 술을 마시지 못하기 때문에 더덕 술이 향은 좋다고 생각은 했지만 맛까지 좋은 줄은 몰랐거든요."

병일이가 잽싸게 팀원들을 불러 모았다. 오줌싸개 이 하사가 내 옆에 찰싹 붙어 앉아 가지고는 빨리 한 잔 달라고 채근을 하고 있었다.

"야, 이 중에 진통제 남아 있는 사람 있으면 내놔 봐라."

술과 함께 진통제를 먹어야겠다는 생각이 불현듯 들었다.

"응, 여기 있다. 한 알씩 받아라."

영환이가 윗주머니에서 진통제를 꺼내어 한 알씩 돌렸다.

"누구 또 없어? 한 알 먹어가지고는 약할 것 같은데 ……."

"저에게 있습니다. 열 알 정도는 남아있는 것 같습니다."

김무길 상병이 바지 주머니에서 비닐봉지에 돌돌 말아 가지고온 약봉지를 내놓았다.

상병 김무길.

강원도 평창이 고향인 그는 매우 조용한 성격의 소유자였다. 그는 우리와 함께 항상 생활하면서도 늘 없는 사람처럼 느껴질 정도로 말수가 적고 무슨 일이든 먼저 끼어드는 법이 없었다. 우리는 그를 고릴라라 불렀다. 우직스럽기도 했지만 양쪽 눈이 쑥 들어간 데다 이마가 튀어나오고 눈썹은 굵고 짙었다. 한마디로 얼굴의 윤곽

이 뚜렷한 외모는 앙증맞은 고릴라 새끼를 연상케 했다.

그런 그에게도 기가 막힌 재주가 있었다. 하여튼 그림을 잘 그렸다. 전문적인 교육은 받지 못했다고 했다. 그리고 동양화나 서양화를 잘 그리는지는 보지 못하여 알 수는 없었지만 화투는 정말 잘 그렸다. 48장의 화투를 그리는데 기계로 찍어 나오는 것보다 훨씬 잘 그렸다. 팔공산 광에 있는 달을 보더라도 그가 그린 것은 살아있는 달처럼 밝고 광채가 났다. 노루가 노닐고 있는 풍의 단풍잎은 깊어가는 가을의 풍경을 절묘하게 풍겨내고 있을 정도였다.

우리는 부대에서 가끔 그가 그린 화투장으로 나이롱 뽕도 하고 민화투도 치면서 막걸리 내기를 하다가 주번 사령한테 걸려 죽도록 맞기도 했다. 그때는 고스톱이라는 것이 없을 때였다.

그런 그가 한쪽 귀퉁이에 옆구리를 대고 앉아 있다가는 덥석 약을 꺼내놓고 있었다.

"야, 오늘 무길이가 큰일 한다."

우리는 각자 반합 뚜껑에다 술을 똑같이 나누었다. 그러고는 기가 막힌 더덕 향은 코로 마시고 술은 진통제와 함께 입으로 마셨다. 그 자리에 있는 모두가 그 맛과 향에 감탄을 했다. 그렇게 입맛을 다시기도 전에 또 휴식 시간이 끝났다.

더덕 술을 맛본 입이 잔소리를 만들어 내고 있었다.

"오면서 보니까 행군 대열이 길어지던데 힘이 들더라도 지금부터는 앞사람과의 거리는 반보다 최대한 앞사람에게 바짝 붙어라. 떨어지기 시작하면 낙오하기 십상이다. 체력은 거의 고갈되었고 그러니 지금부터는 정신력으로 버텨야 한다. 이제 얼마 안 남았다. 모두 알겠지?"

"예, 알겠습니다. 걱정하지 마십시오."

"그래, 그래야지. 병일이하고 사일이만 처음 걸어보는 거고 나머지는 한두 번씩 걸어본 경험이 있으니까 조금만 견디면 우리 팀은 낙오자 없이 완주할 거야."

그렇게 용기를 주고는 배 상병을 불렀다.

"너 양 발바닥 모두 떴지? 걷기가 몹시 힘들 텐데 지금 상태가 어때?"

그는 걷기에는 최악의 조건을 가진 평발이었다.

"끝까지 갈 수 있을지 모르겠습니다. 발을 내디딜 때마다 그 고통이 머리끝까지 전달되는 느낌입니다."

"그래? 왜 안 그렇겠냐. 하여튼 견뎌보자. 우리가 도와줄게."

그러고는 팀원들을 불러 모았다.

"이제 행군도 막바지에 왔는데 배 상병의 발 상태가 심각하니 힘이 조금이라도 남은 사람들이 도와주어야겠다. 병일이와 사일이는 처음 해 보는 행군이니 빠지고 무길이도 컨디션이 좋지 않은 것 같아. 그러니까 학문이는 철모, 황극이는 소총, 그리고 내가 배낭을 맡는다. 즉시 배 상병으로부터 인계 받아라."

배 상병은 미안하다며 어쩔 줄을 몰라 했지만 우리 팀원들은 아무런 불평불만 없이 당연하다는 듯 배 병장의 군장을 옮겨 받았다.

"자, 지금부터 배 병장은 빈 몸으로 따라온다. 대신에 절대 낙오는 용납 못한다. 우리가 최대한 너와 함께 할 것이니까 너도 마음 단단히 먹고 죽는다는 각오로 따라와. 알았지?"

"알았습니다. 정말 죄송하고 고맙습니다."

잘 끼어들지 않는 장학문이가 한마디 거들었다.

"배 상병님, 미안하다고 생각하지 마십시오. 우리는 한 배를 탄 동반자가 아닙니까? 그러니 죽어도 같이 죽고 살아도 같이 살아야지요."

"야, 학문이가 바른말 한번 멋지게 발사했다. 그래, 오늘 우리 팀원들은 다 함께 부대로 복귀를 하든지 아니면 탈영을 하든지 함께 움직인다. 지옥이라도 같이 가는 거야. 오카이?"

"예썰, 오케바립니다."

우리는 다시 힘을 내서 걷기 시작했다. 몸은 지쳐있는데 머릿속은 온갖 잡념들이 파도를 쳐대고 있었다. 지랄 같은 생각이라도 하면 육체적 고통을 잠시라도 잊을 수 있을지 모른다. 무슨 생각이든 머리를 굴리는 편이 도움이 될 것 같았다.

군 생활을 마치고 제대를 한 후 나의 삶이 어떻게 전개될지 알 수는 없지만 다시는 이러한 경험을 해볼 수 있는 기회는 없을 것이다. 분명 이러한 고통과 시련은 왕성해가는 나의 젊음을 한층 더 성장시킬 것임에는 의심할 여지가 없다.

그렇다면 무엇을 목표로 성장을 해 가야 하는 것일까? 내가 살아가야 할 목표를 어디에 두어야 하는 것인가? 제대할 날도 얼마 남지 않았다. 다시는 돌아오지 않을 귀중한 젊은 날들을 어느 곳으로 향하여 성장해 가야할지 고민을 해야 했다. 그리고 앞으로 살아나가야 할 나의 삶에 지금과 같이 아껴주고 보듬어 주는 동반자를 만날 수 있을까 하는 걱정이 발걸음을 더욱 무겁게 만들고 있었다.

배 상병의 군장을 나누어 들고 가는 탓에 힘들은 들었겠지만 누구 하나 내색하는 사람은 없었다. 위계질서가 확실한 군대라는 집단이라서 그런 것일까, 아니면 동료애, 즉 사랑일까. 비록 군장은 나누어 들었지만 마음은 하나로 뭉쳐 있었다. 어떠한 힘에도 깨지지 않을 정도로 뭉쳐 있었다.

그렇게 고통을 나누는 사이에 새벽 네 시가 되었다.

한발 한발 내딛은 걸음으로 100km를 걸어왔으니 이제 20여 km만 걸으면 긴 여정은 끝이 날 것이다. 얼마 남지 않았다는 생각을 하니 마음이 한결 가벼웠다.

6번 국도를 벗어나 44번 국도로 들어서면서 양평군 청운면이라는 곳에서 휴식을 취했다. 면사무소 옆으로 물이 흐르고 있었다. 마지막으로 만나는 물일지도 모른다는 생각에 모두들 물가로 몰려가 발부터 씻고 양말을 갈아 신었다. 그런 다음 허벅지와 항문의 상태도 살피면서 잠시나마 세상에서 가장 편한 자세로 맑은 공기를 마시며 쳐진 몸에 재충전을 하였다.

그때는 자정부터 새벽 네 시까지 통행금지 시간이 있었다. 그 시간에 밖에 돌아다니다 적발되면 즉결에 넘어가고 벌금을 물기도하고 그랬다. 그러니까 새벽 네 시가 새로운 하루의 시작을 알리는 때이기도 했다.

멀리 바라보이는 산 중턱 골짜기 암자에서 조그만 불빛이 새 나오기 시작하더니 '땡그랑 땡그랑' 하면서 면사무소 옆에 그리 높지도 않은 종탑에서는 새벽을 깨우고 있었다. 그 옆으로 슬레이트를 뒤집어쓰고 있는 건물 끝으로 각목으로 만든 십자가가 어둠속에 보일 듯 말 듯 한쪽으로 기울어진 채 서 있는 것을 보니 교회가 있는 것 같았다. 산속의 암자에서는 예불을 드리고 교회에서는 새벽 예배를 보기 위하여 준비를 하고 있는 듯했다.

어떤 민족이나 인종을 막론하고 인간은 스스로의 나약함을 이겨 내기 위하여 자신들만의 절대자를 만들어 숭배한다. 그러면서 자신에게 일어나는 일들을 해결하려 하고 마음의 안식처로 삼는다. 그래서 절이나 교회 또는 성당 등을 찾아가 영혼의 자유를 찾고 평화를 갈구하고 있다.

무지와 욕망에 허덕이는 사람들, 처음에는 겸손과 미덕을 쌓기 위하여 경건한 곳을 찾지만 대부분 진정한 진리의 힘을 구하지 못한다. 자신의 영혼을 정화시키려고 노력은 하지만 그곳에서 또 다른 자신만의 욕망을 충족시키고 싶어 하는 늪으로 빠져 들게 된다.

하여 떠날 때는 처음 왔을 때보다 더 더러워진 상태가 되어있는데도 스스로 정화하려 하지를 않는다. 그러면서 일부 종교인들은 주관적인 진리관에 빠져 들게 된다. 자신이 신봉하고 있는 종교가 최고의 진리를 가지고 있다고 생각을 한다. 다른 종교의 교리를 모르면 모를수록 더욱더 그런 생각에 빠지게 된다. 때문에 종교적 갈등이 일어나고 성전이라는 이름으로 전쟁도 불사한다. 이것은 종교적 역사로 볼 때 지극히 저질스러운 단계의 현상이 아닐까 하는 생각이 든다.

어떤 사람들은 자신의 영혼도 정화를 시키지 못하면서 종교 우월주의에 빠져있고 다른 종교를 무시하거나 무신론자들을 배척한다. 그렇기 때문에 종교 팽창주의나 종교 패권주의에 빠져있는 사람들은 일시적으로 자신의 종교를 위하여 큰일을 하고 있는 것처럼 보이지만 긴 안목으로 보면 자신의 종교를 고사시키는 우를 범하고 있다는 사실조차도 인식을 하지 못하고 있는 것이다. 아집과 고집불통, 편견의 울타리를 벗어나는 것에 겁을 먹는다.

진리를 세상에 드러나게 하는 것은 종교를 창시한 성형들의 몫이지만 그 진리를 지켜나가는 것은 오로지 그 종교를 신봉하는 후대 사람들의 몫인 것이다.

『토정 이지함』이라는 책이 상, 중, 하권으로 되어 있는데 나는 그 책을 다섯 번이나 읽었다. 그렇게 몇 번을 읽어도 지루하지가 않았는데 그 책에 이런 내용이 있다.

전라도 화순 땅에 운주사라는 절이 있는데 법당 안에 자그마한 미륵불 한 좌가 고적한 어둠을 지키고 있다는 것이다. 어느 사찰에서도 보지 못한 특이한 불상인데, 가사도 걸치지 않은 알몸이었고 가사는 미륵불이 깔고 앉은 범종 위에 얹혀 있었단다. 자비가 훨훨 흘러넘치는 다른 불상과는 달리 얼굴을 반쯤 찡그리고 있고 그 얼굴 가득 세상사 번뇌를 담고 있는 듯했다.

그것은 신라 때 만들어진 금동미륵반가사유상인데 석가불 다음에 세상에 태어나 도탄에 빠진 중생을 구하기 위한 미륵불이었다는 것이다. 그 미륵불은 세상을 구하겠다는 큰 뜻을 세우고 이 세상에 내려왔지만 그만 절망하고 말았단다. 내가 미륵불이다 하면서 도탄에서 건져주려 했더니 오히려 중들은 미륵불을 알아보지 못하고 달려들어 죽이려 했다는 것이다. 그러니 미륵불은 이리저리 도망을 다니는 신세가 되었단다.

그래서 화가 난 미륵불은 온 사방 절에서 아침저녁으로 자기를 불러대던 범종을 끌어내리고 미륵의 형상인 가사를 벗어 종 위에 얹어놓고 그 위에 다리를 꼬고 앉아 도대체 이 불쌍한 중생들을 어찌 구해야 하나 그렇게 고민에 빠진 모습을 형상화한 것이 바로 그 미륵불상이란 것이다. 중생들을 위하여 얼마나 고뇌를 하였는지를 보여주는 대목이다.

성리학자인 화담 서경덕 선생은 단 한 번도 불상 앞에서 절을 하거나 고개를 숙인 적이 없지만 미륵불상에게만은 정중하게 옷깃을 여미고 향을 꽂고 세 번의 예를 올렸단다. 고뇌하는 미륵불에 대한 진한 애정으로 절을 했을 것이다. 중생을 거부하는 도란 이미 도가 아닌 것을 미륵불은 알고 있었다는 것인데 예수가 인간의 죄를 대신하여 십자가에 못 박혀 하느님께 용서를 빈 것과 같은 맥락이지 않겠는가 하는 생각이 들었다.

이와 같이 일부 종교인들은 심한 편견을 가지고 있으며 자기중심적인 우월주의에 빠져있는 사람들을 어렵지 않게 볼 수 있다. 남의 이야기는 들으려 하지 않는다. 입만 열었다 하면 남의 험담을 늘어놓는다. 그러면서 상대방의 마음에 깊은 상처를 주기도 한다.

자신의 믿음이 우선이고 먼저다. 말도 많고 탈도 많다. 말을 많이 하기보다는 남의 말에 귀를 기울여야 한다. 귀로만이 아니고 마음으로도 들어야 한다. 말은 삼갈수록 자신에게 이득이 된다. 신앙심이 깊을수록 상대방을 유연하게 받아들여야 한다. 그러면 세상은 평화가 찾아올 것이다.

인생살이라는 것이 꼭 이렇게 해야만 한다는 일은 그리 많지를 않다. 그러므로 너그러움과 나눔의 생활화는 존경의 대상이 되는 것이다. 불가에서는 생각이 끊어진 자리에 도가 있다고 가르친단다. 마음이 곧 부처요, 마음이 곧 법이라는 말이 있다. 성경에서도 마음이 청결한 자는 복이 있나니 저희가 하느님을 볼 것이다, 라고 했다.

그런데도 자신의 한계는 70인데 100이라고 생각하며 거드름을 피우고 자기 과신의 덫에 빠져있는 일부 종교인들을 쉽게 볼 수가 있다. 자신의 모든 것을 과신하는 헛된 꿈의 노예가 되어 있는 것이다.

70을 가진 사람은 자신이 70점이라는 것을 인정해야 한다. 잘난 척한다고 알아줄 사람은 아무도 없는 것이다. 그런 사람은 혼자만의 세계에 젖어들어 도대체 빠져나올 생각을 하지 않고 있다.

흰 백지 위의 까만 점 하나를 보고는 전체가 검다고 생각하는 오류를 범하지 말아야 한다.

겸손과 배려, 그리고 나눔의 삶 속으로 빠져드는 종교인들이 많아질수록 건강한 사회 속에서 사람들은 참다운 행복을 느낄 수 있을 것이다. 그리고 동행하는 상대가 있음에 감사할 것이다.

다시 출발이다.

몸서리쳐지고 진저리쳐지는 훈련의 극한 상황 속에서는 초인적인 인내심을 발휘하여야 한다. 초주검이 되어간다. 고통의 연속이다. 힘겹게 일어나 배낭 두 개를 어깨에 올려놓는데 누군가가 배낭 하나를 잡아챘다. 돌아보니 석병일이 내 어깨에 있던 배낭 하나를 자기 어깨 위에 올려놓고 있었다.

"야, 너 지금 뭐 하는 거야?"

"지금부터는 제가 메고 가겠습니다."

"안 돼, 인마. 너 지금 힘이 조금 남아있다고 해서 까불다가는 낙오될 수도 있어. 잘하려고 하지 말고 지금처럼만 하면 되니까 괜히 객기부리지 마라. 알았어?"

"걱정하지 마십시오. 절대 그런 일 없습니다. 다음 주면 정 병장님 제대하시는데 제가 마지막으로 드리는 선물이라고 생각하시고 이제부터는 정 병장님 군장만 챙기십시오."

"너 정말 괜찮겠어? 아무래도 맘이 안 놓이는데……."

"가다가 힘들면 사일이하고 교대로 돌아가면서 들고 갈 테니까 걱정 놓으십시오. 저 먼저 갈게요."

그는 조그만 체구에 배낭 두 개를 어깨에 메고는 제법 당찬 모습으로 앞서 걸음을 떼어놓고 있었다.

시간이 흐르면 흐를수록 체력은 말이 아니었다. 행군 대열도 많이 흐트러지고 엉망이었다. 소대별 구분은 물론이고 중대 간 구분도 할 수 없을 정도로 뒤섞여 걷고 있었다. 휴식 시간도 아닌데 앉아 쉬고 있는 병사, 상처를 치료하고 있는 병사, 하여튼 개판 오 분 전이었다. 그럴수록 호루라기 소리는 끊이지를 않고 걷기를 재촉하는 지휘관들의 목은 점점 힘이 들어가고 있었다.

그 모습을 보면서 나는 정신이 번쩍 들었다. 팀원들을 챙기지 못하고 고통을 참으려 그저 앞만 보고 걷고 있었다. 주위를 둘러보았다. 내 앞에 석병일이 뒤뚱뒤뚱 걷고 있다. 뒤를 돌아보았다. 한 사람 건너 강사일이 따라오고 있었고, 그 뒤로 김무길이 다리를 절뚝거리며 장학문의 부축을 받으며 따라오고 있었다.

그런데 평발인 배 상병과 황극이가 보이지를 않았다. 뒤로 처진 것 같은데 어떻게 해야 할지 판단이 서지를 않았다. 뒤처진 사람들을 기다린다고 잘 가고 있는 사람들까지 세워놓으면 리듬이 깨져 그들마저도 행군의 흐름을 망칠 수 있기 때문이다.

잘 흐르고 있는 물줄기를 돌로 막거나 풀잎, 나뭇가지 들이 뭉쳐 물의 흐름을 방해해서는 안 되는 것이다. 물은 흐르는 대로 놔두어야 한다. 거꾸로 흐르게 할 수는 없다. 물줄기 자체를 돌리거나 막는 데 신중을 기해야 하듯이, 그들을 두고 가야 하나, 기다려야 하나의 결정은 매우 중요한 것이었다.

나는 일단 네 사람은 뭉쳐서 계속 가도록 하고 나 혼자서 그들을 기다리기로 했다. 그들은 다행히도 100m 정도 떨어져 오고 있었다. 황극이가 배 상병 옆구리를 차고 오는 것을 보니 배 상병의 발 상태가 심각한 것 같았다. 하지만 천만다행이라는 생각이 들었다.

양육강식이라는 대자연의 법칙 속에서는 오직 강한 자만이 살아남게 된다. 주어진 여건 속에서 자신만의 인내심과 결단력으로 자신에게 닥쳐온 고통과 시련을 이겨내야 승자가 되는 것이다.

나는 겉으로는 표현을 하지는 않았지만 내심 배 상병에게 아려오는 내 마음을 숨길 수는 없었다. 평발이라는 신체적 악조건 속에서 그는 사력을 다하는 인내력을 보여주고 있었다. 수많은 시련과 고통을 극복한 사람만이 가질 수 있는 인간의 무한한 한계가 상대방의 마음을 이토록 평안하게 만들어 준다는 것을 나는 그때 알았다.

나도 배 상병의 다른 한쪽 옆구리를 차고 다시 걷기 시작했다.

서쪽 산등성이에 걸려 있던 조막만 하게 보이던 달마저 자취를 감추자 그쪽 하늘은 흙빛으로 변하였다. 은하수들도 하룻밤의 긴 여정을 끝내고 떠날 채비를 서두르고 있었다. 반대편 동쪽의 하늘은 고물이 다 된 트럭이 헤드라이트를 비추며 산비탈을 올라오는지, 아니면 동이 터오고 있는 것인지 어둠을 걷어내고 있었다.

물개가 엎드린 모습을 한 산 능선이 희미한 모습으로 점점 가까이 다가오고 나무들의 형체가 여러 가지 모습으로 드러내기 시작했다.

지나가는 마을 입구 정자나무 밑에서는 새벽잠이 없는 개 새끼 몇 마리가 낑낑거리며 맨땅에 코를 처박고는 대가리를 휘젓고 있었다.

첫 닭의 우렁찬 울음소리가 새벽을 깨우고 있었다. 침묵 속의 어둠을 갈라놓으며 그 울음소리는 붙잡을 새도 없이 멀리멀리 퍼져나갔다. 그리고 낮은 담장 위에 자리 잡은 호박넝쿨 잎에서는 이슬들을 집합시키고 있었다.

상큼한 새벽바람이 나의 내장을 정화시켰는지 속이 시원했다. 힘이 든다는 것만 빼면 행복감을 느낄 정도의 새벽 시간이었다. 눈에 보이는 골짜기마다 숨죽여 피어나는 안개들이 어둠을 밀어내고 있었다.

새벽 5시.

이제 남은 거리는 15km다.

닭 우는 소리에 잠에서 깨어난 사람들이 지게 위 바소 고리에 들일에 필요한 연장들을 챙겨서, 하나둘씩 각자 자기들의 논과 밭으로 바쁘게 걸음을 옮기고 있었다.

어느 고장 어디를 가든지 농사일을 하는 사람들은 참으로 부지런하다. 하지만 꼭 농부들만 부지런한 것은 아니다. 도시의 서민들도 팍팍한 생활 속에서 부지런함으로 세상살이를 버텨가고 있다. 그러나 낮과 밤을 바꾸어 일하는 사람들도 의외로 많다는 것을 아는 사람은 별로 없을 것이다.

나 역시도 낮에는 잠을 자고 밤에 일을 하면서 보낸 세월이 강산이 변한다는 십 년하고도 삼 년이나 더 되었다. IMF를 혹독하게 치르고 거의 백수처럼 살아가던 2001년, 지금도 CT은행 지점장을 하고 있는 동생과 지인들의 도움으로 낙성대에 있는 조그마한 노래연습장 하나를 인수했다. 장사라면 군 제대 후 작은형님이 하시던 건어물 가게에서 얼마간 해본 경험이 있어서 낯선 일은 아니었다.

내 코가 석 자인데 무슨 일이든 해야 했다. 노래방이라는 것이 밤일이고 또 내 적성에 맞는 일인지도 모르기에 잠시 어려운 고비를 피해보자고 시작한 일인데 어느 덧 한곳에서 햇수로 십삼 년이라는 세월을 흘러 보내고 있다. 우여곡절 속에서 크고 작은 어려움도 상당히 많았지만 참고 견딘 탓에 빈털터리로 시작한 나에게 의식주를 해결해 주었고 이제는 안정된 생활을 할 수 있게 되었다.

밤낮을 바꾸어 생활한다는 것이 얼마나 힘든 것인가는 해보지 않고는 짐작도 할 수 가없다. 적응하기도 힘들다. 인간의 생체적 구조는 낮에 열심히 일하고 밤에는 하루의 피로를 풀면서 깊은 잠 속으로 빠져 들어가 가끔은 꿈을 꾸기도 하는 기묘한 기능을 가지고 있다. 그것을 역행하면서 살아가는 것이 야행이다. 그러니 건강에도 무리가 따르기 마련이다.

나는 경기도 광명시 소하동에서 오후 5시에 서울 관악구 낙성대 복개천에 있는 아리랑 노래방으로 출근을 한다. 그곳이 나의 13년째 되어가는 일터이기 때문이다. 12년 동안은 가게에서 십 분 거리에 살았기 때문에 출퇴근의 애로를 전혀 느끼지 못하고 생활했었다. 그러던 것이 2011년 3월경에 지금의 광명 소하동으로 이사를 하면서 한 시간 이상이나 걸리는 출퇴근 시간이 얼마나 힘든 것인가를 뼛속 깊이 느끼고 있다.

차를 가지고 다니면 이삼십 분 거리다. 집에서 서해안 고속도로와 경인 고속도로를 아주 조금씩 경유하여 신림동 고개를 넘어오면 된다. 하지만 술꾼이, 직업 특성상 언제 어느 때 술 마실 일이 생길지 모르기 때문에 거의 대중교통을 이용한다.

대중교통을 이용하면 사람들이 살아가는 모습들을 볼 수가 있어서 좋다. 그래서 나는 차에 오르면 절대 졸지를 않는다. 그래야만 매일매일 새로운 경험도 하고 생동감을 느낄 수 있기 때문이다.

퇴근은 늦은 손님이 없는 한 새벽 5시 30분에 한다. 서울 미술고 정류장에서 첫차가 그 시간대에 있기 때문이다. 한겨울에는 짙게 어둠이 깔려 있지만 대부분 동이 트는 시간이다. 나는 그곳에서 9번 버스를 기다린다. 정류장에서 버스를 10분 이상 기다리게 되면 정말이지 왕짜증이 난다. 그러나 버스가 바로 오는 날이면 로또에 당첨된 기분이고 그 버스가 그날 하루 행운을 가져다줄지도 모른다는 생각을 해보기도 한다.

버스에 오르면 '어서 오십시오' 하고 인사하는 기사님의 목소리가 새벽 기운을 더욱 상쾌하게 만든다. 정말 살맛나는 길 위에 있다는 생각이 든다. 그리고 행복하다고 느끼는 순간 버스는 잘 정돈된 깨끗한 도로를 신나게 달려간다.

수많은 사연들을 실은 9번 버스가

힘찬 엔진 소리를 내며

소리 없이 다가오는 새벽바람을 마중하고 있습니다.

환승입니다. 운동화 끈 졸라맨 저 아주머니

어디에서 와 이곳에서

9번 버스 갈아타고 어디로 가는 걸까요

카드가 두 장입니다.

반백의 중년신사 지갑에는

아마도 손 때 묻은 카드가 여러 장 있나 봅니다.

중절모 쓴 털보 아저씨

질끈 당겨 맨 단화 속에 내일을 담고

등에 매달린 배낭에 희망을 담으러 가나 봅니다.

쫓지 못한 잠 데려온 저 학생은

밤새 비어 있었을 배 속을 달랠 힘도 없이

눈 감은 채 고개를 떨구고 있습니다.

여자처럼 긴 머리카락 단단히 동여매고

청바지에 청 커버 입은 저 아저씨의 졸음이

수도 없이 입속으로 숨어들어가는 이른 아침

아침 바람 쉬어가는 말미고개

나는 이곳에서 내 사연 찾아 가지만

9번 버스 수많은 사연들은 어디로 가는지 알 수가 없습니다.

나는 그 말미고개에서 광명으로 들어가는 5627번 버스로 환승을 해야 한다. 여기서도 마찬가지로 운이 좋은 날은 기다리는 시간 없이 바로 환승을 하지만 정말 재수가 없는 날은 15분 이상 기다려야 할 때도 있다.

지난 8월 중순경에는 그곳에서 국경일에 도로가에 게양하는 대형 태극기를 주운 적도 있다. 아마도 광복절에 게양할 태극기를 인부들이 흘린 것 같았다. 나는 차바퀴에 밟혀지는 태극기의 모습을 볼 수가 없었다. 집으로 가져가 깨끗이 빨아서 광복절 날 이층 베란다에 내다 걸었다. 그리고 그 후에는 이층 탁자와 의자가 있는 곳에 펴서 걸쳐놓았다.

나는 이층에 올라갈 때마다 그것을 보고는 미친놈처럼 한참을 웃는다. 의자에 걸쳐놓은 태극기 모습이 꼭 상해 임시정부 아지트에 걸어놓은 듯한 모양으로 보였기 때문이다. 하지만 치우지 않았다. 그냥 그 자리에 그대로 두었다. 아마 나도 애국자가 되고 싶다는 열망이 마음속에 도사리고 있기 때문은 아닐까?

밤일을 하는 사람들도 많지만 이른 새벽부터 일터로 출근하는 사람들도 상상 외로 많다는 것을 알게 되었다. 날밤을 새운 탓에 힘은 들지만 그래도 남들처럼 퇴근시간 만큼은 날아갈 것 같은 기분이다.

다른 사람들은 이른 시간에 일터로 나가지만 나는 집에 가서 하루 종일 쉴 일만 남았으니 밤새웠다고 억울해야 할 필요는 없었다. 피곤한 몸을 녹여줄 아늑한 보금자리가 기다리고 있기 때문이다.

집에 도착하면 정해진 순서에 의하여 옷부터 갈아입은 후 따뜻하고 맛있는 아침밥을 먹는다. 나는 식사 시간이 일정하다. 아침은 오전 6시 30분, 점심은 정오, 저녁은 오후 4시 30분으로 시계불알이 따로 없어도 된다.

아침 식사가 끝나면 이층으로 올라간다. 이층 방문을 열고 밖으로 나가면 조그마한 공간이 있는데 지난 봄 나는 그곳에다 텃밭을 만들어 놓았다. 각종 채소들을 모종하고 하루도 빠지지 않고 그것들을 돌본다.

농작물들은 주인의 발소리를 들으며 큰다고 했다. 집에만 가면 일부러 틈을 내서라도 그것들에게 물도 주고 벌레도 잡아주며 채소를 키우는 데 푹 빠진다.

2011년 3월에 나는 척추에 문제가 생겨 대 수술을 받고 한동안 집에서 요양을 했다. 그때 걷기 운동을 하면서 도로가 산 밑에 있는 흙들을 비닐봉지에 조금씩 퍼 날라 텃밭을 만들었다.

아주 작은 텃밭이었지만 보기에 그럴 듯했다.

매운 고추 여덟 포기 그냥 고추 네 포기

사이사이에 상추며 쌈 채소들

들깻잎과 어울려 손님 맞을 준비하네

오이 다섯 포기 곱디고운 마디 손

허공 위로 이리저리 힘겹게 외줄 타니

그 앞에 가지 세 포기 부채질하고

열무 줄지어 떡잎 가르며 열병할 제

호박 암꽃 터트리니 수꽃 들고

한쪽으로 뿌려진 아욱 씨 그 모습에 얼굴 붉히네

저것들은 오늘도 키 재기를 하는데

내 마음 심을 곳 어디쯤이며

내 그릇은 언제쯤 저들을 담으랴.

텃밭을 만들어 각종 채소들을 심어놓고는 얼마나 기뻤는지 모른
다. 틈만 나면 이층으로 올라가 커가는 채소들을 바라보며 시간 가
는 줄을 몰랐다. 모종을 파시는 아주머니가 뚫어져라 고놈들을 바
라만 보고 있으면 제대로 크지 못한다는 말에 한동안은 물 줄 때
를 제외하고는 얼씬도 안한 적이 있다. 웃자고 한 소리를 액면 그대
로 믿었던 것이다.

17층 높이인데도 호박꽃이 필 때 자그마한 하얀 나비가 날아들기
도 했다. 나는 행복감을 가져다주는 텃밭을 보며 다짐을 했다. 내년
에는 농사를 제대로 지어보겠다고 말이다. 내 삶의 농사도 그렇게
지을 것이다.

두 송이의 포도 맛을 보여준 나무들이 내년에는 세 뿌리의 나무

가 여러 송이의 포도를 주렁주렁 매달고, 작지만 대추나무도 몇 알 정도의 대추를 맛보게 해줄 것이다.

늦봄 추위를 대비하여 비닐하우스를 만들어 맨 밑에는 일 년 정도 먹을 수 있는 마늘을 심을 예정이다. 향우회 윤만석 형님이 고맙게 주신 마늘씨를 잘 보관하고 있다. 이단에는 대파와 쪽파를 심고 삼단에다 각종 야채를 심을 것이다. 나머지 공간에는 청양고추와 그냥 고추를 이십 여 포기 심을 준비를 마쳤다. 그리고 마늘을 수확한 곳에는 8월에 김장배추와 무, 알타리를 심어 총각김치도 담글 것이다. 생각만 해도 흐뭇하고 행복한 일이다.

동쪽 하늘이 붉게 물들어 가고 삼라만상이 서서히 모습을 드러내고 있었다. 점점 모습을 드러내는 자연은 얼마나 조화롭고 넉넉한가. 무엇 하나 치우침이 없고 부족함이 없어 보였다. 안개까지도 아침노을에 물들어가며 신선한 봄날의 아침과 묘한 조화를 이루었다. 허공으로 사라지는 안개들이 새벽 6시를 데려가고 있었다.

우리는 홍천강을 끼고 도는 도로 위에 있었다. 이제 남은 거리는 10km 남짓이다. 후드득 하며 숲 속에서 화려한 옷을 입은 장끼 한 마리가 비상을 했다. 그 뒤를 따라 까투리 한 마리가 잽싸게 날아올랐다. 아마도 알을 품을 만큼 통통하게 살이 오른 까투리를, 장끼라는 놈이 밤새 품고 자다가 우리들의 발소리에 놀라 제 짝은 팽개치고 저만 살자고 도망을 치자, 화가 난 까투리가 못된 놈을 잡으러 혼신을 다하여 치솟고 있는 듯 보였다.

꿩들이 날아오르자 주위의 나무들도 주책없이 하늘로 날아오르는 시늉을 하며 손바닥만 한 잎들을 마구 흔들어대고 있었다. 꿩들이 날아간 하늘을 바라보았다. 낮게 내려앉은 하늘 위에는 뭉게구름 서너 장이 손을 잡고 비행을 하는 모습이 마치 떠오르는 해를 받으러 가는 것처럼 느껴졌다. 어느 누가 이 신비한 자연의 모습에 감탄하지 않겠는가. 어쩌면 저기 보이는 산들도 오르고 싶어 하는 자를 위하여 있는 것이 아니고 바라보고 싶어 하는 자를 위하여 존재하고 있는지도 모른다.

우리는 몹시 지쳐 있었다. 악으로 버티고 있었다. 그러면서도 이제 얼마 남지 않았다는 기대감 때문인지 팀원들의 얼굴들은 평온해 보였다. 차림새는 말이 아니었다. 꼬박 하루를 땀과 먼지와 뒤범벅되어 동행을 하였으니 온전하다면 그것이 이상한 일이다.

군대라는 집단에서 서로 모르는 사람끼리 만나 생사고락을 같이한다는 것이 결코 꼭 우연만은 아닐 것이다. 인간이 득실거리는 세상이라 할지라도 한평생 살아가면서 만날 수 있는 사람이 얼마나 될까. 사람들은 평생을 살아가면서 다양한 분류의 사람들을 만나게 된다. 만나지 않고는 살아갈 수 없고 생명력을 잃었다고 할 수도 있다. 그들과 더불어 살아가면서 여러 가지 일들을 계획하게 되고, 시행착오를 겪으면서 다양한 경험을 하게 되고 새로운 것을 보며 그렇게 살아간다. 다양한 종류의 만남을 경험하며 삶을 이루어간다.

목적이 없이도 만나는 만남, 목적을 가지고 그것을 이루기 위한 만남, 그리고 아무런 사심 없이 그냥 좋아서 이루어지는 만남이 있다. 그중에서도 즐거운 시간을 같이 공유하고 그러면서 친해지고 용기를 주기도 하며 위로해 주거나 위로를 받는 만남이야말로 진정으로 따뜻한 만남일 것이다. 또 그 자체가 만남의 목적일 것이다.

어찌 생각하면 만남 자체가 고통을 감내해 내야 되는 시작이 될지도 모른다. 그렇기 때문에 사람들과의 만남에서 수없이 참고 기분 나쁜 감정을 드러내거나 화를 내지 말고 이해하려고 노력해야한다. 순간의 격한 감정을 드러내고 나면 해결할 수 있는 방법이 없을 수가 있고 만나지 않은 것만 못할 수도 있기 때문이다.

모든 만남의 순간순간들을 소중하게 생각하여야 한다. 아쉬움을 남기지 않기 위하여 후회가 없도록 최선을 다하여야 한다. 모든 만남이 좋은 결과로만 매듭지어질 수는 없다. 하지만 상대방을 생각하는 최소한의 배려를 가져야 한다. 그러나 사람에 따라 때로는 만남 자체가 악의 축이 될 수 있다는 점 역시 유의하여야 한다.

배려하고 용서하고 이해할수록 철저히 이용하고 짓밟으려는 배신의 만남 또한 언제나 우리 주변에 도사리고 있다. 보통 사람들은 대체로 끼리끼리 같은 부류의 사람들로 만남이 이루어지지만 각자의 개성도 품성도 품격도 다르다. 만난 사람에게 존경까지는 아니더라도 인정을 받기 위해서는 먼저 좋은 사람이 되고 겸손하고 덕이 있어야 된다.

그리고 또 한 가지, 재물에 대한 엄격한 잣대가 필요할 것이다. 세상을 살아가는 데는 돈이라는 것이 필요하다. 돈이 있어 편하고 즐기고 무엇이든 할 수 있다고 생각들을 한다. 그렇다고 칠성판에 짊어지고 저세상에 갈 수 있는 것은 아니다. 내 것이 아닌 것에는 절대로 손대지 말아야 한다. 내 돈이 아니라면 절대 욕심을 부려서는 안 된다. 이것은 돈에 대한 가치관과 자신의 품성을 지키는 일이기도 하지만 만남의 목적을 이루는 데 가장 중요한 덕목이기도 하다.

다른 새의 둥지에서 알을 낳는다는 뻐꾸기는 되지 말아야 한다. 그것은 비인간적이고 비도덕적인 것이다. 오직 좋은 품성과 진실만이 만남에서 좋은 결과를 얻을 수 있다.

좋은 만남은 우정으로 이어진다. 끈끈한 우정은 의리라는 것이 따라다닌다. 유유상종이라는 말이 있다. 본래 사람들은 함께 즐길 수 있거나 공통점이 있을 때 빨리 친해진다. 의리나 우정은 참으로 소중한 것이다. 소중한 만큼 모든 행동거지를 조심하여야 하고 가치 있게 보여주어야 한다. 이를 테면 잘못된 친구가 도덕적으로나 순리에 어긋나는 행동을 함께하자고 권유할 때 같이 뛰어드는 것은 의리나 우정이라고 말할 수 없다. 우정이란 아름답고 숭고하게 피어나는 정말 가치 있는 그런 것이어야 한다.

아름다운 사람을 만나 아름답게 살고 싶다는 욕망을 강하게 느낄 때 인간의 존엄성은 더욱 빛이 날 것이다. 사랑하고 좋아하는 사람들과 순간순간을 즐기며 재미있게 살고 싶다는 욕망을 가지는 것만으로도 이미 행복은 찾아온 것이다.

군대라는 특수한 집단에서 서로 모르는 사람끼리 만나 삼 년 가까운 시간을 서로 격려해주고 위로해 주면서 각종 힘든 훈련과 외로움을 많이 느낄 수 있는 병영 생활에 동반자가 되어준 전우들을 나는 영원히 기억할 것이다. 그리고 지금까지 나의 부족함을 채워주고 보듬어주며 팍팍한 세상살이에 동행하여 주신 모든 분들의 깊은 은혜를 잊지 못할 것이다.

인간의 삶이 가장 뛰어난 예술 작품이라면 나의 인생은 과연 어떤 작품이었을까? 그걸 생각하면 두렵다. 그러나 최선을 다했다. 더 바랄 것도 없다. 이대로만 살 수 있다면 그것으로 만족이다. 멋진 동행이었다. 후회 없는 만남이었다.

걷는 길이든 인생길이든 떠나기만을 위해서 있는 것은 아니다. 돌아오기 위하여 존재하는 것이기도 하다. 돌아오는 길에는 무엇인가 얻어올 것이라고 믿고 싶다. 그것이 무엇인지 모르지만 '어디로 가십니까? 어서 오십시오' 라는 인사는 길 위에서만 할 수 있는 것이다.

그 길을 밤새워 걸어왔다. 그 길을 평생을 걸어왔다.

우리의 고독한 고통 120km의 행군도 아침 7시를 지나면서 끝나고 있었다. 이제 또 다른 시작이 기다리고 있을 것이다.

나의 인생도 종착역을 향하고 있다. 이제는 저 너머 있을 마지막 잔치를 위하여 남은 길도 최선을 다하여 묵묵히 열심히 걸어갈 것이다.

저 너머 있을 마지막 잔치를 위하여

빈 잔에 청수 차곡차곡 채워

정도의 춤 천상의 노래 부르며

손님 맞을 행복을 마음껏 누리리라

흩어지는 별빛과 나무 자락에 걸터앉아 있는

초승달을 달래며

수줍은 햇볕의 따스한 손길 둘 곳 없어 애태우니

간밤에 내린 이슬 목마 태운 잡초 아우성치고

어디선가 들려오는 낯익은 하모니가

나그네 발길을 재촉하네

서둘지 말거라

나의 빈손으로 아름다움 곱게 빚어

그대들을 초대하리니

춤추며 노래하라

저 너머 있을 마지막 잔치를 위하여

저 멀리 보이는 부대 위병소가 너무도 반가웠다.

길 양쪽으로 늘어선 군악대가 성공적인 120km 행군을 축하하며 나팔을 불어대고 북을 두들기며 분위기를 고조시키고 있었다.

다른 한쪽에서는 장미집, 부산집, 황진이, 명월집 등에서 몰려나온 방석집 아가씨들이 여러 명 구경을 나와 요란스럽게 손뼉을 쳐대고 있었다.

조각구름에 실려 낮게 떠오르던 해가 어느덧 높이 올라가 찬란한 빛을 보내주었다. 그 빛은 지친 몸과 목적을 이룬 후에 어김없이 찾아오는 허무한 병사의 마음을 부드럽게 감싸 안고 있었다.